SARAH ADAMS nació y se crio en Nashville. Adora a su familia, los días cálidos y hacer reír a la gente. Desde niña quiso ser escritora, pero no escribió su primera novela hasta que sus hijas empezaron a echarse la siesta y vio que se había quedado sin excusas para no ponerse a escribir.

Sarah es adicta al café, una friki de la historia británica, una introvertida puntual. Se casó con su mejor amigo y tiene dos niñas adorables. Su ilusión es dedicarse a escribir historias que te hagan reír o incluso llorar, pero que siempre hagan que te sientas más feliz que cuando empezaste a leer. Su primera novela traducida al español, *Las reglas del juego* (Ediciones B, 2023), fue un éxito internacional que enamoró a multitud de lectores. La siguieron la deliciosa comedia romántica *Escapada a Roma* y el romance deportivo *El amor no es un juego*.

Puedes seguirla en: www.authorsarahadams.com

@AuthorSarahAdams

Papel certificado por el Forest Stewardship Council®

Título original: *The Rule Book*

Primera edición en B de Bolsillo: febrero de 2026

© 2024, Sarah Adams
Esta edición ha sido publicada por acuerdo con Dell, un sello
de Random House, una división de Penguin Random House LLC.
© 2025, 2026, Penguin Random House Grupo Editorial, S. A. U.
Travessera de Gràcia, 47-49. 08021 Barcelona
© 2025, Nerea Gilabert y Ana Isabel Sánchez, por la traducción
Diseño de la cubierta: Penguin Random House Grupo Editorial
basado en el diseño original de Ash Vidal
Ilustración de la cubierta: © Sandra Chiu

*Printed in Spain* – Impreso en España

ISBN: 979-13-87871-38-3
Depósito legal: B-21.462-2025

Compuesto en El Taller del Llibre, S. L.
Impreso en Black Print CPI Ibérica
Sant Andreu de la Barca (Barcelona

BB 7 1 3 8 3

# El amor no es un juego

**SARAH ADAMS**

Traducción de Nerea Gilabert y Ana Isabel Sánchez

*Este es para mis chicas:*
*tened sueños aún más grandes.*
*Aspirad a lo más alto.*
*Jamás se os ocurra conformaros*

# NOTA DE LA AUTORA
# Y AVISO DE CONTENIDO

Querido lector, gracias por querer pasar el rato con Derek y Nora. Aunque este libro está escrito de manera que resulte ligero y gracioso, por favor, ten en cuenta que se tratan temas y cuestiones de mayor calado, como el diagnóstico tardío de la dislexia y la negligencia parental. La historia también contiene lenguaje adulto y escenas sexuales. Si prefieres mantener la puerta del dormitorio cerrada a cal y canto, por favor, sáltate el capítulo 34.

# 1

## Nora

A veces, la vida es como una caja de bombones, y otras veces, la vida es como una caja de bombones que han dejado todo el día al sol.

Resulta que hoy es uno de esos días en los que el chocolate se ha derretido y solo trae decepciones. No solo he pisado un chicle con mis zapatos favoritos de camino al trabajo, sino que, además, he abierto el correo electrónico y me he encontrado algo maravillosamente perturbador.

—Toc, toc —le digo a mi jefa, Nicole Hart, mientras me asomo vacilante a su despacho para hablar sobre ese correo.

La verdad es que siempre me da un poco de reparo entrar en su despacho porque, buf, es una mujer de armas tomar. Por algo es la directora de la agencia. Conmigo es amable (a su manera), pero la seguridad en sí misma que tiene es arrolladora. Necesitas un casco y un lugar seguro donde refugiarte cuando centra su atención en ti.

Como ahora, que está sentada en su escritorio con una falda gris impecable y una blusa de seda, además de unos labios carnosos pintados de rojo y un pelo rubio recogido en una coleta alta y elegante con una curva perfecta en la punta. Pero todos estos atributos superficiales no son más que para despistar. Es en sus ojos donde se ve la verdad. Esa ferocidad gélida, felina y siempre alerta. Su sagacidad es lo que la convierte en la agente más cotizada de este sector y la razón por la que consigue grandes contratos para clientes como Nathan Donelson, el famoso quarterback del equipo de la NFL de nuestra ciudad, Los Angeles Sharks. Esta mujer es todo ingenio y dedicación. Es inspiradora.

—Por favor, dime que solo estás pidiendo entrar y que no es el principio de un chiste.

—Podría, pero estaría mintiendo.

Me fulmina con la mirada y yo sonrío. Lleva trabajando conmigo lo suficiente como para saber que no me voy a mover de aquí hasta que esto acabe.

—¿Quién es? —pregunta como si la estuvieran obligando a hacerse una endodoncia.

—Tapete.

—¿Tapete?

—¿*Tapetece* que te saque una sonrisita para alegrarte el día? —Esbozo una mientras entro en el despacho.

Levanta la vista del teclado con la postura erguida y sus ojos me repasan de arriba abajo; desde el pelo color caoba hasta las zapatillas amarillas para, finalmente, volver a la cara. A Nicole no se le pasa nada. Es una asesina que acaba de identificar el punto débil de su objetivo. «Dios, quiero ser ella».

Hace caso omiso de mi fantástico chiste.

—¿Cuántos pares tienes de esos zapatos?

Se refiere a mis zapatillas de color amarillo chillón.

—Cuatro. Me he puesto las rojas esta mañana, pero he pisado un chicle y he tenido que cambiármelas. —Levanto el pie y lo meneo con orgullo—. Olían de maravilla, pero iban dejando un rastro pegajoso y asqueroso.

—Doy por hecho que Marty ha soltado algún comentario al verlas. ¿Tengo que cantarle las cuarenta? —Tiene la atención puesta en el teclado, pero, de alguna forma, es capaz de hablar mientras escribe.

Lo que pasa con Nicole es que es perro ladrador... y muy mordedor. Pero solo muerde a los que amenazan a su gente. Y, aunque le gusta fingir que no significo nada para ella, ha dejado claro que soy una de las suyas.

Arrugo la nariz al oír el nombre del hombre más patético de esta oficina. No es que el resto sea gran cosa, y a ninguno parece gustarle que me una a su club de machotes por muchos paquetitos de caramelos Skittles que deje en la sala de descanso, pero Marty es, con diferencia, el peor de todos. El machista número uno.

Me encojo de hombros.

—Solo ha dicho que, inexplicablemente, el amarillo duele aún más a la vista que el rojo y que debería plantearme invertir mi sueldo en comprarme ropa profesional.

—Con lo del color coincido —responde mirándome de reojo—. Pero solo yo puedo criticar tu estilo, no un hombre que no reconocería un buen traje ni aunque se lo tiraran a la cara.

—En ese sentido, tienes toda la razón —digo con alegría—, pero lo cierto es que no he venido para eso.

Cuando empecé a trabajar aquí como becaria de Nicole, hace dos años, no le gustaba nada mi vestimenta desenfadada. Sin embargo, este último año me ascendieron a agente adjunta y he demostrado con creces mis aptitudes, lo cual milagrosamente me ha hecho ganarme su respeto. Ahora nunca me dice lo que tengo que ponerme. En lugar de eso, manda a la mierda a todo el mundo por mí, ya que a mí me cuesta mucho decirle cosas feas a la gente.

Ahora mismo llevo una falda plisada azul celeste, una americana entallada de manga tres cuartos con un estampado de espiga en amarillo y blanco y una camiseta de los Rolling Stones debajo para darle el toque especial, y, aunque estoy segura de que lo detesta, se lo calla. A veces echo de menos los días en los que decía cosas como «Tienes pinta de bibliotecaria que está intentando hacerse la guay». Es un placer recibir pullitas de Nicole.

—Avísame si Marty te dice algo más sobre tu vestimenta. Estaré encantada de meterle esas zapatillas amarillas por el culo.

—Y por eso te temo tanto como te adoro, mi querida diosa guerrera del trabajo. No obstante, creo que prefiero mantener mis zapatos lejos de las partes íntimas de Marty. He venido a verte porque quiero hablar del correo que acabo de recibir.

Nicole por fin deja de teclear y gira la silla hacia mí con un largo suspiro de sufrimiento. Cruza una de sus piernas elegantes (y depiladas, lo sé porque, cuando era becaria, era yo quien se encargaba de concertar las citas con la esteticista) sobre la otra y luego apoya el codo en el escritorio para descansar la barbilla sobre los dedos.

—Creo que debe de ser un error —continúo.

Voy cambiando el peso de una nube a otra (así llamo a estas zapatillas de ensueño) mientras ella entorna cada vez más los ojos.

—Deja de dudar de ti misma, Mac. Estás preparada para dar este paso. Has trabajado mucho para llegar hasta aquí y te mereces el ascenso, no te lo pienses dos veces y acéptalo —me dice con su tono de «déjate de tonterías».

Tiene razón. He trabajado mucho, y no es que no tenga abuela, pero yo también creo que me he ganado este ascenso. De hecho, llevo toda la vida persiguiendo este sueño, desde que iba a visitar a mi padre los fines de semana y me sentaba con él en el sofá a ver cualquier deporte que echaran por la tele en ese momento. Durante esas pocas horas me dejaba formar parte de su vida y me sentía unida a él. La cercanía con mi padre no duró, pero mi sueño de convertirme en representante de deportistas profesionales ha perdurado durante los años de instituto, universidad, máster y prácticas. Por eso ahora trabajo como agente adjunta de Nicole.

No, el ascenso a agente a tiempo completo y sin ruedines no es el problema.

El problema estriba en que me asignan a Derek Pender, ala cerrada de los Sharks.

—No es que me lo esté pensando dos veces —le digo a Nicole—, sino que me lo estoy pensando quince y veinte. Me podrían dar el título de pensadora profesional a estas alturas. ¿Estás convencida de que el señor Pender y yo encajamos bien?

No estoy preguntando lo que en realidad quiero preguntar, pero resulta que no estoy segura de si debería contar toda la verdad o guardármela para mí. Si algo me ha enseñado Nicole es que en esta industria hay que jugar bien tus cartas, y la clave consiste en no enseñarlas antes de tiempo.

Nicole percibe la verdad a medias y da golpecitos con las uñas en el escritorio.

—Desde aquí noto que estás de los nervios. ¿Qué es lo que quieres preguntarme realmente?

—Solo me preocupa que a Derek le hayan dicho que va a reunirse con Mac y no con Nora Mackenzie y que pueda estar esperando a otra persona. —Es la verdad, aunque no toda. Me aprieto las cartas contra el pecho.

—O sea que quieres asegurarte de que no se espera a un hombre, ¿no?

Bueno, sí pero no. Todo el mundo en la oficina me llama «Mac» por mi apellido. No es que me apasione, pero ya me he acostumbrado. La triste realidad es que, en nuestro sector, la gente con la que intercambiamos correos suele decir que sí más a menudo cuando cree que soy un tío. Los hombres más misóginos están vinculados al mundo del deporte (ejem, Marty) y las mujeres tienen que trabajar el doble que ellos para ganarse el mismo respeto. Es jodido.

—Supongo que solo quiero saber si podrías decirme con exactitud qué es lo que le comentaste a Derek, digo, al señor Pender sobre mí. Es que... parece demasiado bueno para ser verdad que esté dispuesto a firmar con una agente novata y quiero asegurarme de que está al corriente de todo.

Ella agita una mano para quitarle importancia.

—No te preocupes. Hablé usando pronombres femeninos y le dije que eras nueva, pero que fui yo quien te formó y que, por tanto, puede estar tranquilo porque has aprendido de la mejor. —«La confianza que tiene esta mujer es fascinante»—. También que, si fuera listo, se quedaría contigo antes de que tuvieras la opción de ir a catapultar la carrera de otro.

Mi corazón salta de alegría. ¿De verdad le dijo todo eso? ¿Y en serio? Nicole no va soltando cumplidos así como así, por lo que hasta ahora no tenía ni idea de que pensaba eso de mí.

—Anda, gracias.

Intento no emocionarme, pero no termino de conseguirlo. Aprieto los labios y ella se da cuenta. Arruga la nariz con desagrado.

—¿Vas a ponerte a llorar?

Mantengo los labios sellados y niego con la cabeza a pesar de que los ojos se me empiezan a llenar de agua. Ay, no, las lágrimas están llegando a las pestañas. ¡Policía, tenemos a una posible fugitiva!

Ella suelta un quejido y gira la cara hacia el portátil.

—Nada de emociones en mi despacho, ya lo sabes. Creo en ti y no me importa impulsarte hacia el éxito, Mac. —Vuelve a teclear mientras habla. ¿Cómo lo hace?—. Derek Pender va a tener muchos obstáculos que afrontar en los próximos meses. Su carrera está en la cuerda floja y es posible que te enfrentes a un traspaso o a una renegociación del contrato. Tendrás que controlar los malos rumores que los medios de comunicación sin duda tratarán de difundir a medida que se acerque la temporada. ¿Estás preparada?

Vaya por Dios, ahora me están entrando ganas de reírme como una loca, y es que la respuesta es no; no estoy preparada. Pero no porque no me sienta capaz de afrontar esas cosas que ha dicho. De hecho, la idea de enfrentarme a obstáculos importantes al principio de mi carrera me llena el estómago de mariposillas alegres. Es por la anticipación. Me encantan los retos. Y dado que Derek Pender —el ala cerrada más legendario del fútbol americano de nuestra generación— regresa esta temporada tras sufrir una lesión de tobillo que debería haber acabado con su carrera, esta es la madre de todos los retos.

No, el problema radica en que no estoy preparada para enfrentarme a ese hombre. El hombre con el que sigo soñando a veces a pesar de que no debería.

Parpadeo para contener las lágrimas.

—Gracias, Nicole. Me hace mucha ilusión tener esta oportunidad. Te debo mi amistad y mi amor eterno. —Me avergüenza admitir lo mucho que desearía que me correspondiera en lo de la amistad.

En vez de eso, contesta:

—Ahórrate la amistad y el amor, por favor. No te estoy haciendo un favor; te lo has ganado. ¿Sabes que en la historia de esta empresa nunca hemos tenido una adjunta que cerrara tantos acuerdos como tú? Y, desde luego, eres la primera que ha conseguido un nuevo cliente para mi cartera por mérito propio.

Eso último técnicamente fue un accidente. Me encontré con un jugador de baloncesto universitario en el supermercado y le dije que llevaba unas deportivas muy chulas y que había estado genial en el partido de la semana anterior. Una cosa llevó a la otra y el lunes por la mañana estaba en el despacho de Nicole firmando un contrato. Un chaval muy agradable, la verdad. Al salir se dio un golpe en la cabeza con el marco de la puerta.

—Pero ahora —continúa Nicole— veremos de verdad qué pie calzas. Vas a estar sola en el despiadado mundo de la representación de atletas profesionales, y aquí no hay lugar para meter la pata.

«Menuda premisa. Qué poco me gusta».

—Vale, no me estás haciendo un favor, pero quieres que seamos mejores amigas. Entendido —añado mientras me despido con un saludo militar.

Luego doy gracias de que estuviera mirando el ordenador y no viera ese gesto, porque solo habría conseguido incordiarla aún más. Y lo cierto es que sí que quiero caerle bien a Nicole. Porque, aunque me encanta que mi madre sea mi mejor amiga (es la persona más guay que conozco), empiezo a pensar que va siendo hora de hacer más amigos.

Bueno, para ser sincera, hacer amigos es fácil. Lo difícil es conservarlos.

Salgo del despacho de Nicole y, de forma milagrosa, llego a mi despacho (si es que se le puede llamar así, ya que más bien parece un cuarto de la limpieza con una ventana tamaño ojo de buey) sin que Marty y sus secuaces me increpen. Una vez allí, como siempre, pego la espalda contra la pared para pasar por el lateral del escritorio y llegar a la silla.

Decidida a transformar este día en el que el chocolate se ha derretido en una deliciosa taza de chocolate caliente, empiezo a reorganizar mi mesa, y es que nada me levanta más el ánimo que poner las cosas en orden y clasificarlas por colores. Cuando logro tener la sensación de que mi mundo es un poco más estable, abro la bandeja de entrada y vuelvo a leer «el correo». Sigo convencida de que es un error. Una alucinación. Una pesadilla.

En cualquier momento, yo, Nora Mackenzie, me despertaré y mis zapatillas rojas preferidas no tendrán un chicle pegado a la suela ni mi gran oportunidad laboral dependerá de él.

Mac:

Fantásticas noticias. Nicole y yo estamos muy impresionados con tu trabajo últimamente (sobre todo con el acuerdo que has conseguido para Nicole mientras ella estaba enferma) y creemos que estás más que preparada para pasar a ser agente a tiempo completo.

Derek Pender, el ala cerrada de los Sharks, necesita un nuevo representante. Seguro que ya sabes que es cliente nuestro, pero Bill Hodge, que es quien lo ha representado durante los siete años que lleva en la NFL, por desgracia está teniendo ciertos problemas de salud, en cuyos detalles no vamos a entrar, y ha dimitido con efecto inmediato. Necesitamos asignarle un nuevo agente al señor Pender lo antes posible. Nicole no puede aceptar más clientes, pero le ha transmitido su confianza en ti y él está dispuesto a reunirse contigo para ver si encajáis bien. Vendrá hoy a la una. Aunque todos somos conscientes de los obstáculos a los que se va a enfrentar cuando empiece la temporada, sigue siendo un excelente atleta para estrenarte. ¡Enhorabuena!

JOSEPH NEWMAN
Propietario y director,
Sports Representation Inc.

El correo electrónico en sí es maravilloso, alentador y un fantástico resumen de aquello con lo que siempre había soñado que podría ocurrir en mi carrera. El problema es que estoy convencida de que el señor Pender no sabe con quién tiene que reunirse más tarde. Si lo supiera, no habría aceptado.

Porque la última vez que vi a Derek, mi novio de cuando iba a la universidad, fue el día que rompí con él.

## 2

## Derek

Entro en la casa, dejo el recipiente de sopa para llevar en la encimera, veo por el rabillo del ojo la pizarra blanca situada en la esquina de la habitación y me doy la vuelta al instante.

—¡Nop! —digo, camino de la puerta.

«Enfermo, mis cojones». Mi amigo y compañero de equipo, Nathan, me había enviado un mensaje esta mañana diciéndome que tanto él como su esposa, Bree, se encontraban fatal, y preguntándome si podía llevarles un poco de sopa; sabe que, por mi forma de ser, siempre acudo cuando alguien me necesita. Sin embargo, lo veo ahí plantado junto a la pizarra con mis otros tres amigos y tiene pinta de estar más sano que un roble, además de tener una sonrisa de chulo repelente pintada en la cara.

Lawrence se interpone en mi camino cuando intento retroceder, y eso me ayuda a hacerme una idea de lo que supone enfrentarse a él —nuestro placador izquierdo— en el campo.

—Escúchanos, Derek.

—Y una mierda. He venido hasta aquí engañado, no para lo que sea que pretendáis con esa intervención —digo mientras señalo la pizarra que tengo a la espalda.

—Venga, tío. Ha llegado el momento. —A Jamal le encanta escucharse hablar—. Además, después de lo que encontramos en tu mesita de noche, no puedes negar que es lo que quieres.

—No ha llegado el momento y no es lo que quiero.

Me acerco a Jamal con aire amenazante para arrebatarle el rotulador borrable de las manos. A continuación borro agresivamente las palabras «Buscarle una esposa a Derek» de la parte superior de la pizarra. La pizarra que, desde hace dos años, cuando la utilizamos para ayudar a Nathan a salir de la «zona de amigos» con su mejor amiga y ahora esposa, Bree, se ha convertido en un elemento básico en todas las sesiones importantes de planificación vital de nuestro grupo de amigos. Y, oye, yo encantado de pasarme el día tirado en el sofá con estos tíos mientras trazamos estrategias detalladas para todos sus empalagosos planes de vida amorosa, pero, si intentan usarla conmigo, la quemaré hasta reducirla a cenizas.

—No quiero casarme. Y esta es la última vez que te advierto que no saques el tema de mi mesilla de noche antes de que haya consecuencias reales, como que tu cara tenga un aspecto un poco menos atractivo al inicio de la temporada.

No tendría que haberles dado a estos tíos una llave de mi casa mientras estaba fuera de la ciudad, aunque necesitara que me regaran las plantas. Claro que iban a fisgar. Llevan en la sangre lo de saltarse los límites.

Pero esta mierda de la pizarra es demasiado. Sé por qué lo hacen, esas sonrisas nerviosas de lástima que me lanzan no me engañan. Últimamente me he aislado demasiado, he rechazo una invitación a una cena tras otra, no salgo nunca de noche con ellos y, desde luego, no tengo citas. En pocas palabras, soy el extremo opuesto de lo que solía ser y consideran que una relación me sacaría del pozo. Y puede que sus temores sean válidos. Ya no saben quién soy ni cómo manejarme. Yo tampoco sé quién soy.

No me sentía tan inseguro de mí mismo desde que era un chaval torpe y desgarbado al que volvía a irle fatal en el colegio, al que le costaba hacer amigos que no se rieran de él sin piedad después de oírle leer en voz alta y que solo vivía a la sombra de su hermana mayor, Ginny, que era la favorita de todo el mundo. Sacaba sobresalientes sin tener que esforzarse, y supongo que por eso ahora es médica. Donde ella se crecía, yo tenía que batallar el doble. Me peleaba a todas horas con mis padres por culpa de las notas y oía más veces de las que era capaz de contar: «¿Por qué no te aplicas de una vez y dejas de hacer el tonto, Derek?».

No fue hasta hace unos meses cuando por fin me diagnosticaron ese supuesto «hacer el tonto»: dislexia. Una noche, mientras estaba tumbado en la cama echando un vistazo a las redes sociales, me topé con un vídeo en el que un chico describía cómo era para él vivir con dislexia. Me quedé de piedra, porque todo lo que contaba eran experiencias que yo también había vivido. Me puse en contacto enseguida con una especialista en aprendizaje y, tras las pruebas, se confirmó: soy disléxico.

Por eso me resultaba tan difícil leer y escribir y tardaba el doble que otros alumnos. Por eso me costaba procesar ciertas palabras. Por eso me quedaba rezagado. Durante la adolescencia no me hicieron pruebas porque provengo de una familia con la firme creencia de que «solo tiene que esforzarse más». Pero, en realidad, era el que más trabajaba. Jamás logré entender por qué no bastaba con eso. Por qué no comprendía lo que leía en los libros de texto como todos los demás. Y esa brecha entre mis padres y yo continuó creciendo hasta que llegué a odiar cualquier forma de aprendizaje.

Sin embargo, en el instituto encontré el fútbol americano. Entré en el campo y fue como si todas las piezas del puzle encajaran de golpe. Era muy bueno. Tenía un don innato. Y con los años no hice más que mejorar. Crecí hasta alcanzar el metro noventa y cinco y mis músculos se desarrollaron de una manera distinta a la del resto de los chicos que me rodeaban. De repente tenía mucho éxito con las chicas. Los profesores me daban más cancha. Mis padres estaban orgullosos porque, al igual que Ginny, me estaba forjando un nombre. Tenían un nuevo motivo por el que presumir ante sus amigos. A nadie le importaba demasiado que mis notas fueran pésimas o que tuviera problemas académicos, porque estaba claro que iba a jugar al fútbol en la universidad y que luego pasaría a la NFL, así que ¿qué más daba?

Y eso fue lo que ocurrió.

Me gradué en el instituto por los pelos, pero machaqué todos los récords escolares como ala cerrada. En las clases de la universidad, mis profesores me echaron más manos de las que me gustaría reconocer, pero logré graduarme y luego me seleccionaron en la primera ronda del draft. He jugado dos Super Bowls y me han nombrado MVP. He salido con estrellas de cine, les he comprado una casa nueva a mis padres y, como regalo de graduación, le pagué a mi hermana el préstamo que había pedido para poder pagarse la carrera de Medicina.

Mi identidad no cambió hasta que me rompí el tobillo en el campo al final de la temporada pasada y tuvieron que someterme a una operación. Hace tanto tiempo que dependo de mi carrera profesional para sentirme seguro y aceptado que no sé quién coño sería sin ella. ¿Qué pensará toda esta gente de mí cuando ya no sea capaz de hacer lo único que se me da bien? «Inútil».

Este sería el peor momento para intentar iniciar una relación. Sobre todo teniendo en cuenta que Collin Abbot —el novato suplente que me sustituyó durante los dos últimos partidos de la temporada pasada— los dejó a todos boquiabiertos. Ahora los rumores me rodean como pirañas. Va a ocupar mi puesto esta temporada. Tengo todo que perder y nada permanente que ofrecer.

—Derek, deja de hacer el gilipollas y permite que te ayudemos a encontrar el amor y la felicidad —dice Nathan.

—No es el momento —contesto, en lugar de soltarle que, en mi cabeza, «amor» y «felicidad» no son sinónimos y que puede meterse sus opiniones por el culo.

Solo me he planteado la idea del matrimonio con una mujer. La única que he sentido que me quería de verdad por lo que era fuera del campo de fútbol. Fue antes de conocer a estos cuatro bufones a los que llamo compañeros de equipo —menos cariñosamente conocidos como «amigos»—, y digamos que la degustación de saber qué es que te quieran y te abandonen me llenó lo suficiente como para no querer repetir jamás. Nunca les he hablado a mis amigos de ella. No tienen ni idea de que esa mujer es la razón de que ahora me repela la idea de mantener una relación duradera.

—¿Por qué no?

Nathan Donelson es el quarterback de nuestro equipo, Los Angeles Sharks, y le hemos puesto el apodo cariñoso de Papá en honor a su liderazgo y sabiduría. Y justo por eso, después de que hace dos años se casara con su mejor amiga, Bree, el resto de los chicos se apresuraron a seguir su ejemplo. Jamal se casó con Tamara, y Lawrence, con Cora, y ambas parejas llegaron incluso a contraer matrimonio en Las Vegas sin avisar a nadie, como Nathan y Bree, porque estos habían conseguido que pareciera un puñetero cuento de hadas. Pero, para mí, el matrimonio es el punto en el que dejo de seguirlo como una oveja.

Soy el último sin anillo de casado en nuestra pandilla de cinco hombres, y así voy a continuar.

—Pender solo está asustado —interviene Jamal Mericks, el corredor de nuestro equipo y mi grano-en-el-culo-autoproclamado.

Ahora es él quien me arrebata el rotulador borrable de la mano y lo utiliza para dibujar un bebé enorme con un chupete en la pizarra. Por si quedaba alguna duda de a quién se suponía que representaba la criatura, escribe mi nombre con una gran flecha apuntando hacia ella.

Le hago una peineta.

—Muy maduro. Lo único que has hecho es dejar claro que llevo razón.

Le da unos golpecitos con el rotulador al dibujo del bebé.

—Basta de discusiones por hoy —dice Lawrence.

Sin duda es el más bonachón del grupo, pero también el más agresivo en el campo; viendo cómo se pone cuando nos peleamos, sería imposible adivinarlo. También es el único de los presentes que me hace parecer bajito. Mido un metro noventa y cinco y Lawrence me saca una cabeza.

Pasa a empujones entre nosotros y borra la pizarra de nuevo.

—Jamal, es un milagro que con ese ego tan enorme hayas conseguido pescar una esposa. Y, Derek, empiezo a dudar de que fueras capaz de encontrar una aunque lo intentaras.

—Qué grosero —decimos Jamal y yo al unísono, y luego nos volvemos para intercambiar una mirada especular.

Lo nuestro es una relación de amor-odio. Vamos, que más que nada amo odiarlo.

—¿Y si, en lugar de intentar forzar a Derek a tragarse vuestras ideas románticas, hacéis algo constructivo y venís a ayudarme? —grita Price desde el salón, donde está despatarrado en el suelo con un millón de piececitas de plástico de todos los colores del arcoíris tiradas a su alrededor.

Creo que al final se supone que tienen que parecer una especie de andador-mesa-de-juego-para-bebés.

Jayon Price es nuestro malhumorado receptor. Nos dejó a todos a cuadros al convertirse en el primero del grupo en anunciar un embarazo. Yo apostaba por Nathan, pero no. Hope, la mujer de Price, está en el último trimestre, y nunca había visto a mi amigo tan feliz.

Bueno, en este momento no parece muy feliz. Está intentando meter una cosa elástica de plástico en otra pieza de plástico, pero no encajan. Tiene el bíceps a punto de estallar de la fuerza que está haciendo.

—¿Por qué coño no venden estos chismes ya montados?

Lanza la pieza culpable al otro lado de la habitación y me agacho justo a tiempo para esquivar el impacto de un abejorro de plástico en la cara.

—Hay una pregunta aún mejor —dice Jamal, que se acerca a mirar la caja en la que venían las piezas—. ¿Por qué te has puesto a montar esto ahora?

Price se queda boquiabierto.

—¿Por qué no? Hope sale de cuentas dentro de más o menos dos meses.

Se me escapa una carcajada que parece un gruñido.

—Tío, esa cosa es para bebés más mayores. —Señalo la caja—. En la parte de atrás pone que es para fortalecer las piernas y la espalda del bebé para que empiece a andar.

Price deja caer las instrucciones y nos mira uno por uno con una expresión que no augura nada bueno en la cara.

—Si le contáis esto a Hope, estáis todos muertos. Ya está atacada porque no tenemos ni idea de lo que hacemos, así que no quiero que se agobie aún más cuando descubra que me ha pedido que monte un juguete para una criatura de ocho meses.

La verdad es que adoro poder pasar por todas estas etapas de la vida con mis amigos. Por eso tengo que reaparecer en el campo completamente recuperado. Porque a una parte de mí le preocupa que si me echan… Da igual. Ahora no quiero pensar en eso.

Nathan asiente.

—Te ayudaremos a montarlo, más que nada porque tu esposa embarazada me hizo pasar verdadero miedo la semana pasada cuando me amenazó con clavarme las púas del tenedor en la mano si cogía el último brownie. Si esa mujer quiere que le montemos el andador de su bebé varios meses antes de tiempo, se lo montamos. —Se vuelve de nuevo hacia mí—. Pero… todavía no hemos terminado de hablar de tu estado sentimental.

—Uy, sí, hemos terminado hace rato —digo mientras retrocedo hacia la cocina y cojo las llaves que he dejado en la encimera—. Déjanos en paz a mi soltería y a mí y cómete la sopa, capullo mentiroso. Me largo de aquí.

—¡Nadie va a ir a ninguna parte! —dice una voz femenina desde el umbral de la cocina. Levanto la vista y veo que Bree, la mujer de Nathan, ha aparecido como por arte de magia y pretende utilizar su cuerpo a modo de barrera humana: ha estirado los brazos y se ha agarrado al marco de la puerta para impedirme salir. Debe de acabar de volver de su estudio de danza, porque lleva una malla negra y un pantalón de chándal gris. Su uniforme habitual—. ¿Le habéis hablado ya del plan?

Nathan grita desde el salón:

—Sí, no quiere casarse.

Bree se queda boquiabierta.

—¿Nunca?

Parece personalmente ofendida por mi decisión. No es que tenga nada en contra del matrimonio para otras personas, es solo… que no es para mí. Al menos, ya no.

Me encojo de hombros y le doy vueltas a las llaves con un dedo mientras miro a la mujer a la que ahora veo como mi hermana pequeña.

—Lo siento, Quesito Bree, pero no es para mí.

—Bueno, vale… —Hace un gesto con la mano para restarle importancia al asunto—. Si no quieres casarte, no pasa nada. Pero al menos deja que te emparejemos con alguien.

—Gracias, pero no. Ya estoy servido en ese frente.

Aunque me encamino hacia ella, no se aparta del umbral.

—¡No, no es cierto! Derek Pender, no creas que no nos hemos dado cuenta de que no has tenido ni una sola cita desde que te lesionaste. Puede que todos estos niños grandes que nos espían desde detrás de la esquina sean demasiado gallinas para decírtelo, pero que ya no salgas de noche es preocupante. Y que no tengas citas, ¡ni siquiera un rollito!

Suelta toda esa retahíla como si mi nombre tuviera que ser sinónimo de esas cosas. Y…, bueno, supongo que antes lo era.

Vuelvo la cabeza y, en efecto, todos están pendientes de lo que decimos. Sin embargo, retroceden un poco cuando los miro.

—No tenéis por qué preocuparos, chicos. Es solo que ahora mismo estoy totalmente centrado en la rehabilitación.

—Sí, pero ¿a qué precio? —pregunta Bree, y se le hunden un poco los hombros.

La miro a los ojos.

—Deja de darle vueltas. Estoy bien, te lo juro.

Ella baja los brazos y pone cara de hartura.

—Eres insoportable, eso es lo que eres. Pero supongo que, aun así, dejaré que te salgas con la tuya.

Mete la mano en el bolso que lleva colgado del hombro, y enseguida sé lo que viene a continuación: una «breegatela». Bree demuestra su afecto haciendo regalitos esporádicos que le recuerdan a sus amigos. Todos tenemos unos cuantos. Yo conservo una taza de café con forma de calavera que, según ella, se parece al tatuaje que me hice en el antebrazo, y un imán con el número 82 —el que llevo en la camiseta— que les robó a sus sobrinas del juego magnético para aprender los números que tienen en la nevera.

Hoy saca algo que me deja de piedra, aunque es imposible que sepa por qué ese objeto en concreto me produce tal impacto.

Bree me pone en la palma de la mano un llavero, y lo único que consigo hacer durante tres respiraciones enteras es mirar el pequeño bol de helado cubierto con trocitos de cereales. La piel de la cara se me calienta como si me hubieran pillado con las manos en la masa.

—¿Por qué me regalas esto?

Mi tono es acusador. Como si hubiera estado husmeando en mi cerebro sin permiso. Como si supiera todos mis secretos y esto formara parte de la intervención.

—Porque... —Su sonrisa se vuelve inquisitiva—. ¿Te acuerdas de cuando en el banquete de la boda de Lawrence te emborrachaste y diste aquel discurso tan gracioso? Dijiste que lo único que querías comer durante el resto de tu vida era helado con cereales y que te ponía muy triste pensar que no podías hacerlo. El otro día vi en internet una tienda que hace llaveros de resina con forma de helado y los personaliza, así que les encargué que te hicieran este con cereales por encima.

Claro. Por el discurso. El alivio me relaja un poco los hombros cuando me doy cuenta de que no sabe nada de ella, de Nora.

Todavía hoy, el grupo sigue riéndose de aquel «discursito tan gracioso» que pronuncié en el banquete. Pensaron que estaba tan increíblemente borracho que no hacía más que soltar tonterías lamentables. Y, es verdad, estaba borracho. Pero solo porque no pude quitarme de la cabeza a Nora, la mujer con la que quise casarme desde el día en el que la conocí, durante toda la ceremonia. No podía dejar de pensar en dónde estaría ahora ni de preguntarme por enésima vez por qué no fui suficiente para ella. Sí, éramos polos opuestos. Ella era muy inteligente y, además, estaba muy motivada y centrada en lo académico; yo, por el contrario, era un deportista con un trastorno del aprendizaje no diagnosticado al que se le daba muy bien salir de fiesta.

Pero también éramos compatibles en muchos aspectos. Nos encantaba competir, lo convertíamos todo en un juego divertido y sin sentido y disfrutábamos con ello. Teníamos una química que no he vuelto a sentir con nadie más. De esas que se te cuelan en el torrente sanguíneo y te alteran. Y, por si fuera poco, a ambos nos encantaban los deportes. De hecho, ella aspiraba a convertirse en agente. ¿Lo habrá conseguido?

Y la merienda favorita de Nora: helado con cereales.

Por lo visto, en ningún momento dejé entrever que el discurso iba dirigido a mi corazón roto o a la mujer que me lo había destrozado. Simplemente dieron por sentado que aquella noche padecía un caso agudo de antojo de dulces. He dejado que sigan creyéndolo porque prefiero que mi pasado con Nora permanezca enterrado.

Cierro la mano alrededor del llavero y fuerzo una sonrisa.

—Es verdad, se me había olvidado por completo. Gracias, qué divertido.

Bree frunce el ceño, y estoy seguro de que habría hecho algún comentario acerca de la poca gracia que parece que me ha hecho si Nathan no hubiera aparecido por la esquina para rodearle la cintura con los brazos por detrás. Estos dos son capaces de hacerte vomitar. Son demasiado tiernos para su propio bien.

—Vamos a salir todos a comer, ¿te apuntas? —me pregunta Nathan, aún aferrado a Bree.

—No puedo, tengo una reunión a la una. Bill ha tenido que jubilarse por un problema de salud del que no ha querido hablar, así que he quedado con alguien nuevo que me ha recomendado Nicole.

Y esa es otra. Cuando tu agencia intenta encasquetarte al último mono, sabes que ya no cree mucho en tu carrera. Imagínate ser el mejor ala cerrada del fútbol americano profesional y que te hagan un placaje que te rompe el tobillo como si fuera una rama; que la fractura requiera una operación para repararlo y que ahora tengas que conformarte con la novata de la agencia, que no ha tenido un cliente en su vida. Las únicas razones por las que no rechacé la idea al instante son: primero que yo tampoco tengo ya muy clara mi valía, y segundo que Nicole, que lleva siendo la agente de Nathan desde el principio de su carrera y tiene fama de ser la mejor en su campo, me la ha recomendado.

—Nicole no te aconsejaría mal. Si te dice que firmes con él, hazlo —dice Nathan, que sigue abrazado a Bree como si se tratara de una cuerda salvavidas y él fuera a hundirse si se rompiera el contacto físico.

«Me dan envidia».

—Con ella —corrijo, y aparto la mirada de la feliz pareja para volver a darles vueltas a las llaves alrededor del dedo—. La agente es una mujer.

—¡Ay, a lo mejor es guapísima y soltera y os enamoráis perdidamente! —exclama Bree como si tuviera corazones en los ojos.

Niego con la cabeza.

—En serio, chicos, necesito que dejéis el tema. No quiero una relación.

—Ya, eso piensas ahora. Pero ¿y después de conocer a la mujer más increíble del mundo?

Miro a Nathan.

—Por favor, ¿puedes pedirle a Cupido que se aparte para que pueda marcharme?

## 3

## Nora

Pongo la mano en el pomo de la puerta de la sala de reuniones y mi estómago da diez vuelcos seguidos. Y, mientras no deja de dar vuelcos, entro en un portal del continuo espacio-tiempo donde voy dando volteretas sin que eso logre aliviar lo más mínimo mi sufrimiento. Pero no porque no me sienta preparada para hacer mi trabajo; es porque no me siento preparada para volver a estar cara a cara con Derek Pender.

En pocas palabras: Derek para mí era todo lo que nunca debió ser. Yo tenía la vida organizada según un plan trazado al detalle. Un plan que todavía sigo a rajatabla. Conocer a un jugador de fútbol americano salvaje, divertido y sexy y enamorarme locamente de él durante mi último año de universidad no formaba parte de ese plan. Ambos habíamos estudiado en la Universidad Southern California durante tres años sin cruzarnos.

Y, de repente, como una onda gravitacional en medio del universo, allí estaba él, en la misma fiesta que yo, con unos ojos tan azules como las llamas de alta temperatura. Por alguna razón que desconozco, se sintió tan atraído por mí como yo por él. Me vio sola en un rincón apartado de la fiesta, lo cual no era porque fuera tímida o introvertida, sino porque no quería estar allí. Me estaba impidiendo terminar una presentación en la que tenía muchas ganas de trabajar, pero mi compañera de habitación me había obligado a ir. Según ella, llevaba varios días sin siquiera pestañear. Fue entonces cuando Derek se acercó a hablar conmigo.

Un rato después me sacó a la pista de baile y al final de la noche me dolían las mejillas de tanto reír. También me emborraché muchísimo y, como mi compañera de habitación se había ido con un chico y estábamos fuera del campus, no tenía quien me llevara. Derek (que estaba mucho más sobrio que yo) llamó a un Uber y se aseguró de que llegara sana y salva a mi cama. Luego durmió toda la noche en el suelo para asegurarse de que no me atragantara con mi propio vómito.

A la mañana siguiente me sentía fatal porque se hubiera tomado tantas molestias por mí, así que le hice un vale por escrito que podía canjear cuando quisiera. Sin embargo, nunca llegó a usarlo y no tardamos en enamorarnos. Tampoco tardé en perder el norte y sustituir mis metas y sueños por la adicción a su sonrisa, su tacto y la forma en que me miraba, como si yo fuera lo mejor del mundo. Nos entendíamos como nadie. Incluso compartíamos la necesidad de competir constantemente. Era normal en nosotros hacer una carrera para ver quién llegaba antes a cualquier sitio. O quién podía mantener durante más tiempo el equilibrio con una taza sobre la cabeza. También jugábamos a «el suelo es lava». Era una competición ridícula tras otra a todas horas.

Vivimos ese amor juvenil tan bonito como desgarrador que solo puede existir si te adentras en una burbuja donde faltas a clase, te quedas despierto toda la noche para ver el amanecer mientras comes dónuts e ignoras los libros de texto en favor de ir a ver cómo la otra persona entrena o juega un partido.

Hasta que me di cuenta de que Derek no entendía una de las partes más importantes de quién era yo. Así que justo antes de graduarnos y de que lo reclutaran para la NFL, rompí con él.

Fui abrupta y fría como el hielo. Nunca he dejado de lamentar esa parte.

Sin embargo, cuando vuelva a ver a mi ex, lo más probable es que Derek me mire, esboce lentamente una sonrisa y me dé un abrazo amistoso. Puede que incluso me llame por mi antiguo apodo por los viejos tiempos. Galletita de jengibre. Porque ahora los dos somos adultos. Porque, aunque romper con Derek casi acaba conmigo, él lo superó en cuestión de una semana. Y, a juzgar por lo que dice la prensa, si hay algo que mi ex no ha hecho durante todos estos años, es quedarse sentado esperándome. Pensar en eso solía ponerme de mal rollo, pero hoy me reconforta. Si pasó página tan rápido, es posible que yo apenas sea un recuerdo lejano para él.

Así que me armo de valor y giro el pomo de la puerta para entrar a la sala de reuniones con paso decidido, irradiando poder y aplomo. Es broma. Alguien abre la puerta desde dentro mientras mi mano sigue en el picaporte y me arrastra hacia el interior. Entro tambaleándome y esquivando al becario que la ha abierto. Sin querer, lanzo hacia la mesa de la sala el bolígrafo que tengo encima de los contratos. Aterriza justo en el centro y Nicole (uf, qué bien, parece que Nicole también va a asistir a esta reunión) se queda atónita.

Me enderezo y me recoloco la americana con la dignidad propia de una reina. O de una niña que se ha disfrazado de reina para jugar, pero el caso es que la dignidad está ahí.

—Hola. ¡Ya estoy aquí! —Rezo para que mi voz salga firme.

—Sí, ya lo veo. —Menos mal que Nicole ha sido la única que ha visto mi torpe entrada, porque Derek (madre mía, ahí está Derek) sigue de espaldas a mí, de cara a la mesa—. Empecemos con las presentaciones, ¿os parece?

Ay, no. Aquí es donde todo se va a la mierda. Y encima Nicole va a presenciarlo. Debería haberle dicho la verdad cuando he ido a verla al despacho. La verdad es siempre la opción correcta. Siempre. Lo sé porque soy la capitana del Club de los Amantes de las Reglas. Y, sin embargo...

Derek se inclina y coge el bolígrafo del centro de la mesa. Con él en la mano, empuja la silla hacia atrás y se levanta. Se me llena el estómago de mariposas al verle la espalda. Es... enorme. No recuerdo que antes hubiera tanto espacio entre hombro y hombro. Los músculos son tan obscenos que se marcan por debajo de la camiseta. Esa pobre camiseta de algodón se esfuerza al máximo por esconderlos, pero no tiene ninguna posibilidad. Entonces se da la vuelta y se me cae el mundo encima.

Unos ojos penetrantes de color azul aciano se cruzan con los míos. Son tan bonitos que resultan casi crueles. Siento que hay un destello. En ese instante un pensamiento se apodera de mí antes de que pueda descartarlo. «No lo he superado y tengo miedo de no superarlo nunca».

Su pelo castaño aclarado por el sol le cuelga por las sienes y la nuca, resaltando esa estructura facial tan de «písame la cara por favor». A decir verdad, con este cuerpazo y esta mandíbula, él y el quarterback del equipo, Nathan Donelson, parecen hermanos. Pero Derek es el homólogo más mundano de Nathan. La cara de Derek es intensa y fascinantemente atractiva.

Mi mirada va de aquí para allá, nerviosa, porque no se decide a quedarse fija en ninguna parte de su cuerpo. Ya era grande y fuerte en la universidad, pero es que ahora... Santo cielo, resulta abrumador. Parece nacido en una época en la que la gente necesitaba tener guerreros para garantizar su seguridad. Y todos esos pequeños tatuajes que tiene repartidos por los brazos sin llegar a conectar entre ellos también son nuevos para mí. Los he visto en la televisión, en algún partido televisado, pero verlos en persona sobre su piel intensifica la experiencia.

Cuando vuelvo a mirarlo a la cara, no parece alegrarse de verme. Nicole se aclara la garganta.

—Derek, esta es...

—Nora Mackenzie —digo a la vez que él para ocultar su voz. Extiendo la mano con una sonrisa deslumbrante y suplicante y me resisto a desmayarme por mi repentino pico de adrenalina—. Encantada de conocerte, Derek.

Nicole no me ve. El enorme cuerpo de Derek se lo impide. Él posa su fría mirada en mi mano extendida y frunce aún más el ceño. Le ruego en silencio que me la estreche. Que me siga el rollo hasta que Nicole se vaya. Pero me da que no lo va a hacer.

Justo cuando despega los labios para decir algo, la puerta de la sala de reuniones se abre y nuestra recepcionista asoma la cabeza.

—Nicole, siento interrumpirte, pero tienes una llamada urgente. La he transferido a tu despacho y está en espera.

Nicole se levanta y rodea la mesa. Se queda mirando la cara de tormento de Derek y mi expresión animada y sonriente para compensar la de él.

—Si me disculpáis —dice con un tono dubitativo—. Vuelvo enseguida.

«Claro. ¡Tómese su tiempo, señora! ¡Todo el día si lo necesita!».

Sale de la habitación y cierra la puerta con cuidado. Me quedo a solas mirando los escalofriantes ojos de Derek. No pierde el tiempo, niega con la cabeza y se aparta de mí para coger las llaves de la mesa.

—No. Ni hablar.

«Espera, ¿qué?».

Estoy estupefacta. Atónita. Me he quedado parpadeando como si alguien me hubiera iluminado los ojos con un foco brillante. Después de tantos años sin vernos, ¿eso es todo lo que tiene que decir?

—¡Derek, espera! —Paso por su lado para interponerme en su camino antes de que llegue a la puerta.

Me mira con la mandíbula tensa.

—Me dijeron que te llamabas Mac. —Suelta una risa seca y se le llenan los ojos de desprecio—. Felicidades. Si tu objetivo era quedarte conmigo, lo has conseguido. Toma tu pin de premio.

Incluso su voz ha cambiado. Ahora es más grave.

Me cuesta encontrar las palabras porque he subestimado lo que sentiría al volver a estar cara a cara con él. Cada célula de mi cuerpo tiembla como si estuviera regresando a la vida. Mentiría si dijera que no me había imaginado cómo sería encontrármelo. Siempre supe que Derek era cliente de Bill, pero no pensé que llegaríamos a vernos porque Bill solo se reunía con él fuera de la agencia. Y no se me ocurría ningún motivo que me llevara a coincidir con él para informarle de que también trabajaba ahí.

Aun así, me lo imaginaba. Imaginaba encontrármelo en el pasillo una tarde cualquiera y que se me quedara mirando. En mis fantasías, la cosa siempre empezaba con una sonrisa lenta y traviesa que se iba extendiendo por su boca y terminaba con nosotros besándonos en el cuarto de la limpieza.

Pero la reacción que acaba de tener está justificada. Le hice daño y tengo que disculparme. Aunque este no es para nada el momento.

—No, por favor, escúchame. No era mi intención quedarme contigo. De hecho, cuando me enteré de que Nicole te había propuesto la idea, me dio miedo que no supieras quién era. En la oficina todo el mundo me llama Mac. Es la abreviatura de…

—Mackenzie —dice de mala hostia, como si no pudiera creer que haya tenido la osadía de insinuar que no lo había adivinado ya—. Sí, lo recuerdo perfectamente, Nora. —Y entonces suelta una carcajada cargada de desdén—. También recuerdo con qué facilidad dejas tiradas a las personas sin previo aviso, por eso no pienso contratarte. Prefiero que mi agente sea alguien dedicado y en quien pueda confiar.

«Uf, esa ha dolido».

Derek pasa por mi lado asegurándose de no tocarme para que no le contagie los piojos y sale por la puerta sin mirar atrás.

—Genial, todo lo que podía ir mal ha ido mal —les digo a las sillas vacías.

Resulta que Derek sí me recuerda. Y me odia. Algo por lo que no puedo culparlo, aunque me resulte confuso.

Así que tengo dos opciones: 1) Contarle a Nicole que ya he perdido a mi primer cliente; cliente que prácticamente me había servido en bandeja. Bochornoso. 2) Arrancarme este cuchillo del pecho y utilizarlo como dardo para hacer diana con mis objetivos profesionales.

Me decanto por la opción 2, lo que significa que es hora de aclarar las cosas con mi exnovio.

## 4

## Derek

—¡Derek! ¡Derek! ¡Espera!

Esto no puede estar pasando. Estoy en la acera, ya fuera de la agencia, e intento alejarme de este lugar y de esa mujer lo más deprisa posible. «Mac». Tendría que haber pedido más detalles. Pero ¿cómo iba a saber que mi exnovia había conseguido un trabajo en la agencia de deportes que me representa? Dios…, ¿cuánto tiempo llevará trabajando aquí? ¿Desde cuándo sabe que siempre ha habido un solo grado de separación entre ambos y, aun así, ha decidido no informarme nunca al respecto?

Ni de coña voy a permitir que me represente.

—¡Derek! Por favor… ¡Uf! ¿Puedes frenar un poco? Madre mía, ahora tienes unas piernas enormes. Eres como uno de esos árboles gigantes de *El Señor de los Anillos*.

Corre detrás de mí gritando esas cosas para que las oiga toda la ciudad. Mi todoterreno está justo a la vuelta de la esquina, en el aparcamiento privado, y pienso llegar hasta él antes de que ella me alcance. ¿Estoy siendo cruel? Sí. ¿Me importa? Ni lo más mínimo.

—No eres mi agente y nunca lo serás, así que deja de perseguirme —le digo volviendo la cabeza por encima del hombro.

Capto un atisbo de sus mejillas sonrosadas y del pelo de color caoba oscuro que le ondea alrededor de la cara mientras esprinta para alcanzarme. El viento no hace más que levantarle la falda y mostrar más centímetros de pierna de los que le gustaría, a juzgar por el hecho de que intenta mantener una mano pegada a la parte delantera, como en un póster de Marilyn Monroe. Parece que por fin tengo la respuesta a mi pregunta: sí logró convertirse en agente deportiva.

Me adelanta a toda velocidad y hace una pequeña pirueta de salto-y-vuelta para poder caminar hacia atrás mientras me mira a la cara.

—¿Me das solo un segundo para explicártelo?

—Poste.

—¿Eh?

—Que hay un poste —le digo, y la agarro del brazo y tiro lo justo para que lo esquive sin problema.

La suelto al instante. «Tendría que haber dejado que se lo tragara». Sin embargo, un segundo después vuelve a estar a mi lado.

—¡Derek, por favor! Quiero hablar de esto. Y disculparme.

—No quiero que te disculpes. De hecho, no quiero nada tuyo.

Y es cierto. Puede que hace un tiempo hubiera dado cualquier cosa por tenerla así, suplicándome una oportunidad de explicarse y disculparse, pero ya no. Tengo el corazón helado para siempre. Es evidente que no fui suficiente para ella, así que no hay nada más que decir.

Mantengo la mirada clavada en el frente e intento no hacerle caso mientras continúa caminando de espaldas.

—Deja de seguirme. Y mira por dónde andas, que te vas a tropezar.

—¿Ves? ¡Ya soy una agente tan entregada que arriesgaría cualquier cosa por ti!

Ese comentario me despierta una furia irracional. Se dedica a bromear como si fuéramos viejos amigos y no ex con un pasado tan complicado que, cuando la miro, lo veo todo rojo.

—No eres mi agente y nunca lo serás. Esta conversación ha acabado.

Quiero cerrar los ojos. Quiero suprimirla y fingir que no está aquí, justo a mi lado, porque este momento me va a hacer retroceder de nuevo. El mero hecho de verla me abre viejas heridas que al principio creí que nunca sanarían. Me vienen a la cabeza recuerdos de Nora dándome golpecitos en la mejilla para obligarme a sonreír. De sus ojos grandes y nerviosos mientras nos colábamos a deshoras en el polideportivo de la universidad para bañarnos desnudos en la piscina. De su suave sonrisa cuando estaba sentada a mi lado en clase, tomando apuntes como una loca, y yo le dibujaba un corazón invisible en la parte superior del muslo una y otra vez.

Cuando entro en el aparcamiento y aprieto el mando a distancia de mi todoterreno eléctrico, los faros parpadean y las manillas de las puertas saltan. Nora se fija en cuál es mi coche y se adelanta para pegar la espalda a la puerta, con la respiración agitada. ¿Por qué leches tiene que seguir siendo tan guapa?

—No pienso moverme hasta que me escuches.

—O te mueves tú o te muevo yo. Último aviso.

«No la mires a los ojos».

Arquea las cejas.

—No es por ofender, pero creo que es posible que estés subestimando mi impresionante metro setenta de estatura y mi absoluta determinación de permanecer inmóvil hasta que...

Le pongo las manos en la cintura y, negándome a reconocer que huele igual que un dulce cóctel tropical de color rosa, la levanto del suelo para apartarla de la puerta. «Obstáculo eliminado».

Ahoga un grito de indignación.

—Te lo advertí.

Abro la puerta y el audiolibro que estaba escuchando comienza a reproducirse a todo volumen. Es algo que la logopeda me sugirió que probara; al parecer, a mi cerebro le resulta más fácil comprender la información escuchando. Se me ocurrió intentarlo con una saga de fantasía que en el instituto le encantaba a todo el mundo y que yo odiaba porque era muy difícil de leer. Quería enterarme de qué me había perdido. Pero, ahora, al oírla retumbar por el altavoz con Nora justo a mi lado, me siento como si estuviera desnudo en el centro de un huracán.

Estiro la mano a toda prisa y aprieto el mando del volante para bajar el volumen al máximo. Cuando vuelve a reinar el silencio, la voz de Nora perfora mi nube de ira.

—Derek..., por favor.

Su tono es suave y suplicante. No quiero sentir nada por ella. Ni compasión. Ni vuelcos de corazón. Nada.

Pero, joder, lo siento todo. Porque esta es Nora. Mi Nora. Por eso me he dicho que no debo mirarla a los ojos, porque entonces veré reflejado en ellos todo lo que una vez fuimos. Veré que está más devastadoramente guapa que nunca, y da igual a qué se dedique o adónde vaya; en mi corazón siempre será mía. Y la odio por ello.

Cierro de nuevo la puerta del coche y me vuelvo del todo hacia ella, me cruzo de brazos y pienso que ojalá tuviera un escudo de verdad para cubrirme. Baja la vista un instante hacia mis tatuajes y los estudia. Supongo que le sorprende verme con ellos, puesto que cuando la conocí no tenía ni uno. He cambiado en muchos aspectos desde la época en que estábamos juntos.

Levanta la mirada hacia la mía y un destello de determinación le ilumina los ojos.

—No sé muy bien... O sea... Quiero... —Se humedece los labios y permito que pase un mal rato. Merece ahogarse en la incomodidad—. Hace tiempo que no nos vemos.

—¿De verdad? Porque parece que fue ayer cuando me dijiste que ya no me querías en tu vida.

Esboza una mueca de dolor.

—¿Quieres hablar de lo que ocurrió entonces?

Es lo que menos quiero del mundo.

—Si quieres hablar, preferiría enterarme de cuánto tiempo hace que lo sabes.

—¿Lo de la cigüeña de París? Mi madre me dio la charla cuando tenía…

Cierro los ojos y se queda callada. Recurrir al humor para desviar la atención es tan típico de Nora que me hace daño.

—¿Hace ocho años que no hablamos y te pones a hacer chistes?

Se le borra la sonrisa.

—Tienes razón —dice en un tono distinto, más razonable y auténtico—. Se acabaron las retartalillas. ¿Te refieres a desde cuándo sé que trabajo para la misma agencia que te representa?

Asiento con un gesto brusco.

—Bueno…, lo sé desde que empecé en la empresa, hace unos dos años. Pero no me enteré hasta que ya me habían contratado, cuando asistí a una reunión en la que los agentes comentaban la situación de sus atletas. Salió tu nombre y, desde entonces, he oído hablar de ti de vez en cuando, pero nunca con mucho detalle.

Me hierve la sangre.

—¿Y no te pareció conveniente avisarme? ¿Te pareció que sería más divertido sorprenderme un día al azar? ¿Y qué narices significa «retartalillas»?

No me apetece nada hacer esta última pregunta, pero, si no la hago, me carcomerá por dentro.

Me da la sensación de que Nora se muestra demasiado impaciente por contestar.

—Significa «palabrería, abundancia de palabras vanas y ociosas». Mi madre me regaló un calendario con una palabra rara para cada día y «retartalillas» es la de hoy. No creí que fuera a tener la oportunidad de usarla, pero…

Cuando me doy la vuelta de nuevo hacia el todoterreno, Nora abre los ojos como platos, atacada.

—Espera, Derek. Perdona. Estoy gestionando fatal esta situación. No sabía qué hacer ni si te importaría. Por lo que decían, Bill y tú ibais a vivir felices para siempre durante el resto de vuestra vida juntos. ¡No descartaba que os hicierais tatuajes a juego! Y hasta esta mañana no tenía ni idea de que iban a emparejarme contigo; te prometo que te habría avisado si me hubieran avisado a mí. En la agencia nadie conoce nuestro pasado, te lo juro. Esto no es una broma pesada que haya decidido gastarte.

La creo. Me parece que eso es lo que más me fastidia: que no me cabe la menor duda de que le pareciera que nuestra proximidad importaba una mierda. Me viene a la memoria el lacerante recuerdo de la última vez que la vi, plantada en el descansillo de mi apartamento, devolviéndome de buenas a primeras una caja con mis cosas. «Lo siento mucho, Derek. Creía que podría seguir adelante contigo, pero no es así. Quiero romper. Tú vas por un camino y… yo no puedo acompañarte. Lo nuestro no debería haber pasado nunca. Fue un error». La frialdad con la que me miró, con los ojos y el corazón cerrados… Hubiese preferido una puñalada de las otras.

Quería pasar mi vida con Nora, y resulta que para ella no era más que una breve distracción.

Todos estos años tratando de olvidarla, intentando superarla y no comparar a todas las mujeres que conozco con ella, y aquí está…, pidiendo ser mi agente. Pidiendo volver de golpe a mi vida, como si no hubiera pasado nada importante.

—No puedo, Nora. No saldría bien.

Alza los ojos de un verde dorado hacia mí.

—Yo, en cambio, estoy decidida a hacer que funcione. Lo único que pasa es que aún no me has dado la oportunidad de demostrar que puedo ser la mejor agente que hayas tenido. Y sé que compartimos un pasado, pero…

—Te desvirgué —le espeto sin rodeos, y observo las manchas rojas que le brotan en los pómulos—. En tu dormitorio de la residencia, encima de tu edredón rosa. Después lloraste y me dijiste que acostarte conmigo iba a ser tu nuevo pasatiempo favorito. —Abre la boca, pero la cierra cuando continúo—: Sé que en la nalga derecha tienes un patrón de lunares que se parece a la Osa Mayor. Y que haces un ruidito suave justo antes de…

—Vale, ya lo pillo —me interrumpe con la cara del color de una fresa madura.

Niego con firmeza y me acerco un poco más a ella para intimidarla. Bajo la voz.

—No, Nora. No creo que lo pilles. Porque lo que intento decirte es que hay cosas que no pueden perdonarse ni olvidarse, y no parece que me estés escuchando.

Cosas como que quería casarme con ella porque estaba tan enamorado que me dolía, pero que no tuve la oportunidad de hacerlo porque rompió conmigo antes. Eso no puedo olvidarlo, no puedo perdonarlo. Y menos ahora que mi carrera está a punto de derrumbarse. Nora sería la manifestación física de todo lo que he perdido y de todo lo que podría perder al mismo tiempo.

—Créeme, todo eso ya lo sé —me dice, y pone la mano en la puerta del coche para impedir que abra. Capto en su voz una determinación fiera que no estaba ahí hace un instante. Es la antítesis total de su esmalte de uñas de color rosa sandía, pero también un breve destello de la Nora enormemente competitiva que conocía y quería—. Pero estoy dispuesta a dejarlo atrás. En realidad, ya lo he dejado por completo atrás porque pasó hace años. Y sé que tú también, a juzgar por todas las…

La frase permanece flotando en el aire y no se molesta en terminarla. Quiero que lo haga. Necesito saber qué iba a decir y por qué se cree con derecho a decirme lo que he dejado atrás y lo que no.

«No sabes nada de todo eso, Nora».

Palabras no pronunciadas y antiguas frustraciones reprimidas me ruegan que las libere aquí mismo, en este aparcamiento. Pensé que no volvería a ver a esta mujer en mi vida. Jamás se me ocurrió pensar que tendría la oportunidad de decirle lo hundido que me dejó. Pero, aquí está, rogándome que le permita ser mi agente, como si nuestro tiempo juntos me hubiera afectado menos que si me hubiera hecho un corte con un papel.

Mantengo los brazos cruzados con firmeza sobre el pecho y la miro a los ojos.

Mi expresión de rabia no la acobarda.

—Puede que contarte algunas de mis ideas para contribuir a desarrollar tu imagen durante el próximo año te ayude a tomar una decisión.

—No.

Frunce la nariz.

—¿Y si te digo que creo que podrías estar firmando contratos publicitarios más importantes?

—No.

—¿Un chiste, entonces? ¿Una canción y un baile? ¿Necesitas que te laven y te limpien el todoterreno?

Antes de que acabe, ya estoy poniendo los ojos en blanco y abriendo la puerta del coche, porque no pienso pasar por esto. Ha llegado el momento de que me vaya. Pero, cuando siento que unos dedos cálidos se cierran en torno a mi bíceps, me paralizo. Poso la vista en las uñas rosas que se agarran con delicadeza a mi brazo. Siento que me queman.

Cuando ve que no dejo de mirar nuestro punto de contacto, aparta la mano.

—No te vayas aún —dice en voz baja—. Te estoy pidiendo una oportunidad que sé que no merezco, Derek. Por favor. Entiendo que no quieras que seamos amigos, y me parece bien. Solo te pido que me permitas demostrarte que soy una buena agente. Que para ti podría ser incluso una gran agente, porque en los próximos meses te esperan un montón de obstáculos y estoy convencida de que los superarás todos con facilidad. Creo en ti y te estoy pidiendo que tú también creas en mí.

«Qué discurso tan conmovedor. A la mierda con él».

Ahora mi enfado se está transformando en algo palpable. Sus palabras no me han conmovido. Me han hecho pasar de la rabia directamente a las ganas de venganza, porque no tiene ni idea del daño que me hizo.

Me apetece amargarle la vida tanto como ella me la amargó a mí, para que al fin lo entienda. Después de que me dejara, pasé semanas sin poder comer, sin poder dormir, sin poder concentrarme. La única persona que creía que me quería por lo que era y no por el deporte que practicaba o por la fama que se suponía que me esperaba rompió conmigo un martes cualquiera, sin avisar y sin inventarse siquiera una excusa. Fue una tortura, y acabo de decidir que va a probar un poquito de su propia medicina.

Me inclino sobre ella con una expresión que debería servirle de advertencia sobre lo que le espera.

—Vale —digo, y doy otro paso pequeño hacia ella. Nora no flaquea ni retrocede—. ¿Quieres una oportunidad, novata? Te daré una oportunidad. Pero será la única. No dudaré en anular el contrato en cualquier momento si no estoy satisfecho con tu representación. Y como que me llamo Derek que esa cláusula se añadirá al contrato.

—¿En serio? —Le brillan los ojos, rebosantes de ingenua esperanza. Los mismos ojos en los que solía perderme. Me niego a que eso vuelva a suceder—. Genial. Perfecto. ¡Gracias! No te arrepentirás, Derek.

Tiene razón. No me arrepentiré ni lo más mínimo. Pero ella seguro que sí, porque planeo convertir el trabajo de Nora en una puñetera pesadilla hasta que dimita o hasta que la despida, lo que sea que ocurra antes.

—¿Quieres que volvamos a la agencia y firmemos ya los papeles? —pregunta.

—Hoy no me va bien. Podemos vernos mañana —contesto por la única razón de que me apetece ser un capullo—. Si vamos a trabajar juntos, primero tenemos que establecer algunas reglas. Porque, lo hayamos superado o no, compartimos un pasado. Un pasado físico. Y quiero parámetros claros acerca de cómo podemos y cómo no podemos comportarnos en una relación laboral.

Cierra los ojos y, al principio, creo que es porque he herido sus sentimientos. Pero luego me acuerdo de con quién estoy hablando y me doy cuenta de que solo está respirando para contener la oleada de entusiasmo que la recorre por dentro. Cuando vuelve a abrirlos, tiene las pupilas dilatadas.

—Derek, después de esto, dejaré de pedirte cosas, pero, por favor, te lo ruego…, ¿me dejas colorear el reglamento?

# 5

# Nora

Vuelvo a la oficina y me topo con la última persona a la que quiero ver ahora mismo: Marty Vallar. Este hombre parece que tenga hormigas rojas en los calzoncillos, a juzgar por el ceño permanentemente fruncido que me dedica desde que lo conocí. Es uno de esos cuarentones que piensa que el feminismo es una palabrota que solo se atribuye a quienes odian a los hombres. Me da pena su mente triste y cerrada.

—Disculpa, Marty —digo intentando pasar por su lado.

—¿La reunión no ha ido bien? —pregunta poniéndose delante para impedírmelo—. He visto a Pender salir de aquí como si lo hubieras mordido. He supuesto que quizá no le ha gustado mucho la idea de tener a… una novata como agente.

«Novata» no es la palabra que iba a usar.

—¿Estás poniendo en práctica tus habilidades detectivescas, Marty? Impresionante. Te tendré en cuenta para mi próxima fiesta de Cluedo en vivo.

Lo cierto es que sé que Marty presta atención a los movimientos que hago en todo momento. No porque se sienta atraído por mí o algo así, sino porque en realidad odia que esté aquí y quiere que me vaya.

No hay una sola reunión en la que no intente ridiculizar alguna de las estrategias de marketing que sugiero o se mofe de algo que he dicho. Me provoca para ver si me meto en una discusión que me haga parecer impulsiva e irracional. No muerdo el anzuelo porque mis estadísticas hablan por sí solas. Mis ideas son buenas y eso hace que él se sienta amenazado.

Así que cada día que pongo un pie en esta oficina, me recuerdo a mí misma que no debo malgastar mi energía mental en un hombre que tiene la cabeza tan metida en el culo que ni siquiera es capaz de reconocer que sus tácticas se han quedado anticuadas, que sus ideas de marketing no son nada originales y que, si no aprende a adoptar un enfoque más progresista, me voy a quedar con todos sus clientes. Cree que me odia porque soy una mujer en un mundo que supuestamente pertenece a los hombres, pero por lo que debería odiarme es porque soy más lista que él y pienso robarle a la clientela sin perder la sonrisa.

—En fin —dice con una molesta risita falsa—. Solo he venido a decirte que, si las cosas no van bien con Pender, estaré encantado de encargarme de él por ti. Te ahorrarías la vergüenza de tener que hablar de cosas que no entiendes delante de él.

¿Estoy hirviendo por dentro por la condescendencia con la que me trata? Sí. ¿He aprendido que a alguien que se equivoca es más divertido demostrárselo triunfando que echando humo en medio del pasillo? También. ¿Voy a meterme igualmente con él porque es lo único que me alegra en este tipo de situaciones? De nuevo, un sí rotundo.

Me pongo la mano sobre el pecho, a la altura del corazón.

—Gracias, Marty, pero creo que no hará falta, dado que ya ha aceptado contratarme y solo hemos ido fuera para que me enseñara su estupendo todoterreno eléctrico. Además, no creo que sea tan difícil representar a un jugador de baloncesto, ¿no? —Me río con dulzura a propósito—. ¡Disfruta de los Skittles que he dejado en la sala de descanso antes de que se los coman los demás! Esta semana son de sabor tropical, para variar un poco.

Al pasar junto a Marty, oigo que empieza a corregirme diciendo que Derek es jugador de fútbol americano, no de baloncesto, pero entonces se calla, probablemente con la esperanza de que la cague delante de mi cliente en algún momento. Es lamentable que se haya tragado con tanta facilidad que ni siquiera conozco el deporte al que se dedica el atleta al que quiero representar. Así es Marty. También me hace agradecer que nunca le haya dicho a nadie que Derek y yo salimos juntos. No es que importe mucho en este contexto, aunque sé que Marty encontraría la forma de darle la vuelta para que pareciera que sí. Diría que estoy recibiendo un trato especial o algo así. Cuando, en realidad, que Derek sea mi ex me está obstaculizando la posibilidad de ser su agente. Me alegro de haberle hecho caso a mi instinto a pesar de que eso signifique ocultarle un secreto a Nicole.

Quizá algún día no me resulte tan difícil ser mujer en este sector, pero ese día todavía no ha llegado, así que seguiré poniendo todo mi empeño en demostrar que este es mi lugar. Incluso aunque eso signifique tener que representar a mi exnovio.

—Aquí están las bebidas —digo llevando dos cafés con hielo a la mesita de la cafetería donde me espera Derek.

No le ha hecho mucha gracia cuando le he dicho que yo me encargaba de pedir y pagar lo que quisiéramos beber, pero como está claro que prefiere interactuar conmigo lo menos posible, no se ha opuesto. Sin embargo, ahora parece un gigante gruñón sentado en una silla de la Barbie. Lleva una sudadera con capucha de color granate que, por algún motivo, le hace parecer aún más grande (pero que, por desgracia, oculta sus tatuajes, excepto los que tiene en las manos). También unos pantalones cortos deportivos de color negro, calcetines blancos altos, unas Nike edición limitada de su línea de colaboración con ellos y una gorra que proyecta una sombra inquietante sobre su rostro. Está buenísimo, aunque preferiría comerme una piedra antes que admitirlo.

Se agita en su asiento cuando me ve y golpea la mesita con la rodilla. Apoya la mano para estabilizarla. «Madre mía, qué grande es».

—Primera tarea como tu agente... completada —digo de forma teatral mientras dejo los cafés.

Juraría que veo un destello de diversión en sus ojos desde debajo de la visera.

—¿Y esa voz que pones?

Tomo asiento frente a él.

—Una voz de narradora de videojuegos. —Parece confundido—. Como cuando desbloqueas el siguiente nivel y habla la voz divina que todo lo ve.

Enarca una ceja.

—Está claro que no juegas a videojuegos —responde.

—Cierto, pero ¿para qué iba a jugar si en vez de eso puedo organizar mi cajón de calcetines por colores, tallas y diseños?

Derek se mantiene inexpresivo. Tiene una actitud fría. De alguna manera, sus pómulos y mandíbula marcados parecen aún más angulosos hoy.

Creo que ahora mismo elegiría arrancarse una muela antes que estar sentado frente a mí. Y, para ser sincera, a mí también me está costando mantener la sonrisa. La situación es tensa de cojones. Y creo que no va a cambiar hasta que aclaremos las cosas. Hasta que le diga toda la verdad sobre nuestra ruptura. Que tuvo muy poco que ver con él y todo que ver conmigo.

—Verás... —Tomo un sorbo de mi café de vainilla con hielo y dejo que el azúcar se monte una fiesta en mis venas—. Hoy he estado revisando tu expediente y me he dado cuenta de que no has hecho entrevistas ni has firmado ningún contrato de patrocinio desde que te lesionaste la temporada pasada. Tengo algunos amigos en...

Levanta la mano como si fuera un rey y me estuviera mandando callar.

—Hoy no quiero hablar de contratos de patrocinio ni de mi lesión ni de nada relacionado con mi carrera. Vamos a redactar las normas de conducta y luego firmamos. Eso es todo.

«Menudo capullo». Ya sé que tenemos ciertas rencillas entre nosotros, pero... este no es para nada el hombre que yo recuerdo. No solo es grande como una montaña, está cubierto de tatuajes y tiene un ceño fruncido en medio de la cara que destaca como una mancha de sangre en una camisa blanca, sino que, además, es un insolente. El Derek que yo conocía era un ligón de primera. Podía encandilarte y hacer que te desnudaras en diez segundos con una simple sonrisa. Creía que el famoso jugador de fútbol americano sería igual que el tío que yo conocía pero con esteroides (aunque no esteroides literales, ya que esa mierda es ilegal). Sin embargo, el hombre que tengo sentado frente a mí se parece más a un cactus musculado.

Me trago mis réplicas porque necesito que haya paz entre nosotros si queremos que esto funcione. Dejaré que tenga el berrinche y luego nos pondremos manos a la obra.

—Muy bien. Vamos a fijar las normas, jefe.

—No me llames «jefe» —refunfuña antes de dar por fin un trago al café.

—¿No? Ya, no es lo bastante llamativo. ¿Qué tal Su Majestad Futbolística? —Lo miro con las cejas levantadas y él frunce el ceño—. Vale, le daré otra vuelta.

Abro el bolso y cojo un bolígrafo morado con un pompón gigante en la parte superior, seguido de una libretita que tenía tirada por la oficina (léase: bien colocada en un cajón, dentro de la caja que corresponde a las libretas y alineada con otras seis de diferentes colores). La uso para abanicarme la cara y el aire me revuelve el pelo como si estuviera en la playa.

—Nada me emociona más que estrenar un bloc de notas de siete por doce con las anillas en la parte superior. —Finjo aspirar su aroma. Bueno, vale, lo aspiro de verdad.

En su día, Derek me habría dicho que soy una empollona. Y entonces me habría subido a su regazo en medio de la cafetería y me habría besado hasta dejarme los labios hinchados y un chupetón en el cuello. Es el tipo de cosas que solo haría con él.

Ahora me mira como si mi presencia fuera una ofensa.

Bajo la mirada sobre todo para que él no vea las emociones que estoy intentando no sentir. Me da la sensación de que estoy partida en dos. Una parte de mí sigue sintiéndose culpable por la forma en que rompí con él en la universidad, ya que sé perfectamente que fui muy insensible y le hice daño. Esa parte de mí quiere disculparse y hacer las paces. No obstante, la otra parte de mí es reacia a pedir perdón ante esta actitud tan grosera que está teniendo conmigo después de tanto tiempo. Y más teniendo en cuenta que él pasó página a los dos días, como si yo fuera una mera mota de polvo que se podía quitar de la camiseta de un manotazo. Me parece muy contradictorio que ahora tenga esta actitud de «me las vas a pagar».

Me acomodo en el asiento y vuelvo a mirarlo, dispuesta a ponerme seria a pesar de que no me resulta fácil.

—Derek, creo que deberíamos hablar de algunas cosas. En concreto…, de cómo rompí contigo. Si estás dispuesto a escucharme, me gustaría explicártelo bien.

—Regla número uno… —Alzo las cejas ante su repentino tono asertivo—. Nada de hablar de nuestra historia.

Me quedo mirándolo boquiabierta.

—No lo dirás en serio. Tener un poco de comunicación sería beneficioso para ambos.

Sonríe, pero no es una sonrisa amable. Es despiadada.

—Te comunico que me importa una mierda por qué razones rompiste conmigo porque ya lo he superado. Y si eso supone algún problema, estás en todo tu derecho de irte y no seguir adelante con esto.

Aprieto los dientes y escribo la regla en la libreta.

—Por muy tentadora que sea esa oferta, creo que haré como el chicle que se ha pegado a la suela de mis zapatillas preferidas. No pienso irme a ningún lado.

—Número dos… —me interrumpe levantando la voz, y yo me sobresalto un poco.

—Alguien tiene menos paciencia que un reloj.

—… nada de meternos en la vida privada del otro —añade; por la rapidez con la que va soltando las normas, imagino que se ha pasado todo el trayecto hasta aquí haciendo la lista.

Su intención es recordarme cuál es mi lugar. Que no es en sus brazos. Ni en su cama. Ni en su corazón. Lo hace para que sufra. Y, de repente, tengo una visión de cómo será el futuro. Veo con claridad lo que pretende lograr con esta lista de condiciones.

Y como no quiero que vea que me está afectando, le apunto con el bolígrafo.

—Esa me gusta. Podemos ser amigos, pero solo de modo superficial. Así tendremos más tiempo para hablar sobre tu carrera.

—Regla número tres: nada de ser amigos. —Sus ojos azules están llenos de odio.

Imagino que tengo cara de haber mordido un limón. En fin, de todas formas, cuanto más tiempo paso con este nuevo Derek, menos dispuesta estoy a ser su amiga. ¿Le hice daño hace la tira y quiere que lo pague ahora? Vale, entiendo que puede considerarse justo, aunque no pienso dejar que se note que estoy pagando por ello mientras tanto.

Sonrío con dulzura y apunto la regla de no hacernos amigos.

—Qué bien que lo hayas mencionado, porque estaba a punto de bordar un par de jerséis navideños a juego para que todo el mundo supiera que somos mejores amigos. ¡Eso que me ahorro!

—Número cuatro... —Levanta los dedos de una mano, todos excepto el meñique.

—Madre mía, te lo estás tomando muy en serio.

Derek se inclina hacia delante y me mira a los ojos. Un temblor me recorre la espalda.

—Nada de besos.

Veréis, el problema aquí no es la regla en sí. Puedo comprender que quiera añadirla. Antes nos besábamos y, aunque no planeemos repetir, tiene sentido incluirlo en la lista porque, si no recuerdo mal, solíamos hacer esa actividad en particular bastante bien y tan a menudo como nos era posible. El problema es el brillo desafiante en sus ojos cuando lo dice. Ese brillo da a entender que quiero besarlo, pero que no me va a dejar acercarme a su preciosa boca para torturarme. Y, aunque ni confirmo ni desmiento que en algún momento me haya podido imaginar besando otra vez esos labios, ya no es algo que desee. Menos después de ver cómo me está tratando hoy y de darme cuenta de que se ha convertido en un hombretón con mentalidad de niño.

Por eso yo también me inclino hacia delante hasta quedarnos a unos pocos centímetros de distancia y sentir su rodilla contra la mía.

—Fantástica regla. Pero me gustaría ir un paso más allá. —Le sostengo la mirada durante un instante antes de bajar la vista y hablar mientras escribo—. Regla número cinco: nada de tocarnos si no es necesario. Porque, ya sabes, no queremos que a nadie —hago especial hincapié en la palabra «nadie» para que sepa que me refiero a él— se le crucen los cables y empiece a sentir cosas. —Retiro la rodilla para dar más énfasis.

Aprieta la mandíbula y entonces la veo... Tiene una ligera curva en la comisura de los labios. Ya puestos, podría haber pintado las palabras «Que empiece el juego» en la pared. Me hace hasta ilusión. Años atrás nos encantaba retarnos el uno al otro. Jugábamos a todas horas. Sin embargo, esto es diferente porque no es por diversión ni por coquetear. Es un juego impregnado de crueldad. Lo noto.

—Solo por verificar que ambos entendemos bien los parámetros, ¿podrías explicarme qué se considera innecesario? —Hace una pausa y sus ojos se desvían hacia mi boca durante una fracción de segundo; la inspiración le ilumina los ojos antes de que vuelvan a posarse en los míos—. Por ejemplo, supongamos que vas caminando y me doy cuenta de que estás a punto de pisar una serpiente.

Dejo el bolígrafo con pompón porque me tomo muy en serio todas las preguntas sobre serpientes y él lo sabe.

—Eso debería considerarse un tocamiento necesario. Es decir, si estoy a punto de pisar una serpiente es necesario que me levantes y me permitas subirme a tus gigantescos hombros hasta que pueda agarrarme a la rama del árbol más cercano y trepar por ella hasta las nubes, donde nunca tendré que volver a ver a esa maldita serpiente. ¿Entendido?

—Entendido.

Espera a que vuelva a tener el bolígrafo en la mano antes de bajar el volumen y hablar con una voz suave como la seda.

—Supongamos que estamos en una reunión importante con el director general y me doy cuenta de que tienes un poco de chocolate en la boca por las chocolatinas que has cogido de su escritorio al entrar. Como no quiero que te sientas avergonzada, me inclino, te paso el pulgar por el labio inferior para limpiarte y me lamo el dedo. —Hace una pausa lo bastante larga para que esa escena penetre en mi cerebro. Y eso es exactamente lo que sucede—. ¿Eso se consideraría contacto necesario o innecesario?

En mi cabeza se desarrolla una fantasía a todo color. Imagino cómo sería sentir sus dedos callosos en mis labios. Y cómo sería mirarlo a los ojos mientras se chupa el chocolate del pulgar. Eso me hace recordar las noches en su apartamento, enredados entre las sábanas y al margen del mundo durante días y días.

No me doy cuenta de que estoy agarrando el bolígrafo con tanta fuerza que corre peligro de romperse hasta que Derek me lo quita de las manos y lo deja con cuidado sobre la mesa. Después vuelve a recostarse contra la silla con una sonrisa.

Es muy posible que este calentón tan repentino sea a consecuencia de llevar demasiado tiempo sin que me toque un hombre. No tiene nada que ver con Derek y todo que ver con la biología. Por desgracia, debido al sabotaje de mi cuerpo, Derek está ganando la absurda competición que hemos empezado. ¿A quién se le da mejor sacar de quicio a la otra persona? ¿A quién se le da mejor mostrar indiferencia? Ya ni siquiera lo sé, pero, a juzgar por los acelerados latidos de mi corazón y la piel de gallina que ha aparecido en mis brazos, voy perdiendo.

—¡Innecesario! —respondo prácticamente gritando. Parezco una jueza picando el mazo y declarando culpable al acusado. Vuelvo a coger el bolígrafo—. Regla número seis: nada de tontear.

Entrecierra los ojos con perversa diversión, aunque no sonríe.

—Regla número siete: no ir en bragas a las reuniones.

—A ver, chaval, es evidente que no voy a ir en bragas a las reuniones. ¿Qué clase de perturbada crees que soy?

Se encoge de hombros con cara de suficiencia.

—Si no me falla la memoria, solías ir en bragas siempre que podías.

—¡Eso era cuando estaba en casa! Nunca me plantearía ir a una reunión en ropa interior. Por muy cómoda que sea. —Parece ser que Derek no solo me recuerda, sino que me recuerda-recuerda.

Se vuelve a encoger de hombros como si yo fuera una nudista que lleva una vida temeraria y libre de pantalones y él estuviera a merced de mis caprichos.

—¡Vale! Lo apunto, pero ten claro que la regla número ocho va a ser: Derek no puede ir sin camiseta. Así que, ¡ja!

—¿Solo es obligatorio llevar la camiseta? Vale, siempre he considerado que el look Winnie-the-Pooh no era muy atractivo, pero si a ti te parece bien...

—Regla número nueve —afirmo con una magnífica autoridad—: obligatorio llevar todas las prendas de ropa siempre. ¡Nada de piel al aire!

Y la lista sigue y sigue. Nos lanzamos insultos en forma de normas como en un partido de tenis de Wimbledon. No estoy segura de qué diantres se supone que es esta lista, lo único que sé es que tiene pinta de estar siendo una especie de ruptura catártica. Cuando en su día puse fin a la relación, dije lo que tenía que decir y Derek nunca me replicó. Lo único que hizo fue cerrar los ojos antes de darme la espalda y alejarse. Aunque no tenía derecho a esperar nada, creía que iba a luchar por mí. Que al menos me preguntaría algo. Pero nunca lo hizo.

Sin embargo, hoy... Hoy hemos repasado una por una todas las ventajas que tenía nuestra relación y las hemos eliminado sin piedad. «Nada de dormir en la misma cama». «Nada de ver la tele juntos». «Nada de dividir la cuenta». «Nada de ir en el mismo coche». «Nada de cogerse de la mano».

Para cuando terminamos la lista ya llevamos veinte reglas, tenemos los ojos desorbitados, la respiración acelerada y sé exactamente cuál es la posición de Derek en todo esto. Me odia. Y eso me deja perpleja, aunque el sentimiento se está volviendo mutuo por momentos.

Aparta la silla de la mesa y se levanta tras firmar, al fin (y a disgusto), el contrato.

—Creo que eso es todo.

Lo observo mientras coge las llaves y se pone las gafas de sol antes de salir de la cafetería con paso decidido y sin volver a mirarme.

Después de todo esto, mi única pregunta es: ¿me dejará hacer mi trabajo ahora que se ha desahogado?

Y entre líneas, con tinta invisible y una letra diminuta, aparece una frase en la esquina inferior de mi corazón: «Echo de menos a mi Derek».

# 6

# Derek

Necesito beber. Pero no beber lo que cualquier persona esperaría de mí.

Lanzo las llaves a la encimera de la cocina y rodeo la cerveza que lleva meses muerta de risa en el frigorífico para encender el hervidor eléctrico. Empecé a tomar muchas infusiones de manzanilla después de la operación para que me ayudaran a dormir y, no sé cómo, me he vuelto adicto. Añádele un poco de miel a esa mierda y siente el calor que te envuelve desde adentro hacia afuera. Me sienta bien en las noches solitarias o cuando me invade la opresión del peso del mundo.

Cuando el agua rompe a hervir, sumerjo la bolsita de manzanilla para que se infusione y, mientras espero, echo un vistazo en torno a mi enorme casa vacía. Es grandísima. De alguna manera, su inmensidad crece día tras día. La compré hace unos cuantos años para poder celebrar fiestas multitudinarias y tener espacio más que de sobra. Y, sí, era perfecta para eso. Pero, cuando está vacía, está vacía de la leche. El caso es que no echo nada de menos las fiestas. Este silencio, sin embargo, empieza a irritarme.

Saco el móvil y llamo a mi madre, y eso es lo que me confirma que estoy de verdadero bajón.

—¡Derek! Qué sorpresa tan agradable. ¿Va todo bien?

Su voz suave está teñida de preocupación. En ocasiones como esta tengo que bloquear los recuerdos de nuestras peleas a gritos en la cocina, cuando me decía lo decepcionada que estaba con mis notas después de ver el boletín de calificaciones. «¿Por qué no puedes aplicarte igual que Ginny?». ¿Dónde estaba esta preocupación por mí cuando le decía que el colegio no era tan fácil para mí como para mi hermana y ella se limitaba a poner los ojos en blanco? Quizá por eso no les he hablado aún a mis padres de mi reciente diagnóstico. Hay una herida que todavía no ha cicatrizado y no estoy preparado para que hagan ningún tipo de comentario al respecto.

Me siento en la encimera de un salto, le doy un trago a mi infusión y miento:

—Sí. Todo bien.

Durante el trayecto de vuelta a casa he puesto un programa de deportes en la radio y, no te lo vas a creer, pero esos dos capullos de Glenn y Brenn o Jim y Jam... Lo único que importa es que estaban cotorreando otra vez acerca de que un tipo de mi edad no se recuperaría de una lesión como la que sufrí. «Una fractura abierta de tobillo es una sentencia de muerte profesional».

El hecho de que el personal médico de nuestro equipo no haya proporcionado a los medios de comunicación más que información básica sobre mi recuperación no ayuda: «Somos optimistas, creemos que se recuperará totalmente y estará listo para cuando empiece la temporada. Lo evaluaremos más a fondo cuando regrese a las instalaciones».

No dicen nada que contribuya a que esos tipos vuelvan a confiar en mí. Predicen que jugaré el primer partido como una rueda vieja y oxidada. «Es triste ver caer a grandes como Pender, pero, a fin de cuentas, tiene que ocurrir para que dejen paso a los jugadores de la nueva generación, como Abbot». Ni siquiera he jugado aún y ya me están enseñando la puerta. Por «mi» puerta. Los Sharks son «mi» equipo, en el que juegan «mis» hermanos, y están tratando de servirle mi posición a Abbot en bandeja de plata.

Sin embargo, no es culpa de Abbot. Es un buen tipo y un gran deportista.

El problema es que yo antes dejaba que los comentarios negativos fueran la leña que alimentaba mi fuego. Nada más salir de la operación, hice todo lo posible para rehabilitarme de modo correcto y eficaz. Pensaba que mis fans estaban de mi lado, y eso me ayudaba. Pero, en los meses transcurridos desde entonces, he visto lo rápido que una afición entera puede darte la espalda y empezar a mirar con corazones en los ojos a otro jugador.

Abbot no va a por mí ni nada así, aunque, desde luego, tampoco se esconde. El chico publica a diario en sus redes sociales vídeos en los que muestra cómo se ejercita para mantenerse en forma fuera de temporada y emite sesiones en directo para que sus seguidores puedan entrenar con él. Además de otras muchas mierdas por el estilo.

Siempre he sabido que mis días en el campo estaban contados, pero ahora el fin empieza a parecer muy real. Me imaginaba que, cuando llegara el momento de retirarme, estaría casado y tendría un par de hijos. Estaría preparado para el siguiente capítulo. Ahora mismo no estoy preparado ni de lejos. Estoy aterrorizado.

—¿Seguro que estás bien? No lo parece —dice mi madre, y su voz me saca de mis derrotistas pensamientos.

Carraspeo y sonrío como si pudiera verme a través del teléfono.

—Sí. Todo perfecto. Solo quería saber qué andáis haciendo papá y tú.

Además de oír la voz de mi madre, porque por ahí circulan muchos libros que te ayudan a lidiar con unos padres extratóxicos, si bien pocos que te expliquen cómo navegar una relación complicada con unos padres a los que quieres mucho, pero que durante la infancia te provocaron algunas heridas que aún llevas contigo.

—¡Pues no gran cosa! —contesta mi padre. Por lo visto, ya son lo bastante mayores como para haber entrado en la era de ponerte en altavoz a hurtadillas—. Ayer comimos con tu hermana. Le va muy bien en el nuevo hospital.

—No esperaba menos de Ginny.

La verdad es que mi hermana es fantástica. No tengo nada en su contra y, por lo general, mantenemos el contacto. Solo odio que en muchas ocasiones su nombre sea un recordatorio de mis defectos. Últimamente me pregunto si, en el caso de que me echen del equipo, mis padres volverán a mirarme como lo hacían antes. Con decepción. Con frustración. O si por fin les habré demostrado mi valía lo suficiente como para que todo siga normal.

Esta llamada está teniendo el efecto contrario al que buscaba, así que charlamos unos minutos más sobre nada en particular y cuelgo el teléfono.

El silencio que reina en la casa es tan sepulcral que el clic de la funda del móvil al posarse en la encimera de mármol retumba como si hubiera lanzado una moneda a un pozo. Hoy ya he entrenado, pero me estoy planteando utilizar el gimnasio de mi casa para practicar unos cuantos ejercicios extra de rehabilitación. Más que nada porque no tengo otra cosa que hacer y no me apetece ver a mis amigos. Sin embargo, en lugar de ir al gimnasio, me tumbo en la encimera, me quedo mirando al techo y dejo que mis pensamientos vaguen hacia el único sitio al que no debería permitirles vagar:

Nora Mackenzie.

Caigo en la cuenta de que sé cuál es la manera perfecta de llenar el silencio y mi tiempo y sonrío.

# 7

## Nora

Acabo de llegar a casa de la oficina después de haber escaneado todos los papeles del contrato y haberlos pasado a formato digital tras el café de las atrocidades que he compartido con Derek. Por supuesto, Marty se ha dejado caer en mi despacho con su secuaz favorito, Joe, para menospreciarme. «Ten cuidado, Mac. No querrás que Pender te vea con el ceño fruncido. Si yo fuera tú, procuraría mantener esa sonrisa encantadora en todo momento».

Claro, porque mi belleza es lo que me ha llevado a estar donde estoy. Porque a una mujer lo único que la define es su sonrisa. Pero ¿sabes qué pasa? Que me niego a permitir que estos absolutos imbéciles me quiten las ganas de sonreír. Que me hagan aborrecerlo. Si quiero sonreír cada maldito segundo de mi vida, lo haré. Si mañana me levanto y decido no volver a enseñar los dientes, será porque así lo habré decidido. Lo que no voy a permitir es que me manipulen. Así que he fingido que recibía una llamada y los he ignorado hasta que se han cansado y se han ido.

Ha sido un día agotador, pero ahora estoy en casa, en la comodidad de mi pequeña y encantadora morada. Suspiro de alivio mientras me bajo la cremallera de los vaqueros y me los quito nada más atravesar el umbral de la puerta. Caen al suelo con un golpe sordo muy satisfactorio. Después me desprendo de la americana rosa chillón, recojo ambas prendas y las deposito en el cesto de la ropa sucia (ordenada por colores, porque así es como me divierto en mi tiempo libre).

Ahora estoy a solas en mi piso, con mis bragas de dibujitos de osos polares y mi camiseta estampada con el título de la canción *Let's go girls*, y todo está bien en el mundo. Me niego a permitir que el comentario de Derek sobre mi tendencia a no llevar pantalones cale en mí porque, a pesar de lo que él piense, ya no me conoce. Como todo el mundo, solo se fija en los colores llamativos y en mis labios rosa fucsia, me subestima a mí y a lo que he tenido que pasar para llegar a este punto de mi carrera.

Decido llamar a la única persona que de verdad lo sabe y lo entiende: mi madre. Espero a que conteste mientras saco un bote de helado del congelador junto con una caja de cereales de la despensa para poder preparar mi plato preferido para cuando necesito sentirme mejor: una bola de helado de vainilla con un poco de cereales sabor canela por encima. Debería cenar primero, pero, sinceramente, mi día ha sido una montaña rusa de emociones y dudo que exista ningún nutricionista, por estricto que sea, que me vaya a culpar por comer esto.

Mi madre contesta justo cuando subo el culo cubierto por una tela estampada con osos polares a la encimera. (Que nadie me juzgue, vivo sola, así que no hay nadie que se pueda quejar de que haya dejado los gérmenes del culo en la encimera que, con toda seguridad, desinfectaré antes de acostarme).

—Hola, mamá.

—¡Hola, cariño! —contesta con tono alegre pero sin aliento.

Me meto una cucharada de helado y cereales en la boca.

—¿Otra vez te pillo en medio de la clase de gimnasia? —pregunto con la boca llena.

Oigo al profesor de fondo, aunque parece como si estuviese hablando por un micrófono de mala calidad.

—¡Y uno, dos, patada, patada! ¡Venga, más rápido!

—Sí, pero tranquila que sigo haciendo los movimientos.

Sonrío ante la tarrina de helado, imaginando a mi madre con el móvil pegado a la oreja mientras intenta dar una patada en clase de gimnasia. Desde que tengo memoria, mi madre siempre se apunta a todas las actividades en grupo que existen. «No necesito a un hombre para disfrutar de la vida. Para eso se inventaron las actividades comunitarias, cariño mío».

Es una de esas almas que contagian alegría y que te revitalizan sin que te des cuenta. Sinceramente no me explico cómo es posible que siga soltera. Empiezo a creer que es porque ella lo prefiere así de verdad. Después de mi adolescencia hubo algunos hombres que entraron y salieron de su vida, pero nunca llegaron a nada serio. Solo se trataba de gente con quien pasaba un buen rato de vez en cuando, y resultaba evidente que mi madre era la que no quería ir más allá.

«Porque cuando un hombre no te anima a apuntar a lo más alto, Norita mía, te está metiendo en un tarro de cristal para contener tu luz. No tenemos que conformarnos con respirar a través de los agujeritos de una tapa. Tenemos derecho a llegar hasta donde nos propongamos», me decía con un guiño después de que le preguntara por qué ella y fulanito habían roto.

Mi madre ha tenido muchas fases profesionales diferentes en su vida. Temporadas en las que dedicaba todo su empeño a trabajar en sus negocios y temporadas en las que trabajaba para mi colegio y así poder estar en casa conmigo por las tardes. Pero si algo está claro es que ha afrontado cada uno de sus proyectos profesionales con el mismo ímpetu y la misma pasión. Me ha demostrado que todas las etapas de la vida son importantes y que ningún camino es más primordial que otro.

—¿Me llamas para contarme algo en concreto? —pregunta jadeando.

—Eh... Veamos... ¿Qué te iba a decir? Ah, sí: hoy he firmado contrato con mi primer cliente.

Mi madre suelta un grito de alegría, cosa que ya sabía que haría. Siempre ha sido mi mayor admiradora y nunca me ha dado a entender que ser madre soltera supusiera una carga para ella. No podíamos contar con mi padre, pero mi madre hacía el papel de ambos de maravilla.

Oigo que el profesor la reprende de fondo y le dice que tiene que abandonar la clase si quiere hablar por teléfono. Ella lo llama «cascarrabias» y sale de la sala.

—¡Mamá! No te vayas. Podemos hablar más tarde.

—Ay, por favor. ¿Y dejar pasar la oportunidad de escaquearme de hacer patadas altas? No, gracias. Así me darán igualmente el dónut de cortesía después de clase, pero también podré moverme y sentarme en el váter mañana sin gritar de dolor. En fin, volviendo a lo de tu cliente, ¿es posible que haya oído hablar de él o ella?

Mmm... «Es casi de lo único que hablaba en mi último año de universidad. Lo traje a casa en Navidad y te ayudó a hacer gofres. Te mandó flores en tu cumpleaños y, ah, sí, le quitó la virginidad a tu hija en su dormitorio de la residencia universitaria». (No es que mi madre sepa esto último, pero Derek lo ha mencionado y ahora no me lo puedo sacar de la cabeza).

—Sí —digo con un hilo de voz—. Es posible. Es... Derek Pender.

—Uy.

—Sí.

—Ese es...

—Ajá.

—¿Y no os...? —«Habéis visto desde que lo dejasteis» es lo que quiere decir.

—Correcto.

Las dos procesamos esta información durante un segundo. Y, para ser honesta, creo que es la primera vez desde que nos reencontramos ayer que me permito afrontar las partes dolorosas de toda esta situación. Lo he mirado a los ojos y he visto cómo esos ojos se cerraban y no me correspondían.

Me duele el corazón.

—No ha sido idea mía —le digo a mi madre—. Ha sido cosa de la agencia. Obviamente no conocen nuestra historia y pienso mantenerla en secreto el mayor tiempo posible para evitar que las cosas se pongan raras. —Más raras si cabe.

—¿Y cómo ha ido? ¿Cómo se ha comportado Derek cuando te ha visto después de tanto tiempo?

—Estooo… Digamos que podría haber ido mejor. —Hago una pausa recordando su ceño fruncido. Antes nunca me fruncía el ceño—. No puedo dejar de pensar en lo irónico que es que rompiera con él para seguir adelante con mi carrera y que ahora mi carrera dependa de él.

—No depende de él, Nora. Tu carrera seguirá adelante con o sin Derek. Aunque sí que es verdad que a través de él quizá sea la forma más fácil de lograrlo. Por lo que… lo que tienes que hacer ahora es sopesar qué te compensa más.

Me compensa más de lo que quiero admitir, pero quizá no por motivos relacionados con mi éxito profesional.

¡Espera, no!

Me he metido en esto solo para avanzar en mi carrera.

—Encontraré la manera de hacer que funcione.

—Sé que lo harás. Siempre lo haces, pajarito. —Por alguna razón, mi madre casi nunca me llama dos veces por el mismo apodo—. Tengo plena fe en ti y pienso presentarme donde haga falta con una pancarta bien vistosa siempre que me necesites.

Sonrío porque sé que lo dice en serio. Probablemente se presentaría de esta guisa delante del edificio donde trabajo si se lo pidiera. Porque así es mi madre: siempre me apoya. Incluso en segundo de secundaria, cuando por capricho le dije que quería cortarme el pelo que me había dejado crecer durante años, no me hizo tres mil preguntas para asegurarse de que supiera lo que estaba haciendo. Tan solo concertó una cita y dejó que me lo cortara por debajo de la barbilla. Su lema siempre ha sido animarme a escuchar mi voz interior, confiar en mí misma y aprender de mis decisiones sobre la marcha.

Por eso, cuando de la nada rompí con mi novio de la universidad, del que sabía que estaba enamorada perdida, no me cuestionó ni a mí ni a mi lógica. Me dijo: «Ven a casa este fin de semana y vayamos a comer helado. Podemos ver una peli mientras me cuentas lo que ha pasado».

Pufff, ¿por qué mi cerebro vuelve a Derek cada dos por tres? Tendré que ponerle una correa.

—Ya que te tengo al teléfono —empieza mi madre, dándome la distracción que necesito—, quiero avisarte de una noticia que acabo de ver en Facebook.

—¿Por qué sigues usando Facebook?

—Me encanta el drama. Sobre todo cuando el vecindario se revoluciona y quiere averiguar de quién es el perro que se ha hecho caca en el jardín de no sé quién. La cosa se pone muy turbia. Por las pullitas que se sueltan, no por la caca.

—Eso ha sido asqueroso y graciosísimo a la vez. Me ha encantado.

—Genial, porque puede que lo que viene ahora no te guste tanto. —Hace una pausa y me pongo tensa—. Tu padre se va a casar otra vez.

Mis pulmones se quedan sin aire de golpe.

El tema de mi padre es delicado. Mis padres nunca fueron pareja como tal, así que, entre visita y visita, empecé a llenar diarios de estadísticas sobre equipos y jugadores para poder impresionar a mi padre, un amante de los deportes, en su siguiente visita. Creía que, si hacía eso, tal vez, solo tal vez, él querría pasar más tiempo conmigo (y luego se enamoraría de mi madre y todos viviríamos felices y comeríamos perdices, como en las películas de Disney).

Funcionó en algunas épocas de mi vida y en otras no. Cuanto más crecía, más me daba cuenta de que no era que mi padre no quisiera estar con mi madre, sino que mi madre no quería estar con mi padre. Ella tenía unos estándares mínimos y, con perdón, mi padre jamás habría dado la talla.

Aun así, recibir su atención era lo bastante gratificante para mí como para querer aprenderlo todo sobre deportes. Después, cuando yo tenía diez años, mi padre se casó con alguien. No con mi madre, la mujer a quien dejó embarazada en la universidad y que nunca se molestó en intentar merecer, sino con alguien que también tenía una hija. Y la sensación que me dio fue que mi padre decidió cambiarnos a mi madre y a mí por ellas.

Hace mucho que dejé atrás esa rabia hacia él, porque si algo puedo agradecerle a mi querido padre es el haberme inspirado para tener un sueño y una pasión. Hoy en día apenas hablo con él, pero, en algún punto de mi empeño por impresionarlo, me enamoré de verdad del deporte. Al menos siempre le estaré agradecida por eso.

Dejo caer la cuchara en el bol de helado, que se está derritiendo por momentos, y lo aparto a un lado.

—¡Cómo no! Seguro que se ha enterado de que hace tiempo que no tengo una buena excusa para ponerme mi vestido de invitada de boda —contesto con una risa falsa que espero que suene convincente.

—¡Así es tu padre, siempre pendiente de tu armario!

Nos reímos. Ambas sabemos que la risa de la otra es falsa.

La mía se apaga.

—¿Sabes qué pasa? Que no me importaría que se casara por tercera vez si creyera que en esta ocasión va a esforzarse en que el matrimonio salga adelante. Pero no es así, las dos lo sabemos. Es como si no fuera a madurar nunca. Jamás será capaz de priorizar a alguien que no sea él.

Me amarga pensar en la incómoda llamada que seguro recibiré, en la que esperará que me alegre por él y por su futura esposa. Me imagino qué pasaría si no contestara y dejara que saltase el buzón de voz. Sin embargo, en el fondo sé que no sería capaz de hacerlo. Porque, por mucho que intente resistirme, siempre seré la niña que tiene la esperanza de que esta vez su padre decida quedarse en su vida en lugar de cambiarla por una nueva familia y reaparecer cuando la otra se esfume.

Siento una opresión en el pecho al recordar la última vez que cometí el error de tener fe en mi padre y acabó dejándome plantada la noche que habíamos quedado para cenar. Que era la noche antes de un examen de la universidad que suspendí. El examen para el que no estudié con antelación para poder irme de vacaciones con Derek a visitar a sus padres. Debería haberme pasado la noche en casa estudiando en lugar de quedar con mi padre en un restaurante a una hora y media de la facultad porque, según él, me echaba mucho de menos y quería verme. Total, para acabar estando una hora sentada a solas en ese maldito sitio y marcharme sin que mi padre me hubiese devuelto ningún mensaje ni ninguna llamada. Más tarde me enteré de que se había dejado llevar por el momento y había decidido proponerle matrimonio a su novia esa misma noche, por lo que se olvidó de que había quedado conmigo. Suspendí el examen y unos días después lo dejé con mi novio.

Ese día me di cuenta de que nadie se preocuparía por mí tanto como yo, y de que, si yo no luchaba por mis sueños, nadie lo haría por mí.

—Estoy de acuerdo —dice mi madre—. Y… siento mucho que tu padre sea así, Nora. Me da pena que no tengas a alguien que invierta tiempo en ti y esté presente en tu vida como te mereces.

Mi madre siempre se ha sentido un poco culpable de haberme concebido con mi padre. Lo cual es exasperante porque ella ha estado lo suficientemente presente como para validarla tanto de madre como de padre.

—Pues yo no lo siento lo más mínimo. Él despertó mi amor por el deporte y me dio esta fabulosa melena caoba. Imagínate lo rara que sería si hubiese salido rubia o algo así. Te quiero, mamá, y sigues siendo la segunda persona más importante de mi vida. Justo por debajo de Dolly Parton.

—Es por sus trajes con brillibrilli, ¿verdad?

—Más bien por sus tetas. Daría lo que fuera por tener un par de melones como los suyos.

Mi madre se ríe.

—Quizá en un futuro, cuando ganes muchas comisiones por conseguirle patrocinios a tu exnovio barra cliente.

Tras unos cuantos cambios de tema más, colgamos para que mi madre pueda volver a clase. Me acomodo en el sofá y pongo un reality de cocina, *The great British bake off*, como ruido de fondo mientras reviso los contratos y acuerdos de Derek porque no me gusta estar en silencio con mis pensamientos e ir al psicólogo es demasiado caro. Ver a unos británicos compitiendo muy educadamente en un concurso de repostería de poca monta para ganar un mísero plato es lo más terapéutico que tengo a mi alcance. Solo necesito algo que me ayude a dejar de pensar en que mi padre se vuelve a casar. Por eso me emociono demasiado cuando oigo sonar el móvil.

—¿Diga? —contesto, aunque no reconozco el número. Puede que sea un teleoperador que quiere venderme algo, pero, sinceramente, estoy dispuesta a que me cuenten cómo ampliar la garantía de mi coche si eso significa que no tengo que quedarme aquí sentada dejándome llevar por la tristeza que me ha invadido después de la conversación con mi madre.

—Nora, soy yo.

Solo hay un hombre que me siga llamando así, y no esperaba tener noticias suyas tan pronto. Al oír su voz ronca al otro lado del teléfono, siento unas mariposas en el estómago que no tienen justificación. No sé qué pensar al respecto. ¿No debería odiar el sonido de su voz después de todo lo que ha pasado? Debe de ser cosa de la memoria muscular.

—Hola, Yo. Encantada de conocerte. —Me levanto del sofá y corro hacia mi habitación para rebuscar entre la ropa sucia y recuperar los pantalones que llevaba hoy. Puede que sea ridículo, pero me da la sensación de que, si hablo con él estando en bragas, va a notármelo en la voz y luego dirá que estoy rompiendo el reglamento.

—Qué chiste más malo.

—¡Qué va! —Me embuto los vaqueros y subo la cremallera.

—¿Te ha dado tiempo de volver a ponerte los pantalones antes de preguntarte si llevas? —Su tono no es burlón ni juguetón. Es engreído.

Me quedo boquiabierta, pero me aseguro de no emitir ningún sonido que indique mi sorpresa.

—Podemos categorizar eso en el apartado de preguntas inapropiadas. Y llevo todo este rato con los pantalones puestos, muchas gracias —miento.

—He oído el ruido de la cremallera.

Mecachis…

—¿En qué puedo servirle, mi querido cliente? —pregunto con un tono exageradamente alegre, más que dispuesta a cambiar de tema.

Su voz suena grave y apagada cuando habla, como si estuviera acostado.

—Puedes empezar por ser un cincuenta por ciento menos jovial.

—Genial. Me lo apunto. Cincuenta por ciento... menos... jovial —digo como si estuviera tomando notas—. Y ahora procedo a arrancar el papel y tirarlo a la basura, que es donde debe estar. ¿Hay algo realmente productivo en lo que pueda ayudarte?

Le oigo soltar un fuerte suspiro y, por alguna razón, eso me hace sonreír.

—Bueno... Te llamaba porque... te necesito.

Tras esas palabras se hace un silencio ensordecedor y mi cuerpo se tensa. Si fuera un gato, se me erizarían todos los pelos de la espalda.

—¿Que me...?

—Perdona. Me he atragantado con un poco de agua y he tenido que silenciar el micrófono para toser. —Se aclara la garganta—. Te necesito en mi casa cuanto antes para que me ayudes con algo. Es importante.

Dejo caer los hombros... ¡de alivio! No de otra cosa. Desde luego que no de decepción por el malentendido que acaba de haber.

—Ah. Claro. Sí. Lo que precises. ¿Qué tal te viene mañana sobre las...?

—Ahora —me interrumpe con ese tono agudo y exigente que ya me sé de memoria.

Miro el reloj. Ya son las seis, lo que significa que el tráfico de Los Ángeles para ir a cualquier sitio es horroroso ahora mismo. Además, acabo de llegar del trabajo y aún no he cenado. El helado no cuenta porque mi estómago ya está gruñendo otra vez. Soy una de esas personas que comen ocho veces al día en porciones pequeñas (léase: de medianas a grandes) y no me puedo saltar ninguna o mi naturaleza alegre es sustituida por la mayor de las amarguras. Y cuando estoy amargada... Bueno, nadie sabe lo que pasa porque no se me da muy bien expresar la frustración, ¡pero! eso no evita que me sienta mal por dentro.

—¿Estás seguro de que no puede esperar hasta mañana?

Apenas me deja terminar de hablar antes de responder con sequedad:

—¿Eres mi agente o no?

Parpadeo y agarro el móvil con más fuerza.

—Sí. Sabes que sí.

—Entonces actúa como tal. Requiero que mi agente esté disponible para mí las veinticuatro horas del día, los siete días de la semana. Si eso es un inconveniente para ti... —Oigo la sonrisa arrogante en su voz y mi instinto me dice que todo esto es una trampa.

Ahora me doy cuenta de por qué ha aceptado firmar el contrato. Va a fastidiarme todo lo posible hasta que me rinda. Puede que ni siquiera se haya llegado a plantear de verdad la posibilidad de que sea su agente. Algo me dice que esta va a ser nuestra próxima competición. A ver quién aguanta más.

—Por supuesto que no es ningún inconveniente. Es que estaba pensando en que seguro que estás cansado después de todo el día. Procuro tener siempre en cuenta lo que es mejor para mi cliente. —Y también procuro que se tenga que morder la lengua al comprobar que soy la mejor representante que ha tenido. Por eso salgo corriendo hacia la despensa para coger la caja de cereales medio vacía y meterla en el bolso junto con las llaves que había dejado en la encimera—. Envíame tu dirección, Derekito. Ya voy para allá.

—Ni se te ocurra volver a usar mi nombre en diminutivo —responde, y cuelga sin decir nada más.

Bueno, se me ocurre otro apodo ahora mismo: Derek el Kapullito. La parte buena es que, si sigue teniendo esta actitud, no me costará tanto deshacerme de estos absurdos sentimientos.

Pero, primero, voy a cambiar cómo lo tengo guardado en la agenda del móvil y poner «Derekito».

# 8

# Nora

Llego a la urbanización privada donde vive Derek y me presento ante el guardia de seguridad, que tiene pinta de ser un señor muy serio. Este barrio es conocido por ser el hogar de algunos de los deportistas y famosos más selectos de Los Ángeles. Por eso rezo para que Derek me haya añadido a la lista de visitantes mientras le entrego el carné de identidad al guardia. Unos segundos después me abre la puerta y paso por delante de las casas más impresionantes que he visto en mi vida.

No hay una sola propiedad en este barrio que cueste menos de ocho millones de dólares. Y cuando paso por el camino de entrada de la finca de Derek, curvado y con un bosquecito estratégicamente plantado para ocultar lo que hay detrás, veo el casoplón que se alza ante mí y me siento como se debió de sentir Elizabeth Bennet al llegar a Pemberley. Es imposible que le haya costado menos de doce millones.

«Aquí es donde vive Derek».

Lástima que ahora sea un borde de mierda.

Aparco en la zona reservada para los coches de invitados y me quedo ahí sentada, contemplándolo todo durante Dios sabe cuánto rato. La monstruosa mansión tiene forma de «L» y la fachada es una mezcla de piedra gris, revestimiento de color pizarra y adornos de hierro negro alrededor de las ventanas. En uno de los laterales hay una especie de estanque pequeñito con la estatua de un león echando agua por la boca. Y las ventanas son tan grandes que no me sorprendería descubrir que tienen el mismo tamaño que una de las paredes de mi apartamento. Esta finca medirá fácilmente más de novecientos metros cuadrados.

¿Por qué vive aquí? Parece demasiada casa para un solo hombre.

O es que… Uy. Quizá no sea para un solo hombre. Quizá tenga novia y ella viva aquí con él. ¡Quizá tenga una novia de la que está totalmente enamorado y a la que está a punto de pedirle que se case con él! ¡Quizá estoy a punto de interrumpir una propuesta de matrimonio!

Quizá sea momento de meter mi imaginación en una olla, taparla y dejar que se achicharre a fuego lento.

Me miro a los ojos en el retrovisor del coche.

—Escúchame bien, amiga. Derek Pender ya no te importa. Aunque interrumpas una pedida de mano, lo que él haga no tiene nada que ver con tu vida. Es libre de casarse con quien quiera. Puedes hacerlo. Eres una mujer fuerte, inteligente y sexy y puedes hacerlo. —Asiento una única vez y salgo del coche para emprender el camino por debajo del porche de piedra que conduce a la puerta principal.

Llamo al timbre y espero a que abra. Espero, espero y espero. Por fin, cuando estoy a punto de sacar el teléfono para llamarlo, se abre la puerta.

—Has tardado una eternidad —dice Derek en lugar de saludarme, y me hace un gesto para que entre.

No sé por qué esperaba que al otro lado de la puerta hubiera un mayordomo como los de *Downton Abbey*, pero desde luego no estaba preparada para ver a Derek en pantalones cortos y con el pecho revuelto bajo una camiseta blanca de los Sharks empapada de sudor. Se le pega al cuerpo de una forma obscena y deja entrever el contorno perfecto de cada músculo de su torso. También tiene tatuajes debajo de esa camiseta. Están repartidos aquí y allá por sus pectorales, aunque no logro distinguirlos.

Quiero detenerme a admirar los que lleva en los brazos, pero no me atrevo a quedarme observándolos el tiempo suficiente para identificar qué es cada cosa. Mi mirada ya se ha entretenido demasiado tiempo en sus enormes hombros.

—Sí, bueno, todos los ciudadanos de Los Ángeles han decidido que era una buena noche para salir a dar una vuelta. Y la puesta de sol ha sido preciosa, así que estaban en lo cierto. —«Y tú tampoco es que me hayas avisado con mucha antelación de esta visita improvisada».

Aparto los ojos de su cuerpo con gran esfuerzo y me centro en su cara. No es que la cosa mejore mucho. Sinceramente es injusto que un humano sea así de atractivo. Cuando éramos novios en la universidad, siempre pensé que era un chico varonil y maduro, pero esta versión hace que el Derek del pasado parezca un bebé en pañales. Porque es que… tela marinera. Estos brazos. Estos músculos en la base del cuello. Tiene palancas en vez de clavículas. Si me dejo las llaves dentro del coche y no puedo entrar, puedo pedirle que estrelle esos huesos de acero contra la ventana y se romperá al instante. Verlo tan corpulento es impactante. Lo último que sé es que los jugadores de la NFL entrenan levantando pesas, pero ahora dudo de si no levantarán más bien coches.

Cualquiera que haya abierto una revista sabe que Nathan Donelson es el hombre más guapo de la NFL. Se parece a Clark Kent. Sonrisa bonita, hoyuelos y ojos oscuros. Pero el atractivo de Derek Pender es diferente. Es un hombre tan… viril. Y tiene un aura un tanto peligrosa. Desprende masculinidad en oleadas y me dan ganas de morderme el labio y luego morderle el suyo. Me despierta un deseo que hace mucho que no siento.

Hablando de labios, los suyos ahora mismo forman una mueca de desagrado y supongo que se ha dado cuenta de que me lo estoy comiendo con los ojos.

Me aclaro la garganta y señalo con el pulgar por encima del hombro.

—Tu casa es increíble. Y me encanta el león que hay ahí fuera. Por favor, dime que le has puesto Simba.

—No le he puesto ningún nombre.

Me llevo la mano al corazón.

—¿Y cómo va a saber que lo quieres?

Con cara de fastidio, Derek abre un poco más la puerta.

—Entra y calla, Nora.

Se da la vuelta para que lo siga y, gracias a su camiseta sudada, que es casi transparente, veo que también tiene tatuajes en la espalda. Quiero preguntarle si todos tienen algún significado, pero recuerdo que estoy intentando mantener las distancias con este hombre que camina delante de mí. No puedo permitirme el lujo de preguntarme cómo es este Derek. Si todavía odia las palomitas. Cuál es su programa favorito. Si sigue hablando en sueños.

—Todo el mundo me llama Mac ahora.

—Ya me he fijado.

—¿Y no piensas hacer lo mismo?

Todavía me resulta extraño estar en la misma habitación que él. Una energía silenciosa retumba en mi interior como si tratara de resucitarse a sí misma.

—Es tentador... —percibo la sonrisa en su voz—, ya que recuerdo lo mucho que odias ese apodo. Pero no, no creo que lo haga.

Mis pasos pierden el ritmo un segundo por lo sorprendida que me deja esa respuesta. Por suerte, no lo ha notado. Y tampoco me pregunta por qué dejo que me llamen así (probablemente porque eso sería romper la regla número dos). Entonces ¿por qué no aprovecha la oportunidad de llamarme por un nombre que no me gusta? Y más teniendo en cuenta lo mucho que parece que me odia.

Sigo la sexy espalda de Derek por todo el trayecto a través del enorme vestíbulo (madre mía, la escalera tiene una barandilla de cristal, por lo que parece que flota hasta el piso de arriba) y a través de una hermosa sala de estar decorada al estilo escandinavo, que se abre hacia una impresionante cocina con vistas al patio trasero. Dios mío, mejor ni hablar de lo increíble que es el jardín. Por unas puertas de cristal que van del suelo hasta el techo, veo un patio con piscina y una pérgola blanca. Detrás de todo eso hay un gimnasio acristalado.

—Vaya —digo dando media vuelta para asimilarlo todo—, esto es...

—Una cocina.

Lo fulmino con la mirada.

—Ay, por favor. Es una oda al paraíso, cómo te atreves a llamarla de otra manera.

—Bueno, está muy bien que pienses eso, porque vas a pasar un par de horas aquí.

Coge un paño de cocina de la isla y se lo pasa por la nuca y el pelo sudados. Al hacerlo, flexiona los músculos de los brazos, cubiertos de tatuajes, y yo aparto la mirada de inmediato.

Echo un vistazo vacilante a la cocina y veo que hay ingredientes en la encimera. Empiezo a sospechar que el motivo por el que me ha hecho venir no es tan importante como me ha dicho que era.

—¿Qué estoy haciendo aquí, jefe?

—No me llames «jefe».

—Vale, Derek-bo-berek-fe-fi-fo...

Suelta un gruñido para interrumpirme y se pasa las manos por la cara. Ya le estoy sacando de quicio y solo llevo aquí cinco minutos. Este es el tipo de cosas que le alegran a una la vida.

—No me llames nada —añade impaciente—. Estás aquí porque necesito que hagas unos fetuchinis con salsa Alfredo para la cita que tengo después. Nada más.

Suelto una risotada.

—Perdona, pero creo que tanto músculo le está drenando energía a tu cerebro, porque me ha parecido oír que me pedías que me convierta en tu chef personal, y estoy segura de que tiene que ser un error.

Derek entrecierra los ojos y juraría que casi se le escapa una sonrisa.

—No es ningún error. Necesito que hagas la cena. Tengo una cita más tarde y mi chef está indispuesto.

«Indispuesto» es lo que alguien dice cuando habla de una persona a la que ha matado y metido en el sótano. ¿Habrá matado Derek a su cocinero para poder torturarme?

Me pongo una mano en la cadera, tratando de parecer lo más autoritaria posible.

—Lamento ser yo quien te lo diga, pero no creo que preparar fetuchinis con salsa Alfredo esté entre mis labores como agente.

Clava la mirada en mí, tan intensa que hace que me tambalee. Reduce la distancia un paso.

—¿Estás segura? Mi último agente siempre estaba a mi servicio cuando lo necesitaba. Y recuerdo perfectamente que me dijiste que procuras tener siempre en cuenta lo que es mejor para tus clientes.

Me está recordando mucho a Darth Vader ahora mismo: un hombre que se ha dejado llevar por el lado oscuro.

Y vale, sí, técnicamente es cierto que los agentes debemos satisfacer las necesidades de nuestros clientes, pero nunca tienen la desfachatez de pedirnos que hagamos este tipo de labores. Bueno, excepto aquella vez que a Nicole le tocó disfrazarse de Elsa. Aun así, en ese caso ella se ofreció porque le caía bien ese cliente y quería ayudar. Derek no me cae precisamente bien ahora mismo, ni me entusiasma la idea de ayudarlo a que su cita de esta noche sea un éxito. (Olvidémonos de esta última parte).

Me acerco a él.

—Esto es abuso de poder.

Él se acerca más a mí.

—¿Tú crees? Puedes dimitir cuando quieras si el trabajo te resulta demasiado complicado. Podemos rescindir el contrato en cualquier momento.

Su sonrisa es la de un enemigo. Odio a este Derek. Parece diferente, suena diferente, actúa diferente. Doy gracias por no haber seguido con él en su día, porque está claro que el deporte profesional le ha metido un palo astillado por el culo.

Sin embargo, no soy de las que tiran la toalla. Soy la reina de coger un limón y exprimirlo con mis propias manos para luego añadir un montón de azúcar porque no me gusta el sabor ácido de la limonada. «Vas a tener que esforzarte más, amigo. Unos fetuchinis con salsa Alfredo no me asustan».

Levanto más la barbilla. Estamos tan cerca que noto el olor a sudor que desprende y veo las arruguitas que le han salido junto a los ojos, y entonces… bajo la mirada hasta clavarla en sus fosas nasales. Nicole lleva tacones para ponerse a la altura de los ojos de los hombres como táctica intimidatoria. Yo, sin embargo, prefiero esta estrategia.

—Será un placer ayudar. ¿Dónde está la receta?

—Al lado de los ingredientes. —Arruga un poco las cejas, claramente preguntándose por qué le estoy mirando la nariz de esa forma, pero sigue sin dar un paso atrás. Aunque quiere hacerlo. Sobre todo cuando doy otra vuelta de tuerca y alterno la mirada entre sus ojos y su nariz repetidas veces.

Es tan alto y ancho que tengo la sensación de estar mirando a un rascacielos, pero mantengo la vista puesta en las minas de oro de su nariz, esperando a que se aparte primero. Y, para rematar la jugada, sorbo un poco de aire con la nariz. Solo una vez. Para meterme aún más en su cabeza.

Tarda un total de dos segundos en ceder.

—Joder —murmura al fin en voz baja antes de sorber él también y girar la cabeza para limpiarse el moco inexistente.

Le doy la espalda con una sonrisa de satisfacción, sabiendo que esta pequeña victoria me dará fuerzas para aguantar el resto de la noche.

Cuando recupera la compostura, después de asegurarse de que no hay murciélagos en la cueva, me mira de nuevo.

—Voy a darme una ducha. —«NO voy a imaginarme esa escena»—. Todo lo que necesitas está en la encimera o en la nevera.

Asiento y procedo a enterrar la cara en la receta para no permitirme recordar cómo era estar bajo el chorro de agua caliente con Derek abrazándome, besándome el hombro y el cuello y…

—Oye, Nora —me llama, y la ternura de su voz me pilla por sorpresa.

Por una fracción de segundo es como si me estuviera hablando el hombre de mi pasado. Me pregunto si será porque está recordando lo mismo que yo.

—¿Sí?

Se lame los labios con el ceño fruncido, lo cual me hace pensar que se avecina algo realmente estremecedor.

—Verás… Solo quería pedirte que la pasta sea al dente. —Su sonrisa es como la de una serpiente—. No me gusta nada cuando se pasa.

«Tú sí que estás pasado», quiero decirle mientras se marcha.

# 9

## Nora

Nunca he hecho unos fetuchinis con salsa Alfredo, pero, si hay voluntad, todo es posible en esta vida. Porque, si Derek cree que me voy a rendir por tener que cocinar un poco, es que no me conoce. Le haré una pasta tan rica, tan deliciosa, que se le caerán las lágrimas. Luego lo obligaré a sentarse conmigo para hablar de nuestra estrategia profesional. No le quedará más remedio que obedecer una vez le haga entrar en coma alimentario. También estoy bastante convencida de que no tiene una cita de verdad. Ahora dispongo de acceso a su calendario de Google y, cuando lo revisé, no se mencionaba nada de una cita.

Lo que significa que no es más que otro método de tortura que ha planeado usar esta noche. ¿Cree que me importa que tenga una cita? ¡Ja! Bueno, un poco igual sí. Mucho, de hecho. Pero nunca le daré la satisfacción de admitirlo.

Me paso la siguiente hora trajinando con los ingredientes, haciendo la masa para los fetuchinis y cortándolos (sí, ha pedido que fuera pasta casera). Me veo un vídeo de YouTube de una dulce muchacha que me lleva de la mano durante todo el proceso y, para cuando termino con la pasta, me siento como la reencarnación de la chef Julia Child. Lo siguiente es la salsa, que requiere dorar ajo y mantequilla en una sartén. Mi estómago gruñe tan fuerte que estoy segura de que más tarde se anunciará en las noticias que ha habido un terremoto.

Cuando quiero darme cuenta, ya es hora de añadir el caldo de pollo a la olla. Así que, después de coger ese líquido que huele fatal y de calcular la cantidad en un vaso medidor de cristal, lo levanto de la encimera y me giro hacia los fogones. Por desgracia, mi mano choca con el pecho del hombre al que no he oído entrar en la habitación y vuelco todo el contenido de ese maloliente caldo de pollo sobre mi camiseta y mis vaqueros. El vaso de cristal cae al suelo y se rompe en mil pedazos porque hoy mi buena amiga la gravedad se ha tomado su labor muy en serio.

Suelto un chillido y me dispongo a agacharme a recoger los trozos para no pisarlos, pero entonces Derek me agarra por la cintura y me sube a la encimera. Me mira enfadado y pienso que quizá esta nueva versión de él sea gritona y esté a punto de echarme la bronca por haber ensuciado la cocina. En ese momento dice algo que me pilla con la guardia baja.

—Por favor, dime que no pretendías coger los cristales con las manos.

Me coge la muñeca, la gira hasta que quedo con la palma hacia arriba y la estudia con detenimiento. La piel cálida y áspera de sus dedos me despista. Tiene unas manos tan grandes, fiables y hábiles... También me fijo en otras cosas, como en que huele a limpio. Como en que su gel corporal huele tan bien que me dan ganas de bebérmelo. No obstante, es el hecho de que este aroma se mezcle con su olor natural, ese olor tan a Derek, lo que hace que mis entrañas se retuerzan y se derritan.

—Ha sido una reacción automática. Siento mucho el desastre. Te prometo que...

La mano de Derek suelta la mía para recorrerme la pantorrilla, obligándome a extender la pierna para que pueda cogerme el pie descalzo (porque soy de las que no les gusta ir por casa con los zapatos que llevamos por la calle). Separo los labios y me quedo sin aire al sentir esas manos deslizándose con cuidado por mi tobillo y el puente de mi pie. Es un contacto tan íntimo. Tan amable y tierno. Como si una parte de su ser recordara que yo antes era alguien a quien apreciaba.

Mi cerebro tarda un segundo en recuperarse, pero al final me doy cuenta de qué es lo que está haciendo. Se está asegurando de que no me haya cortado.

—Estoy bien. —Intento apartar el pie porque no puedo soportar el enjambre de libélulas que este contacto está liberando en mi estómago. Se supone que ya no debo sentirme así por él. Mi cuerpo no debería reaccionar de esta forma.

Las arrugas entre sus cejas oscuras se intensifican y alza la vista para mirarme a los ojos.

—No te muevas. Tienes un cristal clavado en el pie.

—¿En serio? —Miro hacia abajo y entonces la habitación se vuelve borrosa. Tengo un fino rastro de sangre deslizándose por la parte superior del pie junto con dos trocitos de cristal que sobresalen.

«Este es mi final. Decidle a mi madre que la quiero. Por favor, dadle todo mi dinero a la Asociación Estadounidense de Ganchillo porque siento que es una labor infravalorada y siempre he querido aprender a hacer ganchillo».

—Eh —dice Derek acercándose y bajando el pie para poder sostenerme la nuca con la mano.

Me gustaría decir que es un gesto romántico, pero la realidad es que ha visto que estoy a punto de desmayarme y no quiere que me dé un golpe en el cráneo contra la encimera y lo ensucie todo aún más. Entonces tendría que limpiar cristales y trozos de hueso, y eso suena a mucho trabajo si después tienes una cita.

—¿Todavía te desmayas al ver sangre?

Asiento con la cabeza porque es lo único que soy capaz de hacer en este momento.

Cuando íbamos a la universidad descubrió esta característica de mí, y fue por las malas. A uno de nuestros amigos le dieron un golpe en la cara con un frisbi y le empezó a sangrar la nariz a borbotones. Me desmayé en el acto. Tuvo que llevarme a urgencias porque, al caer, me causé una conmoción cerebral leve. Cuando me dieron el alta, se quedó despierto conmigo toda la noche viendo *The office* y dándome dulces para comer.

El término científico es «síncope vasovagal», una afección cardiaca en la que ciertos desencadenantes (en mi caso, ver sangre) disminuyen el ritmo cardiaco y la presión arterial, y eso provoca que te desmayes. Pero lo que la mayoría de la gente entiende es: una condición que hace que Nora sea la reina del drama. En el instituto, las demás chicas pensaban que lo hacía para llamar la atención de los chicos, como la vez que me desmayé en el laboratorio porque Kathleen se hizo un corte en la mano sin querer mientras diseccionaba un animalito. Fue un corte tan profundo que necesitó puntos y nadie de su grupo de amigas me perdonó nunca que el chico que le gustaba (Cody) me atendiera a mí en lugar de a ella.

Mi exnovio más reciente también pensaba que era otra de mis reacciones exageradas y la añadía a una lista mental que al parecer llevaba sobre lo exagerada que soy. «Ni que yo pudiese controlar lo que hace mi corazón». Tanto si era involuntario como si no, para él fue la gota que colmó el vaso. Estaba jugando un partido de baloncesto con sus amigos y recibió un codazo en la cara que le rompió un diente y le partió el labio. Corrió hacia mí, que estaba sentada en la grada, y me enseñó la boca para que evaluara los daños. Había mucha sangre. Me desmayé y, más tarde, cuando la cosa se había calmado, rompió conmigo.

Dijo que nuestra relación era agotadora. Pero lo que quería decir era que yo era agotadora.

No pasa nada. Mi madre me enseñó de pequeña que no se le puede caer bien a todo el mundo y que eso no significa que deba cambiar mi manera de ser por nadie. Me olvidé de ese novio; ojalá pudiera olvidar también lo que dolió que me rechazara.

Sin embargo, Derek no me trata como si fuera una exagerada. Sus ojos, sus manos y su voz son amables, lo cual me sorprende.

Se inclina ligeramente para captar mi mirada.

—Concéntrate en mí. Olvida lo que has visto, ¿vale?

Su mirada ahora es tan tierna y contrasta tanto con los tatuajes y el tamaño de su cuerpo. Ha desaparecido el ceño fruncido de antes y, durante este breve instante, tengo la sensación de estar mirando la cara del hombre al que antes amaba. El que antes me amaba también a mí. El que cuando me desmayaba se preocupaba más por mí que por si le hacía pasar vergüenza.

Vuelvo a asentir y dejo de prestarle atención a la sangre para centrarme en el lugar donde su gran mano se entrelaza con la parte posterior de mi pelo. La otra me agarra por la cadera. ¿Se da cuenta de que me está cogiendo de una manera bastante cariñosa? ¿Incluso posesiva? Un extraño no me cogería así. Esta forma de hacerlo es como si dijera: «Hubo un tiempo en el que eras mía».

Se inclina sobre mí y su pecho roza el mío al coger una revista que está en la otra punta de la encimera para ponérmela en el regazo.

—Toma. Distráete con esto mientras te quito los cristales.

Debo de ponerme blanca de repente, porque vuelve a agarrarme con más fuerza.

—Respira, Nora —me recuerda con suavidad antes de decidir que no es seguro que esté sentada. Coge un paño de cocina, lo dobla hasta convertirlo en un cojín y lo coloca detrás de mí—. Túmbate —me ordena, y la verdad es que me gusta el modo en que esas palabras flotan sobre mi piel.

Me gusta y no me preocupa en absoluto que mi cerebro esté tan saturado de ideas que apenas pueda pensar con claridad. Lo achaco a la bajada de tensión.

Intento concentrarme en las imágenes de esta revista publicitaria de unos grandes almacenes y bloquear la sensación de tener a este hombre sujetándome el pie con delicadeza, como si fuera Cenicienta. Percibo una pequeña punzada de dolor, pero no es nada comparada con las oleadas de calor que me suben por la pierna cuando los dedos de Derek me rozan ligeramente la piel. Hacía tanto que no me tocaban con ternura. Que no me sostenían. Es decir, otros hombres me han sostenido desde que estuve con Derek, pero… no de la misma forma. Una parte de mí siempre ha temido no volver a encontrar a nadie que lo hiciera igual.

—¿Necesitas un traje de tres piezas nuevo? —le pregunto intentando que mis pensamientos salgan del pozo lleno de tensión sexual en el que se han metido.

—¿Eh? No. —No me está prestando atención. Está concentrado quitándome los cristales. Noto un ligero tirón en el empeine y le oigo sisear entre dientes—. ¿Te ha dolido?

Niego con la cabeza y paso páginas con ferocidad, desesperada por no pensar en las heridas.

—¿Qué tal una batidora nueva? —Mi voz es un chirrido—. ¿Un jarrón de cristal ornamentado? Anda, mira esta oferta: si compras tres fundas de almohada, tienes un descuento del diez por ciento en la cuarta. Caray, ¿cómo es posible que los grandes almacenes sigan en pie si van regalando las cosas así como así?

Me aprieta el tobillo con la mano.

—Estoy acabando. No parece que vayas a necesitar puntos. —Su voz está llena de compasión. Justo entonces noto otro tirón que me hace cerrar los ojos—. No te me desmayes, novata. Ya he terminado. Ya puedes respirar.

Una de sus manos permanece fija en la parte exterior de mi muslo mientras se agacha para coger algo de un cajón. Me pregunto si es consciente de que aún me está sosteniendo. Saca un pequeño botiquín blanco y rojo y se queda quieto con el ceño fruncido.

—Nora, ¿has organizado mi cajón de sastre?

—Es posible.

Sigue mirándolo y no estoy del todo segura, pero me da la sensación de que está esforzándose por no sonreír.

—¿Por color? ¿En serio?

—Pues... sí. Es lo más lógico, ¿no crees? Porque es más fácil reconocer el color de lo que buscamos que pensar a qué categoría pertenece. —Hago una pausa—. Puestos a confesar, también he organizado el cajón de los paños de cocina. Los habías doblado al revés.

Me mira.

—¿Y...?

Arrugo la nariz.

—Yyy... el cajón de los cubiertos.

Alza la mirada hacia el techo y juraría que es porque no quiere que lo vea sonreír. O quizá sea una ilusión. Se aclara la garganta y cierra el cajón de sastre que ya no es un desastre.

—Te pediría que no vuelvas a organizar nada en mi casa, pero sería inútil, ¿verdad? Lo harás de todos modos.

—Ese es el resultado más probable, sí.

Otra cosa que también molestaba mucho a mi exnovio. Mi cerebro es más feliz cuando las cosas forman un arcoíris de colores.

Empieza a curarme el pie con espray antiséptico y vendas.

—Supongo que esa parte de ti no ha cambiado.

¿Me ha estado evaluando en busca de cambios y similitudes con mi yo del pasado igual que yo he hecho con él? Por cómo me ha tratado hasta ahora, no me imaginaba que hiciese otra cosa aparte de pensar en qué tareas absurdas me podía encargar para incordiarme.

—Vale, ya está —dice soltándome el pie con delicadeza. Cae junto a mi otro pie, frío y aburrido.

Derek me tiende la mano para ayudarme a incorporarme. Sin embargo, cuando quedo a su altura, no se aparta. No habíamos vuelto a estar así de cerca desde que rompimos. De hecho, está de pie justo entre mis piernas. Piernas que, de repente, se mueren de ganas de rodearle la cintura. Sus escalofriantes ojos azules se encuentran con los míos y se encienden al notar esa antigua tensión entre nosotros. El ambiente cambia por completo y es como si fuéramos dos personas diferentes. O, mejor dicho, dos personas que fuimos, pero ya no somos.

No sé quién de los dos acorta aún más la distancia, pero, no sé cómo, acabamos más cerca y sus manos encuentran mi cintura. Me arrastra hacia el borde de la encimera. El interior de mis muslos está ahora en contacto con sus caderas y nuestros rostros están a centímetros de distancia.

—Nora, ¿estás… saliendo con alguien? —susurra, y lo dice tan bajito que es como si no quisiera que lo oyera. Como si creyera que las palabras no van a contar si nadie las oye.

—No. —Me tiembla la respiración.

Derek me mira con la boca entreabierta y, sin querer, hundo los dientes en el labio inferior. Su expresión cambia a una de agonía y yo caigo en que acabo de romper una regla.

El tiempo queda en suspenso, el mundo se desvanece y solo estamos nosotros. Derek y yo. Su rostro se inclina hacia abajo y el mío hacia arriba, eliminando esa pequeña brecha que nos separa. Nuestros labios se rozan levemente, pero no llega a ser un beso. Algo nos frena. Ninguno de los dos hace la presión necesaria, solo es un acto de tortura. Quizá esta sea otra de nuestras competiciones: ver quién aguanta más la tensión.

Quiero rendirme y dejarme llevar. Quiero besar a Derek, a este Derek, más de lo que he deseado cualquier cosa desde hace mucho. Es como si estuviera dividida por la mitad, con una parte de mí huyendo lo más rápido posible y la otra pensando en aferrarme a él como si me fuera la vida en ello. Pero lo más sorprendente de todo es que, al mirarlo, hay un rincón en mi corazón que aún dice: «mío». ¿Desaparecerá algún día? ¿Quiero que desaparezca?

Huelo su aroma y siento que necesito más presión. Necesito probar esa boca y ver si es la misma. Siempre ha sido una droga capaz de alterar todo mi sistema. Esta vez no es diferente.

Sus manos se contraen en mi cintura y mis muslos se tensan contra sus caderas. Exhalo y él inspira como si fuera lo que estaba esperando. Como si también estuviera luchando contra la necesidad de hacer una breve degustación. Que Dios me pille confesada si esto ocurre. Si cedemos ante la tensión, no habrá quien nos pare. No habrá vuelta atrás. Cuando los niveles de dopamina disminuyan, tendremos que seguir trabajando juntos y enfrentarnos a las consecuencias de nuestros actos. Además, que yo recuerde, Derek Pender me odia.

Ese pensamiento me devuelve a la realidad.

Y, al igual que no estoy segura de quién ha propiciado este acercamiento, tampoco estoy segura de quién es el que se aparta primero. Solo sé que me estaba ahogando en deseo y, un segundo después, Derek se aleja y yo retrocedo sobre la encimera, poniendo entre nosotros el espacio que tanto precisamos. Me llevo las manos a la cara, acalorada, y Derek me observa, echando un último vistazo a mi boca. Cuando sus ojos vuelven a encontrarse con los míos, me doy cuenta de que piensa lo mismo que yo: esto ha sido un error. Uno que jamás reconoceremos.

Se aleja frotándose la nuca con vehemencia. El cristal cruje bajo sus zapatos.

—Voy a por la escoba. —Me mira y clava los ojos en mi camiseta antes de apartar la mirada. Se aclara la garganta—. Y... te puedo prestar una de mis camisas, si quieres. —Debe de estar muy alterado por el casi beso, ya que no es normal que sea tan considerado conmigo.

—Tranquilo, ya me cambiaré cuando llegue a casa. Además, creo que el olor a caldo de pollo me sienta bien. Quizá se convierta en mi nuevo perfume, ¿qué opinas? —Intento bromear, pero mi voz sigue sonando espesa por... En fin, por el deseo.

—Como quieras, pero, si cambias de opinión, mi habitación está arriba. Segunda puerta a la derecha.

—En serio —digo riéndome un poco—, no soy tan tiquismiquis; un poco de olor a caldo no me va a... —Pero me quedo a media frase cuando por fin miro la camiseta empapada y me doy cuenta de por qué Derek está evitando mirarme. El tejido se ha vuelto prácticamente transparente. Vaya día para llevar un *bralette* estampado con minúsculos arcoíris. Y desde luego que mis pezones tampoco han querido quedarse atrás—. Pensándolo bien, no se caga donde el caballo regalado come. —Me deslizo para bajar por el lado opuesto de la isla.

—El dicho no es así.

—Bueno, más o menos. —Subo corriendo, dispuesta a quitarme la camiseta empapada y deshacerme de toda esta tensión sexual tan inoportuna.

# 10

# Derek

Resoplo con fuerza mientras barro las últimas esquirlas de cristal. Creo que puedo afirmar sin temor a equivocarme que esta noche no está saliendo como esperaba. No, no tengo una cita, pero quería que Nora pensara que sí, porque por lo que se ve soy un capullo de tres pares de cojones. ¿Por qué quiero que se ponga celosa? Eso no formaba parte del plan de venganza.

Y todo lo planeado para esta noche ha salido volando por los aires porque Nora es Nora. Se me había olvidado que ella nunca se echa atrás ante un reto, sino que, más bien, lo doblega a su voluntad antes de pintarle un arcoíris encima. Y eso me recuerda lo sexy que me ha parecido su sujetador con estampado de arcoíris. «Impresionante».

Nora ni siquiera estaba amargada mientras cocinaba. Se ha pasado todo el rato canturreando, e incluso les hablaba a los ingredientes como si fueran amigos suyos: lamentaba tener que cocinarlos, pero iban a morir por una causa noble. Esa mujer ha traído muchísima vida a mi casa en un lapso de tiempo muy breve.

Me quedé merodeando en lo alto de la escalera escuchándola trajinar por la cocina hasta que me di cuenta de que me estaba hundiendo en terreno peligroso. Ahí fue cuando me di una ducha. Una ducha fría. Pero entonces la hice tirar el vaso medidor, y todo se fue a la mierda. Volvía a tener los dedos enredados en su pelo. Las manos sobre sus muslos, en sus caderas. El tacto de su piel bajo las yemas. Su boca contra mis labios. No puedo referirme como beso a lo que ha pasado entre nosotros junto a esa encimera, pero está claro que tampoco ha sido un no-beso. Lo único que sé es que, fuera lo que fuera, fue devastador. Me invadieron los recuerdos, las emociones y el deseo. Y luego me arrasaron tan deprisa que pensé que iba a perder el control y a besarla de verdad. Eso no puede pasar. En el último segundo, por suerte, recuperé la cordura y la fuerza de voluntad necesaria para apartarme antes de que aquel roce de labios se convirtiera en mucho más.

Y ahora, en un irónico giro de los acontecimientos, Nora está arriba poniéndose mi ropa mientras yo estoy aquí abajo haciendo la tarea que me había inventado para fastidiarla. No sé cómo, ha cogido todo lo que tenía planeado y le ha dado la vuelta por completo. Típico de Nora. Necesito sacarla de aquí cuanto antes para poder reordenar mis pensamientos. Ya la fastidiaré más mañana…, pero esta noche tiene que irse.

Oigo unos golpecitos en la puerta delantera, seguidos de un timbrazo rápido. Suficiente para prepararme para mi peor pesadilla.

—Mierda.

Bajo el fuego de la cocina para que la pasta se mantenga caliente antes de dirigirme a la puerta delantera.

Los relucientes ojos de Jamal me escudriñan desde el otro lado del vidrio esmerilado.

—¡Cariño, ya estamos en casa! ¡No nos dejes plantados aquí fuera con este frío glacial!

«Fuera hay dieciséis grados».

—Largaos —les digo a él y a los otros tipos que ahora se apelotonan ante mi vista por el costado y por encima de la cabeza de Jamal.

Ni de broma pienso dejarlos entrar ahora. No pueden saber que Nora está arriba, no pueden saber quién es Nora, ni siquiera qué ha estado haciendo aquí esta noche. Todo es malo. Todo va a acabar con mis amigos poniéndome de vuelta y media para siempre jamás.

—Tío, déjanos pasar —dice Nathan—. Huelo algo con ajo.

—Vamos a necesitar probarlo —añade Price.

Apoyo una mano con fuerza en la puerta, me da miedo que la abran a empujones a pesar de que esté cerrada con llave.

—Esta noche no. Estoy ocupado.

—¿Con qué? Si ya no tienes vida… Ni se te ocurra fingir que tienes una mujer ahí dentro. —Jamal tiene la cara totalmente pegada al cristal para distinguir mejor mi casa y, luego, la expresión de mi rostro—. Espera…, ¿tienes una mujer ahí dentro? —Suelta una carcajada de entusiasmo que parece un rugido—. Uf, ahora sí que está claro que tenemos que entrar. —Esboza una sonrisa de advertencia antes de acercar un dedo amenazante al timbre—. Última oportunidad. O nos abres tú o hacemos que nos abra ella.

—No, no puedes…

Machaca el timbre una y otra vez, muy rápido.

—¡Gilipollas! —gruño, y después abro la cerradura de seguridad para dejar entrar a estas sanguijuelas—. A ver, ¿contentos? Ya estáis dentro. No meéis en la alfombra ni mordáis los muebles. Mi cita aún no ha llegado, así que solo podéis quedaros unos minutos.

—Quizá, si te limitaras a contestar a nuestros mensajes o nos invitaras a venir entre semana, no tendríamos que entrar a la fuerza en tu vida de esta forma. —Lawrence pone su mirada de ofendido.

Nathan me golpea el pecho con el dorso de la mano.

—Esta semana has estado más distante que de costumbre. ¿Qué pasa?

Hago un gesto de indiferencia y cierro la puerta tras ellos.

—He estado liado con los entrenamientos, solo eso.

No es mentira. Pero tampoco es toda la verdad. Porque los he estado evitando. Distanciándome por si los idiotas del programa deportivo de la radio tienen razón y me echan al inicio de la temporada para que Abbot ocupe mi puesto. Si eso ocurre, no hay motivo para que estos tíos me mantengan incluido en su círculo de amigos.

—Tío, estás entrenando demasiado. Necesitas salir de vez en cuando, porque si no vas a empezar a pensar que tus pesas te hablan.

Estos cuatro hombres se pasean por el vestíbulo y el salón con los ojos entornados. Están realizando una inspección en toda regla. Si Nathan empezara a examinarlo todo con una lupa, no me sorprendería. Casi espero que Lawrence saque una libreta y un lápiz y anote las pistas. Baja la mirada y una sonrisa le curva los labios cuando encuentra una: las deportivas amarillas de Nora. Lawrence le da un codazo a Nathan como si estuviera siendo discreto y luego señala las zapatillas con un gesto de la cabeza.

—Sí, ya las había visto —medio susurra Nathan.

Me tenso.

—Venga, ya habéis echado un vistazo. Ahora, dejadme en paz.

Jamal se planta delante de mí y levanta poco a poco la ceja derecha hacia el nacimiento del pelo.

—La pregunta es, Derek, viejo amigo, ¿por qué estás tan empeñado en que nos vayamos? ¿Eh? ¿Qué escondes?

Tendría que haber insistido menos. Intento recular con una sonrisa arrogante.

—La verdad es que… me preocupa que mi cita huya despavorida en cuanto vea esa cara tan fea que tienes.

Jamal olfatea el aire. Repite el gesto y ensancha las fosas nasales. Mira por encima del hombro y establece contacto visual con un contrito Nathan.

—¿Oléis lo mismo que yo, chicos?

Nathan asiente despacio. Significativamente.

—Pasta.

—Exacto. —Jamal me pone un dedo en el pecho—. Y todos sabemos que la pasta te provoca hinchazón y gases. No te pillarían comiendo pasta en una cita ni muerto. Por lo tanto, estás mintiendo. Reconócelo.

—Protesto —digo, y tanto Jamal como yo miramos a Nathan. Se cruza de brazos.

—Protesta denegada.

«Joder».

—Responde a la pregunta. —Jamal está disfrutando demasiado con esto—. Y, de paso, dinos por qué estás intentando ocultar el hecho de que, en algún rincón de esta casa, ya hay una mujer que calza una talla cuarenta. ¿La has metido en el armario? Juro que te educamos mejor que eso.

—Vale. —Lanzo una mirada nerviosa hacia la escalera, y todos ellos la siguen—. ¿Podríais bajar la voz de una vez? No tengo una cita, pero quiero que mi agente piense que sí.

—¿Por qué narices quieres que Bill piense que tienes una cita? —pregunta Price, que se cruza de brazos y se apoya contra la pared.

Lawrence, que acababa de asomarse por la ventana delantera, se da la vuelta hacia nosotros.

—Ese de ahí fuera no es el coche de Bill. ¿Tienes un agente nuevo?

Los cuatro ahogan una exclamación y pongo los ojos en blanco.

—Sí, ¿vale? Tengo una representante nueva. ¿Y por qué te sorprendes, Nathan? Ya te había hablado de ella.

—Me gusta sentirme incluido en las emociones grupales —dice, como si esa fuera una respuesta normal.

—Estáis haciendo una montaña de un grano de arena. No es para tanto.

Jamal levanta un dedo. Un dedo argumentativo.

—Nos mandaste un mensaje cuando te compraste un edredón nuevo para la cama. Eso no era para tanto y, aun así, sentiste la necesidad de mencionarlo durante la cena. El hecho de que nos lo estés ocultando confirma que esto sí es para tanto. Así que no pensamos marcharnos hasta que nos expliques el porqué.

—No vais a marcharos aunque os lo cuente.

—Ya, obvio, pero cuéntanoslo igual.

Los cuatro se cruzan de brazos y entornan los ojos. Antes de que me dé tiempo a decir nada, una voz femenina desciende por la escalera.

—Oye, Derekito, no te enfades, pero te he ordenado un poco los cajones del baño mientras… ¡Uy! Perdón. No quería interrumpir.

«Uf, mierda». Nora se ha quedado parada en medio de la escalera. Se ha puesto una de mis camisetas, tan grande que se la traga entera, y la ha combinado con un par de pantalones deportivos cortos, aunque ha tenido que apretarse mucho el cordón para que no se le resbalen por las caderas. Dios, no podría estar más mona.

Una sonrisa lenta se dibuja en la cara de cada uno de los chicos cuando se percatan de la presencia de una preciosa mujer, que ahora saben que es mi agente, vestida con mi ropa. Sí, esto no pinta nada bien para mí. Ya veo a Nathan creando una lista de bodas mental en la cabeza.

Jamal se acerca a las escaleras y es el primero en hablar.

—¡No interrumpes nada en absoluto! Nuestro amigo Derek nos estaba contando que eres su nueva agente. Encantado de conocerte.

—¿Por qué hablas así? —le pregunto, y Jamal se limita a dar un manotazo al aire a su espalda, como si me estuviera diciendo que me pire.

«Esta es mi casa, gilipollas».

—Soy...

—Jamal Mericks —dice Nora con una sonrisa radiante—. Lo sé. Y vosotros sois Nathan Donelson, Jayon Price y Lawrence Hill. —Se ríe y parece casi nerviosa—. Sé que es muy poco profesional decir algo así, pero ahora mismo estoy absolutamente deslumbrada ante tantas superestrellas. Los Sharks son mi equipo favorito. Pero, por supuesto, eso es confidencial, porque que una agente deportiva reconozca que tiene un equipo favorito es más o menos tan profesional como meter un payaso en la sala de un tribunal.

—¿En serio? —le pregunto con el ceño fruncido.

—No, es cierto. Un juzgado no es sitio para un payaso. Pregúntale a quien quieras. —Vale, esta vez he caído de lleno. Me sonríe con aire juguetón—. Pero, sí, adoro a los Sharks.

—¿De verdad? —pregunta Jamal, que tiende la mano para que se la estreche y después la guía hacia el salón.

—Te estás comportando de una forma muy rara —le digo.

Me enseña el dedo corazón por detrás de la espalda de Nora.

—Bueno, nueva agente de Derek...

—Mac —le aclara con una sonrisa genuina.

—Nora —corrijo solo para cabrearla.

Y quizá también porque odio oír que la llaman por un nombre que sé que odia. Debería darme igual. Pero no me da igual. No quiero que mis amigos la llamen así. Ni siquiera le pega.

Vuelve la cabeza y me lanza una mirada asesina.

—En la profesión se me conoce como Mac. —Se vuelve de nuevo hacia los chicos, que han empezado a acomodarse a su alrededor en el sofá, tan emocionados como un puñado de críos a la hora del cuento—. Mi nombre completo es Nora Macken-zie. Llamadme como queráis.

—Entonces ¿todo el mundo te llama Mac excepto Derek? —pregunta Lawrence en tono inocente, aunque capto el tanteo tácito en su voz.

Está intentando averiguar por qué quería esconderla. Por qué va vestida con mi ropa. Por qué está en mi casa a esta hora de la noche. Hasta yo reconozco que parece incriminatorio. Parece que tengo una aventura con mi agente.

Cosa que no es cierta y que nunca lo será.

Doy un paso al frente.

—Chicos, dejadla en paz. Mi agente tiene trabajo pendiente.

Añado una entonación extra al término laboral para que dejen de fastidiarla.

—¿Qué trabajo?

Price suele ser el más callado, pero hasta él está intrigado con este misterio.

Nora se yergue de golpe y mira hacia atrás.

—¡La pasta! Porras. Seguro que se ha quemado.

Se pone en pie, salta por encima del respaldo del sofá y sale corriendo hacia la cocina. Todos mis amigos arquean las cejas, y lo entiendo. Nora no se parece a ninguno de los agentes a los que estamos acostumbrados.

Nathan tiene a Nicole, que es la personificación impecable de la profesionalidad. Y los agentes de los demás son unos tíos tan estirados y poco memorables que no soy capaz de acordarme ni de cómo se llaman. Pero Nora tiene una especie de autenticidad que te agarra por el cuello y te dice que no tienes más remedio que aceptar que te cae bien. No sé si es porque la industria no le ha hecho mella todavía o porque es verdaderamente ella misma, sin complejos. En cualquier caso, me cabrea. Quiero olvidarla de una vez para siempre… A pesar de que sé que jamás será posible.

En cuanto desaparece de nuestra vista, los chicos dejan de sonreír y me miran con aire acusador. Discutimos todos a la vez, en susurros. Quieren saber por qué la estoy obligando a prepararme pasta, por qué lleva esa ropa y qué narices les estoy ocultando. Les recuerdo que no es asunto suyo y que se vayan a paseo.

Nora vuelve a doblar la esquina y nuestros susurros se apagan. Los demás le lanzan una sonrisa radiante. Yo frunzo el ceño.

—A todo esto, Derek, sé que no me lo has pedido, pero te he encontrado una ropa mejor para la cita de esta noche, así que te la he dejado encima de la cama. Encaja más con tu personalidad que la que llevas puesta. —No quiero ni ver las caras de mosqueo que están poniendo los chicos—. Ah, y la pasta está lista. Espero que no te importe, te he robado un recipiente para llevar y me he servido un poco, porque aún no he podido cenar. Y he puesto la cazuela en el calientaplatos para que la pasta no se ponga pegajosa, que sé que no te gusta…, pero las instrucciones decían que, si tardas demasiado en comértela, se convertirá en cemento. Así que yo dejaría el plato reluciente más pronto que tarde.

Su amabilidad me está irritando. Preferiría que me hiciera una peineta para dejar de sentirme como un capullo.

La sonrisa de Nora se ensancha aún más y los ojos color avellana le centellean.

—Si no necesitas nada más de mí, jefazo, ¡me voy ya! Mañana te llamo para hablar de una oferta de publicidad que has recibido hace un rato. Ya estoy trabajando en los detalles, porque es una buena oportunidad.

Hace un gesto extraño, un piu, piu, piu que imita los disparos de una pistola, y luego se acerca a la puerta y se pone las zapatillas, con cuidado de no hacerse daño en el pie vendado.

Calculo tres segundos antes de…

—¡Mac! —grita Jamal, que se levanta con una indignación furiosa—. Creo que deberías saber que, por alguna razón desconocida, Derek se está comportando como un imbécil. Seguro que ya lo sabes, pero ninguno de nosotros obliga a su agente a hacer estas gilipolleces, y él tampoco debería hacerlo. ¡Ni siquiera tiene una cita esta noche!

Juro que, en cuanto esa mujer se vaya, voy a pegarle una paliza a Jamal.

Dirijo una mirada cautelosa hacia Nora, reacio a encontrarme con una expresión dolida en su rostro. Pero no me la encuentro porque está sonriendo. De oreja a oreja. Una sonrisa blanca y nacarada sobre esos labios rosados que he estado a punto de probar hace un rato.

—Ah, ya lo sé —dice en tono alegre—. Puede que sea poco convencional, pero, como agente, soy la leche, y pienso aguantar el tipo hasta que a Derek se le pase la rabieta y me permita demostrárselo. Cuando esté preparado, llevaré su carrera a un nivel que ni siquiera sabía que existía. —Guiña un ojo y abre la puerta delantera—. Buenas noches, chicos. Disfrutad de la pasta por mí, ¡me ha encantado conoceros!

La puerta se cierra tras Nora y el silencio que le sigue me engulle. Todos nos miramos los unos a los otros como si estuviéramos en un tiroteo en el salvaje Oeste. ¿Quién apretará el gatillo primero? Pero, de repente, los chicos se levantan de un salto y echan a correr hacia las escaleras. Cuando llegan a mi habitación, oigo un coro de carcajadas.

Me rindo y los sigo hasta mi dormitorio, donde me encuentro el disfraz de pollo que me puse en Halloween hace cinco años extendido encima de la cama. Hay una nota al lado: «Ponte esto, te hará unos muslitos irresistibles», con una carita sonriente dibujada junto al chiste malo.

Nathan —Papá— me mira con cara de decepción.

—Es una mujer increíble. Y ni siquiera le has dado las gracias por hacerte la cena. Tienes cinco segundos para explicarte o te echamos a las esposas.

—Resulta que... —empiezo, aunque cada palabra me supone un esfuerzo— Mac, como Nicole se refirió a ella cuando me presentó la idea de que me representara, es... mi exnovia de la universidad. Y también... la persona a la que pertenece la cosa de mi mesilla de noche.

Responden con un coro de ahs.

—Y deduzco, por cómo la estás tratando, que la cosa no acabó bien —dice Nathan.

Vuelvo a aquel momento, delante de la puerta de mi apartamento, cuando vi su pálido ceño fruncido mientras se acercaba con una caja con mis cosas en los brazos. La ruptura duró como mucho un minuto. Casi un año de amor y compromiso, y ella le puso fin en sesenta segundos.

—No. —Aprieto los dientes—. No acabó bien. Y después lo pasé fatal, porque... la quería de verdad.

Lawrence frunce el ceño.

—¿Así que todo esto es una especie de juego de venganza? ¿Para que ahora sea ella quien lo pase fatal haciendo tus tareas? Es una jugada de mierda... y nada propia de ti.

Así dicho, suena bastante horrible. Ni siquiera sé cómo responder. Porque no tengo ninguna intención de parar. Y menos ahora que mis viejos sentimientos por ella están resurgiendo. Necesito que dimita.

—Yo digo que es mentira —dice Jamal, que después se deja caer sobre mi cama y se pone cómodo—. No habrías dicho que sí si no hubiera una parte de ti que está deseando tenerla como agente. Opino que el tema de la venganza no es más que una tapadera. Creo que aún la quieres, pero buscabas una forma de volver a tenerla cerca sin correr ningún riesgo.

«Sí. O sea, no».

Uf, ya ni siquiera lo sé.

Le sacudo a Jamal en el pie.

—Quita los zapatos de la cama.

—Para que conste —dice Price en su habitual tono áspero—, creo que estás cometiendo un error. Nora me ha parecido maja. Y muy capaz. Estoy seguro de que sería una buena agente… y, ahora mismo, eso es algo que te hace muchísima falta.

—En una cosa tienes razón. Es majísima —reconozco—. Hasta que decide que se ha cansado de ti. Entonces se convierte en la persona más fría que has conocido en tu vida.

No sé si podría volver a confiar en ella aunque quisiera. Ni si podría poner mi carrera en sus manos por completo. Lo mejor es forzarla a dimitir, y ya me buscaré otro agente después. Alguien en quien pueda confiar para que me ayude a sacar mi carrera del pozo si de verdad supero esta lesión…

Lawrence se vuelve hacia mí.

—Podrías obtener tu rastrera venganza o podrías sentarte a hablar con ella e intentar pasar página de verdad. Buscar las respuestas que necesitéis y luego puede que incluso encontrar el camino que os vuelva a…

—No termines esa frase —digo mientras me acerco a la puerta de mi dormitorio y me quedo allí parado para dejar claras mis intenciones: quiero que se vayan—. Sé que solo pretendéis ayudarme, pero no os lo he pedido. No tenéis ni idea de lo que ocurrió entre nosotros y, para mí, esto no es una cuestión de falta de comunicación. No quiero saber cuál fue su razonamiento. Me da igual. Eso no arreglará lo que sucedió ni el dolor por el que pasé después. Así que, ahora, mi intención es desquitarme durante unas semanas hasta que dimita y luego seguir con mi vida, y, entre tanto, me importa una mierda lo que opinéis al respecto.

Y, como son mis mejores amigos y me conocen muy bien, intercambian una mirada que dice que ven en mi futuro algo que yo no distingo. Se van sin hacer más preguntas ni comentarios, cosa que resulta preocupante. Y que, además, me hace sentir culpable de la leche.

Ahora que se han ido todos, vuelvo al gimnasio de mi casa por tercera vez en el día, porque mi cuerpo está inquieto y enfadado, y este es el único lugar —la única parte de mi vida— donde no me siento perdido y sin control. Es el único lugar en el que logro bloquear mis miedos y pensamientos y obligarme a creer que estoy trabajando para llegar a algo bueno.

Esto es lo único que tengo que ofrecer, así que voy a volcarme totalmente en ello.

# 11

## Nora

*Dios, lo echo tanto de menos. Más de lo que nunca he echado de menos a nadie, y este dolor no se acaba. He cometido un error, ya está. Nunca debí dejar a Derek y, desde luego, no de esa forma tan fría.*

*Voy a recuperarlo.*

*Es tarde y probablemente no debería estar aquí, pero me da igual si parezco desesperada. Lo estoy. Desesperada por recuperarlo y reparar lo que he roto. Doblo la esquina del estrecho pasillo de su edificio y me quedo helada. Ahí está... Derek. Se me encoge el pecho solo de verlo. Mi mente absorbe la imagen de sus anchos hombros. Hombros que solía acariciar con mis manos, pero que nunca podré volver a tocar si no le pongo remedio a esto.*

*Estoy a un paso de salir de las sombras cuando me doy cuenta de que no está solo. Se mueve un poco y veo que hay una mujer con él. Su vestidito negro apenas le cubre la ropa interior y tiene unas piernas bronceadas y kilométricas. Es... todo lo contrario a mí. Observo con un nudo en el estómago como ella inclina la cara hacia Derek y apoya las manos en su pecho: el pelo rubio y ondulado le cae por los hombros y la espalda. Siento náuseas cuando veo que van a besarse. No. Lo dejamos hace solo una semana. ¿Cómo ha podido pasar página tan rápido?*

*¿Cómo ha podido...?*

*Abro la boca para gritar su nombre cuando la mujer se pone de puntillas para besarlo. Él agacha la cabeza para corresponderla, pero de mi boca no sale ningún sonido, solo aire caliente a pesar de que intento una y otra vez gritar su nombre.*

*Y entonces hunde la mano en su pelo y lo único que quiero es decir algo o correr hacia él, pero una arena pesada me va cubriendo los pies y las piernas y me impide moverme. Mi voz sigue siendo un susurro por mucho que grite su...*

BRRRR. BRRRR.

Levanto la cabeza de la almohada con todo el pelo por la cara.

—¡Derek! —grito en medio de una habitación a oscuras, y me abrazo a mí misma hasta que noto el tejido suave y desgastado de la sudadera que llevo puesta.

«Estoy en mi cama, no en ese pasillo». Y el sonido procede de mi móvil, que está a punto de caer desde la mesilla de noche de tanto vibrar.

Me estiro un poco y me limpio los ojos con las manos, deseando poder limpiar también ese sueño de mi mente. El sueño que de vez en cuando reaparece para romperme en pedazos.

Finalmente doy un manotazo al teléfono y me lo llevo a la oreja.

—¿Sí? ¿Hola?

—Nora.

Es Derek. Cualquiera diría que ha adivinado que estaba soñando con él.

«Por favor, dime que este hombre no me está llamando a altas horas de la noche para pedirme algo».

—No son altas horas de la noche —responde. Al parecer, he hablado en voz alta.

Me tumbo boca arriba.

—No me hago responsable de nada de lo que diga a las...
—aparto el móvil para mirar la hora— ¿cuatro de la mañana? ¿Me estás vacilando, Derek?

Os juro que noto que habla con una sonrisa perversa cuando dice:

—Para nada. Necesito que te reúnas conmigo en mi gimnasio dentro de una hora.

Quiero llorar. De hecho, es posible que ya esté llorando. Es muy probable que ahora mismo las lágrimas ya me estén bajando por las mejillas.

—¡Es demasiado pronto! No se me ocurre nada para lo que puedas necesitar mi presencia en el gimnasio. Hace diez años que no hago una flexión.

—Eso no está bien. Tener una buena masa muscular es importante para la salud de nuestro organismo.

—¿Sabes qué más es importante para la salud de nuestro organismo? ¡Dormir!

—Yo solo oigo a mi agente quejándose porque le quiero pedir que grabe mi entrenamiento para compartirlo en redes sociales.

Vale, aquí dudo. Por un lado, me alegra oír que quiere hacer algo por su carrera porque, hasta ahora (después de la noche de los fetuchinis con salsa Alfredo), Derek no ha hecho más que mandarme recados y pedirme que le limpie el coche. Sin un «gracias» ni un «buen trabajo» a la vista, por cierto. Así que la perspectiva de hacer algo que realmente guarde relación con su carrera es tentador. Para la próxima temporada, Derek necesita centrarse en que su nombre tenga una reputación fuerte y positiva. Debe conceder entrevistas, aceptar contratos de patrocinio y acudir a los actos a los que lo inviten. Y necesita una buena agente que dirija el desfile, pero me será imposible cumplir con mi cometido si no me deja trabajar.

Así que sí, quiero que grabe sus entrenamientos y los comparta en redes sociales. El problema es que en mi cama se está muy cómoda y calentita.

—¿No puedes poner el móvil en un trípode o algo? Grábalo todo y luego yo me encargaré de editarlo y publicarlo.

—No, gracias —contesta, de nuevo con una sonrisa—. Será mejor que lo hagas tú, mi agente.

—Escucha, voy a ser sincera contigo aprovechando este momento de debilidad, Derekito. Me he acostado hace solo tres horas.

—¿Por qué? —Parece consternado, aunque no compasivo.

No me atrevo a decirle que es porque me he quedado hasta tarde haciendo horas extra. Esta semana he revisado todos sus contratos y he puesto en marcha un plan para renegociar en el futuro algunos malos contratos que he detectado. También me he puesto en contacto con su asesor financiero para informarme sobre su situación económica y así asegurarme de que tiene una buena estrategia a largo plazo para cuando sus ingresos ya no provengan del fútbol americano. Además, anoche me enteré de algo sorprendente: Derek es uno de los fundadores de una de las mayores asociaciones dedicadas a ayudar a madres solteras a pagar el alquiler o la hipoteca, pero la financia de forma anónima.

Cuando leí ese correo electrónico, se me paró el corazón. Porque resulta que sé perfectamente que Derek no tiene una madre soltera. De hecho, procede de una familia estructurada y con una madre y un padre. Sin embargo, a mí sí que me crio una madre soltera, y eso Derek lo sabe. Lo sabe porque le hablé en repetidas ocasiones de lo mucho que admiro a mi madre y de todo lo que sacrificó por mí. De que ojalá hubiera más ayudas que aliviaran la carga económica de las madres solteras, porque así mi madre hubiera podido perseguir sus sueños sin dejar de alentarme a cumplir los míos.

Le dije a mi ridículo corazón que no le diera demasiadas vueltas al tema. Aun así, no para de hacer suposiciones sobre que quizá lo hizo por mí. Por otras mujeres como mi madre. Pero no puedo preguntárselo porque entonces sabría que he estado haciendo horas extra. Y, si lo sabe, puede que encuentre la manera de darme caña también por las noches.

Un escalofrío me recorre la espalda solo de pensarlo.

«¡Darme caña en ese sentido no, cuerpo traidor!».

—No podía dormir porque estaba demasiado ocupada borrando toda la mala prensa que hay sobre ti en internet. —Lanzo una mentira para distraerlo.

Se ríe, quizá por primera vez desde que lo he vuelto a ver, y mi corazón da un vuelco. Desearía tanto estar allí para ver la sonrisa que acompaña ese sonido.

—Si eso fuera cierto, aún estarías trabajando. Levanta el culo y ven al gimnasio, novata. —Hace una pausa y, como no respondo, me pregunta—. ¿Nora?

Inspiro bruscamente por la nariz.

—¿Hum?

—¿Te has vuelto a dormir?

—No —gimo con voz lastimera.

Me duelen las cuencas de los ojos. Quiero volver al país de los sueños. El país de los sueños donde puedo ir a trabajar a una hora normal. Donde trabajo con un atleta normal que me deja hacer mi trabajo normal en lugar de con este monstruo que parece empeñado en amargarme la vida. O quizá no amargármela, pero desde luego sí convertirla en un bucle molesto en el que se desperdicia mi talento y se me obliga a pasar el día haciendo recados, como Cenicienta antes de volverse una princesa.

—Mejor siéntate para no dormirte de nuevo.

—Eres un borde —digo destapándome de mala gana y sacando las piernas. El sol ni siquiera ha empezado a asomarse. Todavía está tapadito y dormidito.

—Si tan desdichada eres, recuerda que puedes renunciar cuando quieras. ¿O prefieres volver a dormirte y que te despida yo? Me conformo con cualquiera de las dos opciones. —Está disfrutando demasiado.

—Chalado —mascullo.

—¿Cómo? —Está claro que me ha oído perfectamente.

—He dicho: «¡Sí, claro!». Estaré allí en un periquete.

—¿Es necesario que uses expresiones y frases hechas para todo? «Antes te encantaban».

—Sí. Las frases hechas me dan la vida, sin ellas me moriría. ¿Realmente quiere mancharse las manos de sangre por esto, su señoría?

Gruñe.

—Parece que ya te has despejado.

—Estoy tan despejada que mi mente podría abastecer de energía a toda la ciudad. Voy a dominar el mundo, Pinky.

—¿Puedes limitarte a grabar mi entrenamiento? —me pregunta haciendo caso omiso de mi maravillosa referencia a Pinky y Cerebro, los protas de *Animanía*.

—Claro, claro. Pero después estaré preparadísima para dominar el mundo. Nos lo vamos a pasar bomba juntos, ya verás.

—Enciendo la cafetera que, por suerte, anoche rellené con agua y café molido.

—Magnífico —responde, y no consigo descifrar su tono. ¿Está enfadado o intentando no reírse? Probablemente enfadado.

—Vale, tengo que colgar. Estaré allí en un periquete, amiguete.

—Pensándolo bien, quizá no necesite tanto tu ayuda —refunfuña.

—¡Chao, pescao! —Sonrío porque ahora que sé que no le gustan estas frases, trabajar con él va a ser un poco más divertido.

# 12

## Nora

Doy golpecitos con el lápiz sobre el escritorio sabiendo que mi móvil sonará en cualquier momento. ¿Que cómo sé que va a sonar? Porque, al parecer, cuando Derek se propone algo, se lo toma muy en serio. Rara vez me deja tener un rato de paz antes de llamarme para mandarme que haga algo. Solo llevo dos semanas trabajando con él y estoy agotada.

Ya he descubierto su táctica: no permitir que Nora tenga tiempo durante el día para hacer su verdadero trabajo. Mantenerla ocupada con tonterías a toda costa.

Por eso he estado trabajando hasta altas horas de la madrugada para gestionar las cosas importantes, como responder a correos electrónicos, buscar medios donde dar entrevistas e investigar nuevos talentos como clientes potenciales. Mis noches son todo productividad, pero mis días… no tanto.

He lavado y limpiado el todoterreno de Derek, le he hecho recados por todo el estado de California (sí, a veces tan lejos que me he visto obligada a hacer una excursión de un día entero), he reorganizado su armario (con lo cual me lo he pasado pipa y he tenido la oportunidad de usar el kit de costura que siempre llevo en el bolso para coser algunas prendas; en concreto, he subido dos centímetros el dobladillo de la pernera derecha de todos sus pantalones) y, por supuesto, he tenido que darle de baja de todas las listas de correos basura que ha recibido en los últimos años, porque ¿no es esa la responsabilidad de todo agente profesional? A este paso, nunca lograré que la carrera de Derek mejore ni tendré tiempo para buscar nuevos clientes. Está haciendo todo lo posible para que lo deje.

En cuanto a los acuerdos de patrocinio que le han ofrecido y que le he hecho llegar, han caído todos en saco roto. Nunca me deja terminar de explicar lo que proponen sin interrumpirme para mandarme otra tarea. Lo cual, a decir verdad, empieza a sorprenderme, porque, aunque sé que todo esto es una estrategia para amargarme la vida y que lo deje, no puede ser que se haya propuesto seguir hasta que lo logre, ¿no? Yo pensaba que solo era algo que hacía para desahogarse, pero que pronto se cansaría y después podríamos volver a ser adultos serios y responsables que hablan de negocios. Necesita una buena agente. No es tonto y seguro que sabe que dejar pasar tantas oportunidades está perjudicando a sus ingresos. Empiezo a pensar que existe algún motivo oculto que se me escapa.

Incluso hay una empresa de trajes de alta gama, Dapper, que quiere pagarle a Derek una ingente cantidad de dinero para que represente a su marca y protagonice su próximo anuncio. Sin embargo, al proponérselo, Derek enseguida dijo que no porque estaba demasiado ocupado y no podía saltarse un día de entrenamiento. No sé por qué, pero algo me dice que eso no es más que una excusa barata.

Tengo que darle una respuesta a los de Dapper antes de que acabe el día, pero me da cosa rechazar una oportunidad tan lucrativa.

Otro problema que tengo es que el traidor de mi corazón me juega malas pasadas cuando Derek tiene uno de sus arranques raros en los que hace algo inesperado. Algo como pasarme una botella de agua si llevamos mucho tiempo bajo el sol. O asegurarse de que como mientras llevo a cabo su lista infinita de recados. O fingir que no me ve si me echo una cabezadita en el trabajo después de un madrugón combinado con una de mis noches de insomnio. Ayer habría jurado que me quedé dormida sentada en un taburete de la isla de la cocina mientras revisaba sus correos electrónicos, pero, cuando me desperté, estaba en el sofá y tapada con una manta. Le pregunté si sabía algo del tema y se encogió de hombros diciendo que debía de ser sonámbula... Lo dudo.

Y gracias a estos momentos me doy cuenta de que el viejo Derek —mi Derek— sigue ahí dentro, en alguna parte. El Derek que me mandaba un beso desde el campo antes de cada partido. El Derek cuyas manos se sentían como un primer día de verano cuando llevas mucho tiempo con depresión estacional. El que con solo guiñarme el ojo conseguía que me diera un vuelco el corazón. Lo cierto es que nadie sabe guiñar el ojo como él. La mayoría de los hombres, cuando lo intentan, dan la impresión de ser unos pervertidos que van a seguirte hasta el coche. Derek no. Le es tan fácil y natural... Como si te hiciera partícipe de un suculento y extraordinario secreto que solo sabéis él y tú.

Contra todo pronóstico, sigo sintiéndome extremadamente atraída por él. Necesito controlar mis sentimientos porque, si hay algo de lo que estoy segura después de trabajar codo con codo toda la semana, es de que no le caigo bien, o, en el mejor de los casos, de que no quiere que le caiga bien.

Llaman a la puerta de mi despacho.

—Adelante —digo con voz de desesperación.

La puerta se abre y veo a Nicole apoyada en el marco con su falda de tubo. Hoy lleva ese traje negro tan bonito. Le envuelve el cuerpo con firmeza y grita: «¡Cuidado, vienen curvas!». Es difícil no sentir amor platónico por ella.

Se cruza de brazos y enarca una ceja.

—¿Durmiendo la siesta en el trabajo?

—No —gimo contra el hueco del brazo—. Me rindo. Esta es mi posición de rendición.

—¿Tan pronto? —Hace una pausa y echa un vistazo a mi despacho con cara de asco—. Aunque, a decir verdad, yo también lo haría si tuviera que trabajar aquí todos los días. Qué grima. ¿Cómo es posible que tengas una ventana y aun así no haya luz natural?

—Solo toca el sol cinco minutos al día, en algún momento entre las dos y media y las dos y cuarenta y cinco.

—Es claustrofóbico.

Levanto la cabeza.

—Ya sabes que creo que eres una diosa bella y poderosa en todos los sentidos, pero lo de darle ánimos a la gente he de decir que no es tu fuerte.

Ahora enarca ambas cejas.

—Anda, ¿es eso lo que se supone que debo hacer? Solo he venido para ver si sabías dónde se guardan los clips.

Me levanto de la mesa y tiro de ella para que entre al despacho.

—Bueno, ya que estás aquí, quédate un rato e imparte un poco de tu sabiduría omnisciente.

—Es que justo iba a... Ay, no, no cierres la puerta. Este sitio huele a humedad.

—Te acostumbrarás enseguida —le digo prácticamente empujándola hacia la silla que hay frente al escritorio.

Mira los reposabrazos como si fuera a mancharse la manga si los toca. Me giro hacia ella y me siento sobre la mesa. Sus pestañas se mueven mientras evalúa lo que llevo puesto: un peto vaquero con estampado de margaritas y una camiseta amarilla de manga corta debajo.

—¿Vienes de ordeñar vacas?

Ahogo un grito, ofendida, y engancho los pulgares en los tirantes.

—Es un conjunto muy moderno, ¿vale? Lo compré en la tienda más sofisticada del país.

Pone cara de escepticismo.

—¿Cuál?

—Target.

Pone los ojos en blanco.

—Eres un caso perdido.

—Nena, si esto es un caso perdido, no quiero encontrarlo nunca. —Nicole hace como si fuera a levantarse e irse. Extiendo la mano—. ¡No, espera! Quédate. Quédate, por favor. Necesito que me aconsejes.

—Te doy un minuto. Venga.

Menos mal que llevo toda la vida entrenando para salir en un programa de esos en los que te dan un minuto para llenar un carro de la compra con cosas gratis. En mi día a día se encienden cronómetros periódicamente para que me acostumbre a la repentina sensación de ir a contrarreloj. Me encanta trabajar bajo presión.

Lleno los pulmones con tanto aire que Nicole me mira con cara rara, pero necesito todo el oxígeno que pueda abarcar si voy a confesarle mi historia.

—Todavía no he podido trabajar de verdad con Derek porque me está haciendo una especie de novatada obligándome a hacer recados absurdos todo el día. Y el verdadero motivo es…

—Permíteme que te interrumpa un instante para que ambas podamos ahorrarnos los próximos cincuenta segundos —dice levantando una mano—. He tratado con hombres así miles de veces. Y la respuesta es sencilla: tienes que darle de su propia medicina.

—Pero ¿cómo…?

Al parecer, Nicole está de buen humor hoy, porque sigue hablando sin que tenga que suplicarle.

—Eres una mujer adulta con una carrera profesional y no tienes tiempo para que hombres como él se metan contigo. Si quiere pelea, dale pelea. Pero sé tú quien ponga las reglas a partir de ahora. —Se levanta con la autoridad de un comandante que se dirige a su ejército—. Créeme, Mac, a veces la única forma de ganarse el respeto de una persona es exigiéndolo. Tú eres su agente. Actúa como tal. Haz caso omiso de esos recados y céntrate en hacer tu trabajo, y, si te despide, él se lo pierde.

Quiero aplaudirla, pero me abstengo porque la última vez que lo hice no le gustó. Además, ya se está levantando de la silla y caminando hacia la puerta. No hay tiempo para bromas.

—¿No quedaré mal si es él quien rescinde el contrato?

—No si explicas la situación. —Hace una pausa y duda antes de añadir—: Además me tienes de tu parte. Puedes estar tranquila, me aseguraré de que eso no te penalice.

Esto lo cambia todo.

—De acuerdo —contesto con una sonrisa de agradecimiento—. Gracias, Nicole. Por todo.

Ella asiente y casi sonríe.

—Y por respeto a la moda y a la profesionalidad, por favor, deja de llevar esta ropa.

—Nunca. —Doy un salto para levantarme del escritorio y me acaricio los muslos—. Tiene bolsillos.

Una expresión de agonía cruza su rostro.

—La cosa va de mal en peor.

—Cuidado, estás empezando a sonar como Marty.

Nicole suelta una carcajada desdeñosa.

—La diferencia es que yo tengo un sentido de la moda indiscutible y quiero verte triunfar. Marty lleva trajes del siglo pasado y dos tallas más grandes de lo que debería, pero igualmente piensa que viste como un dios y solo critica tu ropa para meterse contigo. —Hace una pausa—. Pero entiendo a qué te refieres. Ponte lo que te haga feliz, supongo.

Su cara al pronunciar esa última frase cuando sale de mi despacho me indica lo difícil que ha sido para ella decirlo. Me río entre dientes mientras paso por un lado del escritorio y vuelvo a sentarme, esta vez subiendo un pie a la silla para tener la posición de pensar. Tengo que encontrar el modo de darle a Derek de su propia medicina. Pero ¿cómo?

Cojo el lápiz y me doy golpecitos en el labio con él. Justo cuando empiezan esos cinco minutos de luz solar en mi despacho, me suena el móvil. El nombre de Derek aparece en la pantalla y gruño antes de contestar.

—Hola, aquí la esclava personal de Derek Pender, ¿en qué puedo servirle?

—¿Por qué siempre contestas con frases así? —Lo que quiere decir es «con frases así de cursis». Cada vez digo una cosa distinta, pero la esencia es siempre la misma.

—Porque te molesta y es la única manera que tengo de defenderme de tus novatadas.

—No sé de qué me hablas —responde inexpresivo, pero oigo un deje de picardía—. Tengo un evento esta noche. Necesito que vayas a recoger el traje de la tintorería y me lo traigas a casa.

Respiro hondo y suelto el aire despacio.

—Ajá, eso suena muy divertido, pero resulta que sé que tienes varios trajes en tu armario. Y se rumorea que se sienten bastante solos y olvidados. Apuesto a que, si te pusieras uno de esos, subirías la moral de todo tu armario.

No cuela.

—Lo necesito lavado en seco para las seis.

—¿Para las seis…? —Alargo la última palabra y la dejo colgando en forma de pregunta.

—Sí. Para las seis.

—No, lo que quiero decir es: ¿para las seis y qué más?

—Para las seis en punto. Ni antes ni después.

Suelto un gruñido y contengo las ganas de darme cabezazos contra el escritorio.

—¡No, Derek! ¡Te faltan las palabras «por favor»! Necesito que al menos digas «por favor» cuando estés siendo un energúmeno.

—Y yo necesito que empieces a usar insultos de persona adulta, que es lo que eres, pero no siempre podemos tener lo que queremos. Te recuerdo que eres libre de dejarlo si…

—Ya, ya, ya, me sé ese discurso de memoria. El traje estará listo a las seis.

Cuelgo antes de que tenga oportunidad de NO darme las gracias.

Los consejos de Nicole resuenan en mi cerebro, pero ¿cómo espera que le dé la vuelta a la tortilla cuando este hombre está en pretemporada y parece tener todo el tiempo del mundo para mangonearme? Y no creáis que no me he dado cuenta de que ha estado evitando a sus amigos. No sale con ellos, no les devuelve las llamadas ni les contesta a los mensajes. Parece que toda la vida de Derek está enfocada en entrenar y arruinarme la existencia. Al principio pensaba que solo era porque me odiaba, pero ahora… Empiezo a pensar que es por otra razón, una que he estado pasando por alto.

Y entonces se me ocurre. Concibo el plan más glorioso de la historia. Pero voy a necesitar algo de ayuda.

Si lo que Derek quiere es un traje, eso es justo lo que va a tener.

# 13

## Derek

Llega tarde. Son las seis y media y no está aquí con el traje. Necesito que esté aquí. Y necesito ese traje. En realidad, el traje no lo necesito, porque, como me dijo la propia Nora, tengo muchos otros que ponerme. Pero ¿cómo voy a sacarla de sus puñeteras casillas si no está aquí? Se suponía que tenía que estar aquí.

Camino de un lado a otro frente a la puerta principal.

Voy y vuelvo, voy y vuelvo, con el teléfono pegado a la oreja. La señal de llamada se repite una y otra vez, pero no me contesta. Ya no estoy solo cabreado, ahora también estoy preocupado. Nora lleva dos semanas respondiendo de inmediato a mis llamadas y mensajes todos los días. ¿Y si le ha pasado algo? ¿Y si ha tenido un accidente mientras venía hacia aquí? Mientras venía a traerme un traje que ni siquiera necesito.

Me paso una mano por el pelo y se me ocurre llamar a los hospitales, pero, justo cuando empiezo a planteármelo, oigo el ruido de un coche que accede al camino de entrada. Miro por la ventana tan solo un segundo para confirmar que es ella y, sin pensarlo, salgo hecho una furia y me encamino hacia allí.

Nora se baja del coche y la brisa hace que el pelo le azote la cara. Aunque no tiene motivos para ello, sonríe cuando ve que avanzo en su dirección a toda velocidad. Es un rayo de sol que se cuela entre las nubes de mi deprimente día, y eso me enfada aún más.

Llevo dos semanas trabajando con ella y me he sentido así en todo momento. Se supone que debo odiarla. Se supone que su sonrisa debe resultarme irritante. ¿Y esas muletillas raras y extravagantes? Esas sí que se supone que debería odiarlas. Pero ¿las odio? Ni de broma. Si acaso, tengo que luchar con todas mis fuerzas para no sonreír cuando me vacila. Para no estrecharla entre mis brazos cada vez que está a mi alcance.

Lo cual me lleva al consabido cabreo…, pero no con Nora, sino conmigo mismo.

Enfadado porque vuelvo a experimentar una reacción positiva al verla, me meto las manos en los bolsillos.

—¿Por qué no has contestado a mis llamadas?

Se le ensancha la sonrisa y pasa a mi lado con una bolsa de traje echada al hombro.

—Perdona, Derekito. Hace una hora que me he quedado sin batería en el móvil. Y no me acordaba de que me había llevado el cargador a la oficina. —Vuelve la cabeza hacia mí—. No estarías preocupado, ¿verdad?

Me mira con una chispa burlona en esos ojos verdes y dorados, y tengo que apartar la vista para no besarla.

—No. Solo necesito mi traje.

Dios, qué cansado estoy de comportarme como un cretino autoritario. Estaba totalmente convencido de que, a estas alturas, Nora ya habría dimitido. No sé cuánto más voy a ser capaz de aguantar así.

La sonrisa le flaquea un momento, pero la recupera enseguida.

—¡Pues aquí está! El traje de tus sueños.

Lo dice en un tono que me resulta sospechoso. Es entonces cuando me fijo en la bolsa que cubre el traje. No es la transparente que suele utilizar mi tintorería, sino una bolsa negra, elegante y opaca. Esta es de un diseñador.

—¿Qué demonios es eso? —le pregunto, aunque ya sé cuál es la respuesta.

Nora adopta la expresión de una persona que acaba de vencerme.

—Es el traje que pediste.

—No es mi traje de la tintorería.

No lo formulo como una pregunta porque no lo es.

Sonríe y me da una sola palmadita en el pecho... La sensación me llega a toda prisa a la columna vertebral.

—Qué astuto. Ese ya no vas a necesitarlo... Y tus otros trajes viejos tampoco —dice en un tono demasiado alegre antes de entrar en mi casa y dirigirse hacia las escaleras.

Las escaleras que llevan a mi habitación. ¿Por qué está subiendo a mi habitación? ¿Y por qué ahora la estoy siguiendo como un cordero camino del matadero?

—Nora... Por favor, dime que no has aceptado el contrato de publicidad con el diseñador de trajes.

—Podría decírtelo, pero, como soy de la opinión de que la sinceridad es la mejor política, prefiero decirte que sí lo he aceptado y que ahora eres la imagen de uno de los fabricantes de trajes más populares del país. Solo necesito que esta noche firmes en la línea de puntos.

Me detengo en mitad de la escalera y me quedo mirando cómo su descarado culo respingón se bambolea mientras sube por delante de mí y, contra todo sentido común, no pienso en el asunto del traje. Mis pensamientos se centran en preguntarme si Nora seguirá llevando ropa interior con los días de la semana. En la universidad, al principio pensé que no era más que una coincidencia simpática. Pero luego empecé a fijarme en que siempre usaba el día correcto. Una vez le pregunté al respecto y me dijo que era una costumbre que le gustaba. Su precioso trasero se convirtió en mi calendario, y... Ya, eso es algo en lo que no debería pensar.

—Lo has hecho sin mi consentimiento. Podría despedirte ahora mismo —le digo mientras subo los últimos escalones al trote para alcanzarla.

Gira para entrar en mi habitación.

—Podrías. Pero dentro de unos días, cuando estés en el plató, no podrás pasar sin una agente. Y dudo que encuentres a alguien para cubrir el puesto antes de coger el vuelo del viernes por la mañana.

Perdona, ¿qué vuelo? ¿Y qué plató?

—No tengo que coger ningún avión el viernes por la mañana —digo con una calma calculada que debería advertirla de lo frustrado que me siento en este momento.

Extiende el portatrajes sobre la cama y hago un esfuerzo enorme por no mirarla mientras se agacha para abrir la cremallera. Ese mono corto que lleva puesto no debería parecerme atractivo. Me lo parece. Nora saca el traje de la bolsa, lo levanta para examinarlo por si tiene algún defecto y luego lo lleva con mucha delicadeza a mi vestidor, en el que ya entra como si fuera el suyo.

Me quedo paralizado en medio de mi dormitorio, con los brazos cruzados y los pies clavados en el suelo con firmeza, porque aquí está pasando algo y tengo la sensación de que voy a necesitar toda mi fuerza de voluntad para soportarlo. Capto el zumbido de una energía nueva en torno a Nora. «No dejes que su sonrisa te engañe; está cubierta de margaritas amarillas, pero es muy peligrosa».

Cuando sale del vestidor, aún sin establecer contacto visual, va cargada con un montón de ropa. La observo con los ojos entornados mientras la lanza sobre la cama y murmura algo acerca de los calcetines y de cuántos pares necesitaré. Después saca mi maleta. La grande. La levanta para colocarla también sobre la cama y se le escapa un gemido de esfuerzo justo antes de que aterrice.

—¿Alguna preferencia a la hora de preparar el equipaje? A mí me gusta meter los calcetines y la ropa interior ordenados en un rinconcito y luego construir una fortaleza de camisas enrolladas a su alrededor. Pero estoy abierta a sugerencias... hasta cierto punto.

Empieza a embutir mi ropa en el interior de la maleta.

—Para —le ordeno, pero no lo hace—. Nora, estate quieta.

—¡Lo siento, no puedo! Vamos un poco justos de tiempo. Tengo que hacer tu equipaje esta noche para poder hacer mi colada y mi equipaje mañana. Porque, ahora mismo, mis mallas favoritas están sucias, y ni de broma pienso pasarme el día sentada en un avión llevando vaqueros.

Cruzo el dormitorio en dos zancadas y, una vez que ha sacado los dedos, cierro la tapa de la maleta.

—Explícame qué está pasando.

Se cuadra de hombros al mirarme, como si hubiera estado deseando que llegara este momento. El fuego que le veo en los ojos me recorre las venas. Está tan cerca de mí que, si diera un paso al frente, quedaríamos pegados el uno al otro. La regla de «nada de tocarnos» palpita entre nosotros. Se burla de mí.

—Tenemos un vuelo el viernes por la mañana. Muy temprano. De hecho, es el primer avión del día, así que tenemos que llegar al aeropuerto sobre las cinco y media de la mañana.

—Y una mierda.

No es mi intención, pero bajo la mirada hasta posársela en la boca. Es la primera vez que me planta cara de verdad desde que empezamos a trabajar juntos, y me recuerda mucho a cuando éramos pareja y nos peleábamos en broma solo para divertirnos. Al fijarme en sus brazos, descubro que tiene toda la piel de gallina. A ella tampoco la ha dejado indiferente este momento.

Se aclara la garganta y se da la vuelta, vuelve al vestidor a toda prisa mientras yo me quedo aquí plantado, perdiendo la cabeza. Me paso las manos por el pelo y me doy un tirón solo para aliviar la frustración. Pero no es por ese puñetero trabajo. Estoy enfadado porque la deseo. Y frustrado porque no puedo tenerla.

Y no puedo de ninguna manera.

Aunque Nora también me deseara, jamás me permitiría volver a confiar en ella. No después de haberla amado tan plenamente y de que ella se desvinculara de lo nuestro sin avisar, sin darme ni una pista. Ni siquiera una semana de distanciamiento. Un día me quería y soñaba con un futuro conmigo mientras se saltaba su clase de oratoria para que fuéramos de excursión a una cascada, y al siguiente mandó nuestra relación a la guillotina.

—¿Adónde va ese avión en el que yo no estaré? —pregunto tras acercarme al vestidor y apoyar una mano en cada jamba de la puerta para bloquearle el paso hasta que me da una respuesta directa.

Sonríe.

—A Las Vegas.

Y entonces ella y sus brazos llenos de calcetines y ropa interior se cuelan con toda la facilidad del mundo por debajo de mi barrera.

De repente me siento como si me hubiera caído un pedrusco en la boca del estómago. Lo dice en serio. Es cierto que ha comprado dos billetes de avión a Las Vegas.

—No voy a ir a Las Vegas. Y tampoco participaré en este acuerdo publicitario. Fin de la historia.

Es como una abejita atareada que revolotea por mi habitación, insistiendo en organizar todo lo que necesita para un viaje que no pienso hacer.

—Uy, yo creo que sí. Porque, en primer lugar, ya he reservado los vuelos y le he confirmado a Dapper, la marca, que el viernes estarás en el plató rebosante de energía y entusiasmo y preparado para protagonizar su anuncio más importante del año.

Se me hinchan las fosas nasales.

—No se te habrá ocurrido...

—Y, en segundo lugar, porque los chicos me han pedido que te diga que, si opones resistencia, me hablarán de lo que encontraron en tu mesilla de noche hace unos meses.

Se me desvanece la sonrisa arrogante.

«No serían capaces».

—Hemos hecho una llamada grupal hace un rato porque quería explicarles la situación y que me dieran su opinión. Resulta que están de mi parte y creen que ya es hora de que vuelvas al trabajo. Así que Jamal me dijo que, si te resistías, te leyera esta nota suya. —Se saca un papel del bolsillo trasero y lo sacude para estirarlo como si fuera un periódico antiguo—. «Derek, si creías que no íbamos a utilizar esto en tu contra, eres la persona más imbécil que he conocido. Mueve el culo y súbete a ese avión o le diré lo que encontramos».

Gruño, porque es la única respuesta que soy capaz de dar en este momento. Necesito espacio, así que cruzo el dormitorio y luego vuelvo de nuevo a su lado.

—¿Te han dicho ya qué es lo que encontraron?

—No. Aunque... tengo mucha curiosidad. Debe de ser muy bochornoso para que te provoque una reacción así. Creo que, como tu agente, debería saber...

—Ni lo sueñes.

Se lame los labios sonrientes y se acerca aún más a mí, levanta la barbilla y me apunta con esos labios perfectos.

—¿Significa eso que te vienes conmigo a Las Vegas?

Está contenta, disfrutando de la satisfacción de una victoria aplastante. Pero yo no.

Me paso la mano por el pelo de nuevo y me alejo de ella.

—No deberías haberlo hecho, Nora. Has ido demasiado lejos. Me atraviesa con la mirada.

—¿En serio? ¿Llevas dos semanas machacándome con tareas estúpidas y esperas que me quede de brazos cruzados y deje que pierdas oportunidades profesionales importantísimas por lo que sucedió entre nosotros cuando estábamos en la universidad? Se acabó. A partir de ahora vamos a aceptar las ofertas. Y tú concederás entrevistas.

Debería mantener la boca cerrada. Debería dejar que siga pensando que la única razón por la que evito todas esas cosas es ella. Pero, de pronto, me siento como si estuviera en un coche desbocado del que no consigo recuperar el control. El pánico me invade el pecho ante la idea de abrirme a ella cuando hay tanto en juego. Sin permiso, mi mente reproduce las palabras de los locutores del programa de deportes de la radio y de la ESPN cuando dijeron que es imposible que me recupere. Que han visto a muchos atletas caer por este tipo de lesión y que va a ser una pena presenciar cómo me ocurre a mí también. Seré un espectáculo.

Todo da vueltas y más vueltas a mi alrededor. La respiración se me torna superficial. Se me acumula el sudor en el cuello. Y, de repente, vuelvo a estar en el colegio, de pie delante de toda la clase, viendo cómo se ríen sin piedad de mí porque no consigo acabar el pasaje que me han pedido que lea.

Entonces estallo.

—¡No tiene nada que ver contigo, Nora!

No se inmuta cuando alzo la voz. Parece aliviada.

—Entonces ¿qué es? Si no me lo cuentas, Derek, no puedo arreglarlo.

Aprieto los puños a los costados.

—¡No quiero ir por ahí actuando como una estrella para un diseñador cuando es muy posible que me echen incluso antes de que empiece la temporada! Todo el mundo, y cuando digo todo el mundo es todo el mundo, piensa que los Sharks van a darle mi puesto a Abbot y, cuando eso pase, quedaré como el idiota que no se dio cuenta de que estaba haciendo el ridículo. Dapper, y cualquier otra marca con la que hayas llegado a un acuerdo, volverá y disolverá nuestro contrato. Así que no, gracias. Prefiero seguir pasando inadvertido y centrarme solo en mi juego. No quiero distracciones y, desde luego, ¡no quiero pasearme por ahí pavoneándome con un traje cuando puede que este año ni siquiera tenga trabajo!

Nora parpadea mientras la energía que mi arrebato ha vertido en la habitación comienza a desvanecerse. Luego frunce el ceño.

—Así que… todas esas jugarretas…, lo de impedirme hacer mi verdadero trabajo…, ¿era por esto? ¿Porque te da miedo fracasar y que piensen que eres tonto por intentarlo?

Suspiro, porque me resulta imposible explicárselo todo —que no quiero volver a sentirme nunca como el niño cuyo supuesto fracaso era el entretenimiento del resto— sin contarle la verdad acerca de mi pasado y mi reciente diagnóstico.

—Sí y no. Supongo que… eras una excusa perfecta para dejar a un lado todo lo público y poder desaparecer y entrenar. Así que, por favor, llama y cancela el acuerdo. No quiero hacerlo.

El silencio reina en la habitación durante un minuto y me convenzo de que he conseguido que Nora lo entienda. Pero entonces se le iluminan los ojos. Si antes me parecía que estaba decidida…

—¿Sabes qué, Derek? Eso me cabrea más que un avispón atrapado en la camiseta de una persona sudada. Ojalá me hubieras dicho que era solo porque querías hacerme la vida imposible. Pero ¿tirar tu carrera por la borda porque te asusta lo que la gente pueda pensar de ti si te esfuerzas al máximo y aun así fracasas? —Se acerca a mí y me clava un dedo en el pecho como si fuera alguien de mi altura y no casi treinta centímetros más baja—. Eso me rompe el corazón, y no pienso a permitirlo. Te mereces cosas buenas, sean cuales sean las consecuencias de tu lesión. Has trabajado mucho durante toda tu carrera y te lo has ganado. Y ¿sabes qué más? No todo el mundo opina que vayan a darle tu puesto a Abbot. Yo creo en ti. Con toda sinceridad, Derek.

Se lleva una mano al pecho.

Desprende verdaderas oleadas de intensidad.

—Sé cómo eres cuando te propones algo, y la prueba de ello la tienes en el total y absoluto compromiso que has mostrado estos días con tu objetivo de amargarme la existencia. Además, soy la persona que ha asistido a todos tus entrenamientos a lo largo de estas semanas. No estás acabado. No estás oxidado. Estás hecho un puñetero toro, Derek, pero, si tú no crees también en ti mismo, nadie más lo hará. —Se interrumpe el tiempo justo para tomar aliento—. Saca tu musculoso culo ahí fuera y apuesta por ti. Acepta los contratos de publicidad. Concede unas cuantas entrevistas. Publica tus entrenamientos en las redes, que se te vea dándolo todo y petándolo. ¡No te rindas solo porque unos cuantos miopes digan qué es lo que tendrías que hacer! Y deja de utilizar mi carrera profesional, por la que he trabajado como una mula, como si fuera un juguete. No es justo para mí y, sinceramente, es indigno de ti.

Siento tal opresión en el pecho que apenas puedo respirar. No sé si estoy cabreado, triste, avergonzado o motivado.

—¿Algo más?

—Sí. —Vuelve a clavarme el dedo, pero esta vez en el centro de la barbilla—. Ya no sonríes lo suficiente.

—¿Qué?

—Ya me has oído —dice en un tono que es como un mordisco, pero sin dientes. Se le suavizan los ojos—. Antes sonreías a todas horas, y ahora no lo haces nunca. Al principio pensé que era porque me odiabas, pero tampoco sonríes a los demás. Echo de menos esa sonrisa. Era tan cálida que la sentía hasta en los dedos de los pies.

La miro de hito en hito, con un millón de preguntas y de disculpas rondándome en la cabeza, pero ninguna destaca por encima de la que llevo tanto tiempo evitando.

—Estoy preparado para saber qué ocurrió.

Se lo digo en voz baja porque ya no me queda fuego en las venas.

He pasado mucho tiempo repitiéndome que me daba igual. Que Nora había roto conmigo, que ya no me quería y que no había más que hablar. Que no necesitaba conocer los detalles, que ni siquiera los quería, porque cualquier explicación que me diera me haría demasiado daño, y el dolor que ya sentía era tanto que creía que iba a romperme.

Pero ahora tengo que saberlo. Porque la forma en que acaba de decirme que, básicamente, he renunciado a mi carrera por miedo me ha hecho recapacitar también sobre otra área de mi vida. Puede que Nora fuera la que le dio la espalda a lo nuestro, pero yo se lo permití. No luché por ella ni una sola vez, porque tenía miedo de no ser suficiente para ella.

Me mira estupefacta.

—¿Qu...? ¿Qué?

—¿Qué pasó entonces? Con lo nuestro —pregunto despacio y con cuidado para no asustarla—. ¿Qué te llevó a ponerle fin? Y hacerlo con una frialdad tan brutal. ¿Qué hice mal, Nora?

# 14

## Nora

Cierro los ojos y suelto un suspiro.

—Va contra el reglamento…

—Dímelo. Por favor, necesito saberlo. —Nunca lo había visto pedirme algo con tanta desesperación.

Lo miro a los ojos y me transporto a cuando estaba en el último curso de la universidad y me planteé cambiar todos mis planes de vida por un atleta que prometía llegar lejos. Dejo salir todos los sentimientos que llevo años intentando bloquear. En parte por el dolor, en parte por la culpa.

—Tenía miedo —respondo con sinceridad.

Frunce el ceño y da un tímido paso adelante.

—¿Miedo de qué?

—De ti —exhalo—. De lo que sentía por ti.

Se queda mirándome como si me estuviera transformando en otra persona.

Yo también avanzo un paso hacia él. Siento que la habitación se va quedando poco a poco sin oxígeno.

—Lo nuestro no estaba previsto que pasara, Derek. Yo tenía un plan de vida bien estructurado y el amor no entraba en juego hasta mucho más adelante.

Pero fue intercambiar una mirada con él en esa fiesta y todo se fue al traste. Lo recuerdo como si fuera ayer. La sacudida de mi sistema nervioso, la sensación de mi cuerpo que decía «Él... Él es importante».

—Conocerte y enamorarme de ti me aterrorizó. De repente, mis notas empezaron a bajar porque pasaba mucho tiempo contigo. Todo el mundo hablaba de tu futuro en la NFL y tu fama crecía por momentos. —Estoy hablando muy deprisa, pero no me atrevo a ir más despacio ahora que por fin estoy diciendo las palabras en voz alta—. Y, por si todo eso no fuera lo bastante aterrador, el día que rompí contigo me había enterado de que había sacado muy mala nota en el examen final de Economía, lo que casi me hizo suspender toda la asignatura. Eso fue una gran llamada de atención para mí. Si quería entrar en el máster, tenía que hacer algo.

Ver esa nota fue como recibir un ataque a quien yo era como persona. Mi media en el instituto era de 10 y me dieron varias matrículas de honor. No era la típica persona que flojea en clase. Sin embargo, de repente, me había convertido en esa persona por un chico, y lo detestaba. Tenía miedo de pensar en a qué otras partes de mí renunciaría si seguía con él.

Además, si algo me enseñó mi padre es que no vale la pena jugarse la felicidad y el futuro por un hombre. En cuanto se aburren, se van. Y no tenía forma de saber cuánto tardaría Derek en aburrirse de mí. Era un riesgo muy grande que asumir justo en la cúspide de mi carrera. Tenía que seguir luchando por mí misma.

Ahora estudio los ángulos bien marcados de la cara de Derek, que de algún modo es aún más hermosa cuando frunce el ceño. Niega con la cabeza, pero es un movimiento tenso.

—Yo no... No sabía que tus notas se estaban resintiendo. Si me lo hubieras dicho, habría hecho algo para ayudarte, habría estudiado contigo o algo así.

—¿De verdad lo habrías hecho? —pregunto con sinceridad, recordando la forma en que su principal misión en la vida parecía ser conseguir que yo dejara de lado los apuntes para jugar con él—. Creo que el Derek que eres ahora definitivamente me habría ayudado, pero el Derek divertido y juguetón con el que salía…, ese me habría dicho que no me preocupara. Creo que en vez de estudiar conmigo te habrías ofrecido a casarnos y a mantenerme sin que yo tuviera que trabajar ni un solo día de mi vida.

Los ojos de Derek brillan con algo que no reconozco, pero un segundo después desaparece y solo queda tristeza.

—Ojalá me lo hubieras explicado cuando rompiste conmigo. Aunque entonces no lo hubiese entendido, me habría ayudado saberlo. Me habría ayudado a… —Cambia el peso de una pierna a otra, como si ser vulnerable lo estuviera matando. Me sorprende que termine la frase—: De haberlo sabido, quizá no me habría dolido durante tanto tiempo.

Esta vez sí siento el golpe.

La palabra «tanto» implica que sufrió durante muchísimo tiempo. Aunque eso no puede ser cierto. Pasó página con esa otra chica enseguida. ¿Y si, igual que se escondía algo detrás de mi decisión de romper con él, también se escondía algo detrás de sus acciones?

—Tienes razón. Debería haber sido sincera contigo, pero me sentía demasiado egoísta por elegirme a mí antes que a lo nuestro y no encontraba la forma de explicarte que no quería aparcar mis sueños tan joven para que tú pidieras luchar por los tuyos. —Me muerdo el labio al notar otra vez esa punzada de culpabilidad—. Siento mucho haberte hecho daño, Derek, y haber acabado así. No estaba preparada ni era lo bastante madura para lidiar con la clase de amor que nos teníamos.

—¿De verdad crees que no habríamos logrado salir adelante? —me pregunta, y la esperanza que oigo en su voz me rompe.

Pero no puedo mentirle.

Niego lentamente con la cabeza.

—No. A pesar de lo mucho que te quería, había muchas cosas que necesitaba experimentar en la vida y que no habría podido vivir si te hubiera seguido después de graduarnos. Creo que lo habríamos intentado con todas nuestras fuerzas durante un tiempo y que luego los sueños de uno y otro habrían tirado de nosotros hasta separarnos. Pensar en ello se me hacía insoportable. Y quizá ninguna de estas razones sea lo bastante buena para que me perdones, pero...

—Lo son —dice en un tono calmado. Aun así, la fuerza de esas palabras me da de lleno en el pecho.

No puedo respirar. No puedo hacer nada que no sea mirarlo y parpadear. Veo que las líneas de expresión de su cara se suavizan. Esta vez es él quien se transforma en otra persona. No es Derek el joven imprudente; es Derek el hombre.

Se acerca aún más y mi piel se pone alerta para acabar decepcionándose cuando ve que se detiene a unos centímetros. No hace ninguna intención de tocarme, pero en sus ardientes ojos color zafiro queda claro que algo nuevo se está gestando entre nosotros. Una tregua. Tal vez incluso algo de empatía.

Sea cual sea el equipaje con el que hemos llegado a esta habitación, no saldremos de aquí con él.

El pecho de Derek se llena con un suspiro.

—Puede que no me hubiese parecido una buena razón entonces, cuando tenía veinticuatro años y era inmaduro, pero ahora... —Cambia el peso de pie otra vez—. Ahora creo que tiene sentido, Nora.

—¿En serio? —pregunto con los ojos llorosos.

No tenía ni idea hasta este momento de lo mucho que necesitaba oír esas palabras saliendo de su boca. Necesitaba oír que comprende la decisión que tomé y que no me odia por ello.

Sus ojos me recorren la mandíbula y la boca como una caricia. La mirada que me dirige me recuerda que hubo un tiempo en el que teníamos algo especial. Que yo era alguien especial para él.

—Creo que... —Respira hondo y sus ojos vuelven a encontrarse con los míos—. Me he estado aferrando a un dolor que tal vez debería haber soltado hace mucho.

Quiero inclinarme hacia delante. Hay una cuerda invisible que une sus labios a los míos y está tirando con fuerza. Tanta que casi no puedo resistirme, así que me acerco.

—Nunca supe que te había hecho daño, Derek. El día que rompí contigo, te fuiste en cuanto terminé de hablar. Cogiste la caja y diste media vuelta sin decir nada más. Sabía que estabas enfadado, pero ¿herido? No diste ninguna señal de estarlo.

—Parece ser que eso se me da de maravilla. —Su sonrisa es triste—. Lo siento, Nora. Lo siento por todo, también por tratar tu carrera como una ficha más en mi absurdo juego. —Su mano roza la mía y no sé si es intencionado o no, pero cada centímetro de mi cuerpo siente ese roce.

—No pasa nada. Hemos empezado con mal pie —digo casi sin aliento.

—No. —Su tono es severo—. Sí que pasa. He sido un imbécil contigo estas últimas dos semanas y te pido perdón.

Abro la boca, pero no sé qué decir. Esto parece un sueño.

—Yo también lo siento.

Permanecemos en silencio unos instantes, asimilando esta nueva realidad y lo que significa para nosotros. Estamos tan cerca que tengo que inclinar la cara hacia arriba para mirarlo. Con cada inspiración, nuestros pechos casi se tocan. Ninguno de los dos se aparta y, cuando noto que se vuelve a encender esa chispa que hacía tanto que estaba apagada, me doy cuenta de que no quiero volver a separarme de Derek. Quiero que me toque. Que me ponga las manos en las caderas y me atraiga hacia él hasta que no haya espacio entre nosotros. Mi cuerpo anhela algo que solo él puede satisfacer.

No obstante, ahora nuestras profesiones están entrelazadas y retomar la relación podría acabar fatal. Y no solo eso; he visto la forma en que los atletas pasan de una relación a otra de la noche a la mañana. La forma en que Derek, en concreto, pasa de una relación a otra de la noche a la mañana. Puede que aún sienta algo, pero no estoy segura de si podría confiar en él. Y, desde luego, no me veo capaz de liarme con él y mañana hacer como si nada.

Por lo que parece que nuestra única opción ahora mismo es…

—¿Podemos ser amigos? —Mi voz está vergonzosamente llena de esperanza.

Veo el momento exacto en que los ojos de Derek se cierran y sé que mi esperanza ha caído en saco roto. Da un gran paso atrás para alejarse de mí y se frota la nuca.

—No. Lo siento, pero no puedo volver a ser tu amigo, Nora.

¿No puede porque no quiere? ¿Porque han pasado demasiadas cosas entre nosotros? No me atrevo a preguntar y, además, tengo la sensación de que el hecho de no explicarme por qué es un modo de marcar un límite.

—Vale. No pasa nada. Es una decisión perfectamente válida. —Me muevo con torpeza cambiando el peso de un pie a otro—. Es comprensible y noble y… otros adjetivos que ahora mismo no se me ocurren.

Derek me mira mientras suspira. Daría cualquier cosa por entrar en su cabeza.

—Aun así… —Aprieta la mandíbula—. Vendré a recogerte el viernes por la mañana para ir al aeropuerto.

Parpadeo, mirándolo con los ojos muy abiertos.

—¿Irás a Las Vegas conmigo?

Aprieta los labios y mi instinto me dice que le está costando tomar esta decisión.

—Sí. No me interpondré más en tu carrera profesional, novata. Y lo cierto es que sí que necesito ayuda con la mía, ya que no tiene pinta de que vayas a dejar que me retire antes de tiempo. —Esboza una sonrisa tímida—. Firmaré el contrato e iré contigo a Las Vegas.

# 15

## Derek

Pum, pum, pum.

Golpeo la puerta de Nathan con el puño. Sé que todos mis amigos están ahí dentro porque hace una hora que Donelson ha publicado una historia con una foto de una montaña de juegos de mesa y ha etiquetado a los chicos.

Cuando se abre la puerta, Nathan aparece vestido con unos pantalones cortos de deporte y una camiseta y pone cara de culpabilidad al instante.

—Derek, no esperábamos que...

Lo interrumpo abriéndome paso con brusquedad hacia el interior de su casa.

—¿En qué cojones estabais pensando hoy todos para meteros así en mi vida?

—¡Oye! —dice, y levanta las manos mientras paso a su lado hecho una furia—. Deduzco que Nora te ha contado tus planes para el fin de semana, ¿no?

—Sí, me los ha contado. Y también me ha transmitido la información de vuestro chantaje. Os habéis pasado de la raya. —Me quedo paralizado en el salón cuando veo a Jamal, Price y Lawrence sentados en el suelo alrededor de un tablero—. ¿El Monopoly? —digo indignado.

Lawrence me mira con inquietud.

—Derek…, no es lo que parece.

—Ah, ¿no? Porque parece que sois gilipollas y que habéis tenido la osadía de poneros a jugar a mi juego de mesa favorito sin mí mientras conspirabais a mis espaldas con mi exnovia-barra-agente.

Price esboza una mueca de dolor.

—Vale, entonces sí es un poco lo que parece. ¿Quieres que te repartamos? Todavía estás a tiempo.

—No. No quiero «que me repartáis». Quiero saber qué os ha hecho pensar que era buena idea ponerse del lado de Nora.

Nathan deja su copa de vino.

—Fácil. Te has pasado semanas comportándote como un imbécil y jugando con ella. La verdad, te mereces algo más que un pequeño chantaje que te obligue a hacer el trabajo que tendrías que haber estado haciendo desde el principio.

—No he jugado con ella.

«Le he hecho la vida imposible a propósito».

—Lo que está más claro que el agua es que no la has valorado ni la has tratado con respeto —interviene Lawrence, que se levanta del suelo y aprovecha su altura para forzarme a prestarle atención—. Has sido un pedazo de capullo. Y no solo con ella, sino también con nosotros. Ya nunca nos devuelves las llamadas ni vienes cuando te invitamos. Y eso nos duele.

—No quería…

¿No quería qué? Porque sí quería rechazarlos. Quería esconderme. Pero no pretendía hacerles daño con todo esto. Una parte de mí pensaba que no se darían cuenta ni les importaría demasiado. ¿Está mal decir que me alegra que sí les importe?

Price coge el móvil.

—Voy a pedir la cena. ¿Qué os apetece esta noche? —Me mira de nuevo—. Derek, supongo que, con ese palo enorme que llevas metido en el culo, estarás demasiado lleno para comer.

La tensión que se me ha ido acumulando en el cuerpo a lo largo de toda la noche estalla. Le arranco el teléfono de las manos y me dirijo con él hacia la mesita auxiliar, donde lo dejo caer en un vaso lleno de agua. Aterriza con un chop teatral. Me arrepiento al instante.

—Pender... —farfulla Price en tono siniestro mientras se acerca dando grandes zancadas y saca el teléfono del vaso. Utiliza la camisa para secarlo—. Tienes suerte de que sea sumergible, porque, si Hope hubiera intentado llamarme para decirme que estaba de parto y no hubiese podido contestarle porque tú actúas como un crío petulante, tu vida habría acabado. Discúlpate.

«Joder, ¿qué me está pasando?».

—Lo siento, tío —le digo con absoluta sinceridad. Me paso las manos por el pelo y mi pico de ira se disipa—. Lo cierto es que... estoy pasando por muchas cosas. Pero no he querido hablar de ello.

Por ejemplo, no he querido hablar de que, desde hace unos meses, estoy examinando mis recuerdos de adolescencia bajo una nueva perspectiva. ¿Habrían sido las cosas distintas para mí si me hubieran apoyado en mis diferencias de aprendizaje en lugar de haberme avergonzado por ellas? Y luego está Nora y todo lo que me ha contado esta noche. Tiene razón: el Derek de la universidad odiaba los estudios, los libros de texto y las clases por cómo lo hacían sentir. Como un inepto. Como un incompetente. Tener que hincar los codos y estudiar más con ella habría abierto una brecha entre nosotros, igual que me había ocurrido con mis padres.

—He querido apartarme de vosotros porque... Mierda... Porque tengo miedo, ¿vale? Miedo de perderos a todos como amigos si me echan y dejo de ser un Shark.

—Ojalá nos lo hubieras contado —dice Nathan—. Podríamos haberte dado una patada en los huevos hace tiempo y haber dejado a Nora al margen de todo el asunto. En resumen, no vas a librarte de nosotros.

Lawrence suelta una carcajada.

—Todos nos estamos haciendo viejos, tío. No vamos a escapar a las lesiones. La retirada está cada vez más cerca para todos nosotros. Excepto para Papá, que seguro que juega hasta los ochenta.

Nathan asiente.

—Es verdad.

—Por eso nuestra amistad no está supeditada a nuestro contrato. Somos como las chicas de *Uno para todas*. —Lawrence vuelve a acomodarse en el suelo.

Arqueo las cejas.

—¿Hemos estado compartiendo pantalones y no me he enterado? ¿Por eso me sientan todos tan mal últimamente?

—Estuve a punto de decírtelo el otro día. Los pantalones te quedan muy raros, tío. —Price se fija en los que llevo ahora y, en efecto, una pernera es un poco más corta que la otra.

—No —interviene Lawrence antes de que nos desviemos demasiado del tema—. Me refiero a que siempre estaremos conectados los unos con los otros por muy lejos que nos vayamos.

Nathan me escudriña las piernas.

—Hay una diferencia de un par de centímetros. ¿Has planchado solo una pernera o algo así?

Me encojo de hombros.

—La verdad es que no lo sé. ¿Es posible que una de las piernas siga creciéndome y la otra ya haya parado?

Jamal me golpea en la cara con un cojín.

—Me importan una mierda esos pantalones tan feos, Derek. ¿Qué pasa con la chica?

—¿Cómo que qué pasa con ella? —Pongo un gesto de indiferencia.

El fastidio le inunda los ojos.

—¿Sigues enamorado de ella?

Por una vez estoy demasiado cansado para pelearme con él.

—Sí, estoy enamorado de ella. Profunda y tremendamente.

La sinceridad de mi respuesta los sorprende tanto como a mí. Jamal se yergue.

—Ostras, vale, si no estás amenazando con pegarme una patada en el culo y lanzarme por la ventana por decir que tus pantalones son feos, es que la cosa es muy grave.

En ese momento, el peso de todo lo ocurrido se me viene encima y me dejo caer de golpe en el sofá. Agacho la cabeza y me la sujeto con las manos.

—Todavía la quiero. Creo que siempre la querré. Y, lo que es aún más patético, me parece que parte de la razón por la que llevo toda la semana atosigándola con tareas en mi casa es que me gusta tenerla cerca. Me gusta oír su risa y sus ocurrencias absurdas, y me gustan las miradas asesinas que me lanza cuando finge que está enfadada conmigo. Me gusta... ella, más de lo que me ha gustado cualquier otra cosa o persona en la vida.

Nathan deja escapar un suspiro profundo que le deshincha las mejillas. Se apoya los codos en las rodillas.

—No me lo esperaba. Ahora casi me siento mal por el chantaje.

—Yo no —dice Jamal, y todos lo miramos con fastidio.

Papá se sienta a mi lado en el sofá.

—Ahora que eres consciente de ello, ¿qué quieres hacer al respecto?

—¿A qué te refieres?

Price se echa hacia delante.

—Se refiere a que debes de haber venido aquí para algo más que para meter mi móvil en un vaso de agua. ¿Quieres recuperarla?

—No —contesto con firmeza y muy en serio.

Jamal pone cara de aburrimiento, se levanta del suelo y desaparece en la cocina. Odia mi respuesta.

Nathan me clava una mirada que siento en el alma.

—Entonces ¿qué quieres?

«¿Qué quiero?».

—Quiero superar lo nuestro definitivamente y pasar página. Creo que soy tan reticente a las relaciones porque una parte de mí sigue aferrada a ella. Tengo que olvidarla y… No sé, quizá dejar que por fin me emparejéis con alguien.

Lawrence se levanta.

—Bueno, pues, si quieres pasar página, a partir de ahora tendrás que comportarte como un adulto. Deja de tocarle las narices y sé sincero con ella. Dile que, después de este viaje a Las Vegas, tenéis que seguir caminos separados. No es sano que trabajes tan estrechamente con una persona a la que quieres así.

—Estoy de acuerdo con Lawrence —añade Price—. Nora se merece más respeto del que le estás mostrando, y tú te mereces pasar página. Dile la verdad.

Respiro hondo. Lleva razón. Nora siempre me ha tratado con respeto y amabilidad. Por primera vez me doy cuenta de que, al romper conmigo de una manera tan brusca, en cierto modo fue incluso compasiva. Vio que ya no éramos compatibles: ella necesitaba centrarse en la universidad y en los estudios, y mi personalidad se rebelaba contra esas cosas por instinto de supervivencia. Al contrario que todas las demás personas de mi vida, Nora jamás me dijo que espabilara y me esforzara más. Ella me quería tal como era, pero también se dio cuenta de que necesitaba algo diferente y siguió adelante sin plantearme nunca un ultimátum del tipo «debes cambiar para estar conmigo».

«Y yo le he amargado la existencia por ello».

—Tienes razón. Se lo diré el viernes en el avión.

De repente, Jamal suelta un bufido y sale de la cocina con una copa llena de una bebida de un tono de frutos del bosque casi idéntico al de su camisa.

—En primer lugar... —señala a Nathan—, ¡no me habías dicho que hay sangría! —Gira el dedo hacia Lawrence—. Y tú acabas de dar el peor consejo que he oído en mi vida. Está claro que este hombre necesita recuperar a su mujer, no olvidarla.

Me cruzo de brazos y me dejo caer contra el respaldo del sofá.

—Te equivocas, tío. Nora no es mía. Me lo dejó claro hace años, y ya es hora de que respete su decisión. Venga, repárteme los billetes del Monopoly y tráeme un vaso de sangría. Échale un hielo al vaso, ya que te pones.

Jamal se sienta otra vez en el suelo.

—Ve tú a por ella, pedazo de capullo que no sabe lo que es el romanticismo. —Me tiende unos cuantos papeles multicolores—. Y te toca ser el sombrero de copa, es lo único que queda.

# 16

## Nora

Vaya, ¿lo sientes? ¡Es esperanza! Radiante, luminosa, expresiva, ¡esperanza! ¿Por qué estoy dando saltitos por mi apartamento como una adolescente a la que la vida nunca la ha tratado mal? Porque la otra noche Derek y yo aclaramos las cosas, y creo que por fin me va a dejar hacer mi trabajo. Ayer ni siquiera me llamó ni me pidió hacer recados absurdos.

No solo eso, sino que la culpa que llevo tantos años cargando ha desaparecido. Derek lo ha entendido. Más aún, cree que fue la decisión correcta. Lo difícil ahora es borrar el recuerdo de su tierna mirada. De él diciéndome que se alegraba de que mi yo del pasado se hubiese priorizado. Si el Derek salvaje y divertido era tentador, el Derek estable y maduro es aterrador. Mentiría si dijera que ya no...

Da igual. En realidad no tiene importancia, porque un segundo después me dijo que no quería que volviéramos a ser amigos y me sentí como una trucha a la que acaban de destripar en la pescadería, pero no pasa nada. Lo comprendo. (Lo odio con toda mi alma, pero lo respeto). Vamos a priorizar nuestras carreras laborales. Todo bien, todo bien, todo bien.

Ya tengo el equipaje listo, en la mochila llevo el portátil lleno de proyectos (proyectos de verdad y no solo recados confusos) en los que me he pasado toda la noche trabajando porque estaba demasiado emocionada para esperar, y, cuando he querido darme cuenta, empezó a sonar la alarma. Desde que decidió dejar de hacerme novatadas, no he hecho más que trabajar un sinfín de horas, y es que tengo mucho tiempo perdido que recuperar.

Me siento victoriosa. Debería correr por mi piso con una bandera estadounidense atada a la espalda como si hubiese ganado las Olimpiadas. Me mantengo en pie a base de esperanzas, sueños y cafeína, y estoy segura de que tengo ojos de loca ahora mismo, pero me importa tres pitos. Por primera vez siento que mi vida avanza de verdad. Que mis sueños son alcanzables. Incluso si no llego a establecer un vínculo romántico o amistoso con Derek, al menos ahora no volveré a estar completamente apartada de su vida. No tendré que despedirme de él. ¿Resulta patético que piense así? Prefiero no responder a esa pregunta.

Justo cuando me estoy sirviendo mi cuarta taza de café, llaman a la puerta. Sé que es Derek porque siento un escalofrío. Es broma, es porque ha dicho que vendría a recogerme con su chófer a las cinco de la mañana.

Corro hacia la entrada y abro de golpe.

—¡Buenos días, Derekito! —le digo con una enorme sonrisa, y es que me niego a permitir que sigamos sintiéndonos incómodos tras mi momento de vulnerabilidad y ese polvo ocular. Porque sí, después de revivirlo en mi mente una y otra vez, he llegado a la conclusión de que, oficialmente, aquello fue un polvo ocular—. Pasa, pasa. Dame un segundo mientras cojo las cosas.

Derek frunce un poco el ceño y se queda en la puerta, vacilante.

—Em, Nora...

—No. —Le apunto con el dedo—. No empieces. Vamos a ir al aeropuerto. Voy a ayudarte a ganar un montón de dinero. Y no habrá incomodidad alguna entre nosotros por lo de la otra noche. Los dos podemos ser personas maduras y profesionales y seguir a rajatabla el reglamento que acordamos. —Voy a mi dormitorio y cojo la mochila y la maleta sin dejar de hablar, alzando la voz para que me oiga desde la otra habitación—. No es por presumir, pero estos últimos días me he lucido como agente. Dudo que haya una sola variable en este viaje para la que no esté preparada.

Cuando vuelvo al salón, Derek frunce aún más el ceño al verme la cara.

—Nora, ¿has dormido esta noche?

Le apunto con mi almohada cervical antes de meterla en la mochila.

—Buena pregunta. La respuesta es no. Pero, por suerte, ya no necesito dormir. A todo esto, ¿sabías que si bebes suficiente café, puedes oír el color lila?

Me subo la mochila a los hombros e intento caminar hacia la puerta. «Intento» es la palabra clave, porque de repente una mano me agarra del asa. Suelto un chillido y noto que me choco de espaldas con Derek. Él me mira desde arriba con ojos serios.

—Así que no has dormido. ¿Has comido algo?

—Sí, he ingerido unos cuatro mil miligramos de cafeína y he ganado sentidos arácnidos. Es genial, noto que el cuerpo me hormiguea y cuando miro las cosas parece que tiemblen.

—Eso se llama tener un ataque de pánico.

Chasqueo la lengua e intento alejarme de nuevo, pero me vuelve a atrapar. Trago saliva cuando siento sus manos deslizarse bajo las asas de la mochila para quitármela de los hombros.

—Derek, venga, tenemos que…

—Escúchame, novata. No iremos a ninguna parte hasta que comas algo. —Me deja la mochila en el suelo y me relajo—. ¿Tienes huevos en la nevera?

—Bueno… Sí, pero no tengo tiempo para hacerlos.

Ya está de camino a la cocina. Este hombre parece una montaña y está tan seguro de sí mismo que actúa como si el tiempo y el espacio fueran a sucumbir ante él. Aunque, con ese culo, igual tiene razón.

—Te voy a hacer unos huevos revueltos, te los vas a comer y luego vamos a ir al aeropuerto y vas a dormir durante todo el vuelo. Lo digo en serio, Nora. Como vea asomar esos ojos verdes por debajo del párpado, lo cancelaré todo, ¿estamos?

Mandón, mandón, mandón. ¿Cómo es que no detesto que se comporte así? Es más: ¿por qué me están subiendo los calores? Probablemente porque mi mente ha sido invadida por los recuerdos de sus hombros cerniéndose sobre mí, por la silueta de su cuerpo contra la luz de la luna y su boca susurrándome órdenes.

Abre la nevera y saca un cartón de huevos.

—Ahora, mientras cocino, ve a ponerte unos pantalones. Has roto la regla número siete.

Suelto una carcajada.

—No he... —Miro hacia abajo y, no sé muy bien cómo, mi boca traga aire y emite un chillido a la vez—. ¡Derek! ¡No llevo pantalones!

—Me he dado cuenta —refunfuña sin mirarme—. He intentado decírtelo cuando he entrado, pero estabas demasiado ocupada viajando por un universo diferente gracias a tus nuevos poderes inducidos por la cafeína.

—¡Lo siento mucho! Esto es muy poco profesional. —Cojo una manta turquesa que hay encima del sofá rosa (ventajas de la vida de soltera) y envuelvo con ella mi tren inferior mientras voy hacia el dormitorio—. Te prometo que no era consciente de que no llevaba pantalones. Es que nunca me los pongo cuando voy por casa y he estado tan centrada en el trabajo que...

—Nora. —Derek se da la vuelta y me mira con unos ojos tan llenos de recuerdos y emociones que casi se me doblan las rodillas.

No dice ni una palabra más, pero sus cálidos ojos hablan por sí solos: «Ya sé que no llevas pantalones cuando vas por casa.

Y me sé de memoria cómo son tus piernas cuando no llevas pantalones. De hecho, me sé de memoria cómo es tu cuerpo entero desnudo en mi cama».

—Vístete y ya, por favor —dice al fin, y yo asiento antes de meterme en la habitación para cambiarme, intentando ocultar una sonrisa que no sé qué pinta en mis labios.

Pasamos el control de seguridad en un santiamén, pero, para ser sincera, esto se me está haciendo cuesta arriba. Mis piernas cansadas intentan seguirles el ritmo a las piernas extralargas y llenas de energía de Derek, y tengo delirios por la mezcla de falta de sueño y cafeína. En estos momentos veo el mundo como si estuviese dentro de una pecera. Todo está borroso y Derek tenía razón, tanta cafeína me está provocando un montón de ansiedad. Puede que la cantidad de gente que nos mira también tenga algo que ver.

Los dos vamos con gorras y sudaderas para disimular lo mejor que podemos. Sin embargo, incluso si la gente no lo reconoce de inmediato —aunque apuesto a que el setenta y cinco por ciento sí lo hace porque este hombre es el ala cerrada más famosa de la NFL—, con solo ver su tamaño, sus músculos y la ropa de marca que lleva, saben que es alguien importante. Alguien a quien hay que sacarle fotos. Se supone que en situaciones como esta debo protegerlo, pero no paro de tropezarme con mis propios pies y estoy algo mareada. Es evidente que Derek se da cuenta porque, de repente, me rodea los hombros con el brazo y me acerca hacia él para estabilizarme. El problema es que su cuerpo es tan fuerte y cálido y huele tanto a jabón de menta marroquí (sí, ese es el olor exacto…; es posible que me haya asomado a su ducha en algún momento) que se me hace demasiado difícil luchar contra el impulso de cerrar los ojos mientras camino. Poco después me doy cuenta de que Derek prácticamente me está sosteniendo. Y ni siquiera se queja. Su mano me tiene bien agarrada por el costado, como si quisiera hacerme saber que lo tiene controlado. Y, de tanto en tanto, cuando nos detenemos para hacer cola en algún sitio, me permito apoyar todo mi peso en él y echar cabezaditas. Lo de la profesionalidad mejor lo dejamos para otro día.

Nunca me había sentido tan cansada. Creo que dos semanas de insomnio más una noche entera sin cerrar los ojos me están pasando factura.

—Ya casi estamos en la puerta de embarque —dice inclinándose para susurrarme al oído.

Un hormigueo me recorre el cuerpo y estoy demasiado exhausta para combatirlo. Solo puedo pensar: «Dios, cuánto echo de menos tenerlo así de cerca».

Cuando por fin llegamos a la puerta diez, Derek me lleva hacia un rincón apartado, aunque no sirve de mucho. La gente sigue fijándose en nosotros y él tiene que estar varios minutos firmando autógrafos y haciéndose fotos. Le pregunto si quiere que aleje a la multitud, pero me responde que no le importa y que está encantado de hacerlo. Y creo que es verdad, a juzgar por el tiempo que les dedica a unos cuantos adolescentes, a quienes les pregunta en qué posición juegan en el equipo de fútbol americano de su instituto y a qué universidad quieren ir. Los chicos quieren saber si su tobillo estará recuperado para cuando comience la temporada y Derek se limita a sonreírles y decirles:

—Estaré listo cuando empiece el primer partido, no os preocupéis.

Para ser sincera, me parece que lo necesitaba. Ha estado demasiado tiempo escondido después de que terminara la última temporada, preparándose mentalmente para recibir la noticia de su despido. Esa llamada nunca va a llegar si yo puedo evitarlo.

No tardamos en acomodarnos en las sillas de la terminal a la espera de embarcar y me quedo mirando la enorme rodilla de Derek, a escasos centímetros de la mía. No puedo apartar los ojos. Tengo la vista clavada en esa curva que forma su pierna y que de repente me resulta insoportablemente erótica. ¿Siempre ha tenido estas rodillas? Tiene la mano apoyada en el muslo y, cuando veo que se aprieta la pierna, noto un cambio en el ambiente incluso antes de que diga mi nombre.

—Nora... Tenemos que hablar.

No creo que ese apretón indique nada bueno. Creo que me ha pillado mirándolo y ha visto el anhelo en mis ojos. No me extraña, tengo demasiado sueño para disimular. Ay, no...

Derek está a punto de despedirme.

Lo sé. Lo sé por las arrugas que hay en su ceño y la suavidad que desprenden sus ojos. Algo ha cambiado en él desde la otra noche. No estoy segura de qué es, pero ahora, después de que me haya preparado unos huevos revueltos y me haya guiado de forma protectora por el aeropuerto, lo veo claro. Está siendo tierno porque va a decirme que esto se acaba. Quizá piense que soy demasiado novata para enfrentarme a lo que se viene después de convencerlo de que tiene que luchar por su carrera y dejar de esconderse. O tal vez haya sido por haberlo recibido sin pantalones esta mañana. O por el hecho de que me esté quedando dormida mientras voy andando por el aeropuerto.

¡Pero no! No puedo dejar que me despida antes de demostrarle de lo que soy capaz. ¡Puedo ocultar mejor el deseo que siento por él! ¡Puedo llevar pantalones siempre! ¡Lo juro!

—Todavía no —me apresuro a decir antes de que tenga oportunidad de darme la patada—. Sé lo que vas a decir, pero... ¿puedes esperar hasta que pase este fin de semana? ¿Por favor?

Derek abre la boca para responder, pero me salva la amable señorita que nos dice por el interfono que nuestra puerta de embarque ya está abierta. Mis sueños siguen a salvo al menos una hora más.

Los dos nos levantamos y yo cojo mi mochila, pero Derek me la quita antes de que pueda ponérmela en la espalda y se la lleva al hombro. Unos minutos después subimos al avión y, una vez sentados en primera clase con unas comodidades dignas de la realeza, me quedo frita. Por suerte, Derek no me despierta para despedirme, ni siquiera para quejarse de que tenga la cabeza apoyada en su brazo.

# 17

# Derek

Una voz con un exagerado acento sureño se eleva a mi espalda.

—Disculpe, amable señor, ¿le importaría hacerme el honor de firmarme un autógrafo? Verá, ¡soy la persona que más lo admira del mundo! Y lo significaría todo…

—¿Por qué narices no estás durmiendo? —le pregunto a Nora cuando se sienta en el taburete que tengo al lado y me vuelvo… «Dios, es preciosa».

Lleva el pelo recogido en un moño despeinado que me vuelve literalmente loco. Va vestida con la misma ropa que se puso en el aeropuerto después de aterrizar: unas sandalias de cuero rosa chillón, unos pantalones anchos de color azul claro y una camisa blanca de manga corta metida por la cintura alta de los pantalones. No sé explicar por qué, pero con solo mirarla ya sabes que huele bien, a algo dulce y delicioso. Como un sueño.

No tiene derecho a estar así de guapa después del día de locos que hemos tenido. Llegamos a Las Vegas sobre las nueve y media de la mañana y nos llevaron directos al plató del anuncio, instalado en un casino. Me pusieron un traje añil que me quedaba como un guante y el equipo rodó varias escenas en un ambiente lujoso, oscuro, en las que aparecía jugando al blackjack, a la ruleta y al billar. Por lo visto, cuando eres una persona de mi tamaño, jugar al billar con un traje ajustado es bastante difícil.

En la última toma de la noche, la tela no aguantó más y la espalda de la chaqueta se desgarró.

Salvo por la chaqueta, no me molesté en cambiarme cuando llegamos al hotel, donde dejé a Nora en su habitación y le dije que la ataría a la cama si no dormía. El rodaje había terminado a las once de la noche y Nora se había pasado todo el día conmigo en el plató, a pesar de que en varias ocasiones había intentado convencerla de que volviera al hotel y se echara una siesta. Se negó en redondo. Es, con diferencia, la agente más meticulosa que he tenido…, y eso hace que me resulte aún más duro haber tomado la decisión de disolver nuestro contrato.

La realidad es que no quiero hacerlo. No es solo que necesite un buen agente y que considere que Nora estaría perfectamente a la altura —a juzgar por la bronca que me metió la otra noche cuando estaba a punto de abandonar mi carrera—, sino que además me da pavor permitir que vuelva a alejarse de mi vida.

No es que todo el dolor que arrastraba por haber perdido a la mujer que amaba desapareciera por arte de magia cuando descubrí la verdad, pero sí que adquirió una nueva dimensión. Respeto a Nora por la decisión que tomó por su bien. Y a la porra si respetarla no me hace quererla mucho más.

Para poder pasar página, no puedo mirarla a la cara un día sí y otro también. Me dolería demasiado.

Nora ni siquiera se molesta en aparentar sentirse culpable por aparecer de repente a mi lado junto a la barra.

—He intentado dormir. Pero hay demasiado ruido.

—Si quieres te busco unos tapones para los oídos.

Frunce la nariz y agita los dedos junto a la cabeza.

—Me refiero a que hay demasiado ruido en mi cerebro. No puedo dejar de pensar en todos los posibles contratos de publicidad para los que serías perfecto, sobre todo ahora que sé que se te da bien actuar. ¿Qué opinas de…?

—Nora.

La interrumpo sin apartar la mirada de mi vaso vacío. Percibe el cambio de mi tono de voz y sabe lo que estoy a punto de decir.

Se le apaga la sonrisa. Odio ser la razón de que se le desvanezca.

Agarro mi vaso y lo miro de hito en hito mientras pronuncio las palabras que sé que van a herirla.

—No..., no puedo seguir con esto. Creía que sí, pero me equivocaba. Tengo que disolver nuestro contrato.

Se hace el silencio entre nosotros y solo los ruidos de Las Vegas llenan el compás de espera. Por el rabillo del ojo veo que los hombros se le elevan y se le hunden.

—¿Es porque...? ¿He sido...? ¿No he hecho un buen trabajo con el anuncio?

Me vuelvo de golpe hacia ella.

—¿Qué? No. Eres buenísima en tu trabajo y, en otras circunstancias, sería muy afortunado de tenerte. —Noto que las palabras se me espesan en la boca—. Pero... —«Mierda, no quiero decirlo»—. Debido a nuestra historia, es demasiado para mí. Me alegro de que la otra noche habláramos y aclarásemos las cosas. Cuando te dije que entendía tu lado de la historia, fui muy sincero, pero...

«No consigo olvidarte».

Su habitual sonrisa ha desaparecido por completo.

—¿No crees que con el tiempo...?

Se me escapa una risotada.

—Han pasado ocho años. Creo que, si el tiempo pudiera arreglarlo, ya lo habría hecho.

Tengo la sensación de que estoy siendo bastante claro. De que entiende lo que le estoy diciendo sin que tenga que pronunciar las incómodas palabras: «Oye, todavía estoy enamorado de ti y, a menos que tú también me quieras, no podemos seguir con esto, porque estar cerca de ti y no tenerte duele como un demonio».

Pero entonces dice:

—¿Es porque...? ¿Me... me... me sigues odiando?

Se me parte el corazón por la mitad.

¿La odio? «Odio que, cuando la boca se te curva en una sonrisa, no pueda besarla. Odio que tengas mi corazón en tus manos y ni siquiera lo sepas. Odio no haber sido capaz de superarte nunca..., ni un solo día. Odio que, si te contara todo esto, te marcharías y yo me quedaría vulnerable y desangrándome en la barra».

—No. «Odiar» no es la palabra adecuada —contesto, porque no me atrevo a correr el riesgo de abrirle mi corazón en medio de un bar de Las Vegas.

Es hora de pasar página y dejarla ir sin más.

El camarero nos interrumpe cuando se acerca y le pregunta a Nora qué quiere tomar; se inclina hacia ella sobre la barra para oírla... o quizá porque se da cuenta de lo bonitos que son sus ojos y quiere vérselos más de cerca.

—¿Qué le apetece? —pregunta, y luego, con una sonrisa detestable, añade—: ¿Mi teléfono, quizá?

Ahora siento un impulso casi incontrolable de estamparle la cara contra la barra y romperle la nariz. Y, sí, eso no hace más que confirmar por qué no puedo trabajar con Nora. No puedo vivir estas situaciones continuamente. Todo el mundo parece desearla... y con razón.

Ella se ríe del comentario coqueto y yo me muerdo el interior de las mejillas para no decir nada. En ese momento Nora levanta una mano y la posa en un lado de mi cuello, justo donde se une con el hombro. Me lo aprieta una vez, con ademán posesivo, y yo me vuelvo de golpe hacia ella. «¿Qué puñetas...?».

—Lo siento, ya tengo pareja —dice, y mi corazón, mi pobre y triste corazoncito, se acelera como un cohete que me golpea el esternón.

—Vaya, una pena —responde el camarero, que se vuelve hacia mí sin parecer siquiera avergonzado.

Guardo silencio mientras Nora pide su bebida —un gin gimlet— sin quitarme la mano del cuello en ningún momento. Me acaricia la piel con el pulgar, moviéndolo arriba y abajo, y dudo que entienda hasta qué punto me está torturando ahora mismo. Y la confusión que me está provocando. ¿No acabo de despedirla? ¿Qué narices está pasando? ¿Y por qué estoy planteándome cogerla en brazos y subirla ahora mismo a mi habitación del hotel?

El camarero se aleja y, en cuanto nos da la espalda, Nora deja caer la mano junto con su sonrisa.

—¡Perdóname! —dice, y se vuelve hacia mí con los ojos abiertos como platos—. Ha intentado ligar conmigo y estoy muy cansada. Además, me daba todo el rollo de ser uno de esos tíos que solo entienden las negativas como un incentivo para insistir más, pero luego me di cuenta de que estabas aquí, y de que ya me odias, y de que ya estoy despedida, así que ¿qué podía perder, eh? —Me dedica una sonrisa que, a la vez, es una mueca de dolor—. Ay, Dios, no parece que te haya hecho mucha gracia. ¿Me vas a despedir por segunda vez? Vale…, voy a… apartarme un poco. —Empieza arrastrar el taburete a lo largo de la barra—. Considérame totalmente despedida. No te molestaré más. De hecho, voy a cerrar el pico, a echarle la llave y a guardármela en el bolsillo.

Como no podía ser de otra manera, acompaña todo este monólogo con mímica: hace el gesto de cerrarse los labios con una llave imaginaria y de metérsela en un bolsillo inexistente.

La observo mientras se sienta recta como un palo y vuelve la cara hacia delante como si ya no me viera. «Esta mujer…».

—Nora, ¿qué haces? —pregunto mientras intento que no se me escape la risa.

Me mira un segundo con cara de sorpresa y luego finge que se saca la llave del bolsillo y se abre los labios.

—Te estoy dando espacio.

—¿Esto es darme espacio? ¿Vas a sentarte a un brazo de distancia de mí y a fingir que no existo?

—Sí, porque soy muy profesional. El colmo de la profesionalidad.

Ahora se ha puesto a hacer algo con la mano. Un gesto circular que repite una y otra vez. Nora es de ese tipo de personas que conversan con todo el cuerpo.

—¿Qué estás haciendo con la mano? —pregunto.

—Subiendo la ventanilla para que no hablemos más. Te has librado de mí.

—Podrías imaginarte cualquier coche del mundo y ¿eliges uno con el elevalunas manual?

Sigue sin mirarme.

—Por supuesto, porque esto… —hace como que pulsa un botón imaginario en la barra— no es ni la mitad de guay.

—No estoy seguro de que «guay» sea la palabra que estás buscando.

Nora sonríe y, despacio, vuelve la cara de nuevo hacia mí. Es como si se le hubiera encendido una luz detrás de los ojos.

—¿No estás enfadado? ¿Estás bromeando conmigo?

—Bueno, lo haría si tuvieras la ventanilla bajada, pero…

Me encojo de hombros y sonrío con el vaso pegado a la boca.

Veo que el camarero se dirige de nuevo hacia nosotros con la copa de Nora. Contra todo sentido común, estiro el brazo y agarro el taburete en el que está sentada para arrastrarla de vuelta a mi lado. Más cerca que antes. El camarero deja el gimlet y se queda esperando unos segundos para intentar llamar su atención (porque supongo que tiene ganas de morir esta noche). Pero Nora no lo ve. Me está mirando a mí.

Los dos estamos igual de confusos.

Me niego a reconocer lo cerca de mí que he colocado su taburete. Me niego a reconocer el increíble olor de su pelo. Más bien continuó como si no estuviera pasando nada del otro mundo.

—¿Te irá bien una vez que se disuelva el contrato?

—¿Fue Matthew Macfadyen el mejor señor Darcy que haya honrado la pantalla?

—¿Qué?

Le da un sorbo a su copa y se lame los labios.

—La respuesta a las dos cosas es sí. Me irá bien.

Pero aparta la mirada de mí a toda prisa, como si no quisiera que viese la verdad. Puede que esto no le vaya bien. Su agencia podría pensar que ha tenido la culpa de algo. «Mierda».

—Los llamaré y se lo contaré todo. Me aseguraré de que les quede claro que no es por nada que tú hayas hecho, sino que es cosa mía.

—No te preocupes. Puedo encargarme yo sola —dice con su habitual valentía, y luego bebe un trago tan largo que casi se acaba el gimlet entero.

Después suelta un bufido.

—¿Un poquito agrio? —pregunto con una sonrisa.

No contesta. Gira el taburete hacia mí y sus rodillas chocan con la parte exterior de mi muslo.

—Pues, si ya no soy tu agente…, ¿esta noche solo somos…?

—Dos personas tomando unas copas.

—«Personas» —repite con una entonación muy marcada—. Vale. No amigos. Porque me odias.

—Una vez más: «odio» no es la palabra adecuada.

—Bueno, el caso es que, seamos lo que seamos… —Rodea la copa con la mano y, cuando se la lleva a la boca, la inclina todo lo posible para apurar hasta la última gota—, ¿podemos serlo mientras bebemos? Porque he tenido una semana muy difícil y creo que me gustaría emborracharme sin peligro. Y tú eres un tío grande —dice como si quizá no me hubiera dado cuenta todavía—. Y un caballero. Creo que, aunque me odies, me mantendrás a salvo.

—De nuevo: «odio» no es la palabra.

Levanta las manos en un gesto teatral.

—Me detestas, te resulto abominable, me desprecias, me aborreces…

«Te quiero más que a mi puta vida».

—… te repugno, ¡deseas que me pudra en el infierno!

Levanto la mano para llamar la atención del camarero que menos me gusta del mundo. Nora me recorre el brazo con la mirada y le destellan los ojos.

—Uy, ¿qué estás haciendo? ¿Intentas captar su atención? ¿Me siento en tu regazo mientras tanto?

Me vuelvo lentamente hacia ella y me sonríe con picardía. Por algún motivo, pensar que no la aguanto la está llevando a comportarse con una nueva libertad. Vale. Lo que sea con tal de superar esta última noche antes de que cada uno siga su camino y me fuerce a olvidarla para siempre.

Pido otra ronda para ambos, además de unos chupitos, y unos minutos después alzamos las copas para brindar.

—Por nuestro fin oficial —dice con su habitual franqueza, y hace que me entre la risa a pesar de que, solo de pensar en perderla, me duele el pecho.

—Por nuestro fin.

Entrechocamos las copas y nos las bebemos de un trago.

# 18

# Nora

Me despierto de golpe de ese sueño recurrente en el que Derek besa a la chica del pasillo. Abro los ojos y veo una habitación iluminada por el sol, en contraste directo con la oscuridad del pasillo. Tengo la respiración acelerada, como si acabara de correr un kilómetro y medio, y la cara empapada por ese sudor frío que me resulta tan familiar. «No es más que un sueño». Parpadeo mirando al techo mientras un dolor de cabeza fuerte como un rayo me atraviesa el cerebro. «Uf, nada de abrir los ojos». ¿Cuánto bebí anoche?

Mucho. Muchísimo.

Tumbada boca arriba parece que el dolor de cabeza se intensifica, así que intento ponerme de lado. Pero no puedo porque hay un pilar que me sujeta. Desvío la mirada hacia la derecha y me doy cuenta de que no estoy sola. Hay un hombre en mi cama. Ay, madre mía, no es cualquier hombre. Mi exnovio y ahora excliente está durmiendo a mi lado.

«No, no, no». Esto está mal. Muy mal.

Aunque su cuerpo está tan calentito y abrazable… «¡Pero no! ¡No pienses esas cosas, Nora!».

Derek tiene su brazo, grande y pesado, apoyado en mi vientre y me impide respirar. Me lo pienso un momento y decido que no me importaría morir asfixiada para no tener que lidiar con lo que sea que significa todo esto.

Rebusco en los rincones aún empapados de ginebra de mi mente para averiguar qué acontecimientos nos condujeron a este gran error. Uf, me duele hasta pensar. Es un dolor punzante, que palpita. El tipo de agonía que aparece después de pasarse toda una noche bebiendo alcohol sin haber comido ni haberse hidratado lo suficiente.

«¿Cómo sabe una persona si está cerca del coma etílico? Lo pregunto para una amiga».

No, pero ahora en serio, ¿cómo hemos llegado hasta aquí? No me había dejado llevar así desde…, bueno, desde que salía con Derek. Debería haberlo sabido. Siempre encontraba la forma de atraerme hacia su órbita de locura y diversión hasta que me soltaba la melena y empezaba a dar vueltas con las manos en alto, como si nada me importara.

Parece que nos hemos pasado la regla número catorce («Nada de emborracharnos juntos») por el forro.

Vuelvo a cerrar los ojos y emito un chillido de angustia antes de zarandear a Derek con el brazo.

—¡Eh! ¡Despierta!

Aspira como si lo acabaran de resucitar.

—¿Eh? —Levanta la cara lo suficiente como para que pueda verle la mejilla con la marca de las sábanas. Casi le hace parecer accesible, a diferencia de sus aires habituales de Thor.

Suelta un quejido y vuelve a hundir la cara en la almohada, pero no aparta el brazo. Está despatarrado como un águila en vuelo. Un águila sin camisa y con unos músculos bien tonificados. Dios, es un espectáculo para la vista. Tiene un cuerpo impecable. Y por alguna razón está aún más macizo con una sábana tapándole la mitad inferior. Me sorprende que su brazo no me haya roto la caja torácica.

En contra de mi buen juicio, mis ojos rastrean las curvas y los huecos de los músculos que recubren sus hombros y su espalda. También la piel tersa y los tatuajes negros descoloridos que salpican su espalda y sus brazos. Y, sin darme cuenta, me inclino hacia el calor que desprende su cuerpo.

Dios mío, espera. ¿Está desnudo? ¿Yo también estoy desnuda? Todo esto se va a volver dieciséis veces más incómodo si tenemos que vernos desnudos estando sobrios. Ha pasado mucho tiempo desde la última vez que se dio este fenómeno con Derek. Tanto que es prácticamente como si nunca hubiera ocurrido. Además, éramos jóvenes. E inexpertos.

Resulta que sé que al hombre que está tumbado a mi lado ya jamás se le podrá considerar inexperto. No se parece en nada al chico desgarbado que me desvirgó en la universidad. Es casi como despertarse al lado de un extraño. Y sin embargo... Al mismo tiempo me siento como en casa.

Me paso la mano por el cuerpo bajo las sábanas y, por suerte, voy vestida de pies a cabeza. Lo llevo todo puesto menos los zapatos. Temo mirar qué lleva Derek bajo las sábanas, pero lo hago igualmente porque ya soy mayorcita y tampoco es para tanto.

Si no fuera porque estoy sin aliento, suspiraría de alivio al ver que lleva puestos los pantalones, pero su pesado brazo me lo impide. ¿Es saludable que los oblicuos estén así de definidos? No estoy segura de que sea normal que se vean incluso cuando alguien está dormido.

Le doy varios golpes en el brazo, duro como una piedra.

—Derek, apártate. No puedo respirar.

Lo quita con pesadez, como si lo estuviese sacando de unas arenas movedizas, y se tumba boca arriba. Nos quedamos mirando el techo. Nunca había compartido un silencio tan intenso. Por el rabillo del ojo veo su pecho, que parece aún más bronceado en contraste con las sábanas blancas, subiendo y bajando. Y atisbo también los tatuajes, aunque no puedo verlos bien desde este ángulo. Hay algo que lleva unas alas, eso seguro.

—¿Estoy en tu cama? —Su voz parece un papel de lija. Sexy. Un papel de lija sexy. Necesito salir de esta cama.

—Eso parece.

Se vuelve a hacer el silencio.

—Eso no es buena señal.

—Para nada. —Aprieto las palmas de las manos contra los ojos, intentando aliviar el martilleo—. ¿Recuerdas algo?

Suelta un gemido. Tiene pinta de que se siente igual de bien que yo.

—No mucho después de la primera ronda de chupitos. —Da un salto como si algo le hubiese soltado un puñetazo en el estómago—. Uf, mierda, tápate los oídos.

Sale disparado hacia el baño. Por desgracia, al oír las consecuencias de la borrachera, salgo pitando tras él.

—¡Aparta, aparta, aparta! —grito mientras tira de la cadena, y luego tomo el relevo.

«Maravilloso. Qué mañana tan gloriosa. ¡Empieza un nuevo día en este nuestro precioso mundo!».

La luz cegadora del cuarto de baño resulta agresiva y el muy necesario extractor de aire suena como un motor a reacción. Derek abre el grifo del lavabo y se inclina para enjuagarse la boca. Ni siquiera me importa que me esté viendo de esta guisa ni que yo lo haya visto a él igual. Estamos en modo supervivencia. Y creo que también estoy llorando contra la taza del váter.

«¿En qué me he convertido?».

Derek cierra el grifo y se coloca detrás de mí. Estoy demasiado preocupada por el estado de mi estómago para preguntarme qué hace ahí hasta que siento sus manos en mi cuello. Mi cerebro intoxicado de ginebra piensa que está a punto de estrangularme para librarse de las consecuencias de lo de anoche. Pero no, solo me está recogiendo el pelo y colocando un paño frío sobre mi piel acalorada. Su dulzura me hace llorar aún más.

—¿Qué haces? —Me siento sobre los talones, cojo un poco de papel higiénico y me limpio la boca.

—No quería que te mancharas el pelo de vómito.

Ahora las lágrimas se triplican. Son fuentes que gotean por mi cara y saben a rímel y ginebra.

Estoy un poco aturdida, pero observo a Derek buscar una goma y pasar los dedos por mi pelo. Lo trenza hasta llegar a la punta. Lo único que puedo hacer es agarrarme a la tapa del váter con las dos manos, como si fuera un flotador, mientras me invaden los recuerdos de las noches en las que me sentaba delante de él en el sofá, comiendo un bol de helado y cereales mientras me trenzaba el pelo. Le enseñé a hacerlo cuando empezamos a salir y, después de eso, lo hacía tan a menudo como podía.

Lloro mientras otro trueno me atraviesa el cerebro.

—¿Me estoy muriendo?

—Algo parecido. —Me vuelve a poner el paño frío en el cuello y me roza la piel con los nudillos—. Me siento como si me hubiese atropellado un camión. Por cierto, ¿nos hemos...? —La forma en que duda en terminar la frase va en contra de su reputación de donjuán. Casi parece avergonzado—. No recuerdo nada y eso me preocupa por muchas razones.

Bajo los ojos hacia mi cuerpo completamente vestido y luego miro por encima del hombro el suyo semidesnudo. Lleva pantalones, pero no camisa. Tampoco cinturón. Solo veo músculos, tatuajes y la cinturilla de sus calzoncillos negros asomando por encima del pantalón. Hay dos grandes halcones en pleno vuelo y con todo lujo de detalles a ambos lados del pecho de Derek. Tienen las alas anchas y las garras extendidas, como si estuvieran a punto de aterrizar o de cazar algo. Como si fueran directos al centro de su esternón con la intención de arrancarle el corazón. La pieza por sí sola es preciosa, pero en Derek, con su tamaño, sus músculos y sus ojos azul eléctrico, es francamente impresionante.

Me trago el nudo de la garganta y giro la cara.

—No creo que haya pasado nada más allá de habernos emborrachado como cubas.

Me ayudo de la tapa del váter para ponerme en pie y me tambaleo como un cervatillo hasta llegar al lavabo, donde me echo agua fría en la cara para quitarme el rímel de debajo de los ojos. Derek se sienta en el borde de la bañera, apoya los antebrazos en las rodillas y recorre mi cuerpo con la mirada como si buscara recuerdos ocultos. Casi me estremezco por la intensidad con la que me mira. ¿Está recordando algo de anoche o de hace años?

—No creo que hayamos hecho nada aparte de dormir. —Baja la cabeza y se pasa las manos por la cara.

Me lo quedo mirando un momento y noto cómo me nacen los celos. No quiero ni pensar en cuántas mujeres se habrán despertado al lado de este hombre y habrán intentado atarlo bien atado lo antes posible. Es el tipo de persona con la que resulta fácil obsesionarse, lo sé por experiencia.

Me alejo de Derek y cojo el cepillo de dientes con intención de librarme de este aliento fétido para luego inundar todo mi organismo de café. Voy a ducharme sola (no sé por qué me ha parecido necesario añadir lo de «sola») y luego voy a hacer las maletas y reservar un vuelo de vuelta para esta misma mañana en lugar de esperar a Derek, que vuela esta tarde, como estaba planeado en un principio. Derek me pidió rescindir el contrato anoche porque no le gusta estar cerca de mí. O porque no puede dejar atrás nuestro pasado o lo que sea. Y luego va y se despierta en mi cama y me sujeta el pelo mientras vomito. Ninguno de estos acontecimientos tiene sentido para mi cerebro amante del orden, así que voy a huir lo más rápido posible.

—Muy bien, Pender. Tenemos que sacarte de aquí sin que nadie se dé cuenta. Porque si los medios te vieran saliendo de mi habitación, sería un desastre para ambos.

—Eh…

Me meto el cepillo de dientes en la boca y comienzo a limpiármelos con ímpetu, hablando con la boca llena de espuma.

—De hecho, será mejor que olvidemos lo que ha pasado, ¿vale? Los dos somos adultos. No hay necesidad de hacer una montaña de un grano de arena. Lo más probable es que te quedaras dormido después de traerme a la habitación para asegurarte de que llegaba sana y salva. Todo en orden, aquí no ha pasado nada.

Derek se frota la nuca mientras me mira fijamente.

—No estoy seguro de que vayamos a poder olvidar lo de anoche así como así.

Pongo los ojos en blanco al ver mi cara demacrada en el espejo. Tengo el pelo enmarañado y parezco un mapache. Donde antes estaba mi pintalabios, ahora solo queda una mancha rosa.

Tengo claro que Derek no desea pasar la vida con la mujer que tiene delante ahora mismo. Ya no. En vez de eso, debe de estar pensando que se libró por los pelos.

—Derek, de verdad que no es necesario que…

Se levanta del lateral de la bañera y en dos zancadas está justo detrás de mí. Hacemos contacto visual en el espejo y el negro de sus pupilas compite con el azul de sus iris. Me pasa el brazo por un lado para cogerme la mano y, al hacerlo, noto la presión de su cálido pecho en mi espalda. Me levanta la muñeca y me quedo de piedra. El cepillo de dientes cae al suelo con un ruido solemne.

—¿Eso es…?

La pasta de dientes está a punto de salirse de mi boca, así que me apresuro a inclinarme y escupir antes de girarme para mirarlo. Levanto la mano entre los dos y él hace lo mismo con la suya.

Nos miramos los dedos anulares.

—Es posible que anoche… —empieza a decir intentando mantener la calma— nos casáramos.

# 19

# Nora

Se me revuelve el estómago y siento la necesidad de apoyarme en el mueble del lavabo. Eso no es un simple anillo, es un...

—Un tatuaje —digo en un leve susurro—. ¿Nos... tatuamos las alianzas?

Una avalancha de recuerdos se amontona en mi cabeza. Derek y yo estuvimos bebiendo en un bar y luego fuimos a beber a otro bar. Después caminamos por el centro de Las Vegas y pasamos por delante de una capilla. Teníamos tanto alcohol en vena que nos pusimos a bromear sobre que tiempo atrás nos queríamos casar y lo divertido que sería casarnos de verdad ahora. «Ja, ja, ¡la Nora borracha es taaan graciosa!».

Así que eso hicimos. Nos casamos. A continuación decidimos celebrarlo en otro bar más (aún sigo pensando que fue una broma muy graciosa) y entonces nos dimos cuenta de que no teníamos alianzas. Pero, una vez más, la Nora borracha tiene un talento innato para solventar problemas y, como había un estudio de tatuajes justo al lado, tuve la épica idea de plasmar esta mala decisión en mi cuerpo de forma permanente. Madre mía, voy a vomitar otra vez. O a desmayarme. O a llorar. O todo a la vez.

Derek ve la cara que tengo y me coge de los hombros.

—Oye, no pasa nada. Vale, sí, nos hemos casado en Las Vegas sin avisar a nadie, ¿y qué? No es para tanto.

—¿Que no es para tanto? —Le hago una especie de peineta con el dedo anular y su nuevo accesorio grabado en la piel—. A mí me parece que sí es para tanto, Derek. Imagínate si la prensa se entera. Imagina cómo afectaría a nuestras carreras. Bueno, no, tu carrera seguiría como siempre porque los hombres deportistas se libran de todo; como mucho reciben un tirón de orejas. Pero yo podría perder mi trabajo.

Las alas de su pecho se expanden al respirar hondo.

—Vale, sí, tienes razón. Eso sería una putada.

Se pasa la mano por el pelo y no puedo evitar fijarme en su bíceps desnudo que se flexiona de forma obscena frente a mí. No es culpa mía. ¿Acaso me culparían por mirar un cometa estrellándose? Pues este bíceps es más o menos del mismo tamaño. «Estoy casada con este bíceps».

Necesito hacer algo. Necesito moverme. Organizarme. Ordenar la vida lo más rápida y eficazmente posible para poder respirar de nuevo. Un buen repaso de la A a la Z siempre funciona, iré paso a paso hasta que todo vuelva a la normalidad: a) Hacer la maleta…

Cruzo por delante de Derek y voy volando por la habitación para recoger las pocas cosas que tengo tiradas por ahí como la chica salvaje y divertida que soy (léase: bien dobladitas y colocaditas dentro de los cajones).

Derek se apoya en el marco de la puerta del baño.

—Nora, ¿qué estás haciendo?

—Presentarme a las elecciones presidenciales. Sé que puede parecer que no es el mejor momento, pero alguien tiene que hacerlo.

El sarcasmo se me escapa como carámbanos que caen del techo: con intención de matar. Pero es que ahora mismo no tengo paciencia para explicarle con calma que estoy haciendo las maletas para: b) coger el primer vuelo que salga de aquí y volver a casa, donde podré c) ponerme en contacto con un abogado y averiguar cómo anular este matrimonio. Y, si me doy prisa, quizá pueda d) hacer un control de daños antes de que se corra la voz.

¿Cómo va eso de anular un matrimonio? Teniendo en cuenta que solo llevamos casados diez horas y que ni siquiera hemos consumado, seguro que será coser y cantar, ¿no?

La mano de Derek se engancha en mi brazo cuando intento pasar por su lado. Se me pone la piel de gallina.

—Nora, necesito que respires hondo un segundo.

Años de sonrisas falsas y chistes disuasorios ceden ante la presión. Lo fulmino con la mirada y siento que el corazón se me va a salir del pecho. Me duele la cabeza, la luz es demasiado intensa y la resaca tan fuerte que me escuece la piel. No tengo energía para filtrar lo que digo en circunstancias como esta.

—A diferencia de ti, Derek, yo no puedo permitirme el lujo de parar para respirar hondo. Para ti, todo esto no será más que una anécdota graciosa con la que echarte unas risas con tus amigos. De hecho, me han enseñado a manejar este tipo de situaciones para cuando les suceden a los atletas. Es literalmente parte de mi trabajo ayudar a encubrir tus indiscreciones. —La cabeza me palpita con cada palabra—. Pero esta vez yo estaré al otro lado recogiendo los pedazos de mi vida e intentando no cortarme en el proceso. —Se me quiebra la voz en la última palabra y, como odio mostrar signos de debilidad, me zafo de su agarre y voy hacia la cama.

—Lo siento —dice en voz baja.

Mis rodillas se doblan contra el colchón y me encorvo, agarrándome el estómago mientras llega una nueva oleada de náuseas, pero esta vez no es por la resaca.

—No entiendes lo que se siente, Derek. He trabajado muy duro para demostrar mi valía en los últimos dos años. Incluso he tenido que usar un nombre que odio porque en esta industria se llega más lejos cuando los tíos piensan que los correos los manda uno de los suyos. —Cierro los ojos por lo ridículo que suena, aunque sea la triste realidad—. Y aun así todos y cada uno de los hombres de mi oficina están deseando que fracase. Lo esperan con ansias. Toleran a Nicole porque les da un poco de miedo, pero a mí me odian. Odian que me haya infiltrado en su club de chicos con mi ropa de colores y mi personalidad alegre, y han decidido que ese sitio no me corresponde. Piensan que soy una idiota incompetente, y esto, Derek, esto les dará la razón. Por no mencionar la posibilidad de que mis jefes me despidan en cuanto se enteren de que me he casado con mi cliente después de emborracharme con él.

Derek ya no está apoyado en el marco de la puerta. Con el ceño fruncido que le caracteriza, camina hacia mí y se arrodilla. El peso de sus manos hunde el colchón a ambos lados de mis caderas, acorralándome para que lo mire.

—Sé lo que es ser diferente a los que te rodean y que eso haga que te consideren débil. —Su voz es ahora tierna y honesta—. Y lo mal que sienta dejarse la piel por algo y aun así quedarse corto a los ojos de los demás por culpa de esas diferencias.

—¿Cómo lo sabes? —pregunto con una sincera curiosidad—. Siempre has estado en la cima. Todo el mundo te respeta.

Veo en sus ojos que está teniendo un debate interno.

—Mejor dejemos esa historia para otro día. Ahora mismo lo único que quiero que te quede claro es que tú no tienes nada de incompetente. Y te juro que haré todo lo que pueda para arreglar esto sin manchar tu nombre. Tengo unos abogados increíbles que saben ser discretos. Podemos anular el matrimonio y no se lo contaré a nadie. Te lo prometo, Nora.

El corazón me da un vuelco. Me quedo mirándolo a los ojos, diciéndome a mí misma que rodearle el cuello con los brazos y rogarle que me abrace no es una opción. Desde esta distancia noto el calor de su cuerpo y sería tan fácil inclinarme hacia él y dejar que sus brazos aliviaran el miedo que tengo ahora mismo clavado en el pecho.

No tengo oportunidad de sucumbir.

Mi móvil vibra desde la mesita de noche. Resoplo y me enjugo las lágrimas de las mejillas. Derek retira los brazos para que pueda coger el teléfono. Es Nicole. Y, si llama así de repente, es que lo sabe. No sé cómo, pero lo sabe.

—¿Sí? —respondo tratando de que no se note que acabo de vomitar medio litro de alcohol. Quién sabe, igual da la rara casualidad de que en realidad solo me llama para preguntarme dónde archivé uno de sus contratos.

—Se ha corrido la voz por internet, Mac.

—No. —La palabra sale como una bocanada de aire.

—Sí. No sé si os habréis dado cuenta ya, pero anoche publicasteis una foto de los dos en el perfil de Instagram de Derek.

—¿Desnudos?

—¿Qué? No.

—Ah, claro. Ni siquiera ahora estoy desnuda.

Nicole no se ríe y Derek me mira con cara de preocupación antes de levantarse y escrutar la habitación con la mirada.

—Sales vestida, pero metiéndole la lengua hasta la campanilla, y los dos tenéis los dedos anulares levantados, como haciendo una peineta pero con el dedo del anillo. Una foto muy de «que se joda todo el mundo, estamos enamorados». Épica, sí, pero…

—Cutre.

—Lo has dicho tú, no yo —contesta, y suena más empática de lo que nunca la he oído.

Derek encuentra mi bolso y me lo trae. Me va a costar sacarme de la cabeza la imagen de este hombre cuadrado, tatuado y sin camiseta llevándome el bolso. Cada vez me cuesta más concentrarme en las malas noticias de Nicole.

—No da muy buena imagen y se está haciendo viral —añade—. No debería decirte esto, pero... He tenido una reunión de una hora con Joseph y no ha ido bien, Mac. Dentro de nada recibirás una invitación por correo electrónico para unirte a una videollamada con nosotros dos. Y, como te conozco y estoy segura de que hay una explicación plausible detrás de todo esto, quería avisarte para que no te pille por sorpresa.

Me desplomo sobre la cama al oír eso. «Es probable que me despidan». Y entonces, como si fuera un fantasma, salgo de mi cuerpo, contemplo este triste bulto en el que me he convertido y lo juzgo por no tener siquiera la decencia de recordar lo que estoy segura de que fue un buen beso con Derek.

La vida es tan pero que tan injusta.

He entrado en bucle y no tengo ni tiempo de preguntarme por qué Derek está rebuscando en mi bolso. Entonces veo que saca una caja de paracetamol y todo tiene sentido. Solo trata de quitarse el dolor de cabeza de la resaca.

—Vaya, que estoy despedida, ¿no? —pregunto en un tono plano y a la vez nervioso.

Delante de mí, Derek saca dos pastillas y desaparece hacia el otro lado de la habitación.

—Legalmente no puedo responder a esa pregunta durante una llamada extraoficial. Pero quiero que sepas que lo he intentado todo para disuadir a Joseph de su decisión. Espero que a ti se te ocurra algo mejor.

—¿Por qué me avisas, Nicole? Merezco ese despido.

Suelta un gruñido de frustración.

—No debería decir esto, pero lo cierto es que no has incumplido ninguna política de empresa, Mac. No hay nada que diga que no puedes tener una relación con un cliente. Lo que sí has hecho, sin embargo, es dar un espectáculo que hace quedar mal a la agencia. Esa es la única razón por la que podrían despedirte.

Así que no te rindas todavía. No me he jugado el culo llamándote para oírte lloriquear. Te he llamado para que te prepares un argumento a prueba de balas.

—Pero ¿por qué? —En estos momentos no siento que valga la pena. Quizá todos los comentarios condescendientes que me han dicho los capullos de la oficina sean ciertos. Tal vez no estoy hecha para ser agente, ya que claramente he dejado que mis sentimientos por un tío se interpongan en mi carrera.

—No hagas eso —contesta Nicole, casi parece que me haya leído los pensamientos—. Eres una agente excelente. Sí, has metido la pata, pero nos pasa a todos de vez en cuando. No te martirices. Encuentra la manera de convertir esto en algo positivo.

Derek rodea la cama y se coloca delante de mí. Me encuentro cara a cara con su ombligo y, tras quedarme mirando un segundo de más su piel lisa y dura, me doy cuenta de que me está ofreciendo algo.

Nicole continúa hablándome.

—Aparte de mí, eres la única otra persona en esta oficina que entiende a lo que nos enfrentamos. Si te pierdo, yo también tendré que renunciar. Así que arréglalo.

A pesar de la conmoción, sonrío sin darme cuenta. Hay un hombre delante de mí que me está haciendo gestos para que me tome el agua y la pastilla que yo creía que se iba a tomar él. Y hay una mujer por la que siento un infinito respeto al otro lado del teléfono preocupándose por mí. La sombra de la soledad que lleva acechándome un tiempo se desvanece como la bruma matinal cuando sale el sol. No estoy sola.

—Eres una buena amiga, Nicole.

Guarda silencio un instante antes de contestar:

—No somos amigas. —Y cuelga.

No me lo tomo como algo personal porque sé que es mentira. Una simple compañera de trabajo no arriesgaría lo que ella acaba de arriesgar por mí. Creo que Nicole está tan poco familiarizada con la idea de la amistad como yo. Ambas somos adictas al trabajo y tenemos personalidades arrolladoras. La mayoría de la gente no nos soporta y estamos acostumbradas a hacerlo todo por nuestra cuenta. Somos dos gotas de agua algo dramáticas.

—Tómate esto. Será más fácil pensar con claridad sin el dolor de cabeza —me dice Derek, y es esta tierna ofrenda la que me da de lleno en el estómago.

Mi ansiedad y mis nervios se cogen de la mano y empiezan a hacer volteretas, obligándome a correr al baño y volver a meter la cara en la taza del váter para vomitar todas las malas decisiones que he tomado mientras le suplico a quien sea que esté allá arriba que Derek no lo esté escuchando.

Esta vez no me hace gracia. Para nada. Estoy vomitando y sollozando contra el inodoro porque todo por lo que he luchado se ha ido al garete.

—Vete, por favor —le digo a Derek cuando le oigo entrar en el baño.

—No. —Se agacha detrás de mí.

—Derek, lo digo en serio. Vete, por favor. Voy a tener una reunión con mis jefes en unos minutos y no es necesario que estés presente.

—No pienso irme a ninguna parte, Nora. —Se inclina a un lado para encender la ducha.

Quiero cerrar los ojos, desplomarme sobre la tapa del váter y vivir aquí el resto de mi vida en lugar de afrontar lo que me espera. Pero el brazo de Derek me rodea la cintura y me levanta. Aunque no quiero levantarme. Quiero hundirme en la miseria. Nunca antes me había planteado rendirme, pero esta vez siento que todo esto me queda grande. Estoy demasiado cansada.

—No puedo hacerlo, Derek. La he cagado. Mi carrera está acabada y no quiero encararlo.

—Eh.

Me da la vuelta y me dejo caer sobre él, aunque debería valerme por mí misma. Normalmente se me da muy bien, pero es que hoy estoy agotada y su pecho es tan firme, grande y cálido...

No me aparta. En lugar de eso, me rodea con los brazos y me abraza como mi alma ansía. Me derrito contra él, saboreando la sensación de que nuestros cuerpos vuelvan a estar conectados. Este abrazo es como llegar a casa después de un largo viaje y tomarte por fin el café en tu taza favorita. O acurrucarte en esa manta suavecita con la que llevas días soñando.

—Tú no dejaste que me rindiera —me dice al oído con una voz áspera y un tono suave—. Y yo no pienso dejar que te rindas ahora. Tienes que prepararte para una reunión.

—Una reunión en la que me van a despedir. —Resoplo contra su pecho desnudo—. Uy, sí, debería estar presentable para la ocasión. ¿Qué color crees que combinará mejor con la vergüenza?

Me coge la mandíbula con la mano y me la levanta para que tenga que mirarlo a los ojos. Hay una nueva emoción flameante en sus pupilas. Y no se parece en nada al odio.

—No te van a despedir, y si de verdad crees que voy a dejar que te caigas por querer limpiar mi desastre, es que no me conoces lo más mínimo. Levanta los brazos.

Estoy tan perdida, confusa y asustada por mi futuro que ni siquiera opongo resistencia. Alzo los brazos. Derek cierra los ojos y me quita la camiseta. Se me pone la piel de gallina cuando me desabrocha el sujetador. Después me baja los pantalones y la ropa interior hasta que todos los restos de ropa parecen hojas caídas, amontonadas en el suelo al acabar el otoño. Estoy completamente desnuda delante de él, pero sigue sin abrir los ojos. «Ojalá lo hiciera». Está claro que es Nora la Desquiciada la que tiene estos pensamientos inapropiados, y yo debería estar agradecida de que Derek no los comparta.

Me pone la mano en el omóplato para guiarme hasta la ducha.

Una vez cerrada la cortina, me meto bajo el cálido chorro de agua y cierro los ojos. Siento cómo se derriten los últimos restos de rímel. «Patética. Eres absolutamente patética, Nora».

El silencio solo dura un minuto.

—Creo que no deberíamos anular el matrimonio —me dice Derek desde el otro lado de la cortina.

Del susto, casi resbalo y me caigo en la bañera. Por suerte, consigo agarrarme a un asidero que alguien tuvo la muy buena idea de poner.

—¿Aún estás borracho? —pregunto por encima del ruido del agua—. Porque, si no, no me explico que propongas algo así.

—Estoy sobrio como el que más.

—Vale, pues en ese caso tu cerebro debe de estar sufriendo algún tipo de intoxicación por el alcohol. Llama a un médico, porque hace unos días me dijiste que ni siquiera querías ser mi amigo y ahora vas y sugieres que sigamos casados. —Me echo un chorro de champú en la mano y hace un ruido desagradable—. Que conste que eso ha sido el bote de champú.

—Ajá.

Ahogo un grito y agarro la cortina para asomar la cabeza.

—¿Cómo te atreves a no creerme en un momento como este?

Ya no sé si reír o llorar.

Él sonríe y apoya el cuerpo contra la pared con los brazos cruzados. Ahora sus ojos no están cerrados y recorren mi pelo mojado y mis clavículas al descubierto. Nunca me había sentido tan desnuda.

Corro de nuevo la cortina y me protejo de su mirada.

—A ver, escucha —dice con la voz un poco ronca—. Lo más probable es que tu agencia piense que todo esto ha sido un error, que nos emborrachamos y que ahora estamos arrepentidos y lo anularemos lo antes posible.

—Y se llevarían el bote porque es correcto.

—Vale, pero ¿y si los convencemos de que es real? ¿Y si les decimos que nos casamos a propósito y que tenemos intención de seguir juntos?

Hago una pausa con las manos en el pelo lleno de espuma.

—¿Por qué crees que es una buena idea?

—Porque tengo la sensación de que quieren evitar un escándalo tanto como tú. Así que, si podemos hacerles creer que no es ningún escándalo ni algo de lo que nos avergoncemos, tal vez te dejen conservar tu puesto.

Espera. Quizá no vaya mal encaminado. Quizá este sea exactamente el tipo de plan que Nicole me ha dicho que tenía que urdir.

Sin pararme a pensar en las pintas que debo de tener, vuelvo a asomarme por la cortina porque necesito verle la cara.

—¿Por qué ibas a acceder a algo así?

Esboza una leve sonrisa y, cuando se encoge de hombros, la combinación de ambos gestos es más bien triste.

—Lo haría por ti.

No sé qué responder a eso. Ni qué pensar, ya puestos.

—Pero si me odias —digo en voz baja, y una gota de agua con burbujas me recorre la cara.

Derek se aparta de la pared y se acerca a mí. Me limpia las burbujas de la cara y hunde los dedos en el pelo enjabonado.

—«Odiar» no es la palabra, ¿recuerdas? Nunca he sentido odio hacia ti.

No, no lo recuerdo porque todos los pensamientos se han paralizado por la forma en que me está mirando. Hay vapor detrás de mí, un torso masculino y desnudo delante y un aire frío que me roza la parte expuesta del pecho y el cuello. Es un remolino de sensaciones que, al mezclarse, resultan peligrosas. Inolvidables.

Y, durante una fracción de segundo, la mirada de Derek se posa en mi boca y se queda allí el tiempo suficiente para que yo desee que sus labios me rocen. Pero entonces retira la mano de mi pelo y se aleja secándosela con una toalla. No puedo apartar la mirada; mi cuerpo está en sintonía con sus movimientos, siente que algo se acerca.

Él me lanza una mirada dubitativa antes de meterse la mano en el bolsillo trasero y sacar la cartera.

Noto una punzada de decepción.

—¿Has cambiado de opinión y quieres comprarme con dinero para compensar el disgusto? Deberías saber, amigo, que no soy nada barata.

Se limita a sonreír y sacar un trocito de papel. Está amarillento y, por las arrugas que tiene, parece que podría partirse de un soplo. Sé lo que es sin ni siquiera tener que abrirlo, pero alargo el brazo desde detrás de la cortina y lo cojo de todos modos. Noto un hormigueo en los dedos al recordarlo. Ojalá me llevaran de vuelta al instante en que escribí este papel.

—Es el vale que te di.

Recuerdo aquel día como si fuera ayer: me desperté casi con la misma resaca que tengo ahora después de que Derek se hiciera cargo de mí toda la noche a pesar de que acababa de conocerme. Y, como no me gusta que la gente me ayude así porque sí, le di un vale para que lo canjeara en cualquier momento.

—Quiero usarlo ahora —dice con confianza—. Quiero que sigas casada conmigo para poder hacer un control de daños. Me lo debes.

Voy a llorar otra vez. Me disolveré en un charco de sentimientos y me iré por el desagüe. Cómo no, tenía que usar el vale para ayudarme a mí. Y es que cuando dice «control de daños» se refiere a control de daños que pueda sufrir yo.

Vuelvo a mirar el inocente papel que Derek ha guardado tantos años. A pesar de que me odiaba. A pesar de que pensaba que no volvería a verme, lo ha llevado consigo en el bolsillo trasero. ¿Por qué?

Lo miro a los ojos en busca de cualquier señal de angustia. No hay nada más que seguridad. Una dedicación inquebrantable que no creo merecer, pero que ahora mismo necesito. No tengo elección: si él está dispuesto a ayudarme, debo aceptarlo.

—Bueno, supongo que no hay nada que pueda anular este vale tan formal y vinculante, ¿verdad?

—Yo no te lo aconsejaría. Lo de que tengo buenos abogados no era broma.

Su boca se curva para mostrar una media sonrisa que me hace sentir como si tuviese petazetas en la barriga. Me quita el vale de las manos, lo vuelve a doblar y lo guarda en la cartera. «Esto es mío», dicen sus ojos.

—Quizá deberías enjuagarte el pelo. Te va a entrar champú en los ojos —añade.

Y entonces me doy cuenta de que estoy viviendo un momento como este con una peluca de burbujas en la cabeza.

«Tú siempre tan sexy, Nora».

# 20

# Nora

Veinte minutos después, Derek y yo estamos sentados en el minúsculo escritorio del hotel con mi portátil abierto e iniciando una videollamada con Nicole y Joseph.

—Hola —digo con una falsa sonrisa—. ¿Es de ser demasiado creída si doy por hecho que llamáis porque echáis de menos ver mi carita por la oficina?

Nicole me fulmina con la mirada. Joseph, el dueño de la empresa, hace una mueca de desagrado. Hoy mis bromas no son bien recibidas. Ni ningún otro día, en realidad.

Mi rodilla parece un juguete de muelles de tanto moverse.

Nicole suspira y sus ojos no muestran en absoluto que me ha telefoneado hace media hora para avisarme de que tendría lugar esta conversación. Es buena actriz.

—Mac, sabes que me gusta ir directa al grano.

—Sí, es una de tus mejores cualidades. —Me da la sensación de que Nicole es de esa clase de gente que leen primero la última página de los libros. No pierde el tiempo con historias que la mantienen en suspense—. Pero, si no te importa, me gustaría disculparme antes de empezar. Lo siento mucho, de verdad. Sé que lo que ha pasado entre Derek y yo este fin de semana no da una buena imagen y me siento fatal al pensar que eso haya podido hacer quedar mal a la agencia.

El señor Newman (Joseph) asiente y, cuando se dispone a hablar, se inclina demasiado hacia la pantalla. A estas alturas, el noventa por ciento de lo que veo es su nariz. Un ceño fruncido, que no presagia nada bueno, se dibuja entre sus pobladas cejas grises y mi pierna rebota ahora el doble de rápido.

—Mac, sabes que, a pesar de tus métodos poco convencionales, nos gustaba tenerte en la agencia y te considerábamos un miembro de valor para el equipo. Pero...

Uy. Aquí viene. El mazazo. Odio el mazazo.

—... esta vez te has pasado —continúa—. No sé qué es lo que ha ocurrido entre tú y el señor Pender, que, por cierto, veo que está sentado a tu lado. Por favor, Derek, quiero que sepas que nada de lo que voy a decir refleja lo que nuestra agencia piensa de ti.

—Cero sorpresas—. Pero el caso es que no podemos tener en nuestra empresa a una agente que tiene fama de emborracharse y casarse con los clientes durante un viaje a Las Vegas. No ofrece buena imagen y, francamente, es muy poco profesional.

Me gustaría decir que no estoy de acuerdo, pero es que tiene toda la razón. Por supuesto, hay un contexto detrás de todo este lío que ellos no saben, pero ni siquiera tengo claro si saberlo mejoraría o empeoraría la situación. Debería haber sido honesta acerca de mi historia con Derek desde un principio y haberles dicho que ser su agente suponía un conflicto de intereses para mí.

Mi rodilla es ahora un ente independiente. Todo mi estrés y mi ansiedad se están canalizando hacia esa extremidad mientras me preparo para oír las palabras «estás despedida».

Sin embargo sucede algo de lo más extraño y sorprendente: la mano de Derek se posa en mi muslo por debajo del escritorio. Ese peso se funde con mi pierna y el movimiento se calma de inmediato. Me da un único apretón y, de forma instintiva (además de irracionalmente), mi cuerpo se relaja. Por primera vez desde que inicié mi carrera laboral, me doy cuenta de que no tengo que enfrentarme sola a este obstáculo.

Derek se aclara la garganta sin apartar la mano.

—Pero hay algo que debe tener en cuenta —empieza a decir, y yo giro la cabeza para mirarlo. Él me devuelve la mirada de forma breve y noto que me da otro suave apretón en la rodilla. «Confía en mí»—. No ha sido un error ni una decisión al azar —concluye con toda la seguridad del mundo.

Y entonces me suelta la pierna para levantar el brazo, pasarlo por encima de mi cabeza y colocarlo alrededor de mis hombros, atrayéndome hacia él. «Madredelamorhermoso».

—De hecho, nuestra historia hace muchos años que empezó y esta boda lleva cociéndose desde entonces. —Esa es una manera ingeniosa de explicarlo sin mentir del todo.

—Explícate —contesta Joseph con firmeza pero sin malicia. Está intrigado.

—Bueno, señor, en un principio no informamos a nadie porque tanto Nora como yo pensamos que no sería un problema, pero… ella y yo tuvimos una relación en el pasado. Una formal, durante los años de universidad.

Las pobladas cejas de Joseph, que me recuerdan a las del actor Eugene Levy, se alzan. No sabría decir si se alegra de oírlo o si está aún más decidido a despedirme. Mi rodilla vuelve a moverse. Me gustaría pedir tiempo muerto para poder hablar con Derek y asegurarme de que sabe lo que está haciendo. Esta vez sube la pierna sobre la mía para inmovilizarla.

—Decidimos no darle importancia, ya que nuestra historia quedaba muy atrás. Y ese fue mi primer error. —Sus ojos se posan ahora en mí y la mirada afectuosa de su rostro es tan convincente que hasta yo me la creo—. Nunca debí suponer que no me volvería a enamorar de Nora nada más reencontrarme con ella. Debería haber sido sincero con Nicole y la agencia y haber previsto que esta situación podía producirse, porque no me imagino pasar el resto de mi vida sin esta mujer.

Separo los labios e inhalo lentamente mientras mis ojos buscan el rostro de Derek. Parece tan sincero. ¿Por qué tengo la sensación de que está diciendo la verdad? Pero no. Eso sería absurdo. No hace ni veinticuatro horas me estaba despidiendo. Dejó claro que quiere alejarse de mí. Aunque diga que no me odia, no quiere pasar ni un día más conmigo al lado.

Nadie interrumpe a Derek.

—Cuando ambos nos sinceramos con el otro sobre lo que sentíamos, una cosa llevó a la otra y decidimos que no podíamos esperar ni una hora más para hacerlo oficial. No ha sido un error ni un accidente ni algo que vaya a desaparecer. Ahora estamos casados y no nos avergonzamos de ello.

«Dios santo, qué actuación tan convincente». Intento no soltar un suspiro ante ese pensamiento. Lo cual, hola, es ridículo porque ni siquiera quiero una relación con Derek. ¿O sí? Sinceramente, he estado tan a tope con el trabajo que ni me he parado a pensar en que quizá esté preparada para la siguiente fase del plan. Puede que esta vez sí sea capaz de mantener un equilibrio.

Uf, no. ¿Qué me está pasando? No puedo fantasear con la idea de tener una relación con Derek. Cuando lo hemos hablado antes de la videollamada, hemos decidido que mantendríamos el matrimonio solo el tiempo suficiente para que se calmasen las aguas y luego nos divorciaríamos con discreción y sin armar un gran alboroto. Que sería un matrimonio solo sobre el papel, tan falso como la planta de plástico de mi despacho (las plantas de verdad no sobreviven allí por falta de luz).

Joseph suelta un gran suspiro y yo ya no puedo esperar más para escuchar su respuesta. Abre la boca para decir Dios sabe qué después del épico discurso de Derek, pero Nicole al fin rompe su silencio y se adelanta.

—Sabes, Joseph, justo estaba pensando... —Sus labios rojos forman la sonrisa más cómplice y maravillosa que he visto nunca. Y, si no me equivoco, también veo orgullo en sus ojos. Este era el tipo de plan que esperaba que preparásemos—. Si este matrimonio es real y el propósito es que dure a largo plazo, esto podría dar buena publicidad a la empresa.

El entrecejo del jefe se frunce aún más.

—Acabamos de tener una reunión sobre los problemas que nos acarrearía todo esto.

—Sí, bueno, pero eso ha sido cuando todavía creíamos que iban a anular el matrimonio enseguida. Sin embargo, si se trata de un matrimonio basado en el amor y el compromiso, es otra historia.

Mi corazón está haciendo *rafting* por un río de aguas bravas. ¿Voy a perder mi trabajo o no? Tengo la sensación de que no, pero también de que se está tejiendo una intrincada red de mentiras, y a mí se me da fatal mentir.

Nicole abre la mano delante de ella (sus uñas van a juego con el pintalabios).

—Yo digo que lo mejor es que nos adelantemos a los acontecimientos y publiquemos una declaración apoyando su relación. Cuanto antes lo hagamos, mejor. Nada de disculpas. No queremos dar a entender que ha sido un error, ya que... —hace una pausa dramática y sonríe como un gato astuto— no ha sido un error, como ellos mismos acaban de confirmar.

Lo raro es que hay algo en mí que realmente no cree que haya sido un error. Y eso no puede ser bueno, ¿verdad? ¿En qué mundo un lío de estas dimensiones puede considerarse una buena decisión?

—De hecho —continúa—, creo que podría mover algunos hilos y convertir esto en un bombazo, si ellos están dispuestos. Tengo una buena amiga que trabaja en la revista *Celebrity Spark* y a quien le encantan las historias como esta. Yo propondría que mañana mismo subamos a Derek y Mac a un avión en dirección... No sé, a algún resort en la playa para celebrar su luna de miel durante una semana o dos. Podemos dejar que *Spark* cubra la historia de su vertiginoso romance y decidir cuál queremos que sea la narrativa. Podemos decir que son una pareja con una fuente inagotable de amor, por ejemplo.

Esta vez es mi mano la que se desplaza hasta el muslo de Derek, que sigue estando encima del mío, y me aferro aterrorizada. Esto no está bien. Nada bien. Derek y yo no podemos irnos de luna de miel. No estamos casados de verdad. «¡Dios mío, estoy cometiendo fraude!». ¿Podría acabar en la cárcel por esto? Puede que sea un buen momento para empezar a pensar a qué país me gustaría fugarme.

La mano de Derek cubre la mía y formamos un absurdo Jenga de extremidades. Está tan relajado como si estuviésemos sentados en el cine viendo cómo se desarrolla una historia completamente inventada que no tiene nada que ver con nuestras vidas. Aun así, el calor de su mano me tranquiliza.

—¿De verdad crees que es una buena idea, Nicole? —pregunta Joseph.

Esta enarca las cejas como dando a entender que todas las ideas que se le ocurren son buenas.

—Es una idea fantástica. Me atrevería a decir que es probable que *Spark* lo saque en portada e incluso puede ayudar a que Derek reciba nuevos contratos de colaboración después de desviar la atención de su lesión a lo romántico que es. No hay nada que le guste más al público que ver a un hombre perdidamente enamorado. Si no que se lo pregunten a mi cliente Nathan. Se me ocurrió que él y su ahora esposa Bree hicieran algo parecido hace unos años y eso atrajo un montón de atención hacia él. Y, en cuanto a ti, Mac, este plan podría restablecer tu reputación antes de que empiecen a circular rumores desagradables. Todos salimos ganando.

Derek tenía razón. Va a funcionar de verdad.

—Ahora la pregunta es: Mac, ¿te parece bien la idea de tener una luna de miel pública? No quiero forzarte a hacer algo con lo que no te sientas cómoda.

Tardo concretamente dos segundos en responder. Pero creedme que en esos dos segundos he repasado todas y cada una de las posibles implicaciones. He recorrido un laberinto de propuestas para salir de este embrollo y todas han acabado en un callejón sin salida. Me he quedado sin opciones.

Si quiero conservar mi trabajo, tengo que seguir casada con mi ex.

—¡Cuenta conmigo! ¡Que empiece el espectáculo! —Todos se me quedan mirando. Todos menos Derek, que está con la vista fija en la mano que sigo teniendo sobre su pierna con una expresión que no puedo descifrar—. Y con espectáculo me refiero a que, por favor, contactes con tu amiga de la *Celebrity Spark* porque Derek y yo iremos donde nos digan.

Nicole asiente una única vez.

—Bien. Os digo algo más tarde.

Da por terminada la reunión y mi, ejem, marido y yo nos sumimos en un silencio abrumador.

«Abróchate el cinturón, Nora, te vas de luna de miel con tu ex».

# 21

# Derek

Como deportista profesional, he castigado a mi cuerpo miles de veces. Lo he llevado al borde del colapso físico, como durante aquel partido que jugué horas después de haber sufrido una gastroenteritis. Pero no estoy seguro de haberme sentido nunca tan destrozado como después de, primero, despertarme con una resaca tremenda y casado con mi ex y, luego, verme obligado a pasar horas de compras estresantes por Las Vegas porque no se nos había ocurrido meter en la maleta la ropa necesaria para disfrutar de una luna de miel espontánea en Cancún, México.

Los amigos de Nicole en *Spark* se pusieron muy contentos cuando les habló de la exclusiva y dijeron que encajaría perfectamente con una promoción que ya tenían concertada con un elegante complejo turístico.

El plan es que Nora y yo nos amemos por todo el resort y que *Spark* lo fotografíe. Bueno, eso no ha sonado nada bien. El resumen es que mi luna de miel con Nora estará patrocinada por Nirvana, un nuevo resort de lujo en Cancún. Comeremos en su restaurante, tomaremos el sol en su playa, nadaremos en sus piscinas y haremos unas cuantas actividades de las que ofrecen a sus huéspedes… Básicamente, decir patata en bañador durante diez días y volver a casa poco antes de que empiecen los entrenamientos de pretemporada.

Aterrizamos en Cancún sobre las nueve de la noche, tras cinco horas de las peores turbulencias que he experimentado en la vida, sin que ninguno de los dos hubiera pegado ojo y sin que apenas hubiésemos intercambiado dos palabras. Y luego llegó el atasco al salir del aeropuerto (porque ¡por supuesto que había atasco un domingo a las nueve de la noche!, porque así es como van las cosas cuando un día cualquiera te despiertas casado con la persona a la que intentabas no volver a ver).

Y, para colmo, Nora está rara. Bueno, más rara que de costumbre. Revolotea a mi alrededor como si me hubiera convertido en una granada humana. Aunque, siendo sincero, yo tampoco sé cómo comportarme con ella. ¿Qué narices somos ahora? ¿Y cómo vamos a sobrevivir diez días así?

Por fin estamos en el vestíbulo del hotel, y siento que he llegado a la tierra prometida. No porque el lugar sea increíble (que lo es), sino porque sé que hay una cama a solo unos minutos. Necesito comer. Y luego dormir. Y, después de esas cosas, estaré preparado para abordar lo que sea que ocurra entre Nora y yo.

Aunque es tarde, el resort rebosa de energía acaudalada y de gente vestida de lino blanco. La opulencia no deja de distraer a Nora mientras caminamos.

—¡Eso sí que es una escultura de un león! Tenemos que comprarte una igual. Podría ser el papá león de tu bebé león. —Ahoga un grito de emoción—. ¡Un Mufasa para tu Simba!

—No necesito más leones.

Suelta una carcajada sarcástica.

—Como si alguien pudiera tener demasiados leones. Venga, Pender, piensa un poco.

—¿Podrías seguir andando?

Le pongo la mano en la parte baja de la espalda y hago caso omiso del hecho de que encaja como una llave en una cerradura. De que no quiero apartarla nunca.

Cuanto más nos adentramos en el hotel, más atención atraemos, porque, por desgracia, mi tamaño no suele hacer que me resulte fácil pasar desapercibido. Aunque no sepan exactamente quién soy, la gente da por hecho que soy un deportista o algo por el estilo y empieza a buscarme en Google. A partir de ese momento, no tardan mucho en dar conmigo.

Que la foto que publicamos se haya hecho viral tampoco ha ayudado mucho. Abrí las redes sociales y no aguanté ni diez segundos antes de volver a cerrarlas. La mayoría nos apoyaba, pero luego había un montón de gilipollas ignorantes llamando a Nora cosas horribles que me encantaría que tuvieran que tragarse. Supongo que por eso ahora tengo la sensación de que debo protegerla.

Mientras avanzamos sobre suelos de mármol, ambos nos fijamos en que, en el bar del hotel, hay dos parejas que no nos quitan ojo. Tienen pinta de admiradores borrachos a punto de abalanzarse sobre nosotros para pedir autógrafos y fotos.

Nora también se da cuenta y se pone delante de mí, con la mano diminuta extendida hacia atrás como si estuviera proyectando un escudo invisible.

—¿Qué coño haces? —le pregunto a su nuca.

Me mira como si me hubiera vuelto loco y se yergue todo lo que le permite su metro setenta de estatura.

—Pues... protegerte. ¿No lo parece?

Es... Uf, Dios mío. «Esta mujer».

—¿Por qué me estás protegiendo?

—Porque soy tu agente. Es nuestro trabajo.

—No es vuestro trabajo. Bill jamás actuó como si fuera mi guardaespaldas.

Levanta un solo hombro, un gesto de indiferencia.

—No es culpa mía que Bill no fuera tan buen agente como yo. ¿Por qué? ¿Crees que no soy capaz de hacerlo? Sabes que hay mujeres guardaespaldas, ¿no?

Le agarro la mano, entrelazo mis dedos con los suyos y la atraigo hacia mí. La sensación de llave-en-la-cerradura se aviva de nuevo.

—Sí, pero están entrenadas. Tú tienes los brazos como fideos. Y, además, esto —señalo nuestras manos unidas— será mucho más efectivo que tu ceño de guardaespaldas a la hora de evitar que la gente se acerque a nosotros. No sé por qué, pero no suelen hablarme mientras estoy en una cita.

—Una lógica interesante. Tendrías que haber obligado a Bill a cogerte de la mano.

Sonrío con ganas.

—¿Quién dice que no lo obligara?

Nora se detiene, pero no se echa a reír como esperaba. Me estudia mientras curva la boca en una sonrisa intrigada y luego baja la mirada hacia mis labios y la deja allí posada durante un largo instante.

—Nora, te has quedado embobada mirándome la boca.

Las palabras me salen sin pensarlo, y puede que en un tono un pelín esperanzado.

No aparta la mirada.

—Porque al fin has sonreído. No quiero perdérmelo si ocurre otra vez.

Pongo los ojos en blanco y tiro de ella hacia el mostrador de recepción. Habla con la empleada, pero no oigo ni una sola palabra de lo que dicen. Mi mente se ha quedado atascada en el momento en el que Nora me ha mirado la boca como si fuera algo maravilloso que le pertenecía.


Después de completar el registro, declinamos la ayuda del botones (porque, la verdad, hoy ya estoy harto de ver gente) y entramos en el ascensor con nuestras dos maletas. Por desgracia, un tipo desconocido sube detrás de nosotros y se dedica a devorar a Nora con una mirada que no me pasa inadvertida. En realidad lleva ocurriendo todo el día. Lleva unos *leggings* negros, unas Nike blancas y un top morado de corte recto (todo ello adquirido esta mañana durante nuestro delirio de compras compulsivas).

Nora es una mezcla de curvas atractivas, piernas de aspecto fuerte y piel suave y pálida en la que, con todo mi respeto, intento no fijarme. Sin embargo, mi fracaso es estrepitoso. Sobre todo porque aún recuerdo —aunque de forma vaga— el tacto de esa piel suave bajo la yema de los dedos.

El hecho de que ahora levante los brazos para ajustarse la coleta alta y el top se le suba y muestre unos centímetros más de barriga tampoco ayuda. En cuanto le veo el ombligo, me viene a la cabeza un recuerdo. Estábamos jugando en el sofá mientras veíamos una película (y que conste que aquí el término «ver» se está utilizando en su sentido más amplio), y la camiseta se le subió justo así. Sonreí y, sin hacer fuerza, le clavé los dientes precisamente ahí, en la parte blanda del vientre, lo justo para que se le escapara un grito y luego se riera de su propia reacción.

Una cicatriz pequeña, horizontal y blanca que no estaba ahí cuando salíamos juntos vive ahora a un lado de su abdomen. Me hinco las uñas en la palma de las manos para evitar estirar el brazo y acariciarle esa marca fina.

Nora ha vivido toda una vida de la que no sé nada, y odio eso.

Me pilla mirándole el estómago y me pregunto hasta qué punto le resultarán transparentes mis deseos. «Transparentes de la leche», a juzgar por la forma en la que arquea las cejas.

Me salvo el culo mirándola a los ojos.

—Estaba pensando en que no me va a quedar más remedio que llevar gafas de sol en la playa, porque, si no, me vas a deslumbrar con la luz de tu barriga.

Le suelto el comentario con una inexpresividad perfecta.

—¡Eh! —Me señala con un dedo—. No te pases. Algunos no podemos tumbarnos al sol a tostarnos hasta que nuestro cuerpo quede como una galleta de chocolate. Algunos tenemos que embadurnarnos de protector solar de factor setenta o nos ponemos de un tono de rojo que se ve desde el espacio. La última vez que me «bronceé» —levanta y agita los dedos para ponerle unas comillas imaginarias a esta última palabra— me quemé tanto la parte inferior de las nalgas que me pasé cinco días sin poder sentarme. Lo bueno fue que esa semana cumplí con mi objetivo de estar de pie al doscientos por cien.

A veces me gustaría saber si Nora seguiría hablando toda la noche si yo no dijera nada. La escucharía con gusto.

De repente, el tipo de la mirada lasciva se asoma por encima de mi hombro para dirigirse a ella, y el olor a alcohol que rezuma explica su osadía cuando dice:

—Me ofrezco encantado como voluntario para embadurnarte de crema y que estés protegida del sol, princesa.

Siento un repentino impulso de aplastarle el cuerpo contra la pared y me entra un tic en el ojo.

Nora, en cambio, se echa a reír justo cuando se abren las puertas del ascensor.

—Muy amable por tu parte, tío desconocido. Diría que has clavado el rollo de chovinista asqueroso, pero gracias por la oferta.

Cuando ella sale del ascensor, me vuelvo hacia el hombre y lo acorralo contra una esquina, pero sin ponerle la mano encima.

—Háblale así otra vez, a ver qué pasa.

Lo dejo con los ojos abiertos como platos y sin habla. Las puertas del ascensor se cierran a mi espalda y, por fin, nos quedamos solos y enfilamos el pasillo. Ahora ya estoy oficialmente harto de la gente. «Excepto de Nora».

Nos detenemos ante la puerta de nuestra suite y levanta la cabeza para mirarme con una expresión divertida en la cara.

—¿Qué le has dicho ahí dentro al señor Princesa?

Entorno los ojos y lucho contra la sonrisa que intenta aflorarme a los labios.

—¿A qué te refieres?

—Sé que te has quedado rezagado para hablar con él. ¿Qué le has dicho, Derekito?

Respiro hondo y me encojo de hombros.

—Eso ocurrió hace mucho tiempo, ¿cómo quieres que me acuerde?

—Haz un esfuerzo —dice con la boca curvada en una sonrisa burlona.

Y ahora sé que no soy mejor que el tipo del ascensor, porque quiero agarrar a Nora por las caderas, inmovilizarla contra la puerta de esta habitación de hotel y besarla hasta que nos salgan moratones en la boca. Pero, por supuesto, no lo haré a menos que ella me lo pida. Aun en ese caso, tampoco estoy seguro de si lo haría, porque sigo teniendo el corazón destrozado por la forma en que me dejó en la universidad. Me da miedo volver a desearla de esta manera.

—Puede que le haya dicho algo parecido a: «Háblale así otra vez, a ver qué pasa».

A Nora se le escapa una carcajada.

—Derek, cómo se te ocurre. ¿A él también se lo has dicho con esa voz de macho?

—No me ha gustado que te hablara así. Ha sido una falta de respeto. ¿Y «princesa»? ¿Esa mierda iba en serio?

Nora niega con la cabeza mientras me mira y reprime una sonrisa.

—Para que conste, prefiero librar mis propias batallas. Pero, por otro lado... —Baja la vista, se clava la lengua en la mejilla y vuelve a mirarme—: Gracias. Es… bonito que alguien quiera cuidarme.

—Siempre —digo, y soy totalmente sincero.

Incluso en los momentos en los que más enfadado estaba con ella, me habría lanzado delante de un autobús para protegerla.

Ahora nos quedamos mirándonos a los ojos, ambos sin saber qué decir, pero sin duda sintiendo que una vieja intimidad nos envuelve como el humo. Es tan densa que apenas puedo respirar. La expresión de Nora es un espejo de la mía: cejas fruncidas, ojos pensativos, labios entreabiertos. ¿Cómo afrontamos lo que está sucediendo entre nosotros?

La escapatoria llega cuando empieza a sonarme el móvil. Contesto de inmediato, buscando una manera de llenar el silencio y, al mismo tiempo, de retrasar el momento de entrar en la suite con Nora. Patético.

—¿De qué coño va esto? ¿Estás casado? —me grita Nathan desde el otro lado de la línea.

He hecho enfadar a Papá.

—Bueno…

—¡Dame eso! —Es Bree. Me la imagino saltando a por el teléfono y, como Nathan no se lo da, clavándole los dedos en las costillas hasta que él se doble hacia delante de forma involuntaria y el teléfono le caiga en las manos. Porque, un segundo después, la voz de Bree me llega como si estuviera huyendo mientras me dice—: Derek Pender, ¡te has metido en un buen lío! No puedes publicar algo así y luego desaparecer durante veinticuatro horas enteras sin nada más que un mensaje que dice: «Es falso, ya te lo explicaré. No se lo cuentes a nadie». —Pronuncia esto último con una voz exageradamente grave que, la verdad, me proporciona un subidón de ego—. ¡Eso es de mal amigo!

—Tiene razón, muy poco elegante por tu parte, Pender —dice Nora con una expresión petulante que no es lo que necesito ahora mismo—. Hasta yo he encontrado un minuto para llamar a mi madre.

Es verdad, ayer la llamó y le dio la noticia en cuanto colgamos con Nicole y Joseph. Le pregunté cómo se lo había tomado, y Nora se limitó a sonreír y decir: «Pam vive para estas cosas. Me ha pedido que la mantenga informada».

—Espera, ¿tienes a Nora ahí al lado? —pregunta Bree en un tono demasiado entusiasta para mi gusto—. ¡Pásamela! Mejor aún…

Estupendo. Ahora Bree está intentando llamarme por Face-Time.

Respondo a la llamada y Nora me apoya la cabeza en el hombro para que los dos podamos ver a Bree corriendo a toda velocidad por su casa para evitar que Nathan (al que vemos al fondo detrás de ella) se haga con el teléfono. Hace una finta para entrar en la cocina y se desliza sobre la encimera.

—¡Eres un pringado, Nathan Donelson! Jamás lograrás recuperar el móvil.

—Parece muy maja —me dice Nora en un susurro.

—La llamamos Quesito Bree. Si no te andas con ojo, intentará convertirse en tu mejor amiga.

—¡Los intentos no existen, solo el éxito! —dice Bree mirando al teléfono con una de sus enormes sonrisas—. ¿Así que tú eres Nora?

Ahora salta por encima del respaldo del sofá.

—No, soy su otra esposa falsa.

—¡Ay, madre, que encima tiene sentido del humor! Ya he empezado a quererte —grita Bree justo antes de chocarse con algo y de que el teléfono se le caiga al suelo.

Acerco la tarjeta imantada a la cerradura de la habitación y la luz se pone verde. La metáfora me intimida un poco.

Lo único que oigo al otro lado de la línea son los gritos de Bree y luego una discusión farfullada antes de que la cara de Nathan llene la pantalla.

—¿Cómo ha pasado? Decías que no ibas a casarte nunca. Y ¿por qué es falso? Y ¿durante cuánto tiempo es falso? Y, a todo esto, ¡hola, Nora! —dice con una sonrisa que ni siquiera pretende ser sexy, pero que quizá lo sea. «Vale, que está claro que lo es»—. Me alegro de volver a verte.

Por detrás del hombro de Nathan, Bree salta como una ardilla puesta de cafeína.

—¡Responde a las preguntas, Derek!

Lo haría, si no fuera porque Nora y yo por fin entramos en nuestra maravillosa suite y ambos clavamos la mirada en el mismo punto de la habitación.

—Oye, ¿qué estáis mirando? —pregunta Bree, que acerca la cara de golpe a la pantalla.

—No lo sé —le dice Nathan—, pero los dos tienen pinta de que acaban de ver un monstruo.

Trago saliva con dificultad.

—Luego os llamamos.

—Derek Pender, no se te ocurra colgar...

Finalizo la llamada, incapaz de apartar los ojos del desafortunado objeto que ocupa la habitación.

Solo hay una cama.

# 22

## Nora

Es una suite con una única cama de matrimonio. Cómo no. ¿Qué esperábamos? ¿Que la agencia reservara otro tipo de habitación? Estamos casados, por el amor de Dios. Sin embargo, por algún motivo, en medio de la vorágine de comprar y empaquetar toda la ropa que nos teníamos que llevar, ir hasta el aeropuerto y delirar aún más por la falta de sueño durante las últimas cuarenta y ocho horas, no me he parado a pensar en que Derek y yo quizá tendríamos que compartir habitación. Y no solo la habitación, de hecho.

Me quedo quieta mirando la cama.

Es enorme, lo cual es bueno, supongo. Pero también, en cierto modo, desalentador. Una punzada de deseo me recorre la espalda cuando pienso en volver a dormir junto a él. ¿Es normal tener estas punzadas de deseo? Creo que no. «¡Eres su agente, Nora!». Espera, ¿lo soy? Técnicamente me despidió, aunque no de forma oficial.

Dios mío, me he metido en un follón que no veas. Estoy casada con el cliente que me despidió. Que también resulta ser Derek. Por quien además aún siento algo y me pregunto cada diez minutos si cometí un error al romper con él. También me pregunto si podría besarlo y si él me devolvería el beso.

Fatal.

Mis ojos se deslizan hacia el hombre que está a mi lado. Recorren sus brazos macizos y tatuados, sus hombros anchos, su mandíbula cuadrada y esos labios carnosos que ningún hombre debería tener.

Esto va a ser jodido.

—Bueno, es una suite preciosa —digo adentrándome en las entrañas de la bestia, pero alejándome de la cama. Dejo caer la mochila junto al gran sofá de terciopelo negro y paso la mano por su mullido reposabrazos—. Siempre he querido tener un sofá de terciopelo. —Estoy en modo parlanchina a pesar de que no tengo nada interesante que decir.

Derek me observa mientras hago todo el paripé de sentarme y mostrar un aprecio exagerado por este mueble.

—Esto es sublime. Qué sofá tan cómodo. De hecho… —Me entretengo abriendo la cremallera de la mochila y sacando el portátil para ponerlo en mi regazo—. Si no te importa, creo que me lo pido.

—Nora —dice Derek con ese tono que significa «¿Se puede saber de qué estás hablando?».

Me obligo a alzar la vista para mirarlo.

Sigue de pie en el mismo sitio, justo al lado de la puerta, pero es tan grande que parece que ocupa toda la maldita habitación. Otra razón por la que no compartiré la cama con él. Parece que está pegando aún más el estirón en estos precisos instantes y los hombros están duplicando su tamaño. No cabríamos. Nuestros culos se tocarían. Las piernas se enredarían. Tendría que tumbarme boca abajo sobre su pecho, porque es tan grande que se acabaría convirtiendo en el colchón. Y de repente me despertaría embarazada y me resultaría imposible dar a luz a uno de los monstruosos bebés de Derek; por lo tanto, me pido el sofá.

Solo lo miro durante un segundo antes de volver a centrar mi atención en el portátil. Incluso cuando empiezo a escribir la respuesta a un correo electrónico que he recibido mientras estábamos volando, siento que mis hombros se relajan. Algunas personas utilizan *spinners* para jugar y controlar su ansiedad. Yo uso el trabajo. El trabajo es algo bueno. El trabajo es el lugar al que acudo cuando me siento insegura porque, para mí, el trabajo es una ecuación que siempre tiene un resultado claro. Además, se me da bien lo que hago.

¿Sabéis qué otra cosa no se me da tan bien? Derek.

Noto sus ojos clavados en mí y mis dedos se vuelven torpes sobre las teclas. Borro cuatro veces.

—Nora, siento que últimamente no paro de hacerte esta pregunta, pero… ¿qué estás haciendo? —La voz de Derek retumba. Más de lo normal. Está rasposa por la falta de sueño. También lleva una barba de tres días que le queda muy bien.

—Trabajar.

—Sí, ya lo veo, y después hablaremos de eso, pero a lo que me refiero ahora es a qué haces diciendo que vas a dormir en el sofá.

—Lo cierto es, Derek, que tengo una seria falta de fe en la capacidad de cualquier otra persona para apreciar la importancia de un buen sofá. Quiero asegurarme de que todos los muebles de esta suite reciben un trato justo. Mi lema es equidad o barbarie cuando se trata de habitaciones de hotel.

Ladea la cabeza y me mira serio.

—¿Quieres que los objetos inanimados tengan equidad?

Paso las manos por el sofá como si buscara sus orejas.

—Chisss. Nunca se sabe cuándo lo que pasa en *La Bella y la Bestia* puede hacerse realidad. Todos estos muebles podrían cobrar vida. Yo que tú preferiría estar en su bando.

Derek cierra los ojos y se los frota con el pulgar y el índice. Su bíceps vuelve a hacer esa cosa que hace a veces.

—Nora, no puedo dejarte dormir en el sofá.

—¿Por qué no? ¿Quieres dormir tú aquí? Si quieres, podemos hacer un juego y el que gane se lo queda. Por ejemplo, podemos ponernos a una pata y el primero que apoye la otra pierde. —Sigo tecleando mientras mantengo una conversación, como he visto hacer a Nicole docenas de veces. Es más difícil de lo que parece. Acabo de escribir un galimatías.

—Porque… ¿Puedes dejar de trabajar un segundo?

—¿Por qué? —Lo miro con el ceño fruncido—. A quien nunca descansa, Dios lo ayuda.

—El dicho no es así.

—Pues debería. —Continúo tecleando.

—Nora, suelta el portátil —me ordena, aunque apenas lo oigo porque ahora estoy metida de lleno en los correos electrónicos y siento que he recuperado mi objetivo en la vida. Pero entonces se le escapa algo que me hace levantar la vista—: Por favor.

Me encuentro con sus ojos, cansados, y cierro el portátil con cuidado.

Él me observa mientras lo aparto.

—No sé si te habrás dado cuenta, pero hay un problema sobre el que es evidente que tenemos que hablar. —Se sienta en el borde de la cama.

—Claro que me he dado cuenta. Hay un cartel que pone «problema» en mayúsculas y luces de neón. Francamente, me parece que a esta cama le gusta demasiado ser el centro de atención.

Derek se esfuerza por no reír y pierde la batalla en las comisuras. Me encanta. Soy adicta a esa sonrisa desde que la vi en el vestíbulo de la facultad. «Dame más, Pender».

—Por favor, responde con sinceridad, Nora. Estoy demasiado cansado ahora mismo.

—De acuerdo. La verdad es que estoy trabajando porque ya no sé cómo actuar cuando estoy contigo. Cada vez que pienso en que estamos casados y que vamos a compartir el mismo oxígeno en una habitación en una cama *king size* se me olvida respirar. No sé cómo soportar el contacto visual contigo desde que me dijiste que entendías por qué rompimos pero que no quieres que volvamos a ser amigos. Aunque, claro, ¿cómo demonios lo hacemos? Soy tu agente, a quien despediste, por cierto, y a la vez tu ex, pero ahora también tu mujer. Y eso por no hablar del largo reglamento que tenemos que seguir. Se solapan demasiadas cosas y es muy confuso. El diagrama de Venn tiene ya tantos círculos que parece un remolino. —Miro con nostalgia el portátil y acaricio la tapa—. Pero en mis correos electrónicos, de momento, sigo siendo solo tu agente. Y eso no me resulta nada confuso, así que prefiero vivir esa realidad.

Asiente lentamente.

—Ya que lo mencionas, anulo el despido.

Lo miro de reojo.

—¿Por qué? No quiero ser tu agente si solo me das el puesto porque nos hemos casado por error y te sientes mal.

—Esa no es ni de lejos la razón. Quiero que seas mi agente porque eres inteligente y creativa. Porque, de alguna manera, te las has arreglado para cerrar tratos increíbles a pesar de haberme empeñado en encargarte recados absurdos. Porque me plantaste cara y me dijiste que dejara de comportarme como un imbécil, algo que nadie más habría hecho en tu situación. Porque eres la más cualificada para este trabajo.

No me termina de convencer y, como tengo la necesidad crónica de sentir que me he ganado todo lo que tengo en esta vida, insisto:

—Si todas esas razones son ciertas, ¿por qué me despediste en un primer momento?

Me sostiene la mirada y aprieta la mandíbula.

—¿Sinceramente? Pensé que a la larga esta dinámica sería demasiado complicada. Pero ahora estoy dispuesto a esforzarme y trabajar juntos. Lo siento mucho, Nora, y espero que puedas perdonarme. Por todo.

—Ah.

—¿Te has quedado sin palabras?

—Por primera vez en la historia, sí.

—Entonces mejor aprovecho. —Se sube las mangas de la sudadera hasta los antebrazos y luego se inclina para descansarlos en las rodillas—. Quiero que seas mi agente, pero no esta semana. Creo que esta semana deberías apagar el portátil y disfrutar de estas vacaciones.

—Igual deberías limpiarte los oídos porque es evidente que no has escuchado nada de lo que he dicho sobre que necesito trabajar para mantener los pies en la tierra.

Se echa hacia atrás, apoya las manos en el colchón y, joder, el pecho parece que le ha vuelto a crecer.

—Sería demasiado raro que trabajaras mientras fingimos ser recién casados. Limitémonos a ser Derek y Nora. Solo será esta semana. Ambos nos jugamos mucho y ya es todo lo bastante complicado. Te pido que te...

—¿Cases conmigo? Llegas tarde.

—... aguantes las ganas de trabajar esta semana, y luego, cuando volvamos a Los Ángeles, podemos recuperar ese reglamento y todo volverá a la normalidad.

Odio admitirlo, pero creo que tiene razón.

—¿También quieres que esta semana rompamos el reglamento?

Frunce el ceño durante un segundo, pensativo.

—Cuando podamos, sí. Pero quiero que te sientas cómoda y segura, así que las mantendremos si lo prefieres. Aunque será difícil hacer eso mientras tratamos de venderle a la gente que nuestra relación es real.

—Siempre me siento segura contigo, Derek —se me escapa. Pero es verdad y no me sabe mal que lo sepa—. Podríamos tirar todas esas reglas a la basura y seguiría sintiéndome así.

Sus profundos ojos azules se clavan en mí y el aire se vuelve denso.

—Me alegra oírlo. Y ahora que hemos dejado eso claro..., creo que podemos compartir la cama.

Dirijo los ojos hacia donde su mano está hundiendo el edredón.

—¿De verdad crees que podemos compartirla sin acabar...? —Levanta una ceja antes de que termine la frase—. ¡Tocándonos por error! Eso es lo que iba a decir. Nada sexual. No estaba pensando en tener sexo contigo. Para nada. El sexo ni siquiera se me ha pasado por la mente. Nunca. Ni siquiera cuando lo practicábamos.

No sé muy bien cómo explicarlo, pero todo su cuerpo es una mueca.

—Estás diciendo mucho la palabra «sexo».

—Sí, ¿verdad? Yo también lo he notado. —Pongo cara de circunstancias—. Ahora sí que no podemos dormir en la misma cama.

Se ríe y despliega su enorme cuerpo como si la palabra «sexo» no le quitara el sueño. Probablemente porque ha tenido mucho a lo largo de los años, a diferencia de mí, que no he tocado a un hombre desde hace tres vueltas completas alrededor del sol. Cielos, debería hacer algo al respecto.

¡Pero no con él!

—Tiempo atrás dormíamos juntos, Nora; eso es un hecho y no algo de lo que tengamos que avergonzarnos. —Me sonríe desde donde está, de pie junto a la cama, y hace que sienta como si tuviera las rodillas de gelatina.

—¿Qué haces? —le pregunto mientras le veo añadir una sábana más a la cama y luego colocar una almohada a los pies.

—Así es como podemos compartir la cama sin tocarnos. Yo dormiré encima del edredón y tú debajo. Y, por si fuera poco, dormiremos con los pies en la cara del otro.

—Es decir, haciendo un sesenta...

—Ni se te ocurra terminar esa frase —me advierte, y la seriedad que desprende su voz me hace pensar que, después de todo, puede que esta situación sí que le esté afectando un poco.

# 23

# Nora

—Vale —dice Derek entrando de nuevo en la suite del hotel tras haber salido hace diez minutos a buscar algo de comida.

La pesada puerta se cierra tras él y, si le parece mal que me haya tumbado en la cama en su ausencia, lo disimula muy bien.

Yo, sin embargo, me levanto de un salto como si me acabaran de pillar con las manos en la masa. Estar tumbada mientras él está cerca me hace sentir rara. Rara en el sentido de maravillosa. Rara en el sentido de que quiero tirar de él para que se tumbe a mi lado y después comprobar si es diferente tenerlo encima de mí ahora que tiene todos estos nuevos músculos.

Derek viene hacia la cama y yo me yergo. Postura de puritana.

—Pensé que tendrías hambre, así que también te he traído algo. —Levanta dos cuencos mientras se acerca.

El colchón se hunde de una forma que casi podría considerarse obscena cuando se sienta, y el desnivel hace que me incline hacia su cuerpo. Resisto el impulso de transformarme en una canica y rodar sobre él.

Hace una pausa y mira a su alrededor con curiosidad.

—Noto algo diferente pero no sé el qué.

Repasa la estancia.

—Ah, sí, has cambiado la decoración de sitio y lo has agrupado todo por color.

—Cuando quise darme cuenta, ya había pasado —me justifico.

—Como siempre.

Me enderezo en señal de defensa.

—Cuando no estoy dentro de mis cabales, ordenar me ayuda a relajarme.

—Lo sé.

—Ah, ¿sí?

Esboza una leve sonrisa.

—Mi piso en la universidad nunca estuvo tan limpio y organizado como cuando fuimos novios. Y el tuyo es así ahora. Me he fijado. Aunque lo de ordenar por colores es nuevo.

—He evolucionado, sí, qué se le va a hacer. —Paso el dedo por una arruga de la sábana—. ¿Te molesta que haga eso?

Sus ojos encuentran los míos y ladea la cabeza, buscando algo en mi expresión.

—Creo que nunca antes te había visto insegura.

Me sonrojo.

—Soy humana.

—Discutible. ¿Quién te hizo creer que era molesto?

Vale, bueno, se suponía que no debía preguntar eso. O adivinar que hubo alguien que me hizo creer eso siquiera.

—Nadie importante, solo una persona.

—Claramente una persona imbécil, porque solo alguien así querría desprestigiar algo que te hace única. —Parece cabreado—. No. No es molesto. Y me cuesta mucho ser ordenado, así que me gustaba tener esa ayuda extra.

Me estoy fijando en cosas que no debería ahora mismo: que sus pantalones de chándal negros le envuelven los muslos como una segunda piel. Que noto el olor de la mezcla entre su desodorante y una pizca de sudor después de un largo día de viaje. Que le han salido unas sutiles arrugas a ambos lados de la boca, prueba de que ha sonreído mucho desde que rompimos. Y que mi cuerpo me urge a arrastrarme por la cama y acercar mi nariz a su cuello para inhalar su aroma. Está claro que necesito dormir.

—Bueno, ¿qué alimentos has recolectado? —«Misión cambio de tema en marcha»—. Me encantaría mentirte y decir que soy perfectamente capaz de saltarme la cena, pero la verdad es que he estado a dos minutos de comerme la almohada.

Sonríe.

—Me lo imaginaba.

Derek me entrega un cuenco y, por un instante, me quedo muda. Parpadeo ante el tentempié como si fuera una ofrenda de joyas. De repente todo se vuelve un poco borroso.

—¿Me has…? ¿Me has traído helado y cereales? —«Dos bolas de helado de vainilla y unos crujientes cereales de canela, para más inri».

—¿Todavía te gusta?

Asiento.

—Es mi comida preferida. Supongo que no esperaba que te acordaras.

Una expresión de satisfacción se dibuja en su cara, lo cual provoca que el corazón me dé un vuelco.

—Nora, comías esto al menos cuatro veces por semana cuando íbamos a la universidad. Es imposible olvidarlo.

—Siempre ha representado la mayor parte de mi pirámide alimentaria —digo antes de dar un bocado enorme para no ponerme a llorar por lo mucho que esto significa para mí.

La verdad es que había olvidado lo que es tener cerca a alguien que me conoce. O quizá alguien que me conoce y no piensa que soy demasiado rara. A veces me agota esforzarme por conocer a alguien para que al final decida que no valgo la pena y se vaya. Por algo considero que mi mejor amigo, sin contar a mi madre, es el trabajo.

Me aclaro la garganta para deshacerme del nudo que tengo ahí enquistado.

—¿También te has cogido helado?

Responde llevándose a la boca un palito de apio untado en manteca de cacahuete. Al dar un bocado, oigo cómo cruje entre sus dientes bonitos y blancos.

—A estas alturas del año intento vigilar lo que como. La pretemporada se acerca. Sobre todo ahora que parece que voy a necesitar toda la ayuda posible para recuperarme de esta maldita lesión.

—¿No comías así antes de la lesión?

Se encoge de hombros.

—Sí, aunque no era tan riguroso. También salía de fiesta y bebía. Ahora ya no.

Me quito la cuchara de la boca.

—Eso es más triste que un cachorro de Pomerania mojado.

—No te creas. —Su sonrisa es frágil—. Bueno, echo de menos el helado, pero, por extraño que parezca, no echo de menos la fiesta. —Hace una pausa arrugando la frente—. Eso ha sido lo que más me ha sorprendido. Pensé que añoraría esa faceta cuando me alejé de los focos y me centré en la rehabilitación del tobillo. Pero resulta que ha sido una transición bastante natural. Incluso agradable.

—Ay, no. ¿Peter Pan se ha ido de Nunca Jamás para no volver?

—He empezado a beber té de manzanilla por las noches, Nora. Y me gusta. —Lo dice como si me estuviese confesando un asesinato—. Han sido un par de meses raros.

Doy otro mordisco a esta comida que tanto me reconforta.

—Me lo imagino.

—En realidad…, llevo unos días dándole vueltas a algo. —Estudia mi expresión—. Has dicho que llevas dos años en la agencia. ¿Qué hacías antes?

Aparece una imagen mental del reglamento que hicimos juntos y la hoja se parte por la mitad. No solo vamos a compartir la misma cama (adiós, regla número diez), sino que, además, quiere husmear en mi pasado (hasta nunca, regla número dos).

—Resulta que los rumores eran ciertos. La industria del deporte está llena de hombres machistas y con estrechez de miras que no creen que una mujer pueda llegar a entender los deportes tan bien como alguien que tiene dos adornos colgantes entre las piernas. Aparentemente ahí es donde se almacena todo el conocimiento del mundo.

—¿Por qué crees que los guardamos con tanto cariño?

Hago como que le doy una patada y se ríe. En plan se ríe de verdad. El sonido se arremolina en mi pecho y barre todas las telarañas.

—En realidad, lo que almacenamos ahí es nuestro ego injustificado. Por eso duele tanto cuando nos dan un golpe.

—Tomo nota.

—¿Y qué pasó? Te graduaste y me dijiste que después hiciste un máster. ¿Luego qué?

—Luego irrumpí en el sector con eterno optimismo y un conjunto de ropa elegante para poder triunfar, y me pasé el año siguiente haciendo prácticas para una agencia que me dejó claro que ahí nunca iba a hacer nada más que traer cafés y mover papeles. —Sinceramente, es muy triste que Sports Representation Inc. parezca la panacea en comparación con esa otra agencia—. Así que lo dejé y me puse a buscar un nuevo trabajo o algún sitio donde poder hacer prácticas. Todas las entrevistas eran con un hombre llamado Robert o Michael o Richard que se dirigía a mí como «cielo» o «jovencita» cuando me decía que necesitaba a alguien con más experiencia. —Pongo los ojos en blanco—. Los becarios no necesitan tener experiencia. Al parecer, solo necesitan…

—Adornos colgantes —añade Derek, y a mí me entra la risa—. ¿Y entonces qué?

Me acabo el bol de helado con cereales y lo dejo a un lado.

—Entonces me rendí.

—Y una mierda —replica con énfasis y sin un ápice de sarcasmo.

—¡Es verdad!

—No te creo. Nunca te he visto rendirte ante nada. —Pero tan pronto como suelta esas palabras, ambos pensamos lo mismo.

Los dos sabemos que sí hay algo con lo que me rendí. Derek no lo menciona ni yo tampoco, pero su sonrisa se atenúa un poco.

Muevo las piernas contra el suave edredón.

—En mi cafetería favorita estaban contratando a gente y yo necesitaba pasta con urgencia, así que acepté ese trabajo y me quedé ahí lamiéndome las heridas durante un buen tiempo, hasta que un día, Nicole y sus fabulosos tacones de aguja de diez centímetros entraron bailando un vals a la cafetería. —Todavía oigo el traqueteo de sus tacones en el suelo—. Sabía quién era por las investigaciones que había hecho cuando enviaba solicitudes, y era una de las personas de las que nunca recibí respuesta. Me presenté con un ingenioso juego de palabras sobre el café y luego le pregunté si podía echarle un vistazo a mi solicitud.

—¿Dijo que sí? —Le da otro mordisco a ese hilo dental vegetal.

Me río un poco demasiado alto.

—No. Le caí fatal al instante. Dijo que era demasiado simpática y mona para este sector y que me siguiese dedicando a servir cafés.

—Au.

«Me encanta su sonrisa».

—No, lo cierto es que agradecí esa respuesta. Por una vez, me rechazaron por una razón concreta. La razón era su propia misoginia interiorizada, de la cual era completamente inconsciente, pero era una razón contra la que yo podía luchar. —Aquellas semanas en las que intenté conquistar a Nicole fueron de las mejores de mi vida—. Nicole venía a la cafetería todos los días puntual como un reloj. Memoricé su pedido y me aseguré de que siempre estuviera listo para cuando llegara. Entonces empecé a anotar todas las razones por las que debía contratarme en el lateral de los vasos, así como estadísticas de atletas universitarios que creía que debía tener en cuenta.

—¿Y? —insiste Derek con mirada pícara. Me conoce demasiado bien—. ¿Qué más había en la taza, novata?

Sonrío.

—Una broma de las de toc-toc.

—Me lo imaginaba. ¿Funcionó?

—Las bromas jugaron en mi contra, pero al final cedió por cansancio. Un día vino, se tomó el café y, al salir por la puerta, me dijo por encima del hombro: «Nos vemos en mi despacho el lunes a las ocho de la mañana». Eso fue todo.

Me encojo de hombros, y recuerdo aquel momento como si estuviera filmado y almacenado en mi cerebro entre mis recuerdos más felices. Me gusta reproducirlo cuando estoy baja de ánimos; me recuerda que debo persistir. Seguir luchando por lo que quiero, aunque los demás me digan que no va a funcionar.

No me doy cuenta hasta que pasan unos segundos de que Derek me está mirando con ojos tiernos.

—Me alegro por ti, Nora. Se te da bien esto. Y me alegro de que no hayas renunciado a tu sueño. —Noto un estremecimiento en el estómago al oír sus palabras.

—Lo mismo digo. Grité muy fuerte cuando dijeron tu nombre en la primera ronda del draft. —Mi sonrisa se desvanece cuando la mirada de Derek se clava en mí. Me doy cuenta de mi error al instante.

—¿Estuviste pendiente de mí en el draft?

Sus ojos azules me traspasan. Quiero esconderme para que no vea la verdad: que he seguido muy de cerca su carrera. Que lo he visto alcanzar cada hito, cada éxito y cada meta profesional. Que he perdido la cuenta de la cantidad de veces que he lamentado haberle dejado escapar. Que a pesar de que él me olvidó con facilidad, yo siempre he estado vigilante. Y que he aprendido a vivir con ello.

En vez de eso, le doy un golpe juguetón con el pie.

—Vamos, no saques las cosas de lugar. Claro que vi el draft. He visto todos los draft desde que tenía seis años y mi padre me dejaba comer tarta de chocolate si lo veía con él.

Pero ese año no lo estaba viendo para llamar la atención de mi padre…

—Ah, ya —contesta intentando esbozar una sonrisa que no se le refleja en los ojos.

Deja a un lado su cuenco vacío.

El silencio es tan denso que tengo miedo hasta de tragar saliva. Nuestro momento amistoso se ha convertido en algo tenso. No puede ser que Derek se haya decepcionado al saber que no vi el draft por él, ¿no? Él me superó hace mucho. Literalmente me dijo que no quería que fuéramos amigos.

Entonces ¿por qué tiene esa cara?

La tensión es insoportable, así que me levanto de la cama.

—Se hace tarde. —Saco mi neceser y una muda de ropa de la maleta—. Será mejor que me lave los dientes o me voy a quedar dormida y se me va a olvidar. Porque ya sabes lo que dicen de los dientes….

Derek niega con la cabeza, arrepintiéndose al instante de darme el gusto.

—¿Qué dicen?

—Por los dientes muere el pez.

—La frase no es para nada así.

Cierro un ojo.

—Sin ánimo de ofender, creo que te equivocas.

—No me equivoco.

Se levanta de la cama, coge su neceser y me sigue. Por la cara que tengo según el reflejo del espejo, cualquiera diría que lo que me acompaña al baño es un oso salvaje y no un hombre.

—Vaya, ¿tú también vas a lavarte los dientes? —Lo miro por encima del hombro. Su pecho y mi espalda están tan cerca... Coloca su neceser de piel marrón justo al lado del mío, que tiene dibujitos de arcoíris.

Levanta una ceja.

—¿Hay algún problema?

—¡Claro que no! Para nada. Me alegra mucho que tú también quieras tener una dentadura divina.

En realidad es terrible. Porque mientras me cepillo los dientes, Derek está de pie justo detrás de mí, cepillándose los suyos, y tengo que centrar toda mi atención en no mirarlo embobada. Y cuando ambos nos volcamos en nuestra higiene dental como si fuéramos dos no-amigos/exnovios/personas normales y corrientes, mi mirada se aleja de sus intensos ojos solo para tener un momento de descanso. Un breve respiro. El tiempo que una puede aguantarle la mirada a un hombretón de metro noventa con ojos azules es limitado.

Entonces es cuando me fijo en los tatuajes de sus brazos por primera vez. Bajo la potente luz del cuarto de baño, por fin puedo ver lo que son. Un tiburón feroz surcando las olas y enseñando los dientes. Qué mono. Ese está claro que es por su equipo. Una calavera con un pájaro posado encima. Da un poco de miedo, pero mola. Una libélula. Nubes con un sol que se asoma. Enredaderas con florecitas que le envuelven el brazo y...

espera, ¿qué es ese tatuaje pequeñito y negro que tiene en el interior del bíceps? Es como una letra o…

Derek aprieta el brazo contra su costado.

Nuestros ojos se encuentran en el espejo y él no pone excusas ni se molesta en fingir que se siente culpable por ocultarme ese tatuaje con tanto descaro. En lugar de eso, se inclina a mi lado para escupir la pasta de dientes y su pecho me roza la parte exterior del brazo. Enjuaga el cepillo y lo coloca meticulosamente junto al lavabo, justo donde solía ponerlo en mi piso después de que yo le dijera que a mi cerebro obsesionado con el orden le gustaba que nuestros cepillos de dientes estuvieran alineados.

Ni siquiera me vuelve a mirar antes de salir y dejarme sola en el baño. A duras penas consigo contener las ganas de apoyarme con dramatismo contra la puerta e ir deslizándome hacia abajo después de que la cierre. Los treinta segundos que debería tardar en cambiarme de ropa se convierten en cinco minutos debido al sermón que me doy a mí misma mirándome al espejo. Me veo en la necesidad de recordarme que no debo volver a pillarme de mi exnovio. «Él no quiere estar contigo. Y, aunque quisiera, sería demasiado complicado. Demasiado impredecible». Concluyo diciéndome que lo mejor es salir del baño y colarme bajo las sábanas sin darle demasiada importancia a todo eso de que solo haya una cama.

Abro un poco la puerta.

—Voy a, ejem, voy a meterme en la cama. No mires.

—Vale.

—¿Tienes los ojos cerrados?

—No.

—¡Derek!

Se ríe.

—Vamos, no saques las cosas de lugar —dice usando el mismo tono que yo he utilizado antes al decir esas mismas palabras—.

El otro día literalmente me abriste la puerta de tu casa en bragas y no fue para tanto.

—¡Eso fue porque se me había ido la pinza y tenía falta de sueño!

—Tu pinza siempre está ida, Nora —replica, pero en su tono de voz hay un cierto afecto que me reconforta como tomar una taza de chocolate caliente.

—Está bien. Voy a salir, pero prepárate porque no esperaba tener que dormir en la misma habitación que tú esta semana, así que me he puesto el pijama más sexy que... —Me quedo a media frase cuando salgo del baño y me encuentro a Derek sentado contra el cabecero, con las manos detrás de la cabeza, las sábanas blancas tapándole hasta la cintura y... sin camiseta. A tomar por culo mi sermón en el baño.

¿Por qué tiene que estar tan cuadrado? Y sexy. Y tatuado. Y moreno.

Necesito que me dé como cajón que no cierra. Por favor.

—¿Ese es tu pijama sexy? —me pregunta, lo cual hace que mi mirada se desvíe de su cuerpo a su cara, donde debería haber estado desde un primer momento.

Me acerco a la cama.

—He intentado avisarte. Soy consciente de lo seductor que puede ser.

—Nunca había visto la cara de Fred Rogers tan grande.

—Lo sé... es impresionante.

Dudo antes de levantar el edredón para meterme debajo de las sábanas. Para meterme en la cama. Con Derek.

Llevo una camiseta XL en la que mi querido amigo y presentador, el señor Rogers, ocupa casi toda la parte delantera. Justo encima de su cara hay una frase que dice: «Me gustas tal y como eres». Sé perfectamente que no es sexy, pero el caso es que no llevo pantalones debajo. Y, si no recuerdo mal, a Derek le solía encantar que no llevara pantalones.

No se toma la molestia de apartar la mirada mientras me meto en la cama. Me observa con descaro y, una vez que los dos estamos colocados y se apaga la luz, tiene la osadía de decir:

—Me he fijado en que sigues llevando las bragas de los días de la semana.

Me atraganto con mi propia saliva.

—¡Ay, por favor, no digas la palabra «bragas» mientras estamos juntos en una cama!

—Mis disculpas —murmura, pero la sonrisa me dice que no lo siente en absoluto.

Es como volver a ver al antiguo Derek. El ligón descarado. El que siempre sabía qué decir y cómo me afectaría. Me encanta. Y durante un segundo siento un irremediable deseo de que quiera volver a estar conmigo.

—Duérmete y deja de ser tan liante. —Doy varios golpes agresivos a mi almohada hasta que siento que tiene la forma correcta y me giro hacia un lado. Pero entonces hago contacto visual con los pies de Derek—. Em… Derek, por casualidad no seguirás corriendo en sueños, ¿verdad?

—A veces —contesta, y en ese momento se da cuenta de por qué me preocupa.

Se incorpora. Yo también.

—Esto es ridículo, ¿no te parece? Deberías ponerte en posición normal, Nora. Podemos dormir en la misma cama sin que sea incómodo.

—Cierto. Estás tan en lo cierto que no hay duda. —Ya me estoy moviendo para que mi cabeza y mi almohada estén al lado de la suya—. No es para tanto.

—Exacto. —Se vuelve a tumbar—. El primero que se duerma gana.

Aprecio su intento de liberar la tensión, pero cuando siento el calor de su cuerpo acomodándose debajo de las sábanas, cuando muevo las piernas y mi rodilla le roza el muslo, cuando abro los ojos y me lo encuentro mirándome, a unos centímetros de distancia, sí que me parece que es para tanto.

Y cuando me despierto a las dos de la madrugada y me doy cuenta de que estamos completamente enredados (mi pierna encima de la suya, mi vientre contra su costado y la cara apoyada en el hueco de su hombro, con su mano reposando sobre mi cadera), entonces el «para tanto» se queda corto.

Y lo peor es que, por mucho que lo intento, no consigo apartarme.

# 24

# Derek

—Hay que darse prisa. Nora está en la ducha, pero no tardará mucho en salir —le digo a la pantalla del portátil apoyado en la mesita auxiliar sobre la que estoy encorvado.

La cara de cada uno de los chicos está representada en su propio cuadrado de videoconferencia. Hace unos minutos que les envié un mensaje y convoqué una reunión de emergencia.

—Vale, pues manos a la obra —dice Jamal, que se inclina hacia delante con una expresión ávida en la cara—: llevas el pelo demasiado largo. Tienes la nariz un poco torcida y, la verdad, un poquito de cirugía plástica te haría mucho bien. Y, cuando caminas…

Lo silencio y después sonrío a la pantalla.

—Ventajas de ser el anfitrión de la reunión. Puedo silenciarte cuando me dé la gana. Estás oficialmente en tiempo muerto sin hablar, imbécil.

Jamal le dedica un gesto inapropiado a la pantalla.

Nathan deja a un lado el batido de proteínas que se estaba terminando.

—No quiero aguaros la fiesta, pero Bree y yo estamos a punto de salir a correr. Así que, al grano.

Tanto Lawrence como Price confirman que están listos. Jamal hace un puchero con los brazos cruzados.

—Muy bien. Allá va. Todos sabéis que me casé por accidente con mi agente, que también es mi exnovia, y que, para mi frustración, sigo muy enamorado de ella.

—Y que publicaste en las redes sociales una foto de tu lengua dentro de su garganta y estuviste a punto de hacer que la despidieran. No nos olvidemos de esa parte —apunta Price con una sonrisa burlona.

—Ojo o te silencio a ti también.

Levanta una mano.

—Solo quería exponerle los hechos a todo el mundo.

Nora empieza a cantar a voz en grito en la ducha, y eso me recuerda que tengo que espabilar con esta mierda.

—El problema es el siguiente: creo… No, sé que quiero volver con ella. No solo es graciosísima, inteligente, guapa y muy buena organizadora, sino que, además, es buena para mí. No le da miedo decírmelo cuándo me comporto como un idiota, y me siento más ligero cuando estoy a su lado. No… No puedo dejarla marchar otra vez.

Espero las exclamaciones de sorpresa, pero no llegan.

Lawrence se ríe.

—Sí, tío. Ya lo sabemos. Sabemos que quieres recuperarla desde que la conocimos en tu casa.

Nathan sonríe.

—Estábamos esperando a que tú también te dieras cuenta.

Jamal gesticula como un loco ante la pantalla, me ruega que le active el micrófono de nuevo para poder regodearse. «Ni hablar».

—¿Qué leches…? ¿Lo sabíais incluso después de que la otra noche os dijera que quería pasar página?

Price se echa a reír, y no cabe duda de que es a mi costa.

—Es difícil no darse cuenta cuando, al hablar de Nora, pones carita de estar aún más insoportablemente prendado de ella que Nathan al hablar de Bree.

Pero Nathan se ofende por otro motivo.

—Nadie ama a su mujer más de lo que yo amo a Bree.

Todos lo miramos, y aprieto con todas mis fuerzas el botón para silenciarlo.

—Tú también acabas de ganarte un minuto de tiempo muerto sin hablar. Jamal, estás a prueba.

Le reactivo el micrófono.

Jamal coge aire como si llevara veinte años ahogándose.

—Derek, te odio tanto que, no sé cómo, al final el sentimiento se da la vuelta y se convierte en amor, así que por eso voy a saltarme el discurso de «te-lo-dije-capullo» y a pasar sin rodeos a decirte que Nora está a años luz de tu alcance y que por supuesto que deberías aprovechar el tiempo que tienes ahora mismo con ella para recuperarla. Para luchar por ella. ¿Quién está de acuerdo conmigo?

Lawrence levanta la mano.

—Yo estoy de acuerdo, pero con una salvedad. No creo en perseguir a una mujer que no quiere que la persigan. ¿Te ha dado alguna señal de que vuelves a gustarle? ¿O se muestra cerrada y reacia?

—¡Pues claro que se muestra reacia! —exclama Jamal mientras señala lo que debe de ser mi imagen en la pantalla—. Mírale la cara. ¿Querrías pasarte el resto de tu vida viendo…?

Vuelvo a silenciarlo y le abro el micrófono a Nathan.

—Anoche estuvimos hablando mucho rato. Luego compartimos la cama y, cuando me he despertado esta mañana, la tenía durmiendo prácticamente encima de mí. —Todos arquean las cejas y adoptan una expresión de esperanza muy similar—. Aunque eso también podría deberse a que peso el doble que ella y el colchón se ha hundido tanto que la gravedad la ha hecho rodar hasta mí.

Las cejas vuelven a su sitio, ahora en unas caras desconcertadas.

—Siempre puedes probar a ser sincero con ella —dice Price. Nathan sisea entre dientes.

—Es arriesgado. Si ella no siente lo mismo, no solo tienen por delante toda una luna de miel que les resultará muy incómoda, sino que, cuando vuelvan a casa, Nora seguirá siendo su agente. Preferiría tener al menos algún tipo de seguridad acerca de que la balanza se inclina en esa dirección antes de que se tire de cabeza.

—Vale, pues entonces eso es lo que tienes que buscar —añade Lawrence—. Escúchala de verdad. Estudia sus gestos. Y, si empiezas a sospechar que aún siente algo por ti, cortéjala.

—¿Que la corteje? ¿Quién eres, una abuela de ochenta años?

—«Cortejar» es una buena palabra. No estás intentando seducirla. «Cortejar» insinúa que pretendes llegar hasta su corazón, no solo hasta su cuerpo.

Me cuadra. Aun así, esto me recuerda la otra razón por la que los he llamado.

—¿Creéis que soy tonto por plantearme la idea de volver con Nora? Teniendo en cuenta que fue ella quien rompió la relación la primera vez y que aquello estuvo a punto de acabar conmigo...

—Bree también me dejó, justo antes de la universidad —dice Nathan—. Y, aunque no conozco todos los detalles de lo que ocurrió entre vosotros, sí sé que, si me hubiera permitido quedarme estancado en una decisión que Bree tomó cuando éramos unos críos, me habría perdido una vida preciosa con ella.

Lawrence asiente.

—Estoy de acuerdo con Nathan. Esta es la semana perfecta para aclarar las cosas. Inténtalo. Y, aunque no creo que tengas que ir a por todas con ella, opino que eres muy valiente por abrirte de nuevo a la conexión y ver qué pasa.

«¿Qué mierda de libros de autoayuda lee este tío?».

Donelson se echa hacia delante en su asiento.

—Oye, todavía conservo la vieja chuleta de jugadas románticas que me ayudó a conquistar a Bree. Puedo enviártela al móvil.

Pongo los ojos en blanco.

—No necesito ayuda en ese campo, muchas gracias. Fui yo quien te dio las ideas para esa puñetera lista.

—Me dijiste que le guiñara el ojo. Y no funcionó, debo añadir.

—No es culpa mía que no tengas chispa.

Jamal está literalmente de pie y gritando solo Dios sabe qué a la pantalla. Sonrío con simpatía y le enseño el dedo corazón. Por hacer la gracia, utilizo la otra mano para ponerle unas alas a la peineta y la hago revolotear por la pantalla.

—¿Qué haces? —pregunta Nora desde el cuarto del baño, cuya puerta no la he oído abrir.

Lleva puesta una pamela enorme y un vestido de playa.

Lo único que veo antes de cerrar el portátil de golpe es un destello de los chicos con los ojos abiertos como platos (y de Jamal aullando de risa).

—Ah, eh… Nada. Solo estaba… haciendo unos estiramientos de manos. Es para el fútbol. —Me quedo callado y ella no se apresura en llenar el silencio—. Es algo que… hace la gente del deporte. Los deportistas. Es una cosa de manos… —otro silencio doloroso— para deportistas.

Sonríe.

—Parece una mentira muy sospechosa, pero la permitiré porque, si nos quedamos aquí plantados más rato charlando sobre tu baile manual interpretativo, llegaremos tarde a la reunión.

# 25

# Nora

—Estamos muy contentos de estar aquí con vosotros —nos dice Kamaya, la dulce periodista de *Celebrity Spark* que nos mira desde el otro lado de la mesa.

Nos encontramos sentados en la terraza de una cafetería que hay en el complejo, y si una busca «paraíso» en Google Maps, seguro que el alfiler cae aquí. Ambiente cálido, cielo azul celeste, palmeras por el patio y un océano tan hermoso que debe de ser falso.

Sentado junto a Kamaya está Alec, el fotógrafo que nos seguirá durante toda la semana. Ambos tienen una sonrisa preciosa y el tipo de personalidad que me hace sentir segura. Me caen bien.

Y me gusta que la reunión con ellos nos diera a Derek y a mí una excusa para evitar hablar después de despertarnos abrazados (por segunda vez en mi caso) y, en su lugar, apresurarnos a prepararnos y bajar corriendo para llegar a tiempo.

Porque no hay nada más sano que la evasión, ¿verdad?

—Gracias de nuevo por permitirnos cubrir vuestra historia de amor y vuestra luna de miel —añade Kamaya—. Nicole y yo nos conocemos desde hace tiempo, así que, cuando me llamó y me dijo que tenía una primicia para mí, supe que iba a ser algo bueno. Esa mujer nunca falla.

Me río.

—Nadie rechaza una llamada de Nicole.

—¡Exacto! —Se reacomoda en su asiento para cruzar las piernas, largas y bronceadas, mientras echa un vistazo a sus notas con una leve sonrisa.

Es una chica preciosa. Podría ser modelo de pasarela si quisiera. Se parece al tipo de mujeres con las que solía salir Derek. No puedo evitar preguntarme si se sentirá atraído por ella. Si la mira pensando «Joder, ojalá este pibón no creyera que estoy casado». Me asalta una repentina punzada de celos a pesar de que no tengo derecho a sentirlos.

En ese momento, como si Derek pudiera leerme el pensamiento, su rodilla se apoya en la mía bajo la mesa y levanto la vista hacia él. No está mirando a la hermosa mujer que hay al otro lado de la mesa, sino a mí, y con un interrogante en la mirada. ¿Estaba mirando a Kamaya con mala cara? Es posible que tuviese ojos de querer arrancarle esa preciosa melena de la cabeza y Derek haya sido testigo de ello.

«Muy poco feminista por tu parte, Nora».

—Vale, he pensado que primero podríamos hablar de la programación que tendréis esta semana y luego pasar a la entrevista. ¿Os parece bien? —nos pregunta Kamaya, y yo intento desprenderme de todos esos pensamientos cargados de celos.

Es difícil con lo guapa y elegante que es, y más si la comparas conmigo. Llevo un bañador y un sombrero de paja porque, como ya le he dicho a Derek, el sol y mi piel no son buenos amigos.

—¡Chachi piruli! ¡Cuando quieras! —respondo en un tono un poco demasiado alegre.

Me mira arrugando la nariz con una sonrisa.

—Eres tan adorable como me dijo Nicole.

—¿De verdad usó la palabra «adorable»? —pregunto escéptica.

Kamaya se encoge de hombros.

—Más o menos.

—Dijo «insoportable», ¿a que sí?

—«Insoportablemente mona» fueron las palabras exactas.

No sé por qué me duele oír que Nicole, mi única aliada en esa oficina, le ha dicho eso de mí a Kamaya. Es lo que soy y siempre he estado a gusto con ser así. No voy a cambiar para encajar en la idea que tiene la sociedad de lo que es una mujer trabajadora y poderosa. No obstante, con Derek a mi lado y viniendo de una mujer a la que admiro tanto, me escuece un poco. Me siento torpe y tonta, como si este zapato me viniese grande.

Aunque prefiero andar con unos zapatos enormes antes que darle la satisfacción a alguien de saber que su opinión sobre mí me ha afectado. Porque las opiniones no son hechos. Como siempre decía mi madre, las opiniones solo se convierten en verdades si las aceptas como tales.

—Prefiero «exageradamente graciosa» o «alegremente extrove…» —Iba a decir «extrovertida», pero en ese preciso instante Derek se inclina hacia delante, me rodea la espalda con el brazo y me roza el hombro y el bíceps con sus dedos. Así que la palabra «extrovertida» se queda en un «extroverñiga».

Kamaya se da cuenta del lapsus y su sonrisa se ensancha.

—La fase de luna de miel. Me encanta. Vale, ¡acabemos con esto para que pueda dejar de molestaros por hoy!

Desvío la mirada hacia Derek y… me guiña un ojo. Santa Madre de Harry Styles. ¿Qué ha sido eso? El estómago se me revuelve como si fuera un avión con turbulencias. Ha roto de forma descarada la regla número dieciocho (aunque tampoco es que estemos llevando las demás muy a rajatabla).

No me puedo creer la forma en que mi cuerpo responde a él. Es sobrenatural. Me he acostado con otros hombres (hombres guapos y buenorros, debo añadir), pero con ellos nunca tenía turbulencias en el estómago. Jamás. ¿Y lo único que tiene que hacer Derek es guiñarme el ojo? Siempre ha sido capaz de desarmarme de un modo que me aterroriza. Cuando está cerca, es como si el resto del mundo no existiera. Me consume. Y ese es precisamente el motivo por el que me alejé de él en el pasado.

«Pero ¿y ahora? ¿Esta vez estoy preparada?».

¡Dios mío, Nora, ahora no es real! Ahora está actuando para ayudarme a conservar mi trabajo. Mi estómago revuelto es irrelevante porque ahora Derek es mi no-amigo/cliente/marido. Tengo que concentrarme.

«Peeeeeero», réplica una vez más mi cerebro, este hombre ha estado guardando un vale mío en su cartera durante años. Se acuerda de cuál es mi comida preferida. Y a veces lo sorprendo mirándome como si aún me quisiera. «Así que igual es hora de despejarnos, Nora». Porque si yo siento que entre nosotros vuelve a haber esta tensión, tal vez él también lo sienta. Creo que lo que pasa es que tengo miedo de crearme falsas esperanzas.

—Esto es lo que hemos planeado —empieza Kamaya mientras da un golpe con los papeles en la mesa para ordenarlos en una pila, cosa que, sinceramente, me pone un poco cachonda—. Esta mañana haremos la parte de la entrevista. Después nos subiremos al coche que hemos alquilado para ir a una excursión por el arrecife de coral. ¿Os parece bien?

—Me parece bien —contesta Derek—. ¿Y a ti, Nora?

En lugar de limitarse a hacer la pregunta, la acompaña de un besito en la sien. Mientras, su pulgar me roza el cuello, justo debajo de la oreja.

Mi corazón está al borde del infarto.

Trago saliva, intentando no mostrar lo mucho que me afecta que me haga estas cosas.

—¡Sí, genial! —Pero mi voz suena como un chillido prepuberal.

Kamaya sonríe.

—Maravilloso. Y como esta no deja de ser vuestra luna de miel de verdad, hemos intentado no planear más de una sesión fotográfica al día para dejar que paséis el resto del tiempo juntos, así podéis hacer…, bueno, ¡lo que queráis! —Levanta varias veces las cejas de forma sugerente y yo intento no atragantarme ante la embarazosa insinuación de que lo que queremos es jugar al Twister desnudos—. Podéis echar un vistazo a lo que hemos programado aquí.

Desliza un sobre y Derek se inclina hacia delante para cogerlo sin apartar el brazo de mi espalda. Me acerca un poco más para que podamos mirarlo ambos. Percibo el olor de su desodorante y me dan ganas de lamerle el bíceps. Esto es demencial.

—¿Un día de spa? —pregunta con una ceja levantada. Claro, porque él sí que está prestando atención y no soñando con cosas inapropiadas como yo.

Kamaya asiente.

—La mayoría de estos eventos son servicios que se ofrecen dentro de este complejo hotelero y que quieren promocionar para las parejas. Alec y yo trataremos de no estorbaros en la medida de lo posible durante las actividades. Y, por supuesto, si no queréis hacer alguna, la cancelaremos y buscaremos una alternativa. ¿Os parece bien?

Derek y yo nos tomamos un minuto para repasar el itinerario y no vemos nada que tenga pinta de ser demasiado exigente o incómodo, así que aceptamos y comenzamos la entrevista. Kamaya nos pide permiso para poner una grabadora sobre la mesa y lanza la primera pregunta, una facilita:

—¿Cómo os conocisteis?

Derek se encarga de responder, paseándose por el baúl de los recuerdos para describir con todo lujo de detalles nuestro primer encuentro en aquella fiesta universitaria.

Nos hace unas cuantas preguntas fáciles más, como dónde fue nuestra primera cita, «En la bolera», y cuál es el recuerdo más divertido que tenemos como pareja, «Que una noche nos pillaran bañándonos desnudos en la piscina de la universidad».

La entrevista va tan bien que me empiezo a relajar, hasta que Kamaya me mira fijamente a los ojos y me pregunta:

—¿Cuál fue el motivo de la ruptura?

Comienzo a mover la pierna con nerviosismo porque no sé cómo responder a esto. No se me da bien mentir y tampoco quiero sumergirme en una verdad que Derek y yo apenas hemos explorado. Por supuesto, Kamaya considera que hacerle esta pregunta a una pareja recién casada puede ser bonito y gracioso, pero lo cierto es que las heridas siguen muy presentes en nuestro recuerdo, sobre todo en el de Derek, y es un tema con el que prefiero ir con pies de plomo.

Ella malinterpreta mi expresión.

—Por la cara que has puesto, Nora, algo me dice que es una buena historia.

«Mmm..., pues no, no precisamente».

Derek apoya la mano en mi rodilla.

—Eso es privado. Siguiente pregunta. —Lo dice con una autoridad y un tono protector que hacen que se me ponga la piel de gallina.

—Claro, sin problema. —La sonrisa de Kamaya es todo comprensión. No pretende ser una entrometida, solo indaga en los detalles porque es parte de su trabajo—. ¿Y qué hay de los años que no habéis estado juntos? Derek, por supuesto, todos sabemos que has tenido muchas parejas, pero, Nora,

¿y tú? ¿Has salido con alguien más o echabas demasiado de menos a Derek?

Siento que Derek se queda quieto y desearía no tener que contestar a esta pregunta por primera vez delante de un fotógrafo y una periodista. Pero si ahora me niego a responder a esta, Kamaya podría sospechar. También me hace gracia que dé por hecho que fue Derek quien rompió conmigo. Porque, claro, una tontita como yo debería estar agradecida de poder pescar a alguien como Derek.

La insinuación enciende algo en mí que se enfurece en nombre de todas las mujeres a las que alguna vez les han dicho que tienen suerte de que un buen chico les haya dado una oportunidad. Como si ese fuera nuestro principal objetivo en la vida y, una vez encontrado, él debiera convertirse en nuestra razón de ser hasta que se canse de nosotras.

Enderezo un poco la espalda.

—Salí con algunos hombres, pero nunca fueron relaciones serias. Sobre todo porque mi valiente madre, que me crio sola, me inculcó desde muy pequeña que antepusiera mis sueños y ambiciones a todo lo demás. Me dijo que apuntara alto y que ella jamás intentaría frenarme ni menospreciaría mis objetivos. Que siempre me ayudaría a impulsarme para llegar al siguiente nivel y que, como mujer cuyos sueños son tan importantes como los de cualquier hombre, a menos que encontrase a alguien que me tratara exactamente igual que ella, siguiese mi camino sola.

Derek está demasiado quieto. Su pulgar ha dejado de acariciarme el cuello y me doy cuenta, muy a mi pesar, de que me hubiese gustado que no parara nunca.

—Una mujer sabia. —A Kamaya le brillan los ojos. Me da la sensación de que ha vivido una historia similar—. Y ahora lo has encontrado.

—¿A quién? —pregunto antes de darme cuenta de lo que quiere decir.

—A Derek —responde riendo y señalándolo con la cabeza—. Por fin has encontrado al hombre que te ayuda a impulsarte en lugar de frenarte. Y te has casado con él.

Ese comentario es como un puñal que me deja sin aliento. Porque Kamaya no se da cuenta de lo cierto que es lo que acaba de decir. Miro a Derek y lo veo desde una nueva perspectiva. Hace un minuto mi mente estaba atrapada en el pasado, con un Derek que me quería mucho, pero que no me quería bien. Estaba incluido en la categoría de hombres que, inconscientemente, tratan mis sueños como si fueran menos importantes y esperan que sean ellos los que se antepongan a todo lo demás.

Pero ya no estoy con ese Derek, ¿verdad? Ha cambiado. Y yo también.

Este Derek vio que mi carrera estaba en peligro y ha estado dispuesto a hacer lo necesario para protegerla. La diferencia es innegable. El Derek con el que salía en la universidad era un chico. Este Derek es un hombre. Y parece que es uno digno de confianza.

—Así es, me he casado con él.

«No te emociones, Nora. Es solo temporal».

# 26

# Nora

—¿Cuántos? —pregunta Derek en cuanto nos dejan a solas.

—Quinientos —respondo al segundo—. Espera, ¿de qué estamos hablando?

Está mirando al frente, con la cara sobre el timón del barco que nos va a llevar en dirección al océano de aguas cristalinas, pero es evidente que su atención está centrada en mí, que estoy a su lado.

Tras terminar la entrevista, los cuatro nos hemos subido a un coche alquilado y hemos conducido hasta un gran muelle. Kamaya nos ha propuesto hacernos fotos en un arrecife de coral mientras hacemos snorkel, que es una de las actividades típicas de este sitio. A mí también me ha parecido una idea excelente porque pensaba que un arrecife de coral era algo a lo que podíamos ir andando desde la playa. No sé en qué cabeza entra que haya pensado algo tan absurdo, pero el caso es que, después de abrocharme un chaleco salvavidas de esos grandotes, he comprendido que no, no se puede llegar andando. Así que nos hemos subido a un barco y ahora estamos esperando que se ponga en marcha. El mar está agitado y yo solo espero no palmarla hoy.

Baja la mirada hacia mí.

—¿Con cuántos chicos has salido después de mí?

Me agarro a la barandilla para no perder el equilibrio.

—¿Perdón? Está feo ser un cotilla. No deberías preguntarme esas cosas.

—Pues te lo estoy preguntando igualmente. Quiero saberlo.

—Desvía la mirada hacia donde Kamaya y Alec están hablando con el capitán (¿conductor?) del barco.

No sé cómo referirme al chaval de veintitantos años que está al mando y que a duras penas parece tener edad de conducir un coche, mucho menos una embarcación como esta. Igual estoy siendo un poco injusta. Seguro que es un capitán maravilloso.

Es que odio los barcos. Literalmente, todas las películas en las que aparece uno hay un accidente, naufraga y todo el mundo se ahoga o se queda varado en una isla. También imagino que mi odio tiene algo que ver con la falta de control, pero nunca lo sabremos porque lo más parecido que tengo a un psicólogo es *The great British bake off*.

Derek engancha el dedo en el hombro de mi chaleco salvavidas (cosa que él, al parecer, ha optado por no ponerse hasta que entremos en el agua, ya que no lo aterroriza caerse por la borda, a diferencia de mí) y me gira para que me ponga frente a él. Lo abre con una mano y levanta la tela para dejar al descubierto unos centímetros de mi vientre.

—¡Eh! ¿Qué coño...?

—Y también quiero saber de dónde sale esto. —Su dedo roza la cicatriz que tengo en el lado derecho del abdomen. La que me quedó después de una operación hace cinco años.

Me vuelvo a tapar y lo fulmino con la mirada, no porque me sienta incómoda o porque sea pudorosa, sino porque aún no me he echado el protector solar y me voy a poner como una gamba.

—¿Qué te pasa ahora? ¿Por qué de repente necesitas saber estas cosas?

«Porque siente lo mismo que tú». Algo cambia. Algo se despierta.

La mirada de Derek arde.

—Porque eres... —Parece frustrado, no sabe cómo terminar la frase. Sus ojos vuelven a encontrarse con los míos—. Esta semana eres mi mujer, ¿no? Debería saber detalles importantes sobre ti. —No sé por qué, pero algo me dice que así no es como iba a acabar la frase en un principio, y eso me decepciona—. ¿Cuántos?

Pongo los brazos en jarra y respondo con tono de sospecha:

—Derek Pender, no estarás... No estarás montando en el tren de los celos hacia Ciudad Posesiva, ¿verdad?

—Es posible. Por favor, solo dime cuántos, Nora. Ahórrame el sufrimiento. —Parece tan obstinado. Tan resuelto. Tan posesivo y derrotado al mismo tiempo.

—No creo que quiera usted jugar a este juego, señorito. Y más teniendo en cuenta que solo han sido dos hombres, a diferencia de los millones de mujeres con las que usted ha estado.

Hace una mueca, pero no por la razón que yo creo.

—Joder, Nora. ¿Solo dos? Dos es mucho peor.

Me quedo con la boca abierta y se me escapa una carcajada. Miro por encima del hombro para asegurarme de que Kamaya y Alec siguen conversando con el capitán. Bajo la voz por si acaso.

—¿En qué mundo salir con dos hombres es peor que salir con tropecientas mujeres? —Niego con la cabeza—. Espera, no. ¡No estábamos juntos! ¡Ninguna de las dos cosas está mal! Tú tenías derecho a salir con quien quisieras y yo también.

Pasa por alto mi afirmación pragmática y se acerca para agarrar las hebillas de mi chaleco salvavidas y abrocharlo de nuevo.

—Dos es peor porque es muy específico. Dos significa que los llegaste a conocer bien y que lo más probable es que aún te acuerdes de ellos. —Todavía no ha soltado el chaleco salvavidas—. ¿Cómo se llamaban?

—Necesitas aprender modales.

—Por favor. —Sonríe—. Por favor, Galletita de Jengibre, ¿me puedes decir los nombres de los chicos con los que has salido?

Casi ahogo un grito al oír mi antiguo apodo saliendo de su boca. Me recorre un escalofrío de emoción.

Aun así, lo miro de reojo porque no me termino de fiar. Tiene ojos rabiosos y me preocupa que esté recopilando información para dársela a un asesino a sueldo.

—Liam y Ben.

—No… —Suena como el hombre más derrotado de la historia de la humanidad—. ¿Ben? ¿Saliste con un tío que se llamaba Ben? Que probablemente sea el diminutivo de Benjamin, claro. ¿Lo dices en serio? —Se aleja unos pasos y luego vuelve—. Mierda… Seguro que era un buen hombre, ¿a que sí? ¿Médico? Los Bens siempre son médicos o jugadores de béisbol.

Intento no reírme, pero no lo consigo. Resulta que a mi lado más oscuro le gusta ver a Derek celoso. Le gusta esta nueva energía que hay entre nosotros tanto como lo asusta.

—Era pediatra.

Suelta un quejido.

—¿Te acostaste con él?

Mis ojos se encienden en llamas.

—Vale, por aquí sí que no paso. Este es mi límite. —Hago ademán de dibujar una línea en el aire—. ¿Ves? Aquí está la línea. No puedes hacerme preguntas de este tipo.

—O sea que sí. Te acostaste con él. —Su angustia no es actuada, realmente está perdiendo la cabeza ahora mismo. Y, como resultado, yo también. Porque ¿qué demonios está pasando?—. Dios mío, tengo ganas de matar a alguien que ni siquiera conozco.

—¿Me estás tomando el pelo?

—Nunca he hablado más en serio.

—¿No crees que estás teniendo un poco de doble moral?

Se queda a escasos centímetros de mí.

—¿Es que tú no estás celosa? ¿No odias la idea de que alguien más se haya acostado conmigo? —gruñe, más desquiciado de lo que jamás lo he visto.

¡Pues claro que estoy celosa! Pero no quiero que él lo sepa. Y, francamente, tampoco quiero estarlo, ya que sé que tiene todo el derecho a besar, acostarse o enamorarse de quien quiera. Me gusta ser racional, pero nunca se me ha dado bien serlo cuando se trata de Derek.

—¿Soy el único que...? —Se debate entre terminar la frase o callársela.

Y entonces su mirada se desvía por encima de mi hombro y sonríe con amabilidad a Kamaya, que se acerca a nosotros.

—¿Todo bien, tortolitos? El capitán está listo, así que vamos a zarpar. Si queréis quedaros en esta parte y contemplar las vistas, Alec se va a quedar allí. —Lo señala a unos metros de distancia—. Os hará unas cuantas fotos bonitas. ¿Os parece bien?

—Me parece genial —respondo, aunque en realidad suena como el equivalente a tragar espinas de cactus.

Voy a tener que posar mientras finjo no tener miedo de caerme por la borda y hundirme en el fondo del océano.

El motor se acelera y también mi corazón cuando el barco empieza a moverse por el agua. Siento que debería haber algún sitio en el que sentarme, pero este barco no es de los que tienen asientos. Estamos en una enorme cubierta azul rodeada de una barandilla muy endeble (peligro) y abajo hay una cabina no muy grande con unos cuantos bancos, pero Alec nos los ha vetado nada más subir porque dice que las fotos mirando desde la proa del barco mientras navegamos serán mucho más espectaculares.

Apuesto a que Alec no ha contado con que mi mirada de terror también va a salir en esas fotos.

—¿Estás bien ahí, Nora? —pregunta Derek alzando la voz por encima del sonido del motor al verme la cara.

—¡Sí! —digo en voz alta y alegre al tiempo que levanto el pulgar, pero enseguida me arrepiento de haber soltado la barandilla y vuelvo a agarrarme como si mi vida dependiera de ello.

Da un paso para ponerse detrás de mí y su corpulento cuerpo me aprieta la espalda mientras me rodea la cintura con los brazos, estrechándome contra él. Miro hacia abajo y casi me atraganto al ver las pronunciadas venas y tendones que envuelven sus fuertes antebrazos. Antebrazos varoniles. Antebrazos de atleta.

Acerca la boca a mi oreja.

—Por casualidad no te dará miedo ir en barco, ¿no?

—No —me apresuro a contestar, y entonces el barco hace un movimiento un poco brusco al chocar contra una pequeña ola. Se me escapa un chillido—. Miedo no, pavor.

Derek cambia la forma de agarrarme y me sujeta con más fuerza.

—Estás a salvo. No dejaré que te caigas al agua —dice, y lo creo.

En el fondo de mi alma sé que, si este barco chocara contra un iceberg y empezara a hundirse como el Titanic, Derek no me soltaría. Y desde luego que, si me encontrara un trozo de madera flotante al que agarrarme, lo dejaría subir conmigo. «¡Había espacio de sobra, Rose!».

A lo lejos veo que Alec se acerca a la parte delantera del barco y nos apunta con la cámara, pero mi mente está demasiado ocupada en sentir la mano de Derek, que baja desde mi cadera hasta el muslo. No parece un movimiento indeciso o contenido. Le preguntaría si es parte de la actuación, pero... después de que haya admitido que está celoso de mis relaciones anteriores, no creo que lo sea.

No estoy del todo segura de lo que hago ni de por qué siento que se me va a salir el corazón del pecho ni de si esta es la peor idea del mundo. Pero me armo de valor y alzo la voz.

—Derek, no eres el único que está celoso.

Pero no me oye por el ruido de las olas.

—¡Tendrás que hablar más alto! ¡El motor hace demasiado ruido! —grita.

—¡No eres el único! —grito yo también—. ¡Tengo celos desde que te vi besar a una mujer en la puerta de tu casa la semana después de romper!

De repente Derek me gira para que lo mire. Tiene los ojos llenos de preocupación.

—Viniste a mi...

Pero el barco desacelera de pronto en el momento exacto en el que chocamos contra otra ola y el resultado es que el cuerpo de Derek se balancea contra el mío mientras mi cabeza se sacude en su dirección. Concretamente en dirección a su cara.

Yo chillo y Derek suelta un quejido. Cuando lo miro, se está agarrando la nariz con las dos manos.

—Dios mío, Derek, ¿estás bien? —le pregunto, pero cuando aparta las manos veo que no lo está. Le sangra la nariz.

Se da cuenta al mismo tiempo que yo y clava la mirada en mis ojos. Sabe lo que está a punto de ocurrir. Para entonces, el barco se ha detenido y nuestro valiente capitán ha anunciado por el intercomunicador que hemos llegado a nuestro destino. Aunque lo único que oigo es blablablá, porque, al ver la sangre, el mundo ha empezado a desvanecerse.

Derek dice mi nombre y se lanza hacia mí con la cara y la camisa manchadas de rojo, y entonces todo se vuelve negro.

# 27

## Nora

Había tanta sangre en el barco (y en Derek) que nos han llevado de vuelta al resort. Por no mencionar el hecho de que me he desmayado y he asustado a todo el mundo. Kamaya ha insistido en que regresáramos para que la enfermera del hotel le echase un vistazo a la nariz de Derek y se asegurase de que no está rota. Por suerte, yo no he sufrido ninguna contusión porque Derek me he agarrado antes de que me cayera.

Su nariz y mi cerebro están bien, pero mi orgullo está hecho trizas. He montado una escena. Una de tales dimensiones que todo el grupo ha tenido que reprogramar el día de la excursión para adaptarse a lo sucedido. La gente ha sido bastante amable, pero se ha notado que no les hacía gracia el cambio de planes.

Por supuesto, justo cuando me animo a ser vulnerable, le doy un cabezazo en la nariz, casi hago que se desangre en un barco y luego me desmayo como una dama del siglo XIX a la que le aprieta demasiado el corsé. Y con una cámara presente que, además, lo ha captado todo. Quiero llorar.

«Aquí está la prueba de que Nora Mackenzie (Pender) realmente es una exagerada».

Derek está ahora en la ducha (limpiándose la sangre) y yo estoy tumbada en la cama, cuidando de mi magullado ego y preguntándome si el universo intenta decirme que tengo que cerrar el pico. Que lo que Derek y yo tuvimos es cosa del pasado y que ahí es donde se debe quedar, enterrado. Sin mapas ni equis que marquen dónde se encuentra escondido.

Aunque lo más probable es que ahora mismo eso sea irrelevante. Hoy Derek ha probado lo que sería volver a salir conmigo; dudo que tenga ganas de repetir.

Sin embargo, en ese momento se abre la puerta del baño y aparece un hombre enorme de pelo moreno con un montón de vapor a su alrededor y una toalla diminuta ceñida a la cintura como única prenda de vestir, y de repente lo que diga el universo me la refanfinfla. Se nota que la toalla se aguanta por los pelos y tengo a todo un equipo de animadoras dentro de mi cabeza esperando que se caiga.

—Perdón. Me he olvidado la ropa —dice, y yo me quedo mirando la línea de pelo que baja por su musculoso abdomen y desaparece debajo de la toalla.

Desvío la mirada hacia el techo de forma brusca.

—Ajá. No pasa nada.

Hay un silencio sepulcral que solo se interrumpe por el sonido de los pies desnudos de Derek caminando sobre la moqueta, recordándome que está aquí y que compartimos habitación y que hay gotas de agua descendiendo sensualmente por su columna vertebral. Joder, hasta oigo el roce de la toalla contra sus muslos. Oigo cómo abre la maleta y cómo algo de tela sube por sus piernas. ¿Los calzoncillos? ¿Se ha quitado la toalla aquí mismo? ¿Debería mirar? No. Sería de mala educación.

Miro de reojo y veo que está casi del todo vestido, de espaldas a mí, pero sigue sin camiseta y ahora lleva unos pantalones de chándal negros ajustados. Madre del amor hermoso. Veo cómo se le mueven los músculos cuando levanta una camiseta y se la pone, seguida de una sudadera con capucha de los Sharks que parece tan cómoda que me dan ganas de meterme dentro con él.

Se da la vuelta y me pilla mirando antes de que pueda disimular. Con cara de culpa, me dejo caer sobre la almohada y cierro los ojos.

—¿Qué haces? —pregunta en un tono divertido.

Mis párpados permanecen cerrados.

—Dormir. Estoy agotada después de drenarte tanta sangre, así que creo que voy a echarme una siesta.

Hay silencio durante un rato, pero poco después doy un respingo al sentir la mano de Derek tocándome la frente. Abro los ojos y lo veo de pie junto a la cama.

—¿Estás enferma? —Lo pregunta en serio.

—No lo creo. —Aunque sí que siento que estoy a punto de ponerme a llorar.

—Nunca te he visto echar una siesta.

Levanto una ceja.

—Bueno, para ser justos, hemos estado muchos años sin saber el uno del otro. A lo mejor ahora me echo la siesta todos los días.

—¿Lo haces?

Me niego a mostrar lo consciente que soy de que no haya apartado la mano enseguida. En vez de eso, ahora me pasa los dedos por el pelo y me lo aparta con cuidado de la cara para metérmelo detrás de la oreja.

Tiemblo un poco. A lo mejor sí que tengo fiebre.

—No. No duermo la siesta desde que tenía doce años. Pero... estoy cansada. Ha sido un mes de locos y me siento patética por haberme desmayado en el barco y... Creo que... Creo que necesito una siesta de verdad. —Me tiembla la voz.

Nada de bromas. Nada de juegos esta vez. Solo pura honestidad porque todo me está pasando factura y estoy agotada. Necesito reiniciar el sistema para que cuando despierte ya no me sienta tan avergonzada ni sobrepasada por lo que siento por Derek.

Necesito calmarme y no empezar a buscarle significado a que haya dicho que está celoso. A que me esté acariciando. A la posibilidad de que considere volver a intentarlo conmigo, cuando la realidad es que sería una idea terrible.

Derek se queda mirándome unos segundos, aprieta la mandíbula una única vez y se va hacia su lado de la cama. Me apoyo en los codos y observo todos sus movimientos.

—¿Qué haces?

—Voy a dormir la siesta contigo.

Se me escapa una risa nerviosa.

—¿Qué? ¿Por qué? —Eso desde luego no va a ayudarme a reiniciar.

Levanta el edredón y se mete debajo.

—Porque me parece un buen plan. En mi día a día nunca tengo oportunidad de echarme una siesta. Así que voy a aprovechar el momento.

—Vale —contesto escéptica mientras me recuesto lentamente sobre la almohada.

Volvemos a quedarnos en silencio y lo único que oigo es el suave sonido de nuestras respiraciones y el movimiento de las sábanas de vez en cuando. Las cortinas están abiertas, así que en la habitación entra luz y calor. Se está bien.

—Perdón por lo de tu nariz —digo en voz baja— y por el espectáculo que he dado.

—¿Qué más da si hemos dado un espectáculo? Me importa más que no te hayas llevado un golpe en la cabeza.

Me falta el aire. Las emociones me obstruyen la garganta al comprobar lo liberador que es que no te traten como una molestia por algo que no se puede controlar.

—Porque me cogiste a tiempo. A pesar de que te había hecho daño y te sangraba la nariz.

Levanta un brazo por encima de la cabeza.

—Deja de pintarme como un héroe. Mi nariz está perfecta. —Se le escapa una breve risotada burlona—. He tenido heridas mucho peores.

Me pongo de lado y meto la mano bajo la almohada para mirarlo. Está tumbado boca arriba, con el brazo del tatuaje que no distingo por encima de la cabeza, oculto, y los ojos cerrados.

—¿Tuviste miedo aquel día en el campo cuando te rompiste el tobillo?

Hace un leve gesto de dolor y me arrepiento de haberlo soltado así. Sus ojos se abren y se cruzan con los míos. Inclina la cabeza hacia mí.

—Mucho. —Hace una pausa y vuelve a mirar al techo—. Aún recuerdo el sonido que hizo. El hueso partiéndose. Pensé que ahí acababa mi carrera. Que nunca volvería a jugar y que todo iba a desaparecer sin poder siquiera mentalizarme antes.

No le digo que yo estaba en la grada ese día. Que lo vi caer y no levantarse y estuve a punto de vomitar. Y luego esos momentos tortuosos en los que tuve que presenciar cómo se lo llevaban en camilla para después refrescar el teléfono una y otra vez hasta saber qué tipo de lesión tenía. Fue un infierno. Quería estar a su lado. Quería cogerle la mano.

Supongo que es ese recuerdo el que me hace buscar ahora su mano bajo el edredón. Cuando choco el dorso de mis nudillos contra los suyos, sus ojos se mueven rápidamente hacia los míos y, por un momento, se queda congelado. Yo apenas puedo respirar. Y entonces, con suavidad y dulzura, alza los dedos para que nuestras manos se entrelacen.

Vuelvo a cerrar los ojos y dejo que el calor que nos envuelve me arrulle y me relaje de una forma que no suelo experimentar.

—Nora… Tenemos que hablar de lo que ha pasado en el barco antes de que empezara a desangrarme por la nariz.

Gruño con los ojos cerrados.

—¿Es necesario? —Se me ha pasado toda la adrenalina y ahora me arrepiento de haberme mostrado vulnerable.

—Sí. Lo es. —A continuación me gira la mano para que quede con la palma hacia arriba. Con el dedo índice, empieza a pintar líneas sobre cada dedo. Siento un cosquilleo con cada trazo—. Por favor, cuéntame lo de ese día.

Es... sexy. Y de alguna manera también dulce. También una muy muy mala idea. Pero funciona para distraerme y que no me dé tanto miedo decir la verdad.

—La semana después de romper fui a tu casa. Acababas de volver de una cita y parecía que os lo estabais pasando muy bien, así que me escondí detrás de una esquina. —Su dedo hace una pausa, probablemente porque sabe lo que viene, ya que se lo he confesado antes en el barco—. Luego vi a una mujer preciosa con un vestido increíblemente corto besarte. En los labios. Y tú le devolviste el beso, así que me fui.

Sigo sin abrir los ojos. No me veo capaz de soportar lo que exprese su cara. ¿Lástima, tal vez? ¿Vergüenza? Sea lo que sea, no quiero verlo. Solo quiero estar aquí tumbada y sumergirme en la sensación de sus dedos recorriéndome la piel como si nada malo hubiera pasado.

—¿Por qué fuiste a mi casa? —pregunta con una voz más suave que el terciopelo.

Respiro hondo y decido que el mejor momento para decir la verdad es siempre el presente.

—Porque... te echaba mucho de menos y quería verte. Sentía que había cometido un error y quería arreglarlo. —Hago una pausa cuando noto que me vuelve a invadir el dolor—. Sé que no tenía derecho a sentirme dolida porque fui yo quien rompió contigo, pero me hizo mucho daño ver lo rápido que superaste lo nuestro. Lo fácil que te resultó reemplazarme.

Exhala de forma brusca y su dedo se mueve hacia mi palma. Ahora está dibujando un patrón.

—Pero entonces —continúo— llegué a la conclusión de que aquello era buena señal, que habías salido adelante y eras feliz, así que consideré que yo debía hacer lo mismo.

Se queda tanto tiempo en silencio que al final me pica la curiosidad y abro los ojos. Su expresión no es de lástima ni de vergüenza, es algo completamente distinto. Algo parecido al alivio.

En este instante me doy cuenta de que la forma que ha estado dibujando en mi palma es un corazón. Una y otra vez. Como solía hacer.

—Ojalá hubieses esperado un segundo más antes de marcharte, Nora.

—¿Por qué? —Tengo el corazón acelerado.

—Porque, si te hubieras quedado, habrías visto que en realidad no lo había superado. Sigo sin... —Se detiene.

—¿Sigues sin qué, Derek? —«Dilo. Sea lo que sea, ¡dilo!».

Exhala un largo suspiro, su dedo sigue moviéndose sobre mi palma, aunque ni siquiera estoy segura de que sea consciente.

—Aquella noche no te quedaste lo suficiente para ver cómo me alejaba de ella y le decía que no podía invitarla a entrar porque aún no estaba preparado. —Hace una pausa mientras mi mente intenta frenéticamente aferrarse a esta información como si fuera un trozo de madera a la deriva en medio del océano—. No fui capaz de hacerlo —prosigue—. Todavía no había superado nuestra ruptura. No me acosté con ella, Nora. Ni con nadie más durante mucho, muchísimo tiempo. Dos años, para ser exactos. Aunque de cara a la galería intentaba aparentar que estaba mejor para que mis amigos y mi familia no se preocuparan, no había superado nuestra ruptura. Al perderte, me perdí a mí mismo. —Esboza una sonrisa triste—. No eres ni mucho menos fácil de reemplazar.

La mano de Derek va desde mi palma hasta la muñeca y tira de ella con cuidado. Mi cuerpo no se resiste y me acerco a él. Sé que deberían sonarme todas las alarmas, pero en mi cabeza no se oye nada. Alguien las ha arrancado y enterrado bajo tierra.

Se pone de lado, de cara a mí, y pasa el brazo por mi costado para apoyar la mano en la espalda. Me arqueo hacia él y siento un remolino de calor que se instala en mi interior y se va extendiendo. Se me cierran los ojos cuando siento su aliento en el cuello. Percibo el aroma a jabón de su piel y, cuando quiero darme cuenta, mi pierna está sobre su muslo y noto la presión de sus caderas. Reprimo un gemido. Su boca desciende por mi cuello dándome besos suaves y pacientes, pero su mano va bajando hasta mi culo para darle un buen apretón. No sé lo que está pasando y tampoco me importa, porque la mano de Derek está…

Suena un golpe fuerte y firme en la puerta y me catapulto fuera de la cama y lejos de Derek, como si nos hubiesen pillado en plena faena.

—¡Servicio de habitaciones! —grita alguien desde el otro lado de la puerta.

Derek se queda tumbado, sorprendido por mi repentina reacción de animal asustado, hasta que su risa resuena en el aire. Aprovecho el interludio en el que se lo está pasando pipa para ir hasta la puerta y alzar un poco la voz para decir que hoy no necesitamos servicio de habitaciones. Luego vuelvo a la cama y le tiro una almohada a la cabeza a Derek, que sigue riendo.

Se limpia los ojos.

—¡Has puesto una cara!

—¡Basta! —me quejo riéndome un poco yo también—. Ha sido un día traumático para mí, ¿vale? Y eso —digo haciendo un gesto hacia lo que acabamos de hacer en la cama— ¡ha sido un error!

Porque así es. Tiene que serlo. Por mucho que me divierta con él, por mucho que me guste su sonrisa, por mucho que me haga sentir fuegos artificiales, por mucho que lo respete por pararse a hacerse fotos siempre que alguien lo reconoce, por mucho que me cuidara incluso cuando se suponía que me odiaba, por mucho que... Espera, estoy perdiendo el hilo. ¿Adónde quería llegar? Ah, sí: error.

Porque cuando quitas todas las mentiras de esta falsa luna de miel, no somos nada el uno para el otro, aparte de personas que tendrán que trabajar juntas cuando volvamos a casa. No podemos permitirnos darnos besitos para pasar un buen rato.

Derek está sobrio ahora.

Su risa se apaga y se sienta con el ceño ligeramente fruncido.

—¿Crees que ha sido un error?

—¡Sí! No podemos besarnos así teniendo en cuenta nuestra situación. Lo complicaría todo y después no sabríamos dónde está el límite y... No puede volver a pasar y punto. Al menos en privado.

Inclina la cabeza.

—¿En privado? —pregunta con una chispa de curiosidad.

«Sí, has oído bien la palabra clave, Derek».

—Quiero decir... Imagino que esta semana tendremos que... darnos muestras de afecto en público en algún momento. Y no tengo ningún inconveniente, pero aquí dentro —paso la mano por encima de las sábanas en un gesto en plan serio— nada de muestras de afecto. Solo hablar.

—Para tener claros los límites.

—Exacto, claros como el agua.

Se me queda mirando un instante y luego sonríe, aceptando el desafío. «Empieza el juego».

# 28

# Nora

—Muy bien, tortolitos, queremos que esto sea divertido y que no os quite demasiado tiempo hoy, y esperamos que no acabe con la nariz de Derek chorreando sangre y Nora desmayándose —dice Kamaya con una risita. No puedo evitar reírme yo también, porque la vergüenza se me ha pasado y ahora solo me queda una gran anécdota para los eventos sociales—. Así que hemos pensado que sería buena idea haceros fotos jugando juntos en la playa. Suena fácil, ¿no? —Esboza una sonrisa alegre. Está descalza en la arena junto al imperturbable Alec.

Pero no. No suena fácil. Y, hasta este momento, me he prohibido a mí misma pensar en que me van a hacer fotos. No pretendo ser modesta cuando digo que no soy fotogénica. En el instante en que el objetivo de una cámara me apunta, me olvido de actuar como un ser humano. Se me pone la espalda rígida, empiezo a sudar y mi sonrisa recuerda a la boca de un depredador infectado por la rabia. He sido así toda la vida y me pregunto si Derek se acordará. En mis redes sociales solo hay fotos artísticas de mi mano sosteniendo una taza de café o de mis pies con calcetines calentitos y monos. Todo el mundo da por hecho que es porque intento ser misteriosa y creativa. No. Es porque parezco un payaso en medio de una casa abandonada cuando la cámara me captura.

—¿Por qué no os ponéis ahí, justo delante de las olas, y os hacéis ojitos con esas caras de enamorados que teníais ayer en el barco?

Derek y yo nos miramos y nuestra expresión denota que estamos preguntándonos lo mismo: «¿Ayer nos mirábamos con cara de enamorados?». Aunque mi cerebro se centra más bien en: «¿Él me miraba con cara de enamorado?». Cada vez más señales apuntan a que Derek siente algo por mí. Y el problema es que yo está claro que siento algo por él. No debería sorprenderme, porque una parte de mí nunca ha dejado de quererlo. Pero hay una diferencia entre sentir algo por el chico con el que saliste cuando eras más joven y que el hombre que es ahora te guste de verdad. Es peligroso. Lo complica todo.

Derek y yo empezamos a caminar hacia el agua cuando la voz de Kamaya nos detiene:

—Ah, eh…, perdón por pediros estas cosas, chicos, pero… —Esboza una sonrisa de disculpa—. ¿Os importaría quitaros el pareo y la camiseta?

Dios mío.

No solo no había tenido en cuenta que me harían un montón de fotos esta semana, sino que tampoco consideré que en las fotos saldría en traje de baño. Y luego esto se va a publicar en una revista. Qué bien. Qué divertido.

—¡A sus órdenes, capitana! —respondo—. Pero con una condición. Verás, tengo celulitis en la parte de atrás de las piernas y estrías en la cara interna de los muslos…

—¡Ah, no te preocupes! Un poco de Photoshop y listo.

—No. No me refiero a eso. Tengo celulitis y no quiero que se retoque. Si vais a poner mi cuerpo en una revista, quiero que sea el mío de verdad. Quiero que las mujeres se sientan identificadas al ver la foto. —Otra cosa que me enseñó mi madre: quiere a tu cuerpo, se esfuerza mucho por ti todos los días de tu vida.

—Vaya. —No sé si está impresionada o si ya está temiendo

al equipo de hombres al que tendrá que enfrentarse en mi nombre cuando intenten editarme el cuerpo—. Me encanta, Nora. Trato hecho.

—Gracias.

Asiento con la cabeza, me desprendo del pareo y lo dejo en la tumbona. Me pongo el sombrero, me quito la coleta y me suelto el pelo. Me lo peino con los dedos varias veces con la esperanza de que parezcan ondas naturales de esas que salen cuando te bañas en el mar y no el pelo de un mapache que acaba de salir de un contenedor. Entonces me doy la vuelta.

Derek me está mirando. Muy fijamente, además.

Sus ojos recorren sin pudor cada centímetro de mi cuerpo. Y, oye, no es que no me guste mi cuerpo. Es un buen cuerpo y he tardado años en aceptar que tengo permitido amarlo aunque los medios de comunicación me digan que no está a la altura de lo que se espera. Simplemente ya no me importa porque soy feliz y me niego a pasarme el día odiándolo porque alguien en su día decidió que lo correcto era tener una cintura minúscula, un culo enorme y unos pechos gigantes. Mi cuerpo es blandito y curvo en algunas partes y plano en otras, y es perfecto.

No obstante, la forma en que Derek me mira en este momento me hace sentir como si mi cuerpo fuera el estándar con el que todos los demás cuerpos deberían ser juzgados. Como si fuera un billete a la felicidad eterna. Como si fuera una diosa del Olimpo. Y en ese instante me doy cuenta de que nadie ha apreciado mi cuerpo como Derek.

Con él mirándome así, estoy segura de que cada centímetro de mi ser se está volviendo igual de rosa que el biquini que llevo. Se supone que no debe mirarme así. ¡Se supone que estamos casados, por el amor de Dios! Ya debería ser al menos un poco inmune a mis encantos. En vez de eso, parece que, si me arrimo más, me va a dar un mordisco.

Arrastra los ojos hasta mi cara y tarda un segundo en volver a la realidad. Después se lleva las manos a la cabeza y se quita la camiseta. Y ahora me toca a mí ahogarme en un charco de deseo. Qué bueno está. Recorro con la mirada ese cuerpo fuerte y admiro no solo su figura, sino el trabajo y la determinación que hay detrás. Su piel bronceada ya está brillando con una leve capa de sudor que resalta sus enormes hombros y sus pectorales bien definidos. Es todo fuerza y músculo. La cálida brisa del océano le despeina el pelo. Este hombre no solo tiene unos abdominales gloriosos, sino también unos oblicuos totalmente visibles a ambos lados de su torso, y...

«Espera».

Se pasa la mano por el pelo y deja al descubierto la parte interior del bíceps. Me fijo en ese pequeño tatuaje negro que nunca he llegado a ver del todo bien. Y, por primera vez, soy capaz de identificar qué es esa mancha de tinta escondida en su brazo. Es una letra.

«N».

Bien podría ser un cartel de neón por la forma en que mi atención se centra en esa letra.

Derek se da cuenta de que estoy inspeccionándola, pero esta vez no intenta ocultarla.

—¿Estás lista? —pregunta al cabo de un momento, bajando lentamente el brazo y atrayendo mi atención hacia su cara. Señala el mar con la cabeza.

Detrás de nosotros oigo a Kamaya susurrarle a Alec que parece que estemos a punto de arrancarnos el bañador aquí mismo, en medio de la playa. Derek también los oye y me mira con una sonrisa casi de disculpa.

Cuando llegamos al agua, nos giramos para mirarnos, y entonces cometo el error de desviar la vista hacia Alec. Veo el angustioso objetivo apuntando a nuestras caras y el pánico se apodera de mí. Intento sonreírle a Derek. No queda nada natural.

—Em... —Alec baja la cámara—. Nora, prueba a sacudir los brazos con fuerza un segundo.

Lo hago, pero no resulta. En vez de eso, ahora soy hiperconsciente de mis brazos. Soy una muñeca Betty Spaghetty de los noventa y mis brazos son como unos fideos flácidos.

Kamaya interviene para ayudar.

—¿Qué tal si... haces como si exhalaras una sonrisa, Nora? Quizá mejor si pones la mano en el pecho de Derek, como si te inclinaras para besarlo.

Es posible que me esté moviendo a cámara lenta mientras levanto la mano y la poso sobre las duras líneas del pecho desnudo de Derek. En cuanto noto el calor de su cuerpo, me enciendo.

—Esto no funciona, Derek —digo retirando el brazo—. No puedo hacerlo. Me siento más incómoda que la vez que fui a Starbucks y después de pedir me di cuenta de que tenía un envoltorio de tampón pegado a la camiseta. —La verdad es que el que parecía más incómodo era el camarero que me tomó el pedido. Pobre hombre—. Ambos sabemos que soy incapaz de salir bien en las fotos por mucho que...

De repente, los brazos de Derek me rodean la cintura y me aprieta contra él, tanto que tengo que doblar la espalda para mirarlo a la cara. Todo mi cuerpo está en contacto con el suyo y no puedo respirar. Sus ojos son tan oscuros como las profundidades del océano.

—Deja de darle tantas vueltas y diviértete conmigo, Nora.

Pienso que va a besarme hasta que, de repente, se agacha aún más y me levanta las piernas para después empezar a meterse en el agua.

—¡Derek! —Chillo y pataleo—. ¡Todavía no puedo meterme a nadar! ¡No me he puesto la crema solar! —Ni siquiera es una excusa barata, es que no puedo estar mucho tiempo al sol sin protección o me tendrán que tratar las quemaduras con un extintor.

Consigo dar una buena patada y zafarme de su agarre. Caigo de pie y veo que las olas me llegan a los tobillos. No tardo ni un segundo en echar a correr, abriéndome paso a través del agua y la arena con el objetivo de alcanzar mi bolsa, que está en la tumbona y es donde guardo la crema solar, pero en realidad solo intento huir de la alegría desmesurada que me invade. Vuelvo a tener miedo. Miedo de querer tanto a alguien. Miedo de reconocer que ha habido un cambio entre nosotros. Miedo de meter la pata, o de que él meta la pata, y de que acabemos con el corazón roto justo cuando mi carrera empieza a ir por donde yo quiero.

Pero a la vez… «¿Y si no sucede nada malo? ¿Y si… todo es maravilloso?».

Miro por encima del hombro y veo a Derek corriendo detrás de mí. Su cuerpo largo y sus estructurados músculos se flexionan a cada paso.

—Ven aquí —me grita.

No puedo correr bien por la risa y me tropiezo con la arena cada pocos pasos.

Tarda dos segundos en atraparme. Me rodea la cintura con los brazos y me tira al suelo con cuidado, llevándose él la peor parte de la caída. Me retuerzo de risa hasta que quedamos cara a cara. Está tumbado sobre mí, pero su antebrazo y sus piernas son las que soportan la mayor parte de su peso.

Me aparta el pelo de la cara y me coge por la nuca.

—Eres rápida. ¿Te has planteado alguna vez dedicarte al fútbol? —me pregunta con una sonrisa que me deja desarmada.

Nada de esto parece actuado.

—No quisiera darle el disgusto de ser mi rival a nadie.

—Muy considerado por tu parte.

A lo lejos, me doy cuenta de que Alec nos está haciendo fotos y de que tengo arena caliente pegada a los brazos y las piernas. Voy a estar sacándome granitos de arena del pelo durante semanas, pero, por una vez, nada me importa más que este momento. Nada que no sea Derek mirándome a los ojos ni el peso de su cuerpo sobre el mío.

Los granos de arena se convierten en purpurina. Todo es magia.

—Estamos en público —dice lo bastante bajo como para que solo yo lo oiga—. ¿Puedo besarte?

Noto que el estómago me da un vuelco.

—Puedes.

Pero parece que no se refería a la boca, porque responde inclinándose y rozándome la clavícula con los labios. Respiro hondo por el cosquilleo que me invade.

—Me alegro de que les hayas dicho que no pueden retocarte en las fotos. —Se queda quieto en ese punto y pellizca el tirante del biquini con los dientes, como si no pudiera resistirse—. Porque alisar cualquier parte de tu precioso cuerpo sería deleznable.

«Uf».

Mi cuerpo es como de plastilina bajo sus labios. Noto la piel tan sensible. Puede que solo esté montando una escena para Alec, pero algo me dice que no es así. En cualquier caso, mis neuronas no están operativas y soy incapaz de preocuparme por algo que no sea hundir los dedos en la parte posterior de su cabello bañado en oro. Levanto la rodilla, apoyando el pie en la arena, y la mano de Derek enseguida me coge la parte exterior del muslo.

La cámara de Alec hace clic frenéticamente y el sol, justo detrás de la cabeza de Derek, brilla tanto que tengo que cerrar los ojos. Es un instante maravilloso. De pura felicidad.

—Derek, ¿puedo hacerte una pregunta personal?

—Claro. —Me besa la otra clavícula, lo que hace que me resulte muy difícil concentrarme en lo que quiero decir.

—¿El tatuaje que tienes en el brazo es una ene?

Se aparta lo suficiente para mirarme. Las olas rompen contra nuestros cuerpos y el sol detrás de su cabeza me resulta casi cegador cuando lo miro a los ojos. El azul de sus iris rivaliza con el cielo.

—Sí —se limita a responder.

Siento mariposas en el estómago.

—¿Y esa ene viene de... Nora?

Aprieta la mandíbula antes de esbozar una leve sonrisa. Su mano se desliza hacia mi rodilla y después vuelve a descender por el muslo, como un esquiador profesional en una pendiente traicionera. Estudia mis labios y yo pienso que probablemente recordaré este momento y la sensación de tener el sol de frente y el romper de las olas y la mirada de ternura que veo en los ojos de Derek durante el resto de mi vida.

—Sí —dice—. Me lo hice por ti.

La palabra «atónita» se queda corta.

—Pero... ¿cuándo?

Vuelve a bajar la cabeza y respira contra la piel de mi cuello y mi oreja.

—La semana después de dejarlo. O, más concretamente, el día después de que me vieras besar a esa mujer en la puerta de mi casa.

—¿Por qué? Y más después de hacerte daño. ¿Por qué mi inicial?

—Porque con independencia de cómo hubiese acabado, necesitaba una forma de demostrar que había existido. —Pronuncia las palabras con la boca a pocos milímetros de la mía—. Me daba miedo olvidar lo que habíamos tenido. El tatuaje fue una manera de admitir que habías sido importante para mí y que siempre formarías parte de mí por mucho tiempo que pasara.

No sé qué decir. Cómo expresar que mi corazón se siente a la vez afligido y alegre. Y él no me obliga a encontrar las palabras.

El pulgar de Derek me recorre la mandíbula hasta llegar a la comisura de los labios. Entonces baja la cabeza y por fin nuestros labios se rozan. Mi cuerpo exhala.

Oigo el débil clic de la cámara de Alec unas cuantas veces antes de que se deje de escuchar. Alec le susurra en voz alta a Kamaya que es mejor darnos un poco de intimidad.

Seguramente porque este no es un beso dulce. No es como el roce accidental de labios que intercambiamos en la cocina de Derek. Desde el instante en que su boca me ha tocado, el beso me consume. Son años y años de anhelo, de añoranza y de necesidad.

Le rodeo el cuello con los brazos y tiro más de él hacia mí porque lo quiero lo más cerca posible. Es más una necesidad que otra cosa. Mueve la mano para acunarme la nuca e inclinarme la cara para conseguir un mejor ángulo.

Cuando su lengua pasa con sumo cuidado por mi labio inferior, pidiéndome permiso, me desato. Abro la boca y nuestras lenguas se encuentran, despertando un intenso deseo en mis entrañas. Le acaricio la dura espalda con las manos, deleitándome con la textura de la arena mezclada con sudor. Atrapo su labio inferior con los dientes y succiono. Derek gime y yo siento la imperiosa necesidad de oír más ese sonido. Lo quiero todo. Quiero verlo deshacerse por completo sabiendo que soy yo la causa.

Por desgracia, me quedo con las ganas porque, un segundo después, Kamaya se acerca aclarándose la garganta.

—Em… Perdonad, chicos, pero me siento obligada a deciros que estáis acaparando un poco más de atención de la que creo que os interesa.

Derek aparta la boca y mira hacia la playa, donde, efectivamente, hay unas cuantas personas haciéndose sombra con las manos para vernos.

—Mierda. Perdona, Nora. Ha sido….

—Increíble —digo tocándole la cara para que sepa que no me arrepiento. No me arrepiento lo más mínimo.

# 29

## Derek

Este momento de cada noche, cuando Nora sale del baño después de lavarse los dientes, me da la vida, porque está adormilada y relajada, y la sonrisa que me lanza cuando me ve en el sofá es tan... íntima. Es un brevísimo segundo en el que el tiempo no ha pasado y seguimos siendo dos jóvenes locamente enamorados y con toda la vida por delante.

Y, no sé, quizá sigamos siendo esas personas.

La puerta se abre y ahí está, con unos pantalones de pijama cortos y negros, una sudadera extragrande y esa sonrisa soñolienta en los labios. Dios, qué guapa es. Sexy, curvilínea y pecosa.

He besado a esa mujer esta mañana, la he besado y ella me ha devuelto el beso. Y no ha tenido nada de falso. No ha sido para aparentar. Si hay algo que sé con certeza es que Nora es una mala actriz y una mentirosa aún peor, por eso estoy seguro de que lo que le vi en los ojos en ese instante, lo que sentí en su beso, fue real. Es una de las señales que los chicos me dijeron que buscara, y la ha encontrado.

¿Que quizá no fuera el mejor lugar para compartir un beso tan apasionado? Es probable. Pero no me arrepiento en absoluto. Estábamos tumbados en la playa, ella tenía arena en el pelo y el sol le doraba la piel, así que no pude evitarlo. La deseaba. Aún la deseo. Es muy posible que me pase la vida deseándola.

Pero no es solo en un sentido físico. La deseo como mi mejor amiga, mi persona favorita con la que hablar, con la que estar a las duras y a las maduras. Quiero mucho más con ella que ese único beso en la playa.

El problema viene si ella no quiere lo mismo. Porque, con límites claros como el agua o sin ellos, va a ser difícil volver a una relación laboral normal después de todo esto. Ahora bien, que nadie dude que, si eso es lo que ella desea, lo haré. Porque he decidido que vivir una vida en la que Nora no es más que una amiga platónica con la que trabajo es mucho mejor que una vida sin ella.

Me parece que ella también está analizando todas estas potenciales implicaciones y los pros y los contras. Porque, después del incidente de la playa y de la bomba sobre el tatuaje de la N que acababa de soltarle, decidió no volver conmigo a la habitación. O sea, sí volvió, pero el tiempo justo para cambiarse de ropa y meter unos cuantos libros en una bolsa de tela; luego se inventó una excusa torpe acerca de que le apetecía ir a leer junto al mar y disfrutar de la vida desconectada. En otras palabras, estaba confusa y quería evitarme para recomponerse.

Pasar el día separados ha estado bien. He tenido tiempo para procesar mis sentimientos mientras entrenaba en el gimnasio del resort. Para repasar todas y cada una de las puñeteras palabras que había pronunciado ahí fuera y decidir si había merecido la pena decirle la verdad. No me arrepiento. Si acaso, me siento aliviado. Hay una parte de mí a la que sigue preocupándole que Nora termine huyendo. Que quizá salga a tomar un café y luego me mande un mensaje diciéndome que en realidad se ha ido al aeropuerto y que ya no puede seguir con esto. Pero, aunque eso suceda, no me arrepentiré de haberle dicho la verdad y de haberla besado como lo hice.

En cualquier caso, el hecho de que Nora haya vuelto esta tarde me ha ayudado. Hace un rato entró por la puerta, esbozó una sonrisa suave y después se fue ducharse.

Y aquí estoy, tomándome una infusión de manzanilla caliente y cayéndome mentalmente de culo al ver a Nora salir del baño. Aunque, cuando se da la vuelta para apagar la luz, hace un gesto de dolor.

—¿Qué te pasa?

Me siento más erguido en el sofá y dejo la taza.

—Nada. —Se acerca al sofá y se sienta, pero en el extremo contrario. Lejos. ¿Es una mala señal? ¿La habrá llevado su reflexión en la playa a un resultado opuesto al mío?—. ¿Qué estamos viendo? ¿SportsCenter? ¡Sube el volumen!

—Nora.

—Derek, déjalo. Estoy bien. Todo va bien. Sube el volumen, por favor —dice en un tono cortante.

No está enfadada conmigo. Es solo que esta mujer odia que la gente se preocupe y se tome molestias por ella. Recuerdo que una vez tuve que cuidarla mientras tenía la gripe y, cada vez que la obligaba a tomar un medicamento, creía que iba a cortarme la cabeza. Y ahora es su crispación hacia mí lo que me dice que algo está incomodándola de verdad.

No tengo más remedio que dejarlo estar, así que subo un poco el volumen. Como no podía ser de otra manera, en cuanto lo hago, mi cara aparece al instante en la pantalla. Ambos nos ponemos tensos, pues la intuición nos dice que están a punto de ponerse a comentar nuestra boda en televisión, pero ni siquiera tocan el tema. Los dos presentadores se dedican más bien a debatir todos los potenciales inconvenientes de mi regreso a los Sharks tras la lesión.

—No sé, Blake, ¿de verdad crees que lo pondrán de titular? Está claro que Derek era un magnífico ala cerrada antes de la lesión, pero ahora tiene ya treinta años, y a esa edad cuesta más recuperarse de las cosas. A ver, ¿cuántos jugadores hemos visto regresar de una lesión así y jugar ni la mitad de bien que antes? —dice uno de los presentadores.

—Muy pocos —responde el otro locutor—. Y más ahora, sabiendo el increíble suplente que los Sharks han tenido sentado en el banquillo. Al final de la temporada pasada, Collin Abbot tuvo un espectacular estreno como novato: cinco recepciones impresionantes, que sumaron un total de ciento veintiuna yardas, y dos ensayos.

—A pesar de lo mucho que me gustaría que Pender volviera en plena forma, no me parece probable.

La televisión se apaga. Cuando giro la cabeza, veo a Nora soltando el mando a distancia.

—No dejes que esos payasos te rayen. Sí, Collin es un buen jugador. —Sonríe con suficiencia—. Pero tú eres mejor.

El pulso me inunda los oídos.

—Aun así, tienen razón. Me estoy haciendo viejo para el mundo de los deportes. Abbot es una apuesta más segura.

—Tienes treinta años, Derek. Estás hecho un robusto chavalín.

Me da un golpecito con el pie, pero no me río.

No puedo reírme porque siento una opresión en el pecho que me impide respirar. Mire adonde mire hay alguien diciéndome que voy a fracasar. Que mi carrera profesional, que no solo me encanta, sino con la que además he crecido, se ha acabado.

Aparto la mirada, pero Nora se aproxima al instante. Se acurruca a mi lado y me pone una mano en la mandíbula para hacerme volver la cara.

—Oye, ¿qué pasa? ¿Qué es lo que no me estás contando?

No es justo que utilice su suavidad de esa manera contra mí. La miro una vez a los ojos, me roza la mejilla con el pulgar una única vez, y me derrito por ella. Todos mis secretos mejor guardados salen volando como si nunca hubiera pretendido ocultarlos.

—No puedo perderlo, Nora. No puedo perder el fútbol.

—Y no lo perderás.

—Puede que sí. Tanto tú como yo sabemos que los Sharks se enfrentan a recortes presupuestarios. Soy el eslabón más débil y el segundo mejor pagado. Es casi como si tuviera una diana en la frente. Y si lo pierdo…

La voz me sale arisca y espesa porque la ira siempre me ha resultado más fácil que la decepción.

Me escuecen los puñeteros ojos. No pienso llorar delante de ella. Delante de nadie, en realidad. Así que intento levantarme del sofá para marcharme de la suite hasta que vuelva a ponerle freno a mis emociones, pero Nora me pone una mano en el pecho y me detiene.

—Uy, no, qué va.

—Nora, por favor, deja que me…

Las palabras se me atascan en la garganta cuando me pasa una pierna por encima del regazo y se sienta. Dos manos me sujetan la mandíbula y clava los ojos de color avellana en los míos.

—No vas a ir a ninguna parte hasta que me digas la verdad. Explícame todos esos sentimientos tan feos que te dan vueltas y más vueltas detrás de los ojos. Tienen pinta de estar montados en una atracción de feria y pasándoselo en grande.

Como si fuera algo frágil, le rodeo la muñeca con delicadeza. Está sentada a horcajadas sobre mí, inmovilizándome a propósito para salirse con la suya.

—Esto no es justo.

—No siempre podemos seguir el reglamento. —Su sonrisa se transforma en un ceño—. Dime qué te preocupa tanto. Por favor.

Ojalá pudiera guardármelo para mí. Pero su mirada hipnótica me debilita. Su tacto me embriaga. Su olor me desequilibra.

—Soy disléxico.

Tiene sentido que Nora sea la primera persona a la que se lo digo en voz alta, puesto que también es la primera persona que siento que me entiende de verdad.

Pone cara de sorpresa durante solo un instante. Y la pone, sobre todo, por la brusquedad de mi confesión. Me roza los labios con el pulgar y luego lo aparta.

—¿Cuánto tiempo hace que lo sabes?

—No mucho. Unos meses. Tenía mis sospechas, así que me hice las pruebas.

—¿Y cómo te sientes?

Me está sondeando tímidamente con sus palabras. Tanteándome para ver si este es el principal problema o si hay algo más profundo.

Suspiro y le suelto la muñeca para pasarme la mano por la cara y por el pelo.

—La verdad, tener el diagnóstico no ha cambiado gran cosa en mi día a día. Porque, bueno, no tengo una carrera profesional que requiera mucha lectura o estudio, así que, más que nada, ha sido un cambio emocional. Y eso ha resultado… interesante.

Deja caer las manos entre ambos y me las apoya en el pecho.

—¿En qué sentido?

Bajo la mirada y le rodeo el puño con una mano, lo sostengo como si fuera un regalo.

—Supongo que ahora, cuando pienso en mi yo más joven, lo hago con más compasión. Y puede que con un poco de tristeza también. —Siento la necesidad de parpadear varias veces. Y aprieto la mandíbula—. Me consuela saber que había un motivo detrás de todas aquellas dificultades. Saber que no era un chico que simplemente no se aplicaba, como me decía todo el mundo. Ahora echo la vista atrás y valoro lo mucho que me esforcé; soy consciente de que en realidad me fue bastante bien, teniendo en cuenta la falta de apoyo y de recursos. —Me quedo callado un instante y trago saliva—. Supongo que ahí es donde entra la parte triste: mi cerebro funciona de una forma distinta y nadie se dio cuenta. Ni siquiera mis padres. Ni mis profesores. Y, desde luego, tampoco mis compañeros de clase, que se dedicaban a reírse de mí cada vez que me tocaba leer en voz alta. —«Estoy seguro de que nunca le había contado este recuerdo concreto a nadie»—. Todo el mundo daba por hecho que no me esforzaba lo suficiente... Y, por eso, el fútbol se convirtió en mi oportunidad de tener un buen futuro. Un futuro en el que no tuviera que depender de la lectura. En el que pudiese convertirme en algo bueno y, por fin, ver una mirada de orgullo en los ojos de mis padres.

Vuelvo a guardar silencio y tengo que aclararme la garganta dos veces. Aparto la mirada y Nora me lo permite.

—Pero ahora el fútbol es lo único que tengo, Nora. Lo único que soy y he sido siempre es un buen jugador de fútbol. Y tengo miedo de que, si lo pierdo..., si pierdo lo único en lo que he destacado en la vida..., lo perderé todo. ¿Quién soy sin el fútbol?

«Porque la última vez que viví una vida sin fútbol no fui más que una decepción».

No se lanza a corregirme ni a convencerme de que estoy exagerando. Me mira con intensidad a los ojos durante varios segundos antes de ladear la cabeza y decir:

—Vale. Digamos que lo pierdes todo. Y entonces ¿qué?

—No me parece un buen comienzo.

Me da un empujón en el hombro.

—Tú responde a la pregunta. ¿Qué ocurre contigo si los Sharks nos llaman mañana y nos dicen que te han despedido?

Niego con la cabeza.

—No lo sé. Si te soy sincero, creo que me pillaría un pedo bastante épico.

—Vale, te emborrachas, te dejas llevar por tus sentimientos y duermes la mona. Y después ¿qué?

No me gusta este juego. No me gusta pensar en lo que va a ser de mí. Por eso no me he permitido ni planteármelo todavía. Pensarlo me resulta demasiado deprimente. Pero Nora no va a dejar pasar el tema, así que me obligo a contestar.

—Pues... No sé, supongo que los chicos vendrían a mi casa a intentar animarme.

—¿Crees que tus amigos seguirán hablándote si te echan del equipo?

De repente me invade una actitud defensiva hacia mis amigos.

—Sí..., por supuesto. Nunca me...

Me interrumpo y a Nora se le dibuja una sonrisa lenta y astuta en los labios. Porras. He caído de lleno. «No lo perderás todo». Esa preciosa sonrisa taimada suya me recorre la espina dorsal y amplifica mi atracción por ella. Pero está sentada en mi regazo, así que no debo pensar en lo guapa que es ni en lo mucho que la deseo en este momento.

—Da igual cómo conocieras a tus amigos; esos tíos van a estar contigo durante toda la vida, Derek. Y también estarán ahí para ayudarte en tus próximos pasos. Puede que no sea sencillo descubrir quién eres fuera de la NFL, pero no pasa nada, porque llevas toda tu vida superando cosas difíciles. Estás a la altura del reto. Sí, el deporte, la gente, la fama, todo ello te ha convertido en lo que eres ahora, pero no en lo único que eres. El fútbol fue solo el principio. Tienes...

La beso.

Le robo las palabras directamente de la boca. Pero entonces recuerdo que tiene la norma de nada-de-besarse-dentro-de-la-habitación y me aparto de ella con la misma rapidez.

—Perdona. Dijiste que nada de besarnos aquí dentro y me...

Me besa.

Ambos tenemos la respiración agitada. Nora titubea solo un instante antes de erguirse sobre las rodillas para rodearme el cuello con los brazos y mejorar su ángulo respecto a mi boca. El beso es tierno y exigente a la vez. Le pongo la mano en la espalda para acercarla más a mí, pero chilla en cuanto la toco.

Me aparto.

—Vale, ¿qué pasa?

Ella niega con la cabeza y se inclina de nuevo hacia mí para continuar donde acabamos de dejarlo.

—Estoy bien. Bésame.

Pero echo la barbilla hacia atrás y le impido el acceso a mi boca. Y, después, para que no quede lugar a dudas, cruzo los brazos sobre el pecho.

—No voy a besarte más hasta que me digas por qué demonios no paras de hacer muecas de dolor.

—¡Déjalo estar! —suplica.

—No. Tú no has dejado estar lo mío. Lo justo es lo justo.

Su expresión es de pura derrota antes de girarse y darme la espalda. Se lleva las manos a la nuca y empieza a levantarse la sudadera muy poco a poco hasta mostrarme una espalda abrasada por el sol. Terriblemente roja tras nuestro día de playa.

Cojo aire con los dientes apretados.

—Mierda. Nora, lo siento mucho. —Me siento como un auténtico imbécil por meterla en el agua sin protector solar—. No sabía que te quemarías tan rápido.

—No es solo culpa tuya. Me olvidé de ponerme más crema antes de marcharme otra vez a pensar... O sea, a leer —se corrige a toda prisa con una sonrisa culpable—. Pero no pasa nada, porque siempre he querido saber qué se siente al ser una señal de stop y ahora voy a descubrirlo de primera mano.

—Vale. Túmbate en el suelo —le digo.

Abre los ojos como platos.

—Me gustaría recordarle, señor Dermott, que la nuestra es una relación laboral.

—¿Eh?

—Es una frase de *Cómo robar un millón y*... da igual.

Seguirle el ritmo a Nora es difícil, así que ni lo intento.

—Túmbate boca abajo en el suelo.

Hago que se ponga en pie y me dirijo al cuarto de baño, donde rebusco en mi neceser.

Cuando vuelvo a la habitación, no me sorprende en absoluto encontrarme a Nora aún de pie e inmóvil junto al sofá, sin obedecer mi orden. Sonrío, pues sé lo que se le está pasando por la cabeza. Levanto el bote de aloe y, cuando por fin lo entiende, le cambia la cara.

—Oh. ¡Aloe! Eso tiene más sentido. ¿Lo tenías a mano así porque sí?

—No puedo prometer que no esté caducado, pero sí. Durante los entrenamientos de verano suelo achicharrarme bastante los antebrazos al menos una vez. Me gusta llevarlo encima por si hay una emergencia. Voy a ponértelo en la espalda.

—¿Dices que tú vas a ponérmelo a mí? —pregunta como si no diera crédito a lo que acaba de oír.

Miro a mi alrededor.

—A menos que uno de estos muebles inanimados decida cobrar vida y echarte una mano, sí.

Se muerde un lado del labio, frunce el ceño y baja la mirada hacia el suelo.

—¿Estás seguro de que es buena idea? Sobre todo después de que...

Con un gesto de la cabeza, señala el sofá en el que acabamos de enrollarnos. Vuelve a estar preocupada por las líneas borrosas.

—De lo que estoy seguro es de que, sin este aloe, seguirá doliéndote y esta noche te será casi imposible dormir... Entonces yo tampoco podré conciliar el sueño, porque sabré lo mucho que te duele. Así que haznos un favor a los dos, y a todas las personas que tengan que interactuar con nosotros mañana, y deja que te unte este mejunje verde, repugnante y pegajoso. —Continúa indecisa—. Sé que no te gusta que saque el tema, pero... he tocado muchas veces tu piel desnuda y, teniendo en cuenta las cosas que hacíamos antes, dudo que aplicarte aloe vaya a afectarme.

La cara se le tiñe de un rojo muy intenso que no tiene nada que ver con las quemaduras solares.

—Vale, sí, hazlo. Pero que sea rapidito —dice mientras se tumba boca abajo en el suelo.

—Qué curioso, eso es justo lo contrario de lo que suelen decirme.

—Ja, ja, qué gracioso, señor Tipo Sexy Divertido. Me matas de la risa. —Vuelve la cabeza para mirarme por encima del hombro con una expresión nada jovial—. Aloe, por favor.

Me arrodillo a su lado y le aparto el pelo de la espalda... Esta noche lo tiene del color de la canela. Y, aunque le he ido con el cuento de que ya la he tocado muchas veces, cuando le levanto el dobladillo de la sudadera y le voy descubriendo lentamente la larga extensión de la espalda hasta llegar a los hombros, me tiemblan las manos. No hay sujetador.

Como si me hubiera leído la mente, Nora dice:

—Los tirantes me rozaban la zona quemada y me dolía demasiado.

Está tan roja que da miedo. Estoy seguro de que, esta noche, la pobre va a tener que dormir boca abajo. Me siento fatal por haberla convencido para bañarse sin protección solar. Mañana a primera hora de la mañana le compraré una camiseta con protección solar en la tienda de regalos. La embadurnaré de crema de pies a cabeza. La taparé con un paraguas mientras camina.

Le vierto un poco de aloe en el centro de la espalda y luego lo cubro con las manos y empiezo a extenderlo con suavidad. Noto que la piel le arde bajo el gel frío y me inquieta que, a pesar de que me estoy moviendo con la mayor delicadeza posible, mis manos callosas resulten demasiado ásperas para la sensibilidad sedosa de su espalda.

Este es un momento terrible para sentirme atraído por ella, pero no puedo evitarlo. Aprieto los dientes mientras recorro su figura de reloj de arena con la mirada: desde los omóplatos hasta las caderas protuberantes, pasando por la curva suave de la cintura. Por encima de la goma de los pantalones cortos atisbo el lunar que da comienzo a mi constelación favorita, la que se le dibuja en el culo. Siempre bromeábamos diciendo que observar las estrellas era mi pasatiempo favorito.

Mientras le aplico el aloe en la parte baja de la espalda, donde el sol le ha atacado la piel con más saña, mis dedos pasan de la ternura a la adoración, se deslizan por las suaves elevaciones que conforman la columna vertebral y le masajeo los hombros con los pulgares. Noto que un escalofrío le recorre los brazos y, de repente, a Nora se le escapa... un ruido. Un ruido familiar que le brota del fondo de la garganta (un gemido, si se quiere) y que, a juzgar por cómo se le tensa el cuerpo, no tenía ni la menor intención de dejar escapar. Levanta la cabeza del suelo al instante.

Le aparto las manos de la piel y las dejo flotando en el limbo hasta saber qué debo hacer a continuación.

—Hum... —Traga saliva—. Ese ruido que acabas de oír era... un... ruido de acabo-de-recordar-algo-importante. Nada más.

—Ah —digo con un ceño exageradamente serio—. Entiendo.

—Sí. Es como las alarmas de recordatorio del móvil. Los

teléfonos tienen un pitidito y yo tengo… este sonido. Mi sonido recordatorio. «Recuerda beberte ocho vasos enteros de agua mañana, Nora».

Con mucho cuidado, vuelvo a bajarle la sudadera por la espalda ahora pegajosa. Soy incapaz de evitar que se me dibuje una sonrisa en la cara. Los amigos no hacen ese tipo de ruidos. Y los compañeros de trabajo no se besan como nos hemos besado nosotros en el sofá. Por fin tengo la respuesta que estaba buscando.

Coloco una mano a cada lado de sus hombros y le acerco la cara a la oreja. Le rozo el pómulo con la nariz y veo que se le cierran los ojos.

—Tenía la esperanza de que el ruido fuera otra cosa. Porque resulta que me he equivocado. Tocarte me ha afectado muchísimo. A pesar del aloe.

Coge aire de golpe y me entran ganas de besarla mientras estoy así, rozándole la espalda con el pecho, oliéndole el aroma tropical del pelo, la piel untada de aloe. Pero no lo hago.

Cojo impulso y me levanto del suelo; la dejo atónita a mi espalda mientras me dirijo al baño a lavarme las manos.

Dos segundos más tarde, Nora aparece detrás de mí y me mira a través del reflejo. Tiene los ojos brillantes, las pupilas dilatadas y la piel sonrojada.

—Vale, oye, he estado pensando. Quizá haya llegado el momento…, y, ojo, esto es algo totalmente espontáneo que no tiene nada que ver con que una persona cuyo pronombre es «ella» haya hecho ningún tipo de ruido inapropiado hace poco, pero creo que deberíamos restablecer nuestras reglas de confianza.

Me vuelvo hacia ella y se agazapa un poco más en la esquina de la encimera, con los ojos desorbitados cuando la rodeo con los brazos para secarme las manos en la toalla que tiene detrás de la cabeza.

—Es curioso que lo menciones. —El mismo tipo de adrena-lina que siento antes de salir corriendo al campo me inunda las venas—. Estaba a punto de sacar ese tema.

—¿Estás de acuerdo, entonces? ¿Tenemos que volver al re-glamento?

Bajo la cabeza para mirarla a los ojos.

—Estoy en contra. Muy en contra, de hecho.

Parpadea.

—Espera. ¿Qué?

Suelto la toalla y, cuando me apoyo en la encimera, me cruzo de brazos.

—Nora, para serte transparente del todo, quiero que sepas que a lo largo de esta semana pretendo romper todas y cada una de nuestras reglas. Esta es tu oportunidad de decirme oficial-mente que no lo haga.

La sorpresa hace que se le entreabran los labios. Tarda unos segundos en responder.

—¿Por...? ¿Por qué?

—Porque... —Exhalo para relajarme—. Porque, para empe-zar, me arrepiento de haber dejado que te marcharas cuando lo hiciste. —Si antes parecía sorprendida, ahora lo está de ver-dad—. Porque no estoy convencido de que lo nuestro se haya acabado de verdad. Porque, cuando nos besamos, me siento bien. Porque, cuando me sonríes, sé que mi mundo está com-pleto. Y quiero usar esta semana en la que no eres mi agente y no hay ningún otro obstáculo que se interponga en mi cami-no... para cortejarte.

Agita la cabeza con suavidad, como si estuviera intentando desbloquear sus palabras.

—¿Vas a... cortejarme?

—Sí, voy a cortejarte.

Cambia el peso del cuerpo de un pie al otro.

—No, qué va.

—Sí, claro que sí.

—¡No, qué va! —exclama con una voz una octava más aguda.

—Vale, no lo haré.

Se le hunden los hombros y ahora parece decepcionada.

—Espera…, ¿no vas a cortejarme?

Sonrío, me acerco a ella y le pongo las manos en la parte exterior de los brazos.

—Nora, ¿qué quieres? ¿Quieres que lo intentemos una vez más ahora que tenemos la excusa perfecta para hacerlo? ¿O quieres que me olvide de lo que acabo de decirte y que volvamos a las reglas, como proponías tú? En cualquier caso, cuando volvamos a Los Ángeles, seguirás siendo mi agente. Tu respuesta no tiene ninguna influencia sobre eso.

Me mira a los ojos y el aire chisporrotea entre nosotros. Lo único que deseo es ponerla de espaldas contra la pared y continuar el beso que empezamos en el sofá, pero me contengo. A duras penas. Porque quiero que se lo piense bien. No quiero que su decisión se base en el deseo, ni que piense que soy yo quien lo hace por simple deseo. Para mí, es mucho más que eso. Siempre lo ha sido.

Y, tras varios largos y tortuosos momentos, Nora suelta:

—¡Tengo que hacer una llamada!

Se escabulle por debajo de mi brazo y sale a toda prisa, primero del cuarto de baño y después de la suite. La puerta se cierra tras ella con un ruido aciago y poco alentador.

# 30

# Nora

Quince pasos después estoy en el vestíbulo. ¿Qué está pasando? Repito: *¿qué está pasando?*

Me agacho junto a las máquinas de hielo y me abrazo a mí misma. Intento coger aire como la garra de una de esas máquinas de pescar peluches, pero no termino de conseguirlo.

¿Derek quiere cortejarme?

¿Y yo? ¿Quiero que lo haga?

La cabeza me va a mil por hora. Estoy aterrorizada y, sin embargo, no puedo parar de sonreír. Aunque debería encontrar la forma de hacerlo, porque de aquí no puede salir nada bueno. En primer lugar, estamos casados y tenemos que divorciarnos. ¿Cómo vamos a meter el inicio de una relación ahí en medio? ¿Lo intentamos sin divorciarnos? ¿O primero nos divorciamos y ya si eso más adelante lo volvemos a hablar? Segundo, soy su agente y quiero seguir siéndolo. Tercero, quiero que me arranque la ropa y…

Mierda. Ese argumento no cuenta. Y lo malo es que no soy de las que deja que cualquiera le arranque la ropa. Por mucha rabia que me dé a mí misma, cuando me quito la ropa, mi mochilita de sentimientos monógamos se abre. No puedo evitarlo. Son las leyes de mi cuerpo, gobernado por una simpática y mojigata policía que a veces desearía que desapareciera.

Y por eso necesito llamar a mi madre. Mi mejor amiga. Ella siempre sabe qué hacer.

Desbloqueo el móvil lo más rápido posible para encontrar el nombre de mi madre. Dos tonos después, contesta.

—¡Hola, cielo! ¿Cómo va la falsa luna de miel? Por cierto, esta mañana he entrado a Instante Gram para ver si me habías enviado más vídeos de animalitos y, caramba, cariño, ¡tu cara estaba por todas partes! Bueno, tu cara y la de Derek. Os estabais dando el lote en la playa. ¿Sabías que os habéis hecho vitales?

Llamar a Pam siempre es la decisión correcta.

—Mamá, primero, se llama «Instagram». Y no nos hemos hecho vitales, sino virales.

Escucho música de fondo y a alguien hablando en voz alta.

—¿Como los virus? Uf, qué mal, ¿por qué lo llaman así?

—Porque se propaga rápido, supongo.

—Me gusta más «vital».

Alguien manda callar a mi madre.

—De acuerdo, enviaré la solicitud para que lo cambien, y no, no me he metido en las redes sociales hoy. Sabiendo esto, me alegro de no haberlo hecho. —Oigo una música que retumba—. Mamá, ¿dónde estás?

—Estoy en el cine. Pero todavía están pasando los tráilers. —Se aparta un poco el teléfono de la oreja para hablar con alguien—. ¡Ay, por favor, pero si solo son los tráilers! A nadie le importan estas películas y quien me ha llamado es mi hija. ¿Tú tienes hijas? Si las tuvieras, sabrías lo importante que es contestar a esta llamada. Vale, vale, ¡me voy!

Se oyen sonidos sordos, como si el móvil rozara algo de tela, y luego:

—Nora, ¿sigues ahí? Ahora estoy en el pasillo.

—Sigo aquí. —Me apoyo en la sólida pared y me deslizo hasta

sentarme en el suelo. Después me meto las rodillas por dentro de la sudadera—. ¿Qué película era?

—Esa de acción en la que el tipo se quita la camiseta.

—Ah, sí, ¿el que tiene toda la tableta de chocolate marcada? —Apoyo la barbilla en las rodillas.

—Sí. Y una buena melena también.

—Cierto. Sé exactamente de quién hablas. —Ambas nos reímos—. Ojalá estuviera allí viéndola contigo.

—¿Por qué, pretzelcito? —me pregunta usando ese ridículo apodo—. ¿No te lo estás pasando bien en tu falsa luna de miel con tu exnovio?

—Ese es el problema. —Me quejo como nunca me quejaría con nadie que no fuera mi madre. Sé que con ella puedo ser todo lo odiosa que necesite—. Se está complicando porque me lo estoy pasando demasiado bien. Y justo ahora…

Empiezo una larga explicación de cada detalle de las últimas veinticuatro horas. Incluso los pasajes que una hija normalmente no contaría a su madre, yo se los cuento a la mía porque no estoy de broma cuando digo que se ha convertido en mi mejor amiga. En parte por necesidad, porque me paso la vida trabajando y porque me cuesta encontrar a gente que me soporte, y ambas cosas implican que al final del día me siento bastante sola. Pero también porque mi madre siempre me ha dado espacio para equivocarme y decir la verdad sin que yo tema que lo use en mi contra. Somos amigas de verdad, y su opinión para mí vale oro. Por eso es un poco desconcertante que esté tan callada mientras le aclaro lo que sucede.

No es propio de Pam quedarse en silencio. A estas alturas debería haber soltado un centenar de jadeos y expresiones estilo «¡Qué fuerte!».

Cuando termino, mi madre me hace una pregunta, solo una:

—Nora… ¿tienes suficientes cubiertos en tu cajón de la cocina?

Abro la boca, pero tardo un segundo en pronunciar la respuesta.

—¿Si tengo…? ¿Qué? Mamá, acabo de decirte que mi exnovio, barra marido postizo, barra cliente quiere cortejarme y ¿a ti solo se te ocurre preguntarme si tengo suficientes cubiertos? Parece que te falte un hervor ahora mismo.

—Bueno, cariño, he visto en qué estado están tus cucharas —contesta con empatía, como si esa fuera razón suficiente—. Las pobres han pasado por el triturador de basura más veces de las que cualquier cuchara debería, y lo cierto es que yo misma he tirado unas cuantas, así que me preocupa que no haya bastantes utensilios para dos personas.

Me llama la atención un movimiento junto a la máquina de hielo y veo a una mujer que se acerca a la fuente. Lleva cinco botellas de agua en los brazos y no sabe cómo abrir el grifo.

—Tengo dos cucharas, tres tenedores y un cuchillo —le digo a mi madre mientras veo a la mujer mover la mano frente al dispensador como si se tuviese que activar con el movimiento e hiciera falta una coreografía concreta para que funcione. A decir verdad, me parece lógico. Hoy en día todo parece activarse por movimiento. A menudo me pregunto cuántas horas de mi vida he perdido agitando la mano debajo de los secadores que hay en los baños públicos.

—¿Ves? Mañana compro cubiertos y te los llevo.

Me río como si se le estuviese yendo la olla.

—¡Mamá! ¿Por qué quieres reponer mi cajón de los cubiertos?

Me levanto del suelo, me acerco a la mujer y le hago un gesto para que me deje una de las botellas de agua. Me mira de arriba abajo, escéptica. Con mi sudadera raída y los pantalones que llevo debajo, que son tan cortos que parecen inexistentes, debo de parecer una influencer fracasada que acaba de perder todo su dinero en una estafa piramidal e intenta vivir en secreto en el complejo.

La señora me entrega de mala gana su botella de agua vacía y yo la sostengo debajo de la fuente, pisando el pequeño pedal que hay en el suelo para activar el chorro de agua. La señora ahoga un grito y sonríe. Me siento como una maga. Es fantástico. Quizá deba cambiar de profesión.

Mi madre continúa mientras yo me dedico a llenar una tras otra las botellas de agua de la señora.

—Porque, Nora, mi única hija acaba de casarse. Y quiero que su nuevo marido pueda desayunar cereales con ella sin cortarse la boca.

—Pero, mamá, ahora mismo es falso. F-a-l-s-o. Lo entiendes, ¿no? —replico, y en ese instante recuerdo a la mujer que está a mi lado y espero que no tenga ni idea de quién soy. Le sonrío con torpeza mientras me tiende otra botella. Ya no soy una maga, ahora cree que trabajo aquí—. Ni siquiera hemos hablado de lo que haremos cuando volvamos a casa. Lo único que ha dicho es que me va a cortejar durante estas vacaciones.

La señora que está a mi lado alza las cejas y me da un codazo en el hombro.

—Suena divertido —susurra.

Asiento varias veces porque yo también pienso que puede ser muy divertido.

—Cariño, te quiero con cada fibra de mi ser, pero que de verdad pienses que algo de esto es falso me parece alarmante. El simple hecho de que te lo plantees me deja alucinada. Y como resulta que mi sabiduría maternal me permite saber que no es falso y que este chico estará durmiendo en tu casa antes de que te des cuenta, quiero reponer tus cubiertos. No te preocupes, tengo llaves de tu casa.

—¡Claro que me preocupo, mamá! Me preocupa el estado de tu capacidad de comprensión ahora mismo. No me estás escuchando. Esto podría ir mal de mil maneras distintas. Y, además,

¿dónde está mi madre feminista que siempre me dice que mi carrera es lo primero?

—Ahora es a mí a quien le preocupa tu capacidad de comprensión. ¿No me has escuchado todos estos años? El feminismo, mi amor, consiste en ensalzar a las mujeres y luchar porque tengamos equidad y derecho a elegir cómo queremos vivir nuestra vida. Si tu elección es seguir con tu carrera, te apoyaré hasta el fin de mis días. Si tu elección es casarte y ser madre, o una combinación de esto y tu carrera, también te apoyaré hasta el fin de mis días. No se trata de qué eliges, sino de tu libertad para elegir. Lo que siempre he querido y sigo queriendo para ti es que encuentres a alguien que te ensalce tanto como sé que tú lo ensalzarás a él, y que pases de cualquiera que se atreva a hacer lo contrario.

La señora que está a mi lado debe de estar oyendo a mi madre a través del móvil, porque me mira con los ojos llenos de lágrimas y se lleva la mano al corazón. Me aparta de la fuente para terminar ella misma y me hace señas para que vaya a hablar con mi madre. «Tómate el día libre de trabajar rellenando botellas de agua», dicen sus ojos. Y esto es lo que más me gusta de las mujeres. Las películas prefieren retratarnos como víboras envidiosas, pero sé que la realidad es otra gracias a momentos como este. O como cuando un grupo de completas desconocidas se une para encontrar un tampón cuando a una le baja la regla de forma inesperada.

—Y, Nora, calabacita mía, tú nunca tomas decisiones precipitadas. Todo lo que haces tiene un porqué detrás. Incluso cuando estás borracha. ¿Recuerdas el año pasado cuando bebimos un poco más de la cuenta en aquella cata de vinos y luego pediste el sofá rosa por internet? Después me lo contaste entre risas diciendo que había sido una ida de olla de borracha, pero no tuviste en cuenta que te sigo en Pinterest y sabía que llevabas más de un mes *pineando* sofás rosas. Querías ese sofá de verdad.

Es cierto, quería ese sofá de verdad. Lo quería por encima de todo.

Mis pies descalzos van andando por el pasillo en dirección a la suite antes de darme cuenta de lo que estoy haciendo.

—¿Qué quieres decir con eso, Pam? ¿Que Derek es mi sofá rosa? ¿Crees que llevo todos estos años con el corazón roto y suspirando por él? Fui yo quien lo dejó porque quería priorizar mi carrera, no sé si te acuerdas.

—Creo que ya sabes la respuesta a esas preguntas, no necesitas que yo te lo diga.

Tiene razón. He estado cargando con un corazón roto todo este tiempo, pero me da demasiada vergüenza admitirlo en voz alta frente a mi madre. Da igual que fuera yo quien lo dejara, el corazón se me rompió igual. La única diferencia es que fui yo quien me lo rompí.

—Nora, se te da muy bien pensar con la cabeza. Siempre he admirado tu capacidad para ir diez pasos por delante y encontrar la ruta más segura y eficiente.

—Gracias. Deberías verme jugar a las damas.

Mi madre no se detiene ante la broma.

—Hasta ahora te ha funcionado porque necesitabas esa estabilidad y esa protección por el constante ir y venir de tu padre, pero ahora, cariño mío, ya sabes valerte por ti misma. Sabes quién eres y lo que quieres en esta vida, y puede que sea el momento de pensar con el corazón un poco y darle a tu cabecita un descanso. Y si tu corazón quiere a Derek, ratita mía, a partir de mañana, tendrás suficientes cubiertos para acomodarlo.

Me quedo callada un minuto, digiriendo en pequeños bocados todo lo que ha dicho. Y, cuando no se me ocurre una forma lo bastante adecuada o profunda de decirle que la quiero más que al mar, a los arcoíris o al Sprite del McDonald's después de pasar un virus estomacal, me limito a responderle:

—Sabes que Derek tiene una mansión, ¿verdad? Llena de cucharas.

—Pero ¿su mansión tiene una mujer hermosa y un sofá rosa?

La puerta de la suite se cierne ante mí y la miro como si fuera un dragón escupefuego.

—Estoy frustrada conmigo mismo, mamá.

—¿Por qué?

—Porque tienes razón en todo, obviamente, y todavía siento algo por Derek, diría que lo quiero, incluso, y también lo quería cuando rompí con él. Pero en su día pensaba que no había manera de que lo nuestro funcionara si ambos pretendíamos perseguir nuestros sueños. —«También es posible que intentara adelantarme dejándolo yo antes de que tuviera oportunidad de romperme el corazón él primero»—. Pero ahora que estoy aquí y que ambos hemos logrado nuestros objetivos y que veo que sentimos lo mismo después de tanto tiempo, ya no sé si me arrepiento de haberlo dejado o si estoy contenta de haber escogido mi carrera…

—Creo que ambas afirmaciones pueden ser ciertas. No tienes que elegir. Quizá Derek siempre fue la persona adecuada, pero en el momento equivocado.

Noto la sonrisa en la voz de mi madre porque sabe que lo que está diciendo es profundo. Probablemente lo convertirá en una cita inspiradora para Pinterest después de que colguemos. En unos días la tendrá bordada en una almohada.

—En fin, yo solo soy tu madre, pero me atrevería a decir que Derek tiene razón y que deberías relajarte esta semana. Aprovecha para volver a conocerlo y averiguar lo que realmente quieres. Diviértete un poco.

Siento como si a mi estómago le crecieran alas y se precipitara por un acantilado al oír esas palabras. «Diviértete un poco». El concepto lleva, sin duda, muchos años en desuso.

—Por cierto, ¿quieres cubiertos brillantes o mates?

—Mates. Gracias, mamá.

—Estoy a una llamada de distancia si me necesitas, amorcito. Pero mejor espera a que termine la película porque esas personas de ahí tienen vocación de vigilantes de sala y me da miedo saber lo que me harán si vuelvo a portarme mal.

Colgamos después de intercambiar un «te quiero» y de que mamá me recuerde que me ponga crema solar (un poco tarde para eso). Guardo el móvil y vuelvo a mirar hacia la puerta. La acariciaría de forma teatral si no supiera que esto está repleto de cámaras de seguridad.

Antes de ponerme a sobrepensar, trago aire para llenarme los pulmones al máximo y giro el pomo.

Al entrar, Derek está en el suelo estirando los isquiotibiales derechos. Enarca las cejas.

—Uy, señor, pero qué postura es esa.

—Por algo he aprendido a no hacer este ejercicio delante de las cámaras —contesta—. ¿Algo más en lo que pueda ayudarla, señora?

—Sí —digo afirmando con decisión, a lo Nicole—. Vamos a romper todas las reglas, Derek Pender.

# 31

# Derek

No puedo quitarle ojo a Nora. Ahora mismo es como una tira de chicle sexy. No creo que a ella le pareciera una comparación muy atractiva, pero vaya si lo es. Viste un conjunto de dos piezas de color rosa intenso que me han dicho que se llama traje de *bandeau* y pantalón. Lo único que sé es que lleva los hombros completamente desnudos —todavía un poco quemados por el sol y salpicados de preciosas pecas que se han oscurecido tras nuestra mañana en la piscina (sacándonos fotos para el artículo)— y que una parte del abdomen le asoma por encima de la cintura alta del pantalón ancho.

Está preciosa.

Tanto que, mientras Alec nos fotografiaba en la puerta del restaurante y la gente se paraba a mirar y a hacernos fotos con el móvil cuando se percataban de mi presencia, sentía el impulso de ponerme delante de ella. Tiene un cuerpo demasiado espectacular. Una sonrisa demasiado amplia y brillante. Quiero esconderla para que nadie más la vea. «Es mía».

Pero no, Nora es muy independiente. Y ocultar cualquiera de sus partes sería un error, así que me coloqué detrás de ella y la puse delante y en el centro, que es donde le corresponde estar.

Ahora acerca los labios al borde de su copa, ajena al deseo y a la actitud posesiva que me laten bajo la piel.

—¿Qué pasará cuando llegues a casa, Nora?

Me mira de reojo.

—¿Te refieres a… qué pasará con nosotros?

—No, a qué te espera a la vuelta. —Ladeo la cabeza—. No me has hablado de tus planes profesionales para el regreso, lo cual me indica que llevas días dándoles vueltas en la cabeza y que has tenido mucho cuidado de no mencionarlos siquiera.

Se recuesta contra el respaldo de su asiento y me mira con una expresión de agradecimiento… y de duda.

—No quería sacar el tema y arriesgarme a fastidiar lo que sea esta conexión que volvemos a tener.

—¿Tan frágil crees que es?

Se encoge de hombros.

—No lo sé. No me parecía bien alardear de mis sueños delante de ti cuando los tuyos están…

«Colgando de un hilo» es lo que no dice. Y ahora parece que se arrepiente al instante de esas palabras.

Lo entiendo. Hubo un momento en el que, sin querer, prioricé mi carrera por encima de la suya. En el que no habría podido soportar ver su éxito mientras el mío se desvanecía. Y ahora cree que esta verdad podría hacer que me cerrara por completo.

Me inclino hacia delante y sonrío.

—Es Demetris, ¿no?

Los labios se le tensan en una suave sonrisa de sorpresa. Ella también se inclina hacia delante.

—¿Qué sabes de Demetris?

—Está a punto de entrar en su último año de instituto. Antes de terminar el curso anterior, rompió varios récords. Es uno de los mejores corredores de la historia de los equipos escolares. —Me meto un trozo de bistec en la boca—. Parece que va a llegar lejos, y necesitará un gran agente que lo lleve hasta allí.

Un centelleo competitivo se enciende en los ojos de Nora. Podría pasarme todo el día viéndola así.

—Eso parece, sí.

—Hablando de grandes agentes. Nunca hemos hablado del contrato publicitario que me conseguiste con Dapper. —Guardo silencio un instante—. Es increíble. ¿Cómo conseguiste que desembolsaran tanta pasta?

Su sonrisa —esa que tanta gente subestima porque proviene de una boca de color rosa sandía— se vuelve absolutamente maliciosa.

—Muy sencillo. Me estaban pidiendo que mi representado, que es un deportista famoso de primera categoría, protagonizara su anuncio y llevase sus trajes durante todos los actos importantes del próximo año. Tenían que pagar por ello.

—Sí, pero Bill nunca me consiguió tratos por tanto dinero.

—Bill era tonto del haba —dice sin rodeos, y me entra la risa—. En serio, Derek, he repasado la mitad de tus tratos y todos deberían haberse cerrado por una cantidad mayor. Bill tendría que haberle echado un par de ovarios y haber luchado más por su cliente.

Recuerda lo que te digo: Nora va a conquistar el mundo de las agencias de representación deportiva, y yo solo he tenido la suerte de estar con ella desde el principio.

—Volviendo a Demetris. —Me echo hacia atrás y me cruzo de brazos—. Todo el mundo va a ir a por él. Incluida Nicole. ¿Cuál es tu plan?

Entorna los ojos y me señala con un tenedor.

—Te encantaría saberlo, ¿eh? Por desgracia para ti, no hablo de otros clientes o futuros clientes con mis representados actuales. Así que guarda la lupa, Sherlock.

—Hum. No pasa nada. Me divertiré intentando sacarte las respuestas más tarde, Galletita de Jengibre.

Las mejillas se le ponen del mismo tono rosa que el top, pero no aparta la mirada.

—Voy a hacer caso omiso de ese comentario salaz. ¿Cómo es que conoces a Demetris?

Hago un gesto de indiferencia.

—Me gusta estar al día de los jugadores que destacan en el instituto y en la universidad por si alguna vez acaban en mi equipo. —Ha pasado en dos ocasiones. Uno de esos jugadores de instituto es Collin Abbot, el tipo que bien podría quitarme el puesto este año—. Sé que los jugadores veteranos no suelen prestar mucha atención a los novatos y, si lo hacen, es para hacerles novatadas. Pero yo siempre he preferido enfocarlo de otra manera.

—¿De qué manera? —pregunta.

De repente me siento desprotegido hablando de mí. Nunca me ha gustado mucho hacerlo. Y menos cuando se trata de algo personal como en este caso. Pero, por Nora, lo haré.

—Me gusta ayudarlos a adaptarse y enseñarles cómo funciona todo desde el principio, porque nunca se sabe cuándo puede lesionarse uno de nuestros titulares y hacer que el novato se convierta de pronto en una parte fundamental del equipo. Además... No sé... Disfruto haciéndolo. —Me quedo callado y me recoloco las patas del pantalón solo para tener algo que hacer. Sin embargo, Nora la Amenaza no dice nada. Se limita a observarme con una sonrisa en la cara—. ¿Qué pasa?, ¿que de repente no tienes nada que decir?

—¡Uy, tengo muchísimas cosas que decir! Pero sé que hay más y no pienso abrir la boca hasta que lo sueltes todo.

Pongo cara de estar harto y gruño. Me da unos golpecitos en la pierna con el pie por debajo de la mesa y me provoca unas descargas que me suben por las espinillas y los muslos y se me alojan en la parte baja del vientre.

—Vale. Supongo que he estado pensando en la conversación que tuvimos ayer y que me he permitido plantearme de verdad qué ocurrirá si me echan. Y me he dado cuenta de que, aunque ya no forme parte de los Sharks, no quiero abandonar el fútbol por completo. Es parte de lo que soy, pero tal vez pueda tomar otro camino. Creo que sería un buen… entrenador. —Hago una mueca—. ¿Es una tontería? Ni siquiera sé si sería capaz de encontrar trabajo de entrenador. Es solo que…

Se me apaga la voz.

—¿Por qué iba a ser una tontería y no algo megaincreíblemente maravilloso? Creo que serías un magnífico entrenador. Y también creo que será una muy buena opción para ti cuando tengas más de cuarenta años y decidas retirarte de los Sharks. —Su sonrisa es una daga afilada, adorable—. Porque estoy dispuesta a apostarte cualquier cosa, cliente principal mío…

—Soy tu único cliente.

—… a que vas a volver más fuerte que nunca. Así que deja de agobiarte, porque soy una agente de primera y sé de lo que hablo.

Ojalá todo el mundo compartiera su confianza en mis capacidades.

Para ser sinceros, tengo miedo de salir al campo, oír el escalofriante eco de mi hueso al partirse y quedarme paralizado. Tengo miedo de que tal vez sea cierto que este es mi final. Pero al menos ese miedo ya no viene acompañado de un pánico tan intenso como antes. Tengo varias opciones…

—Bueno, se acabó el hablar de mí. ¿Vas a visitar a Demetris cuando volvamos?

—¿Por qué te preocupa tanto? —me pregunta con una sonrisa de curiosidad.

Me encojo de hombros.

—Supongo que… Ya me he interpuesto bastante en tu carrera. A partir de ahora quiero apoyarte.

Me mira como si estuviera en un museo estudiando una pintura abstracta e intentando encontrar el significado oculto detrás de ella. Y entonces una sonrisa suave le curva la boca mientras pincha un trozo de patata con el tenedor.

—No te preocupes. Lo tengo todo controlado y, sí, pienso hacerle una visita a Demetris.

—Bien.

—Pero solo después de que vaya Nicole.

Frunzo el ceño y vuelvo a echarme hacia delante en la silla.

—¿Por qué?

Ese brillo desafiante que hace que me arda el cuerpo entero le ilumina los ojos. Ese que la mayoría de la gente pasa por alto porque las prendas llamativas y el comportamiento inocente de Nora la distraen demasiado. Esa gente es tonta. Yo fui tonto al pensar que sería capaz de orbitar alrededor de Nora sin caer en su fuerza gravitatoria. «Le pertenezco».

—Porque quiero que escuche su propuesta en primer lugar y que luego se dé cuenta de lo que le faltaba cuando escuche la mía. —Rebosa una seguridad exquisita—. Nicole ha sido mi maestra, y eso quiere decir que he sido testigo privilegiado de todas sus debilidades. Y, antes de que pienses que soy un ser humano horrible y codicioso, fue ella quien me dijo que las usara en su contra. A Nicole le gustan los retos, y parece que le hace ilusión tener una nueva competidora en el cuadrilátero. —Se le desvanece la sonrisa cuando me ve tensar los músculos de la mandíbula—. ¿Qué? ¿Crees que estoy siendo una mala compañera de trabajo? Tienes que entender que Nicole y yo...

—Eso no tiene nada que ver con lo que estaba pensando.

—Entonces ¿a qué viene esa cara? —me pregunta mientras coge su copa—. Dime la verdad. La soportaré.

—De acuerdo. —Apoyo los antebrazos en la mesa y dejo que las emociones me afloren a los ojos mientras los clavo en los suyos—. Esa cara era el resultado de que, cuando hablas así, me entran ganas de arrancarte la ropa con los dientes y hacerte cosas muy sucias aquí mismo, en esta mesa.

Se atraganta con el agua porque, no sé lo que esperaba que le dijera, pero desde luego no era eso. Cuando la tos remite, coge la servilleta de tela de la mesa para limpiarse la boca, pero no se da cuenta de que el pliegue se ha enganchado en la esquina de la carta. En un abrir y cerrar de ojos, la carta sale disparada como un frisbi hacia el otro lado del restaurante. Aterriza en la mesa más cercana a la nuestra, donde vuelca una copa de vino.

Los camareros ni siquiera han tenido tiempo de parpadear, pero Nora ya está en pie y se dirige a toda prisa hacia la mesa vecina. Aparta los platos y empapa el líquido con la servilleta rebelde mientras murmura una disculpa sincera. Está tan integrada en el restaurante como un flamenco rosa lo estaría en Wall Street.

Una camarera acude con manteles limpios y se queda tan sorprendida al verla recogiendo que, cuando Nora se los pide, se los entrega en silencio. Yo también me acerco a ayudar y levanto los platos de comida para que intercepte el vino que está a punto de derramarse por el lateral de la mesa y de ensuciar también el suelo. A nuestro alrededor, Nora es la única que parece saber qué hay que hacer: se ha embarcado en la misión de salvar la mesa ella sola.

—Uy, la hostia —dice el hombre sentado a ella cuando levanta la cabeza y me ve cerniéndome sobre él—. Eres... Eres Derek Pender, ¿verdad?

—¡Sí! —dice Nora en tono animado—. ¿Quiere que le enseñe su carnet? La verdad es que es injusto que salga tan bien en la foto.

—No, me... me lo creo. Bueno..., joder..., menudo cuerpazo tienes. —Un instante después hace una mueca—. Lo siento, eso ha sonado muy mal. Estoy un poco achispado porque estaba nervioso por…

Baja la vista hacia la mesa y todas las miradas convergen en una cajita de terciopelo rojo que hay a un lado.

Nora ahoga una exclamación de alegría.

—¿Acabáis de comprometeros?

—Sí, ahora mismo —contesta la mujer, que le dedica una sonrisa cariñosa a su ebrio prometido.

Nora encadena una felicitación tras otra y le dice a la mujer lo guapa que está con ese vestido. Se da cuenta enseguida de que el anillo de compromiso es antiguo y pregunta si tiene alguna historia. Cinco minutos más tarde, el hombre le ha contado con todo detalle que el anillo fue de su abuela, que su abuelo lo compró durante la guerra y se lo envió por correo pidiéndole que lo reservara para cuando regresara. Volvió y tuvieron cinco hermosos hijos. Nora está llorando. La mujer está llorando. El tipo está llorando. A mí… se me ha metido algo en el ojo…, pero eso es lo único que pienso reconocer.

—Y vosotros dos os acabáis de casar, ¿no? ¡He visto la historia de vuestra boda en Las Vegas en todas las redes sociales! —dice la mujer—. ¿Me enseñas tu anillo? Seguro que es…

En ese momento baja la mirada hacia el dedo de Nora y se percata de que no hay nada salvo una discreta línea negra.

Nora no pierde la sonrisa en ningún momento, pero noto que se frota el interior del tatuaje con el pulgar, como si buscara la línea para sentir algo. Para tener una prueba de que está ahí.

—Pensamos que un tatuaje sería una forma divertida de conmemorar un acontecimiento espontáneo.

Levanta la cabeza hacia mí y me doy cuenta de que, bajo esta luz, el dorado de los ojos le brilla más que el verde. Aunque sonríe, veo lo que ella no quiere que vea. El insidioso recordatorio de que esto no es real. De que lo que sea que somos ahora empezó con una mentira. De que nunca le he regalado un anillo por amor. Hemos hecho todo esto para que no perdiera el trabajo y, sí, de ello ha surgido una relación nueva, pero ¿cómo va a sobrevivir lo nuestro a la vida real en casa? ¿Tenemos siquiera una oportunidad cuando nuestro inicio fue una mentira?

Le cojo la mano izquierda y me la llevo a los labios; le beso el tatuaje del anillo y espero que sienta lo que no puedo decirle: «Da igual cómo comenzara esto: para mí, es real».

Aparto la mirada de Nora y me doy cuenta de que casi todo el restaurante nos está mirando. Y no solo con los ojos, sino también con los móviles. Hora de marcharse.

Después de firmarle un autógrafo a la pareja y de hacernos una foto con ellos, Nora les pide a los camareros que les sirvan el postre y la botella de vino que quieran a modo de felicitación (y de disculpa). Esta mujer está en plan agente incluso cuando ni siquiera lo intenta, y le sienta la leche de bien.

Cuando volvemos a nuestra mesa, sonríe como si no hubiera pasado nada fuera de lo normal.

—He estado pensando, Derekito, ¿te apetece ir a una discoteca conmigo después de esto?

—¿A una discoteca? —pregunto en tono vacilante.

No he hecho nada ni remotamente parecido a salir de fiesta desde que me lesioné porque:

1) No me ha apetecido. La ansiedad y el estrés por recuperarme por completo han sido los factores que han regido mi vida desde el día en el que me desperté de la operación.

2) No quiero dar una imagen poco seria en los medios de comunicación. A nadie le gusta ver a un tipo cuya carrera pende de un hilo emborrachándose en una discoteca.

3) No lo he echado de menos.

Esta vez es Nora la que me lee el pensamiento. Me mira de hito en hito y ladea la cabeza.

—Puedes consagrarte a tu carrera, beber infusiones de manzanilla y también divertirte.

Le tiendo una mano.

—¿Hola?, ¿eres la sartén? Soy el cazo.

—Exacto. Somos tal para cual. —Los labios rosados se le curvan en una sonrisa y me aparta la mano de un cachete—. Vente conmigo. Esta noche vamos a divertirnos juntos.

Sus palabras se me cuelan en el pecho y me palpitan en el corazón.

—¿Qué versión de nosotros va a ir a la discoteca? ¿Agente y cliente? ¿Marido y mujer? ¿O amigos?

Se le ilumina la cara.

—Todas ellas.

# 32

# Derek

Al salir del restaurante, nos subimos a un Uber y nos encaminamos hacia un club nocturno en el distrito turístico del centro de Cancún.

Dentro hay mucho ruido. Unas luces azules y moradas zigzaguean por el ambiente oscuro, brumoso y cargado de sudor, y reverberan en las superficies espejadas. El local está lleno pero no abarrotado. Aun así, hay suficientes cuerpos como para que el instinto me empuje a buscar la cadera de Nora mientras caminamos.

—¡Vamos a tomar algo! —grita para hacerse oír por encima de la música.

Las luces se le reflejan en los ojos y emana oleadas de una energía adictiva. No la veía así desde la universidad. Viejos recuerdos y sensaciones conocidas cobran vida.

—¿Estás segura? —le pregunto tras acercarme a su oído para que pueda oírme a pesar del ruido—. La última vez que bebimos juntos acabamos casados.

—Razón de más para hacerlo otra vez —dice, y me mira a los labios.

Se zafa de mi abrazo y, cuando echa a andar delante de mí, me coge de la mano para hacer que la siga entre la multitud. De vez en cuando vuelve la cabeza para lanzarme una sonrisa y dudo que sea consciente de la debilidad que me provoca. Del miedo que me da que todo esto sea un sueño y que se me vaya a escapar entre los dedos cuando despierte.

Cuando llegamos a la barra, llama al camarero y le pide una ronda de chupitos en español. No es un español perfecto, pero el camarero asiente y, con un inglés impecable, le dice que volverá enseguida con las bebidas. Saco mi tarjeta para pagar la cuenta y, un segundo más tarde, Nora empieza la cuenta atrás para que nos bebamos el tequila de un trago.

Cuando se lo toma, sonríe con una mueca en la cara y después estampa la mano contra la barra. Está llena de pecas y tiene la piel medio bronceada, medio rosada. Le favorece muchísimo. Me fijo en la tenue marca que el tirante del biquini le ha dejado en el hombro quemado por el sol y, de repente, no puedo pensar en nada más. Quiero que me sirva de camino para recorrerle todo el cuerpo.

A estas alturas es inútil intentar ocultar mi deseo. Y, cuando me mira a los ojos, se lo dejo perfectamente claro.

—Estás comestible vestida de rosa.

—Y tú… ya debes de estar borracho.

—Ni de lejos.

Me escudriña y la solemnidad de su expresión entra en guerra con la juerga que causa estragos a nuestro alrededor.

—¿Puedo hacerte una pregunta?

—Cualquier cosa. Siempre.

Su expresión se torna pícara.

—¿Qué hay en tu mesilla de noche, Pender?

«Cualquier cosa menos esa».

—Algo importante para mí. Pero, de momento, no quiero decir nada más al respecto.

Se pone triste, pero no me presiona.

—De acuerdo. Probaré con otra, entonces.

Estamos sentados el uno al lado del otro en sendos taburetes y, cuando Nora se inclina un poco más hacia mí, la parte exterior de su muslo se aprieta contra la mía.

—¿Por qué dos años? —pregunta. Al principio, no entiendo muy bien a qué se refiere, así que continúa—: Me dijiste que no volviste a salir con nadie hasta dos años después de nuestra ruptura. ¿Qué cambió a los dos años?

Desvío la mirada hacia el club palpitante y, después, la devuelvo hacia Nora.

—No fuiste la única que vio algo que se suponía que no debía ver. —Frunce el ceño—. Te vi en el aeropuerto.

Pone cara de que el suelo comienza a desmoronarse bajo sus pies.

—¿Me viste? ¿Por qué no me dijiste nada?

—Iba a hacerlo. Pero entonces me di cuenta de que estabas con alguien.

—Ah.

Poso una mano sobre la suya en la barra y le acaricio los nudillos con el pulgar. Sobre todo para recordarme que Nora ya no está en aquel aeropuerto con aquel tío desconocido. Está aquí. Conmigo. En esta especie de relación hermosa y caótica.

—Estaba a punto de coger un vuelo para un partido, miré hacia el otro lado y allí estabas. —Sonrío al recordar lo que sentí al verla de nuevo dos años después: se me contrajo el estómago y fue como si la luz hubiera irrumpido en la sala—. Llevabas una maleta rosa chillón, con ruedas, y te habías puesto unas zapatillas de deporte, unos *leggings* negros y una sudadera blanca con capucha que decía «Barrio Sésamo es mi lugar feliz». Entonces tenías el pelo más oscuro y te lo habías recogido en una coleta. Recuerdo que volviste la cabeza para sonreír y, a pesar de estar a veinte metros de distancia, me paraste el corazón.

La tensión se acumula entre ambos y Nora no me pide que siga hablando. Ya sabe lo que viene a continuación. En ese momento no fui consciente, pero verla aquel día en el aeropuerto fue mi penitencia por el hecho de que ella hubiera tenido que ser testigo de cómo besaba a otra chica delante de mi casa una semana después de nuestra ruptura.

—Entonces, un chico se te acercó, te cogió de la mano y os fuisteis juntos hacia la puerta de embarque. —Respiro hondo para protegerme del recuerdo—. Me quedé allí plantado un montón de tiempo, mirando cómo te alejabas con él hasta que te perdí de vista. —Lo que no le cuento es que Nathan me encontró así y me dijo que parecía que hubiera visto un fantasma. No me molesté en decirle que, en efecto, así era—. Pero parecías muy feliz con ese chico... Ben o Liam, supongo. No quise estropearlo acercándome a saludarte. Y, tal como te ocurrió a ti, verte con él me ayudó a aceptar que había llegado el momento de dejarte marchar de una vez por todas.

Aunque en realidad no lo hice nunca.

Antes de que pueda añadir nada más, Nora me agarra por la pechera de la camisa y me atrae hacia sí. Me besa... y es un beso desesperado. Vierte en él todos sus sentimientos. Los bajos graves de la música nos retumban en el cuerpo mientras ambos profundizamos el beso a la vez. Nora se baja del taburete para colocarse entre mis piernas y yo le deslizo las manos por la espalda, por los cálidos omóplatos. Levanta la cabeza y, ahora que tengo un ángulo mejor, le recorro la boca caliente con la lengua y devoro su dulce desesperación empapada en tequila.

Alguien choca conmigo por accidente y el empujón me devuelve a la realidad. Me estoy enrollando con Nora en mitad de una discoteca... y lo estoy disfrutando como un loco. Cuando nos despegamos el uno del otro, me mira sonriendo, puede que un poco avergonzada. Ojalá no lo estuviera. Todo en ella es perfecto.

Se desenmaraña de mis brazos, me coge de la mano y tira de mí para separarme de la barra.

—Venga, vamos a bailar.

A la mayoría de los hombres de mi tamaño les da vergüenza bailar, porque, cuando lo hacemos, no somos precisamente discretos. Sin embargo, a mí me importa una mierda: siempre me lo he pasado bien haciendo el ridículo en la pista de baile, y me alegro de volver a ella con Nora, pues me recuerda a aquella afortunada noche en la que la conocí en una fiesta.

No puedo decir que haya echado de menos las juergas que solía correrme, aunque, ahora, mientras me río y beso de vez en cuando a Nora bajo las luces de colores, con la música vibrándome en el pecho, me doy cuenta de que necesito más alegría en mi vida. Me he cerrado a la diversión y me he centrado demasiado en aferrarme al máximo a mi carrera. Pero esta noche no. Esta noche, ella me arrastra hacia la pista de baile y me recuerda que debo vivir.

Además, ¿cómo voy a parecer tonto si tengo a la mujer más bella del mundo bailando pegada a mí como si estuviéramos haciendo el casting para la siguiente entrega de *Dirty Dancing*?

La pista está llena de gente, pero, por lo que a mí respecta, no hay nadie más que Nora. Los ojos de Nora, que centellean en la oscuridad. La sonrisa de Nora, que irradia su propia luz por la sala. El cuerpo de Nora, que presiono contra el mío.

Después de quién sabe cuánto tiempo bailando, regresamos a la barra a por agua y otra copa. Voy al baño y la dejo allí sola durante menos de cinco minutos, pero, por lo visto, es demasiado tiempo. Cuando vuelvo, veo a un chico estadounidense, que debe de tener muchas ganas de morir, aprisionándole el bíceps con agresividad cuando ella le da la espalda.

—¡Tú, zorra, que te estaba hablando! No seas tan mojigata —grita por encima de la música, y es lo único que le da tiempo a decir antes de que lo agarre por el hombro y lo lance de espaldas contra la barra.

Está claro que es un turista, porque habla inglés y tiene esa mirada vidriosa de quien lleva demasiadas horas de fiesta. Los gritos estallan a nuestro alrededor y, justo cuando estoy a punto de estamparle el puño en la cara una y otra vez hasta que no le quede ni un puñetero diente en la boca, Nora me rodea el brazo levantado con la mano.

—¡No, Derek! —Lo dice como una orden y, solo porque es ella, aparto la mirada del tipo. Estoy temblando de rabia y Nora tiene la respiración agitada; no sé qué me ha visto en los ojos, pero la ha puesto nerviosa—. No le pegues. No merece la pena que te acusen de agresión por culpa de este tío. Por favor. Estoy bien, te lo prometo.

Aprieto los dientes para contener la ira y la adrenalina que me recorren de arriba abajo.

—En eso no estoy de acuerdo. Merecería muchísimo la pena con tal de hacerle pagar por haberte tocado.

Y lo digo en serio. Iría a la cárcel por ella si eso significara mantenerla a salvo de gilipollas como este.

Me aprieta el brazo.

—Te creo. Si bien acabo de recuperarte y no me apetece que acabes entre rejas y volver a perderte.

Me suelta el brazo, pero sus palabras me rodean y sujetan.

Cojo aire por la nariz y vuelvo a mirar al imbécil de ojos desorbitados que tengo inmovilizado bajo el puño. Lo acorralo aún más, me acerco tanto a su cara que casi tiene que hacer el puente sobre la barra. Quiero que me vea hasta los empastes de las muelas.

—¿Ves a esa mujer que tengo detrás, a la que acabas de tocar sin su consentimiento y a la que después has insultado? —le pregunto con una voz intencionadamente grave que espero que lo atormente en sus pesadillas.

Traga saliva y apenas consigue articular una sola palabra a modo de respuesta.

—Sí.

—Es mi esposa. Y, si fuera por mí, ahora mismo te tendría sangrando por toda la barra por haberle puesto un solo dedo encima sin que ella te lo pidiera. Cuando te suelte, vas a disculparte con ella. Luego te irás de este bar y, si alguna vez vuelves a tratar así a una mujer, lo sabré, te encontraré y…, por motivos legales, no voy a decirte lo que te haré. Aunque estoy seguro de que tu imaginación es capaz de rellenar los huecos en blanco.

Lo suelto con un empujón y doy un paso atrás.

Tarda unos segundos en despegarse de la barra y volver a erguirse. Mira hacia la multitud que se ha reunido a su alrededor y gira los hombros para recolocarse la camisa.

Me cruzo de brazos y espero, impaciente, a que se dirija a Nora.

—Eh… Lo siento por…

—No. —Lo interrumpo—. No la mires a la cara. No mereces mirarla. Discúlpate con la vista clavada en esos zapatos tan feos que llevas.

Baja la mirada al instante y empieza a temblar mientras se obliga a pronunciar una disculpa poco entusiasta. Y después, como el gallina de mierda que es, sale corriendo del bar.

Respiro hondo y hago caso omiso de la multitud boquiabierta, de los teléfonos que me graban, y miro a Nora. Tiene los ojos llenos de lágrimas y, cuando abro los brazos, se acerca y me permite atraerla hacia mí. Quiero ser su envoltorio de burbujas humano.

—¿Estás bien? —murmuro entre su pelo.

—Sí. Me aparté de la barra para ver bailar a la gente y apareció de la nada, no me dejaba en paz. Le dije que no quería bailar, pero no paraba de ponérseme delante y de insistir. Así que le di la espalda y en ese momento apareciste tú. —Se queda callada, pero yo aún no puedo decir nada porque la furia me hierve en las venas—. He pasado miedo. Me ha hecho darme cuenta de que debo apuntarme a clases de defensa personal en cuanto volvamos a casa. Tengo un ingenio afilado como un cuchillo y podría haberlo matado con un chiste de toc-toc bien traído, pero me parece que a lo mejor también he de aprender a lanzar a la gente contra la barra, como has hecho tú. Tener opciones nunca viene mal.

—Todavía no estoy preparado para seguirte la broma, Nora.

Le agarro la mano y me la llevo al corazón para que sienta la fuerza con la que me late contra el pecho.

Me da un beso ahí, justo encima del corazón desbocado. Me importa una mierda que todo el club nos esté mirando, así que le cojo la cara entre las manos con la mayor delicadeza de la que soy capaz y la miro a los ojos.

—Lo que te ha llamado...

—No le des importancia, Derek. Era un tipo asqueroso y...

—Sí, sí se la doy. Claro que se la doy, porque tú, Nora, eres toda belleza y magia excepcional, nada menos. —Una lágrima le rueda por el rostro y se la enjugo con un beso—. Vámonos.

# 33

# Nora

En el ascensor hay tanto silencio que me preocupa que Derek pueda oír los latidos acelerados de mi corazón, pero no está así por lo que ha ocurrido en el bar.

—¿De verdad estás bien? —me pregunta por enésima vez desde que salimos del club hace unas horas.

Al principio estaba un poco conmocionada, pero luego hemos vuelto al complejo y Derek, muy preocupado, me ha pedido cinco tapas y tres postres diferentes y hemos pasado dos horas enteras hablando y riendo en otro bar, uno mucho más agradable. A estas alturas, mi ansiedad ya se ha esfumado por completo, sustituida por un cálido alivio.

—De verdad. Te lo supermegaprometo.

—Yo solo... —Niega con la cabeza—. Espero que tengas claro que haría cualquier cosa por ti, Nora.

—Lo sé —contesto con dulzura—. Y espero que tú tengas claro que yo también me pelearía con un tío en un bar por ti.

Una media sonrisa de satisfacción se dibuja en sus labios.

—Uy, sí, lo sé.

Él está en un lado del ascensor y yo en otro. El ambiente no podría estar más cargado de electricidad ni conectándonos a una toma de corriente. Tiene los brazos cruzados, un tobillo apoyado sobre el otro, la cabeza ladeada y los ojos fijos en mí.

Imito su postura mientras nos estudiamos y hacemos un repaso mental de todas las formas en que podríamos arruinarnos la vida mutuamente, si nos dejamos llevar por los impulsos que nos constriñen, y resulta ser un error. La cosa es que nunca me he sentido más segura de que esto no es un error. Esta vez no.

Y cuando sus ojos azules se posan en mí y no se apartan, siento que me precipito en caída libre hacia un estanque de felicidad. Abandonan un instante mi rostro para recorrer mi cuello, mis clavículas, la curva de mis hombros, mi pecho y mi abdomen. Me mira como si me estuviese devorando.

Dios mío de mi vida, ojalá lo hiciera.

Su mirada vuelve a atrapar la mía y ya no parece tenerlo todo bajo control, sino más bien estar desesperado.

El ascensor suena y entra un hombre que se pone en medio de los dos. Derek y yo no nos movemos. El pobre está atrapado en un peligroso fuego cruzado, y lo sabe. Da golpecitos con el pie mientras el ascensor sube. Tiene que bajarse en la siguiente planta y, en cuanto se abren las puertas, sale disparado mirándonos por encima del hombro.

Las puertas se cierran y yo sonrío.

La mandíbula de Derek se tensa.

—Quedan dos reglas... —Hace una pausa y yo lo animo enarcando una ceja. Continúa con voz aterciopelada—: Quedan dos que no hemos roto.

—¿Solo dos? —Me siento extrañamente complacida por haber logrado romper dieciocho de las veinte reglas desde que trabajamos juntos.

—Solo dos —repite levantando dos dedos.

Enseguida caigo en cuáles son las dos que quedan:

«Regla número tres: Nada de hacernos amigos».

«Regla número veinte: Nada de sexo».

Mueve el dedo.

—Ven aquí.

—Ni hablar —digo agarrándome a la barandilla que tengo detrás para anclarme—. Ven tú.

—Siempre tienes que salirte con la tuya, ¿verdad? —dice con una sonrisa complacida.

—Y tú siempre tienes que intentar evitarlo, ¿verdad?

El ascensor está a punto de llegar a nuestra planta y la mirada de Derek hace que mi corazón bata con fuerza. Siento que podría romperme las costillas.

—Muy bien, pues. ¿Cuáles son las condiciones para esta competición?

Me muerdo el labio justo cuando se abren las puertas. No puedo creer que vayamos a hacerlo y, sin embargo, soy incapaz de impedirlo. No, no es verdad. Lo que pasa es que no quiero impedirlo. Derek es como un imán que me atrae desde que lo conocí en esa fiesta. No quiero pensarlo demasiado. Solo quiero estar con él esta noche y espero que también todas las que vienen después.

Salgo del ascensor y Derek me sigue de cerca mientras caminamos por el pasillo hasta nuestra suite. Soy muy consciente de todos mis movimientos. De cómo me abraza la ropa. Del sonido de los pasos contra la lujosa moqueta. De su expresión hambrienta en cada espejo por el que pasamos.

—Será como el juego de las preguntas —digo girando el cuello para mirarlo, y después vuelvo a mirar al frente—. Mezclado con *strip poker*.

Noto que los pasos de Derek pierden el ritmo un momento, pero cuando llegamos a la puerta y saca la llave, está completamente sereno. Más que sereno, de hecho. Irradia confianza como si él mismo fuera la personificación de la seducción. Si hay algo en lo que Derek sobresale, es en esto.

Una emoción me recorre por dentro. Nunca había sido tan divertido jugar como con este hombre. Me abre la puerta.

—Vale —dice después de entrar en la habitación. Su voz suena grave—. Entonces, si respondo a la pregunta que me hagas, tú te quitas una prenda de ropa, y, si no respondo, me la quito yo, ¿correcto?

Asiento.

—Quien esté desnudo primero pierde y tiene que dar el primer paso.

Me observa durante unos segundos con una sonrisa felina.

—Acepto.

Uf. Sabe perfectamente lo guapo que está con esa media sonrisa y, aun así, no tiene piedad de mí. Desvía la mirada hacia la muñeca, se desabrocha el reloj y lo tira al sofá.

—Esta de regalo —dice en un tono que hace que se me contraigan los muslos.

No puedo evitar sentir que está demasiado lejos y demasiado cerca al mismo tiempo.

Ya he perdido la ventaja. El juego de la seducción se le da mucho mejor que a mí.

Por eso sigo su ejemplo y me quito los tacones.

—Para que tu regalo no se sienta solo.

Entrecierra ligeramente los ojos mientras yo sonrío.

—Tú primero, Galletita de Jengibre.

Vale, es posible que acabe desmayándome. Mi corazón late demasiado rápido. Mi piel está húmeda. ¿En qué momento he pensado que esto era buena idea? Me pareció excitante cuando estábamos en el ascensor y aún me duraba el subidón de adrenalina por lo del club, pero ahora ya ha desaparecido y estoy a solas en esta habitación con un hombre que abruma todos mis sentidos. Un hombre que es más sexy de lo que cualquier hombre tiene derecho a ser.

«Quedan dos reglas... Quedan dos que no hemos roto».

No hay duda de qué ha querido decir cuando ha pronunciado esas palabras. Y no hay duda de que a mí esa idea me parece igual de bien que a él. «Esta noche, está claro que vamos a destruir la regla número veinte».

Pero también soy muy competitiva, así que no pienso ceder la primera. Lo que significa que necesito dejarme puesta la mayor cantidad de prendas como sea posible. Debo estar preparada para abrir mi corazón con las preguntas que me haga y pensar en otras imposibles que hacerle.

—Derek —digo con tono burlón.

—¿Sí, Nora?

Se acerca un paso. Ahora estamos a dos metros de distancia, de pie en medio de la suite con una enorme ventana a nuestra derecha. No existe en el mundo un paisaje más bonito que el de la luna sumergiéndose en el oscuro y ondulante océano.

Pienso en una pregunta que sé que no querrá responder. «Prepárate para perder una pieza de tu preciada ropa».

—¿Qué hay en tu mesita de noche?

Derek me lanza una mirada indescifrable.

—Estás decidida a averiguarlo, ¿verdad? Paso.

Me recorre una sensación de triunfo hasta que veo que le brillan los ojos. Se inclina y se quita los zapatos.

—Nora —dice cuando vuelve a ponerse en pie y se cruza de brazos—. ¿Cuál es tu postre favorito?

Frunzo el ceño.

—Ya sabes la respuesta a esa pregunta. ¿Por qué no me preguntas algo mejor? —Mi cerebro intenta descifrar cuáles son sus intenciones.

Me lanza una mirada que no delata nada.

—En ningún momento has dicho que no pudiésemos hacer preguntas de las que ya sabemos la respuesta.

«Sospechoso».

Entrecierro los ojos y respondo:

—Helado con cereales.

Sonríe, pero no es una sonrisa cualquiera, sino una sonrisa ardiente e intencionada, mientras se abre los botones de la camisa, uno a uno, hasta llegar a ese abdomen precioso y definido. Se la quita y el corazón me da un vuelco. Tiene los hombros muy morenos después de estos días en la playa. Y no hay nada más sexy que la forma en que su pantalón de vestir se ciñe a sus caderas. La cinturilla de sus calzoncillos negros asoma por arriba, burlándose de mí e intensificando los detalles de los halcones de su pecho. Incluso las caderas de este hombre están definidas. Tiene un músculo que se asienta donde la mayoría de la gente tiene michelines y desciende hasta la V del bajo vientre. Sería fácil odiarlo por lo cuadrado que está si no supiera lo duro que trabaja para conseguir este cuerpazo.

—Podrías haberte quitado los calcetines —le digo volviendo a intentar trazar mentalmente la ruta que está siguiendo.

—Podría. —Se está divirtiendo. Es un astuto embaucador—. Te toca.

Aún no sé a qué está jugando, y como mi cerebro está lo bastante intrigado como para necesitar la respuesta, me acerco e intento su misma táctica.

—Muy bien, señor engreído. ¿Cuál es tu color favorito?

Si contesta, tengo que quitarme una prenda de ropa, y resulta arriesgado teniendo en cuenta que llevo menos que él. Pero es un precio que estoy dispuesta a pagar para averiguar qué trama. Tengo la sensación de que ha iniciado una segunda competición secreta, y esa también quiero ganarla.

Derek frunce las cejas y ladea la cabeza. Su mandíbula parece tan afilada que podría cortar un filete.

—Paso. Esa pregunta es muy personal.

—¿Qué? —No solo me asombra que se niegue a contestar y tenga que quitarse una prenda de ropa, sino que no consigo entender cuál es su objetivo. Se parece poco al juego de las preguntas y mucho al del trilero que pone una bolita dentro de un vaso, lo mueve junto con otros dos y luego me pide que adivine dónde está la bola. «Fascinante» —. No es que no aprecie la importancia que le das a la expresión artística, pero ¿en qué momento es eso una pregunta personal?

Chasquea la lengua.

—Eso suena a otra pregunta. No seas egoísta, espera tu turno.

Suspiro y cruzo los brazos sobre mi cuerpo completamente vestido mientras lo veo agacharse para quitarse los calcetines. Disfruto de las excelentes vistas de los músculos de los hombros y la espalda, que se agrupan y retuercen bajo sus tatuajes. Es como ver a un superhéroe ponerse cómodo. Se endereza y levanta el pie para mover los dedos en modo juguetón. Me resulta tan seductor... Pero no por los dedos. Me he quedado embobada mirándole los abdominales, que se van contrayendo mientras se balancea sobre un pie. «Madre mía».

Pregunte lo que pregunte, tengo que negarme a contestar y quitarme una prenda. No puedo explicar por qué o cómo, pero en sus ojos veo que está jugando a otro juego, y pienso ser partícipe.

—Nora..., ¿te sientes segura conmigo?

Ahogo un grito y lo apunto con el dedo.

—¡Falta! Esa pregunta es pura manipulación. No puedes hacerme una que sabes que no voy a querer dejar sin respuesta.

Se encoge de hombros. Sigue sin dar pistas de lo que está pensando ni de cuál es su motivación. Tal y como están las cosas, parece que intenta perder.

—Las reglas están para romperlas —dice con una sonrisa de satisfacción, y me pregunto cuánto tiempo lleva esperando para usar mis propias palabras contra mí.

Ahora ya sí que me he perdido. No sé si contestar o pasar. Así que opto por decir la verdad.

—Nunca nadie me ha hecho sentir más segura que tú.

Se le hincha el pecho con un suspiro y una sonrisa se dibuja en su boca. A continuación se desabrocha los pantalones y los deja caer al suelo. Levanta un pie, luego el otro... y ya está sin pantalones.

Ahora, Derek Diosgriego Pender (ese debería ser su segundo nombre, pero en realidad es Felix y lo odia) está delante de mí en calzoncillos y yo estoy a punto de sufrir un patatús. Ya, sí, lo he visto desnudo muchas veces, pero es que aquello era diferente. Éramos jóvenes y el tiempo (ese capullo implacable) ha borrado gran parte de mis recuerdos.

Siento como si esta fuera una experiencia totalmente nueva. Me sudan las palmas, me tiemblan las piernas y se me encogen los dedos de los pies.

Una pregunta más y gano.

Ve mi mirada hambrienta y su sonrisa se vuelve perversa.

—Pregunta.

No lo dudo.

—¿Por qué financias anónimamente una organización sin ánimo de lucro que ayuda a madres solteras a pagar el alquiler y la hipoteca?

Parpadea. Lo he pillado.

—Ya veo que has estado hurgando a fondo en mis finanzas. Paso.

Y entonces, sin un ápice de timidez, sin una pizca de vacilación, Derek se quita la ropa interior, dejándolo todo (y quiero decir todo) a la vista para que mis ojos lo devoren. Ha perdido y yo he ganado, pero cuando sus ojos se cruzan con los míos y veo ese brillo arrogante que tanto me gusta, cuando se aproxima a mí para dar el primer paso tal y como dictan las reglas del juego..., no sé por qué, pero siento que el claro ganador es él.

—¿Cuál es el juego secreto al que estabas jugando? —le pregunto.

Mi cara se va inclinando más y más hacia arriba a medida que se acerca. La única vestimenta que lleva es la del poder que tiene sobre mí. Desnudo es sobrenatural. Mi piel se calienta y hormiguea cuando nuestros cuerpos reducen distancias.

—No estaba jugando a ningún juego secreto.

—No me mientas, Pender.

—Lo digo en serio. —Me echa el pelo hacia atrás, las yemas de sus dedos me rozan el hombro—. Solo he perdido porque quiero demostrarte que soy completa e intencionadamente vulnerable ante ti, Nora. Que perderé con gusto todas las competiciones contra ti todos los días de mi vida, porque para mí el verdadero premio es estar cerca de ti.

Su mano me baja por la mandíbula y siento un escalofrío.

—Ahora compartamos algunas verdades. —Se inclina para besarme la mejilla—. No quiero contarte lo que hay en mi mesilla de noche porque, cuando lo haga, lo que hay entre nosotros cambiará, y no creo que estés preparada para saberlo. No quiero que salgas corriendo, así que tendrás que conformarte con esperar. —Otro beso en mi otra mejilla mientras un delicioso calor se desprende de su cuerpo, llamando en silencio al mío—. Mi color favorito es el avellana. —Me levanta la mandíbula y sus labios la rozan—. Y financio esa organización porque, cuando éramos novios, me dijiste que te hubiera gustado que existiera algo así para tu madre y otras madres como ella. Así que cuando recibí mi primer sueldo importante y mi contable me preguntó a qué tipo de organizaciones benéficas quería donar, tus palabras fueron las primeras que me vinieron a la mente. Lo hice de forma anónima porque no quería que lo vieras y pensaras que era raro por mi parte.

—Jamás habría… —Me silencia con un dedo en la comisura de los labios.

—Y el día que te volví a ver en esa sala de reuniones, después de tanto tiempo, me puse furioso —gruñe esa última palabra—

porque seguías siendo la mujer más bonita que había visto en mi vida.

Ahora se me acumulan las lágrimas en los ojos y empiezan a caer por las mejillas. Derek me las limpia con los pulgares.

—Estoy a tus pies, Nora. Si me quieres, soy todo tuyo.

No hay ni una sola parte de mí que tenga que pensárselo dos veces antes de responder:

—Y yo toda…

# 34

# Nora

Los labios de Derek me arrebatan esas últimas palabras en un beso aplastante. Su boca atrapa la mía con una fuerza que agita cada rincón de mi cuerpo. Me calienta los labios. Me calienta la piel y se abre paso hasta mi interior.

Su mano baja acariciándome por el costado, poniéndome los brazos y los muslos de piel de gallina, hasta llegar a la parte baja de la espalda para atraerme contra él. Nuestro beso se interrumpe y se reanuda, y nuestras cabezas se inclinan buscando el ángulo perfecto.

El corazón me retumba mientras respiramos el aliento del otro. Sus dientes se deslizan lentamente por mi cuello hasta llegar a la clavícula. La noche oscura se alza a nuestro alrededor, las estrellas parpadean al otro lado de la ventana, animándome a pensar que esto es buena idea a la vez que la boca de Derek succiona con delicadeza la piel de mi garganta.

«Más, más, más».

—Será un placer —dice, porque al parecer he compartido mis pensamientos en voz alta.

Mi abdomen se tensa de forma instintiva cuando los nudillos de Derek me rozan la piel del vientre y juguetean con la cinturilla de mis preciosos pantalones rosas. Con una pericia digna de premio, lo desabotona, baja la cremallera y los deja caer. Sucede en un instante. El aire frío me recorre los muslos. Me estremez-co cuando la mano grande y cálida de Derek se desplaza a mi culo y me da un firme apretón.

Gime con un sonido visceral que hace que un vehemente de-seo me invada.

—No son las bragas de los días de la semana —me gruñe al oído.

—No. No lo son. —Mi sonrisa desprende confianza.

Estas son de encaje. Semitransparentes. Son sexis y atrevidas y me hacen sentir como una mujer. Los ojos de Derek me devo-ran de pies a cabeza.

—Me encantan. —Una sonrisa oscura se apodera de su boca. Tiene una mirada peligrosa—. Ahora quítatelas.

Sus pulgares se enganchan a la endeble cinturilla y me las quita poco a poco. No aguanto más tener las manos quietas. Quiero pegarme a él y no soltarme nunca. Para empezar, trazo las líneas en relieve de los tatuajes de sus hombros y su pecho, dejando que las yemas de mis dedos bailen por su duro abdo-men y hacia otros lugares aún más duros. Pero Derek me coge de la muñeca y me detiene antes de que llegue.

—Todavía no —me advierte. No; me suplica. Paramos un segundo y nos damos cuenta de lo mucho que esto significa para ambos—. No quiero ir con prisas. Esta noche solo quiero saborearte.

No se puede discutir tal afirmación. Levanto los brazos por encima de la cabeza para que Derek me quite el top. Le da un par de tirones, pero no se mueve del sitio. Estoy a pun-to de enseñarle dónde está la cremallera cuando oigo que algo se desgarra. Mi top cae al suelo, junto a mis pantalones, como un trozo raído de tela. Me llevaré este top a casa y lo enmarcaré con una pequeña placa debajo que diga: «Oda a Cancún».

—Creía que no querías precipitarte —lo reprendo llevando las manos a esas cordilleras que él llama hombros.

—Hay que hacer excepciones de vez en cuando. Te compraré otro, Galletita de Jengibre —me susurra en la oreja con los dientes rozándome el lóbulo.

La tensión se concentra entre mis muslos cuando la lengua de Derek se arremolina sobre mi pulso. Sensaciones que nunca había experimentado me recorren las entrañas.

Le clavo las uñas en la espalda, tratando de acercarme más y más, de sentir la presión oscilante de nuestras caderas al entrar en contacto. Suelta un par de palabrotas contra mi piel antes de dejar caer las manos y agarrarme de los muslos. Me levanta para que estemos cara a cara y, a pesar de encontrarme envuelta por esta neblina de lujuria, soy capaz de apreciar lo azules que son sus ojos incluso a la luz de la luna.

Le rodeo el abdomen con las piernas y su piel me abrasa. Su boca toma la mía en un beso húmedo y apasionado que me tensa tanto que temo partirme por la mitad. Mis manos se enredan con su pelo cuando me lleva a la cama. Pero no me tumba, sino que se sienta conmigo a horcajadas sobre su regazo. Respira hondo y ralentiza el momento hasta convertirlo en algo delicado e increíble. Como una perfecta contradicción, sus enormes y ásperas manos me apartan con delicadeza el pelo de los hombros para que caiga por mi espalda. Sus ojos árticos se derriten sobre mi cuerpo mientras me recorre las costillas con los dedos como si fueran teclas de piano. No estoy preparada para la sensación de tener sus manos sobre mis pechos.

La forma en que me mira ahora mismo… Sí, hay deseo y promesas de lo bien que se sentirá su cuerpo cuando esté encima del mío, pero también hay mucho más. Algo crudo y casi doloroso.

Traza una línea con el dedo por el centro de mis pechos y se detiene en el lado izquierdo, justo debajo de la clavícula. Dibuja una forma. Mi forma. Un corazón. Y luego se inclina para acariciarlo con los labios.

—Nunca te he dado las gracias —dice mientras se levanta de la cama.

Suelto un gritito y me sujeto a él por el cuello, aunque parece que me tiene bien agarrada sin necesitar ayuda de mi parte. Da media vuelta y me baja la espalda hasta el mullido colchón. Es una nube blanca y blandita de lujo.

Por fin me cubre con su peso, y quiero sentirlo todo. Engancho mi pierna alrededor de su espalda para hacerlo realidad, pero él sonríe mientras el pelo le cae sobre la frente.

—Paciencia. Tengo algo que decirte.

—¿Qué tal si me lo dices más tarde?

Me tiene desesperada. Nunca he estado más desesperada por nada ni por nadie en mi vida.

Su mano se sumerge por mi espalda, levantándome de nuevo para arrimarme a la almohada.

—No. Quiero decírtelo ahora, mientras estás desnuda. Es mejor así.

Apenas consigo ocultar mi quejido, sobre todo cuando Derek inclina la cabeza, con los músculos de los hombros bien marcados, y acerca la boca a la parte más sensible de mi pecho. Su lengua es una obra de arte, y yo me arqueo indefensa ante ella.

Después de un momento, sigue hablando.

—En el instituto y en la universidad, todos me hacían sentir fuera de lugar cuando intentaba hacer algo que no fuera deporte. Incluso de adulto, las relaciones que he tenido han sido puramente físicas y superficiales. Nunca me he sentido particularmente querido ni apreciado. Excepto contigo.

Mientras habla, su mano deambula por mi vientre y llega hasta la cara interna de mis muslos, donde dibuja pequeños corazones. Luego va subiendo hasta que por fin toca justo donde quiero y necesito que me toque. Sus palabras por sí solas ya son como una peligrosa corriente eléctrica que me recorre la piel, pero combinadas con ese contacto, es como recibir el impacto directo de un rayo. Es una sobrecarga. Una embestida. Y tiene razón; estas conversaciones son mejores si se mantienen estando desnudos.

Su boca se hunde en mi cuello mientras con la mano empieza a seguir un ritmo. Tanto placer me hace sentir hasta mareada. «Me conoce tan bien». No quiero que pare. No quiero que termine. Quiero vivir aquí, con Derek, en esta nube mullida para toda la eternidad.

—Gracias por quererme por aquel entonces, Nora. —Su voz suena ronca—. Estar un tiempo separados fue lo correcto, pero, joder, qué afortunado soy de que hayamos coincidido otra vez.

—Derek —jadeo, estoy tan cerca del límite—. No... puedo... hablar.

Sonríe como si fuera la mejor respuesta que pudiera darle antes de que su boca devore mis labios. La sensación de su lengua, sus manos y su cuerpo se combinan para liberar esa deliciosa presión que me oprime las entrañas. Veo chispas con los párpados cerrados, como si fueran fuegos artificiales en un cielo nocturno. Me agarro a su espalda mientras un escalofrío me recorre por dentro, curvándome los dedos de los pies y haciendo que me retuerza. Me besa mientras gimo, como si le encantara sentir cómo me descompongo ante él y sus labios.

No creo que haya nada mejor que esto.

Pero unos segundos después, tras una breve pausa para que Derek se ponga el condón, me doy cuenta de lo equivocada que estoy. Sí que hay algo mejor: Derek susurrando mi nombre, besándome el cuello, la cara, los hombros, cualquier cosa que esté al alcance de su boca mientras se mete lentamente dentro de mí. «Así. Así es como se supone que debe ser. Como se supone que se debe sentir».

Volver a hacer esto con Derek casi hace que se me salten las lágrimas. Todo está saliendo tan bien y me siento tan aliviada. Mi cuerpo se deja llevar cuando lo toca la única persona con la que me he sentido realmente cómoda en esta vida. La mete y la saca despacio, dejando que me vuelva a adaptar a él, y quiero sollozar de lo mucho que lo he echado de menos. De lo mucho que he echado de menos hacer esto con él.

Se agarra al cabecero con una mano mientras sus caderas empujan las mías. Las sensaciones alcanzan su punto álgido y una nueva oleada de necesidad se apodera de mí. Acompaño sus movimientos, meciendo y levantando las caderas, y juntos avanzamos hacia ese abismo que se aproxima, esa cosa que arde y brilla en la distancia. Le rodeo las caderas con la pierna y él gime, dejando caer la cabeza en el hueco de mi cuello.

—Mierda, Nora —gruñe enlazando su mano libre con la mía y presionándola contra el colchón.

Su ritmo se acelera y yo le sigo.

—Derek...

Ni siquiera sé lo que iba a decir. Mis pensamientos no funcionan en este momento. Solo soy un cuerpo. Y él otro. Y se compenetran tan bien, tan obsesivamente bien, que creo que podría morir.

Levanto la cabeza y abro la boca contra su cuello, saboreando el sudor de su piel. Le lamo y oigo mi nombre en su aliento una última vez antes de que me estreche la mano con más fuerza. Oír cómo llega me hace ir detrás de él. Un torrente de placer eléctrico me recorre las venas antes de caer rendida de placer.

Nos quedamos quietos y respirando un minuto, acomodándonos y degustando el momento. Después de un minuto, una hora, un año, quién sabe, Derek se apoya en un codo, me suelta la mano para inclinarme la barbilla hacia arriba y me besa con tanto cuidado que me parte el corazón en mil pedazos.

—¿Estás bien? —pregunta en un tono grave que me hace mover los dedos de los pies.

Sonrío, me inclino para besar mi inicial en su bíceps y luego retirarle el pelo de la frente sudada.

—Te prometo que nunca he estado mejor.

Me deja solo un minuto para ir a limpiarse, pero yo aún no he recuperado las suficientes fuerzas para moverme, así que me quedo tumbada con una sonrisilla cursi en la cara. Y cuando se vuelve a meter en la cama, me arrima a él para hacerme la cucharita y me envuelve con las mantas. Soy una cálida oruguita dentro de un capullo de edredones. Vivo en una nube de placer donde no hay cabida para los problemas.

Su gran bíceps cuelga de mi hombro. Le doy un beso. Un mordisco. Y otro beso.

—Yo tampoco he tenido nunca algo así con nadie más que contigo. No hablo solo del sexo, sino de todo. —Hago una pausa y escucho el océano a lo lejos mezclado con el latido del corazón de Derek—. Incluso cuando he tenido pareja, siempre me he sentido algo… sola. Nadie me entiende como tú.

Y es gracias a que me entiende que no me presiona para que le dé más detalles. Así que guardo el resto de la explicación: que ser reemplazada se convirtió en el plato de cada día y que al final dejé de querer nuevas relaciones e incluso amistades.

Me besa la sien.

—Siento haber dicho que no quería ser tu amigo. Fue porque no confiaba en mi capacidad para no querer acabar así si nos volvíamos a acercar.

—Tiene sentido. Soy muy irresistible —respondo retorciéndome en sus brazos para mirarlo.

—¿Sigue en pie la oferta?

—¿Para ser mi amigo?

—Ajá. —Se le cierran los ojos.

—Es más complicado negociarlo ahora que estamos desnudos. Y casados.

Me aprieta contra su pecho.

—No, yo creo que es más fácil. Por favor, di que sí. Me encantaría ser tu amigo, Nora.

«Como si hubiera alguna posibilidad de que quisiera decir que no».

Le dibujo un corazón en las costillas.

—Sí, puedes ser mi amigo, Derek Pender. Pero esto rompe la regla número tres.

# 35

# Nora

En los últimos días, Derek y yo no hemos salido de la habitación. Es broma. La verdad es que hemos estado muy ocupados en el resort. Finalmente hicimos snorkel en el arrecife de coral, otro día nos fuimos de compras al mercado local, otro de excursión para visitar y nadar en los cenotes más hermosos que he visto nunca. En serio, eran tan bonitos que parecían irreales. Y un día también fuimos al spa, donde nos dieron un masaje en pareja y tuvimos un desafortunado incidente con la sábana que me gustaría que quedara en el olvido.

Me siento como en un sueño porque lo estoy viviendo con Derek. Hemos pasado estos días pegados, reaprendiendo quiénes somos en la actualidad. Creo que nunca me había reído tanto como en la última semana. No solo eso, sino que por las noches nos íbamos a la playa y nos sentábamos bajo las estrellas para contarnos todos los acontecimientos que nos hemos perdido a lo largo de los años. Como que los dientes de Derek son así de perfectos porque en realidad lleva unas carillas por las que pagó miles de dólares y por las que no se arrepiente lo más mínimo. O como la historia sobre cómo sus amigos y él ayudaron a que Nathan y Bree acabaran juntos gracias a una chuleta romántica. O como el hecho de que estoy completamente obsesionada con *The great British bake off* y sueño en secreto con participar en el programa algún día, a pesar de que yo sea estadounidense y no tenga ni idea de repostería.

En ratos más tranquilos, también me ha contado más cosas sobre cómo ha sido vivir con dislexia. Lo duro que fue que lo trataran como si no se esforzara, cuando lo único que hacía era esforzarse. Me encantaría poder curarle esas heridas y quitarle el dolor, pero no puedo, así que, en su lugar, le susurro lo orgullosa que estoy de él y lo abrazo hasta que se le pasa. Juntos gestionamos ese tipo de sentimientos lo mejor que sabemos.

Ahora bien, las noches… Las noches no tienen nada que ver con el reportaje y son completamente nuestras. Las pasamos abrazados. Más o menos la cosa va así: llegamos muertos de cansancio tras un día de exploración y sonrisas para las fotos, nos duchamos y recuperamos fuerzas; fuerzas que después quemamos entre las sábanas de la mejor forma posible.

Es por eso por lo que ahora mismo, que ya es tarde y los dos estamos sudorosos y agotados, caigo en sus brazos para darnos la sesión de mimos más épica de la historia. Me recorre la espalda desnuda con los dedos y yo me estremezco.

—¿Te preocupa volver a la oficina? —me pregunta con una voz tan perezosa que noto que tiene tanto sueño como yo. Pero sé por qué me lo pregunta.

Marty me ha enviado hoy por correo electrónico un enlace a un tabloide con una foto de cuando Derek y yo nos besamos por primera vez en la playa. Ha sido cuidadoso a la hora de elegir sus palabras, pero se le notaba el desdén: «He pensado que te gustaría saber el tipo de imagen que estás dando en la luna de miel, para que lo tengas en cuenta y no pongas en peligro tu profesionalidad. No me gustaría que otros deportistas se llevaran una impresión equivocada de ti».

Me acurruco aún más.

—Un poco. —Hago una pausa—. Vale, sí, mucho.

Derek se ha ofrecido a acabar con la vida del hombre como quien no quiere la cosa (lo ha dicho de broma... creo), pero yo he declinado la oferta. Sin embargo, lo que sí he hecho ha sido reenviar el correo al departamento de Recursos Humanos. Por desgracia, me han dicho que no había nada en el mensaje que fuera estrictamente ofensivo o inapropiado (debido a su redacción estratégica y a que era un enlace a una foto en lugar de una captura de pantalla real). Es probable que tampoco ayude que Marty juegue al golf con los mismos tíos que llevan RRHH.

Me aprieto más contra Derek.

—O puede que no sea preocupación, sino más bien que no me apetece lo más mínimo.

Los dedos de Derek siguen recorriéndome la piel como si estuvieran trazando un camino.

—Si quisieras dejarlo y encontrar un trabajo con un ambiente menos tóxico, yo iría contigo adonde fueras, lo sabes, ¿no? Quiero decir, no estoy seguro de si eso significa mucho viniendo de un atleta que es posible que se quede sin trabajo dentro de unos meses. Pero quiero que sepas que tienes opciones.

—¡Deja de decir tonterías! Claro que significa mucho. En los próximos meses, hasta los cohetes te van a tener envidia de lo alto que vas a volar. —Suelta una carcajada. Cierro los ojos y saboreo la vibración de su cuerpo contra el mío—. Aunque, la verdad, empiezo a dudar de que exista alguna agencia donde haya un entorno laboral menos tóxico. Me temo que este es el mundo del deporte y, si quiero formar parte de él, tendré que curtirme.

Tararea y me estrecha entre sus brazos.

—Eso suena muy poco propio de Nora Mackenzie.

Levanto la barbilla y la apoyo en su pecho para mirarlo.

—¿Qué quieres decir?

—La Nora que yo conozco no se adapta a lo que no le gusta. Lo cambia. —Me acaricia el pelo.

Exhalo.

—Esa Nora está cansada y lista para que alguien más se haga cargo del mundo.

Me inmoviliza con ambos brazos, me da un beso en la mandíbula y acomoda su cabeza bajo mi cuello.

—Dile que puede descansar aquí conmigo y coger fuerzas para fulminarlos a todos cuando volvamos. —Me besa el cuello y se aparta para mirarme a los ojos—. Si necesitas ayuda, pídelo y allí me tendrás.

Sonrío y él captura mi sonrisa entre sus labios.

Por desgracia, en cuanto su boca entra en contacto con la mía, empieza a sonarle el móvil desde la mesita de noche. Los dos nos sobresaltamos y Derek alarga la mano para cogerlo.

—Lo siento, creía que estaba en silencio —se excusa mientras se lo acerca a la cara.

Entonces caigo. Es medianoche y alguien está llamando a Derek. No puede ser nada bueno. Me incorporo y veo que Derek frunce las cejas.

—Es Price —dice incorporándose para apoyar la espalda en el cabecero, y enciende la luz. Responde con un—: ¿Qué sucede?

Derek escucha en silencio, observando la habitación mientras yo lo observo a él. Busco en su rostro algún indicio de lo que le está diciendo su amigo, pero su expresión es de piedra. Sus ojos se desvían hacia mí durante una fracción de segundo y luego mira hacia otro lado, pasándose la mano por la despeinada melena.

—Mierda. ¿Se va a poner bien? ¿Y el bebé?

Ahora estoy de rodillas, agarrada a la sábana, sin quitarle el ojo de encima a Derek.

Suelta un par de sonidos de comprensión mientras escucha antes de destaparse y levantarse de la cama.

—Sí, tío. Claro. De todos modos, mañana mismo estoy ahí.

Va hacia su maleta y rebusca entre las cosas. Aunque no sé qué está pasando, corro al baño mientras me pongo una de las camisetas de Derek y lo meto todo en el neceser. Me da urticaria verlo todo puesto ahí de cualquier manera, pero algo me dice que no hay tiempo para ponerme a organizar. Ya separaremos lo que es de cada uno más tarde.

—Ni de coña —espeta Derek como respuesta a algo que ha dicho Price—. Voy a volver digas lo que digas, así que ve a hacerle compañía a tu mujer en vez de perder el tiempo discutiendo conmigo. —Price añade algo más y Derek responde en voz baja—: Lo haré.

Se pone unos pantalones de chándal cortos después de colgar y se reúne conmigo en el baño justo a tiempo para encontrarme enrollando de forma agresiva el cable de mis tenacillas. Hacemos contacto visual a través del espejo. Nuestras miradas son una mezcla de emociones. Me giro para mirarlo y el extremo del enchufe del cable choca contra mi pierna.

—¿Qué ha pasado? ¿Están todos bien?

Derek asiente, pero parece alterado, incluso asustado. Nunca lo había visto así y no me gusta nada. Quiero arreglar lo que sea que pasa porque de repente tengo la clara sensación de que Derek forma parte de mi corazón. Nunca tuve dudas de que lo que sentía por él en la universidad era amor. Pero ahora siento amor del bueno, del de verdad. De alguna manera, es distinto. Un amor elegante que no sé muy bien cómo definir. Me calma y a la vez me quema. Antes, mi amor por él vivía en mi piel. Ahora se ha colado en mi cavidad torácica y bombea por todas las cavidades de mi corazón. Si algo le duele a él, me duele a mí.

—La esposa de Price, Hope, se ha puesto de parto a pesar de que aún le faltaban varias semanas.

—¿Está bien?

Asiente.

—Ella está bien y su médico confía en que, aunque se ha adelantado un poco, está lo suficientemente avanzada como para que el bebé nazca sano. Price está asustado, sobre todo porque por fin se ha dado cuenta de que va a ser padre.

—Ah —digo con un suspiro de alivio, y luego le doy un golpecito en el pecho—. Con la cara que has puesto... pensaba que... Pensaba que algo iba mal.

—Es que algo va mal. —Hace una pausa y frunce el ceño—. Necesito preguntarte si podemos acortar la luna de miel y volver a casa antes. Quiero estar ahí para él, aunque no me apetece que esto se acabe todavía.

Estoy a punto de decir algo como «Siempre podemos irnos de luna de miel cuando todo se calme», pero me detengo. Aún no hemos aclarado qué pasará en el futuro. Y me da demasiado miedo preguntarle si voy a ser parte del suyo. Las viejas heridas se abren y me dicen que existe la posibilidad de que me sustituya. Vendrá alguien más fácil. Alguien que no esté ya reorganizando mentalmente el neceser y a quien no le dé repelús pensar en que nuestras cosas están ahora mismo ahí dentro sin orden ni concierto, como el dibujo de un niño pequeño.

Así que me acerco a él y le abrazo la cintura desnuda.

—Deja de fruncir el ceño y no te preocupes por mí. —Le beso la parte delantera del hombro—. Vamos a casa. Es un momento importante para tu amigo y tienes que estar a su lado.

Los labios de Derek se apoyan en mi cabeza y le oigo respirar hondo. Sus brazos me rodean y puede que esté exagerando, pero siento que ese abrazo transmite muchas preocupaciones no verbalizadas. Ninguno de los dos dice nada. Ambos estamos demasiado asustados, preocupados o temerosos de pedirle demasiado al otro. La comunicación de estos últimos días que parecía tan abierta y libre se cierra herméticamente.

# 36

# Derek

Estamos en el aire y la situación es tensa. Desde que le solté la noticia de que quería volver a casa, no hacemos más que dedicarnos sonrisas raras el uno al otro, de esas rígidas que tienen demasiados dientes para ser sinceras. Los rictus de concurso de belleza empezaron cuando le dije que tenía que adelantar la vuelta, pero no creo que Nora se haya pintado la sonrisa de la Barbie Viajes en la cara solo por eso.

A mi mente le gusta darme patadas en la espinilla, decirme que ahora que volvemos al mundo real ella se arrepiente de todo y va a huir con mi mochila favorita; es muy cabrita y no para de hacerlo en bucle. Pero Nora y yo hemos compartido muchas cosas a lo largo de la última semana. Es imposible que tenga dudas. ¿Verdad? Porque yo no las tengo. Aunque, claro, tampoco fui yo el que se marchó la primera vez.

«Mierda, háblalo con ella y ya está, Derek».

Sin embargo, cuanto más nos acercamos a Los Ángeles, más miedo se me acumula en el estómago. En cuanto aterricemos tengo que ponerme las pilas de inmediato. Lo primero es ir al hospital a ver cómo están Price y Hope. Y luego tengo un millón y medio de cosas que hacer antes de que empiecen los entrenamientos dentro de una semana. He programado varias sesiones de trabajo corporal intenso para asegurarme de que todo se mantiene flexible y a punto para el rigor despiadado de la temporada de la NFL. Porque, una vez que dé comienzo, mi vida quedará consagrada al fútbol de nuevo y ya no volveré a sentir que mi cuerpo está al cien por cien hasta que termine la temporada (o hasta que me sienten en el banquillo si juego como el culo).

Cuando aterrizamos en el Aeropuerto Internacional de Los Ángeles, recibo buenas noticias en un mensaje de Price:

> Te presento a Jayla Price. 3,380 kilos.
> Sana y fuerte como su mamá.

Al leer el mensaje, se me levanta un ancla del pecho. No sé gran cosa de bebés ni de partos..., así que no tenía ni idea de qué esperar. Y menos después de oír la voz temblorosa de Price ayer por la noche diciéndome que el parto de Hope era prematuro. Así que esto es bueno. (Eufemismo del año). Es fantástico. Y estoy ansioso por bajarme del puñetero avión, por tener un minuto de intimidad con Nora para preguntarle por qué parecemos dos ventrílocuos hablando entre dientes y por llevarme a mi esposa al hospital para que pase un rato con mis amigos de manera oficial.

Aparece la indecisión. «A lo mejor ella no quiere que pienses en ella como en tu esposa».

¿Por qué narices no dejamos todo esto claro en Cancún? Odio la incertidumbre.

Ya fuera del avión, Nora y yo esperamos en la cinta de recogida de equipajes rodeados de gente que me lanza miradas no especialmente sutiles cada pocos segundos. La maleta de color amarillo chillón de Nora se acerca y yo doy un paso al frente para cogerla de la cinta, pero ella se me adelanta. Sus movimientos son deslavazados, agitados; tira de la maleta como si estuviera entrenando para un concurso profesional de empacar heno. Pero, cuando levanta la vista hacia mí… ¡Premio! Vuelve a regalarme otra deslumbrante sonrisa falsa. Esto es raro de cojones.

—Nora —le digo una vez que tenemos las maletas y que por fin nos dirigimos hacia la salida del aeropuerto—. ¿Podemos hablar de…? —Me interrumpo cuando cruzamos las puertas correderas. El aire espeso y contaminado de Los Ángeles nos golpea como un puño y mi carrera profesional me agarra por el cuello—. Mierda —siseo al ver la pequeña multitud de medios de comunicación que nos espera justo al otro lado de la puerta.

Lo más seguro es que alguien que nos viera en el aeropuerto de Cancún les haya dado el chivatazo de nuestro regreso a Los Ángeles. No estoy preparado para esto. No estamos preparados para esto. En este momento, ni siquiera sé si de verdad existe un «nosotros», y no me gusta la idea de enfrentarme a cámaras y periodistas con esa incertidumbre entre ambos.

Miro a Nora y me da la sensación de que la pillan desprevenida durante solo un segundo antes de que el modo agente se deslice sobre ella como una segunda piel. Me sonríe y se me relajan un poco los hombros cuando me doy cuenta de que, esta vez, no parece una sonrisa pintada.

—Espero que te hayas maquillado bien, Pender, porque creo que están a punto de sacarte una foto. Ponte detrás de mí.

«Te juro que…». El hecho de que esta mujer, que no tiene ningún tipo de formación en seguridad, esté dispuesta a caminar delante de mí para llevarse la peor parte de cualquier posible problema es la cosa más tierna que he visto en mi puñetera vida.

—Valoro tu sacrificio, pero preferiría tenerte a mi lado en lugar de como guardaespaldas. —Le tiendo una mano—. ¿Preparada?

Las dudas le hacen fruncir la frente, pero acaba asintiendo y entrelaza sus dedos con los míos. Los siento como si me rodearan el corazón. Durante un breve instante, la preocupación se disipa y solo quedamos Nora y yo, con toda la vida por delante.

Echo un vistazo en torno a los medios de comunicación que han acudido y reconozco a la mayoría de los periodistas. Son odiosos, pero no suponen una amenaza para nuestra seguridad. Nora y yo llevamos sendas gorras (la suya dice «¡Vamos, MA-Carrones con Queso!») y ambos nos las calamos bien para que nos cubran los ojos y las cámaras no capten nuestra expresión mientras caminamos entre la gente.

Avanzamos a paso de tortuga, con las maletas rebotando sobre las grietas y los baches del pavimento como una lancha surcando las olas del océano. Me siento mal haciendo caso omiso de la presencia de otros seres humanos, y aún peor abriéndome paso entre ellos sin detenerme, pero esta profesión es así. Si te detienes, te tienden una emboscada. Si te tienden una emboscada, casi siempre dices algo de lo que te arrepientes. Y, justo después de haber pasado una lesión de la que todavía no he hablado públicamente y de haberme casado en Las Vegas estando borracho, lo de decir algo inapropiado parece demasiado probable.

Llevamos más o menos la mitad del camino y sigo aferrado a la mano de Nora con todas mis fuerzas. Es en ese instante cuando empiezo a prestar atención a las preguntas.

—¡Derek! ¡Derek! ¡Aquí! ¿Es verdad que te has casado con tu agente?

—¡Nora! ¿Qué te llevó a casarte con Derek sin avisar a nadie?

—¿Es verdad que no habéis firmado un acuerdo prenupcial?

Que esta gente consiga siempre información tan personal es algo que nunca dejará de asustarme.

La mayoría de las preguntas se refieren al tema de la boda. Algunas me hacen enfadar por lo que insinúan de Nora, ya que empiezan a cuestionar la integridad de su cargo y si va a confraternizar con todos sus clientes como lo ha hecho conmigo. Debe de sentir que estoy a punto de responder, porque de repente levanta la mirada hacia mí y sonríe.

—No lo hagas, grandullón. Sé quién soy, ahora mismo no hace falta que me defiendas.

Asiento y me fuerzo a disipar parte de mi rabia.

Cuando lo oigo, ya casi hemos atravesado la nube mediática y estamos en la puerta del todoterreno con las ventanas tintadas que Nora había reservado para que nos estuviera esperando:

—¡Derek! ¿Algún comentario sobre el rumor de que los Sharks van a rescindir tu contrato oficialmente en favor de Abbot?

Me quedo petrificado.

—Hay quien opina que cogerse vacaciones de los entrenamientos para irse de luna de miel es una muestra de indiferencia hacia tu carrera en un momento en el que tendrías que haber redoblado tu esfuerzo. ¿Qué tienes que decir al respecto?

Varias preguntas similares me aguijonean como avispones. Cada una de ellas pica de una manera distinta. Todos dicen transmitir información de una fuente que asegura que mi carrera está oficialmente en peligro.

Ni siquiera me doy cuenta de que estoy paralizado con la mirada clavada en el todoterreno hasta que Nora me rodea la cintura con un brazo y, con gran discreción, tira de mí para recordarme que debo seguir moviéndome. Mientras subo al todoterreno, por el rabillo del ojo veo que Nora se da la vuelta y se dirige a los medios de comunicación. Aunque tiene todo el derecho a sentirse tan bombardeada y acorralada como yo, es una profesional de los pies a la cabeza. Emplea un tono preparado para deslumbrar.

—¡Qué detalle tan bonito organizarnos una fiesta de bienvenida! Pero no esperábamos compañía, así que tendremos que dejarlo para más adelante. Mientras tanto, hemos abierto una lista de bodas en Target y mi color favorito es el rosa —dice con una expresión juguetona y un guiño que, además de demostrar que ha nacido para esto, hace reír a todo el mundo.

Dejando atrás a una multitud cautivada, Nora sube al todoterreno y cierra la puerta.

Solo entonces le desaparece la sonrisa de la cara mientras se hunde en el asiento y respira hondo. Creo que yo también debería hacer eso —respirar—, pero tengo los pulmones llenos de arena. No tendría que cogerme tan por sorpresa, puesto que todos los medios de comunicación llevan tiempo hablando de ello, pero es la primera vez que oigo una supuesta confirmación de que van a despedirme. Y resulta que, por más que me haya concienciado para estar listo cuando escuchara esas palabras, nada ha conseguido mitigar el dolor que me han provocado.

—Tiene sentido que me echen —digo, aturdido, mientras miro por la ventana y siento que las viejas inseguridades se ciernen como sombras sobre mí.

«No eres lo bastante bueno y nunca lo serás. Ahora no tienes nada».

—No digas eso —me espeta Nora. En su tono hay urgencia y algo más. Me doy cuenta de que se trata de ganas de protegerme—. Esos columnistas de cotilleos no saben de lo que hablan. Son rumores, nada más. Si se hubiera tomado alguna decisión, la dirección se habría puesto en contacto conmigo primero.

Sigo mirando por la ventana. El sol y el cielo azul me parecen inclementes.

—Pero lo han filtrado a la prensa antes. No sería la primera vez que lo publican de manera extraoficial para levantar expectación en torno al equipo. En torno al nuevo jugador estrella que quieren destacar.

—¡Nathan y tú sois sus jugadores estrella! No van a echaros.

—A menos que lo haga fatal —digo, y por fin vuelvo la cabeza hacia ella.

Sé que estoy siendo temperamental y poco razonable. Soy como un adolescente con la capucha puesta.

Nora también lo sabe, porque se sienta más erguida y me lanza una sonrisa burlona.

—Vale, muy bien. ¿Renunciamos ya oficialmente al fútbol?

—Parece la decisión más razonable.

—Podrías dedicarte a las finanzas.

Hago una mueca.

—Demasiado sedentario.

—Bueno…, tienes un buen cuerpo.

Señala el cuerpo en cuestión, que está despatarrado en mi asiento.

Me encojo de hombros como si el premio de consolación no fuera suficiente.

—Gracias.

—¿Qué te parecería ser bailarín de estriptis? Apuesto a que ganarías una pasta si empezaras tu número con el uniforme y las protecciones puestos. Yo pagaría por verlo, sin duda.

—Es muy amable por tu parte —le digo con una sonrisa triste—. Pero no funcionaría. No sé hacer giros.

—¡Con esa actitud no, desde luego! —Me toca la rodilla con la punta del zapato—. Pero, con un buen profesor y un poco de espíritu de superación, creo que tú, Derek Pender, serás capaz de mover las caderas y de hacer que tu pene salude a la multitud como si fuera la reina de Inglaterra.

«Quiero a Nora».

Y quiero decírselo a ella. Aunque no me parece el momento adecuado. ¿Por qué narices no se lo he confesado en Cancún? Pensaba que le había dejado claros mis sentimientos, pero, cuanto más repaso todo lo que nos hemos dicho, más cuenta me doy de lo impreciso que es en realidad. Nora sabe que siempre he sentido algo por ella. Pero ¿amor? «Nunca he utilizado esa palabra». ¿Compromiso? «Tenía miedo incluso de pensarlo por si me oía susurrarlo mentalmente y se marchaba pitando».

Se acerca más a mí, me agarra por la mandíbula y me gira la cara para que la mire.

—Cree en ti, Derek. Y no me refiero solo a en el campo o en el escenario de *Magic Mike*. Tienes que creer que, pase lo que pase, estarás bien. Eres fuerte, decidido y buenísimo en la cama. —Sonríe con una expresión traviesa y la opresión que siento en el pecho se relaja—. No estás solo. Ya no eres un crío que tiene que enfrentarse a los obstáculos sin ayuda. Y esta carrera no es lo único que tienes ni lo único que eres. Ni de lejos.

Se le suaviza el rostro y, despacio, se inclina hacia mí para rozarme los labios con los suyos. Es el primer contacto real que tenemos desde anoche. Lo necesito... y ella lo nota. Repite el gesto una y otra vez hasta que se me ablanda el rictus.

—Respira —susurra, e inhalo profundamente por la nariz por primera vez desde que embarcamos en el avión esta mañana.

Nora sabe cómo calmarme y, justo cuando estoy levantando las manos para enredárselas en el pelo, se aparta, con los labios hinchados y de color rosa oscuro.

—Pero, como tu agente —comienza en un tono distinto por completo (también me gusta recibir una muestra de lo que todos los demás reciben de Nora Mackenzie)—, necesito que sepas que voy a hacer todo lo posible para asegurarme de que no pierdas este trabajo que tanto adoras hasta que estés preparado. Tú me salvaste el culo, y ahora me toca a mí salvarte esas nalgas tan deliciosas y firmes que tienes.

Asiento con la cabeza.

—Gracias, Nora.

—De nada. ¡Para qué sirve si no una amiga-barra-agente-barra-esposa accidental! —Se le endulza la sonrisa—. Ve al hospital y pasa el día con tus amigos. Intenta no preocuparte por estas movidas de trabajo y yo iré a la oficina y lo solucionaré todo.

«Espera». ¿No va a venir conmigo al hospital? La opresión del pecho vuelve a asentarse.

—Creía que ibas a acompañarme a conocer al bebé.

No hay forma de pronunciar esas palabras sin parecer patético y dependiente.

—Quiero acompañarte. Pero tengo que ir a la oficina y averiguar qué está pasando. ¿Te parece bien?

La miro a los ojos verdes y dorados durante un instante y me debato entre mis sentimientos encontrados. Es la primera vez que vamos a separarnos desde que nos casamos. La primera vez en el que la vida real intentará partirnos por la mitad. La última vez que sucedió algo así, la perdí. La ansiedad me burbujea en el estómago como un refresco carbonatado. No quiero perderla. Pero tampoco puedo hincarle los dientes y negarme a soltarla. Tengo que darle espacio y encontrar mi confianza si quiero que esto funcione. Además, es mi agente. Tiene que hacer su trabajo. No obstante, empiezo a darme cuenta de lo complicado que va a ser esto en el futuro.

Tras una cantidad de tiempo incómoda, le ofrezco una respuesta, deseando que fuera sincera:

—Claro que me parece bien.

Mi sonrisa de ventrílocuo ha vuelto y, mientras le agarro la mano en el coche, no puedo evitar acariciarle el tatuaje negro del dedo con el pulgar y desear que durante nuestra luna de miel hubiéramos hablado menos de nuestro pasado y más de nuestro futuro.


Cuando entro en el hospital, me registro en el mostrador de recepción y me dicen que todos mis amigos están reunidos en una sala de espera privada a la que me indican cómo llegar. Es bastante habitual que, vayamos donde vayamos, nos asignen una sala aparte porque, cuando los chicos y yo nos juntamos (sobre todo si Nathan está presente), solemos atraer mucha atención. Una atención que, supongo, al hospital no le interesa recibir.

Abro la puerta de la sala esperando encontrarme un ambiente sombrío, puesto que todos nos hemos pasado la noche en vela esperando noticias de Hope y del bebé. Me equivoco de lleno.

No me da tiempo a atisbar nada más que una larga melena rizada antes de que me agarren por las muñecas y tiren bruscamente de mí hacia el interior de la habitación, donde me lanzan una lluvia de confeti sobre la cabeza. Todos los chicos y Bree aplauden y gritan al mismo tiempo que Nathan destapa una botella de zumo de uva espumoso —una bebida muy apropiada para un hospital— y que la canción *Marry you*, de Bruno Mars, comienza a sonar a través de unos altavoces portátiles.

Tengo la sensación de estar viviendo este momento a través de uno de esos espejos distorsionadores de las ferias. O puesto de setas.

—El señor y la señora…

Bree se interrumpe de golpe y frunce el ceño. Veo que lleva en la mano un velo hortera sujeto a una pinza para el pelo.

Sonrío y lo señalo.

—¿Es para mí?

A todo el mundo le cambia la expresión cuando se dan cuenta de que mi «otra mitad» no ha venido.

—¿Dónde coño está Nora? —pregunta Nathan, que me lanza algo parecido a una mirada asesina. Como si pensara que me la he olvidado en el coche o algo por el estilo.

Price se cruza de brazos.

—Mierda, Derek, ¿ya habéis roto? ¿Es porque has acortado la luna de miel? Te dije que no…

—¿Y si cierras el pico un segundo y me dejas darte un abrazo? —digo mientras me acerco a Price.

En cuanto extiendo los brazos hacia él, mi amigo me rodea con los suyos. Nos hemos abrazado otras veces, sobre todo después de ganar algún partido importante. Pero esta vez es distinto. Price no me suelta al instante, y yo tampoco lo suelto a él. Me abraza como un hermano. Como un hermano cuya vida acaba de cambiar para mejor y que quiere que sienta el terror y el asombro que danzan en su interior. Espero hasta que esté listo para separarnos.

—Soy padre —murmura pegado a mi hombro, y me invade la emoción.

Me alegro de estar aquí en este instante.

—¡Joder, sí! —digo, y lo aprieto más fuerte.

—Y tú estás casado.

—¡Joder sí! —Me río entre dientes—. Más o menos. —Nos alejamos y observo el caos que me rodea—. Hablando de eso, ¿a qué viene este espectáculo? —le pregunto a Nathan cuando se acerca para ser el siguiente en abrazarme y Lawrence lo sigue.

Cualquiera diría que soy yo el que acaba de tener un bebé. Bree sigue disgustada por la ausencia de Nora.

—Es un banquete de bodas —contesta Nathan—. O se suponía que lo habría sido si te hubieras tomado la molestia de traer a tu esposa.

Bree me sacude en el brazo.

—En serio, ¿dónde está? ¿Habéis roto?

—Tenéis cero confianza en mí.

—Porque eres un bebé gigante —suelta Jamal desde el otro extremo de la sala.

Tiene una sonrisa enorme dibujada en la cara y un oso de peluche del tamaño de su cuerpo entre los brazos.

—¿Tamara al fin se ha hartado de ti y te ha dejado con tu novia? —pregunto mientras señalo el peluche con la barbilla.

Me hace una peineta.

—Este es mi épico regalo para Jayla. Tamara y Cora están arriba con Hope, colmándola de comida para llevar. —Jamal me dedica una sonrisa arrogante—. Veo que tú vienes con las manos vacías, como buen gilipollas.

—Acabo de aterrizar en Los Ángeles. ¿Y qué se supone que va a hacer la criatura con esa monstruosidad? ¡La va a asfixiar!

—¡Basta! —exclama Bree al mismo tiempo que da una palmada, claramente acostumbrada a conseguir que los niños la escuchen cuando lo necesita.

A Nathan se le iluminan los ojos porque le encanta que Bree se ponga en plan profesora. Sin poder evitarlo, se coloca detrás de ella y le rodea la cintura con los brazos mientras ella me dice:

—No pienso preguntártelo más: ¿dónde está mi nueva mejor amiga? Hemos organizado esta fiesta para que se sintiera bienvenida y ni siquiera está aquí para verla.

No puedo por menos que sonreír. Han hecho todo esto por Nora, para que se sintiera acogida. Porque son mi familia, y ahora Nora también lo es.

—Le habría encantado venir y ver esto —digo con sinceridad. En serio, estoy seguro de que habría alucinado con esta mierda: no hay cosa que más le guste que una expresión de alegría externa—. Pero tenía que ponerse a trabajar para salvarme el culo. —Todos fruncen el ceño—. Nos han montado un circo mediático a la salida del aeropuerto. Los periodistas parecían pensar que... están a punto de echarme del equipo.

Un manto de pesadez desciende sobre la sala en cuanto pronuncio estas palabras. Para mi sorpresa, Jamal suelta el oso y es el primero en decir algo sentido.

—Pues serían idiotas. ¿Estás seguro de que no van a darte al menos una oportunidad de jugar antes?

Me encojo de hombros.

—Eso es lo que va a averiguar Nora.

Nadie está preparado aún para reconocer que es posible que ya no forme parte de los Sharks. Aunque, debo admitir que cada vez me voy haciendo más a la idea. Estar hoy aquí, abrazar a Price y ver lo que todos mis amigos han hecho para que Nora se sintiera bien recibida… no tiene nada que ver con que sea jugador de los Sharks. Son mi familia. No importa adónde nos lleve la vida, siempre estaremos unidos.

Por suerte, Nathan cambia de tema.

—Si quieres, podemos llamarla por FaceTime y repetirlo todo de nuevo. Para que lo vea.

Me lo planteo un instante y luego descarto la idea. Me cuesta decidir si es porque quiero respetar verdaderamente su espacio o porque me siento muy incómodo después de la forma en que nos hemos despedido.

—No… No quiero molestarla hoy en el trabajo.

—Dudo que la molestaras —dice Lawrence.

Pero solo soy capaz de pensar en que, cuando estábamos en la universidad, no me di cuenta de que Nora necesitaba espacio. No le di prioridad a su éxito. Siempre la interrumpía para que viniera a ver algo guay o fuera a algún sitio divertido conmigo. Y esas cosas la alejaron de mí; tengo más claro que el agua que no voy a coger el teléfono y a llamarla por FaceTime una hora después de habernos separado tras un viaje de una semana.

En ese instante es cuando las siento: todas las grietecitas que van resquebrajando nuestra frágil relación. Mierda, tengo que hablar con ella hoy mismo. Nos resulte incómodo o no, debemos aclarar las cosas.

Entretanto, le saco fotos a todo para enseñárselas más tarde.

Price entorna los ojos y me escudriña los tobillos.

—En serio, tío, tenemos que averiguar qué les está pasando a tus pantalones.

# 37

# Nora

En cuanto atravieso las puertas de la agencia, siento un zumbido de excitación mezclado con ansiedad.

Mi año de prácticas aquí fue como hacer una llamada importante y que me dejaran en espera días y días, obligándome a escuchar la misma música de ascensor sin parar y a rezar para que no me colgaran de repente. Sin embargo, ahora tengo la libertad de actuar como agente a tiempo completo y es como si al fin alguien hubiera contestado a la llamada. Tengo un propósito y un futuro, y me entran ganas de cantar de alegría.

La ansiedad viene de saber que he de relacionarme con los imbéciles de esta oficina mientras disfruto de esa libertad. Pero no quiero pensar en eso ahora.

Cuando he escuchado la pregunta del periodista sobre el despido de Derek, han ocurrido dos cosas: 1) Se me ha encogido el corazón de pensar en el daño que le acababan de hacer al hombre al que quiero. Al ver cómo se lo creía al instante. He odiado la mirada de desesperación que he visto en sus ojos. Lo único que deseo ahora mismo es hacer lo posible para que sus sueños sigan en pie. 2) Me ha hervido la sangre. ¿Cómo se atreven a intentar apartar a mi cliente del equipo? ¿O a filtrar la noticia para ponernos en una posición tan rastrera? Después de todos los años que les ha dedicado, de todos los partidos que les ha ayudado a ganar, ¿así es como se lo pagan? Inaceptable.

El señor Rogers tiene un refrán en el que pienso a menudo: «Hay tres caminos para alcanzar el éxito. El primero es ser amable. El segundo es ser amable. El tercero es ser amable».

Por eso voy a preguntar amablemente si hay algo de cierto en esos rumores. Y, si lo confirman, les diré amablemente que pueden meterse sus tácticas de manipulación y sus filtraciones a la prensa por el culo. Luego les recordaré amablemente que habríamos estado encantados de revisar los términos del contrato y el salario, pero dado que no han tenido la decencia ni el respeto de hablar primero con mi cliente, se pueden ir a freír espárragos.

En mi mente estoy redactando un correo electrónico entero mientras avanzo por el pasillo. Sin embargo, en cuanto abro la puerta del armario de las escobas que es mi despacho, lo encuentro vacío. Mi mente se queda en blanco.

«¿Dónde están mis cosas?».

Un segundo después:

«Dios mío, ¿me han despedido?».

Se oye una risita detrás de mí. Me doy la vuelta para mirar a Nicole.

—Casi puedo oír tus pensamientos aterrorizados ahora mismo —dice con una sonrisa. Está fabulosa con sus caros pantalones de pata ancha, sus brillantes tacones rosas, su blusa de seda blanca metida por dentro y su pintalabios rojo. Seguro que lleva una chaqueta a juego que ahora mismo está colgada del respaldo de la silla de su despacho—. Bienvenida a casa —añade con picardía—. Sabía que verías el despacho y pensarías que te habían despedido. Y, por la cara que tienes ahora mismo, tenía razón.

Suspiro aliviada y agradecida por no haberme enterado de que me han despedido mientras llevo mallas, una camiseta enorme con una carita sonriente y una gorra que expresa mi apoyo a los macarrones con queso.

—Te seré sincera, no me gusta este pozo de desesperación al que me has empujado para divertirte un rato. Pero me gusta verte feliz, así que adelante.

Ella suelta un gruñido.

—Sígueme.

Pasamos junto a unos cuantos compañeros con sus trajes grises comprados en unos grandes almacenes. No parecen alegrarse de verme. Para ser justos, nunca se han alegrado de verme, tampoco en circunstancias normales. Pero, después de volver de la luna de miel, parece que todavía les hace menos ilusión. El que tiene cara de estar más descontento es Marty, que me observa desde su mesa cuando paso por delante de su despacho. Esa cara paliducha está cargada de un desprecio que no creo merecer. En realidad sé que no lo merezco.

—Marty —dice Nicole cuando pasamos—. Tal vez sería buena idea que quites esa cara y después hagas lo mismo con la mancha de mostaza que llevas en la camisa.

Desearía haber estado bebiendo algo para poder escupirlo en plan teatral.

Nicole es una reina. No le deja pasar ni la más mínima a nadie. Iría al fin del mundo por ella. Y espero que algún día mi piel esté tan curtida como la suya, porque una parte de mí siente un poco de miedo de desmoronarse si he de trabajar rodeada de tanta gente antipática todos los días. Las palabras de Derek resuenan en mi mente. «Quiero que sepas que tienes opciones». ¿Las tengo realmente? He trabajado muy duro para llegar donde estoy ahora. Si renuncio y me voy a otro sitio, ¿tendré que volver a empezar desde cero?

Uf, Derek. Mi ansiedad se amontona como si fueran ladrillos, uno tras otro, formando una interminable y desalentadora torre de sufrimiento. Esta mañana las cosas se han puesto raras. La situación se ha vuelto incómoda de repente y no logro discernir si he sido yo quien lo ha provocado o si ha sido él. ¿Qué le ha pasado a la facilidad que teníamos para ser sinceros en Cancún? Mis dotes comunicativas han quedado esposadas y encerradas en un calabozo. Ni siquiera me he atrevido a preguntarle si le molestaba que fuera a trabajar en vez de al hospital. Por algún motivo, he sentido que decir esas palabras en voz alta infectaría una herida que estaba en proceso de cicatrización. No me encontraba preparada para volver a la vida real tan de repente y ojalá...

«No hay tiempo para pensar en eso».

Sigo a Nicole por el pasillo hasta la puerta de un despacho. Mis ojos rebotan de la puerta a los sonrientes labios rojos de Nicole varias veces. Me hace señas para que abra.

Un tornado se apodera de mi estómago cuando toco el pomo y tiro de él. La puerta se abre y me quedo sin palabras mientras contemplo el hermoso despacho. Un despacho que ahora alberga mi escritorio y mis cosas. Un despacho con espacio suficiente para que Derek, Jamal, Nathan, Price y Lawrence quepan cómodamente. ¡Dios mío! Si hasta tiene una ventana. Un enorme ventanal con vistas a la ciudad por el que entra un montón de luz. Incluso hay flores frescas en un jarrón sobre el escritorio.

Nicole me ha conseguido un despacho. Un despacho de verdad.

—Recuerda que tengo la norma de no llorar —me dice interrumpiendo el momento.

Resoplo.

—Qué pena, porque estoy a punto de ponerme a sollozar en tu hombro. —Giro la cara hacia ella y Nicole da un paso atrás.

—Ni hablar...

Lo hago igualmente. Doy un salto hacia ella con los brazos abiertos y la exprimo como a un limón. Uno muy bien vestido.

—¡Gracias, gracias, gracias!

—De nada, pero suéltame o estás despedida —espeta.

La suelto para poder entrar por fin en mi nuevo despacho. Me siento tan importante cuando tomo asiento en mi silla. Tan oficial. Esto es lo que siempre he querido, y solo tardo un instante en sentirme culpable. He mentido y manipulado las cosas para no tener que lidiar con las consecuencias de mis actos. Y ha funcionado. De repente tengo la sensación de que no merezco nada de esto.

—Necesito confesarte algo. —Mis manos forman un nudo nervioso bajo mi escritorio—. Respecto a lo del matrimonio... No he sido sincera contigo. Lo de la boda no fue una decisión premeditada, a pesar de lo que os dijimos a ti y a Joseph. Nos emborrachamos y nos casamos sin avisar a nadie, y fue Derek el que sugirió que dijésemos que había sido por amor para salvarme el culo. Al menos durante un tiempo, lo suficiente para que la gente se olvidara del tema. Lo único que sí es cierto es que fuimos novios en la universidad. —Hago una pausa, a la espera de que se manifieste el enfado o el sentimiento de traición de Nicole.

Pero, en lugar de eso, sonríe.

—Ya, me lo imaginaba. Fue una estrategia inteligente.

Como no dice nada más, soy yo la que se muestra indignada.

—¿Cómo que inteligente? Fue una patraña. Fue manipulación. ¡Estuvo mal! —exclamo con convicción.

—Literalmente fui yo quien te llamó y te dijo que pensaras en un buen argumento. Y eso hiciste. Buen trabajo.

Niego con la cabeza.

—No me merezco nada de esto. Lo he conseguido engañando a la gente, ¡y ahora voy a tener que sentarme en este trono de mentiras todos los días sabiendo lo que he hecho para conseguirlo! Debería dimitir. Mejor aún..., ¡deberías despedirme! Adelante, lo soportaré.

Nicole se pasa la lengua por los dientes y se sienta con elegancia frente a mi mesa. Se coloca en el borde de la silla y cruza una de sus perfectas piernas sobre la otra.

—Escúchame bien: no quiero volver a oírte decir que no te mereces esto. —La tranquila ferocidad con la que habla me deja muda, pero sé que mis ojos hablan por sí solos—. No te has ganado este trabajo por haberte casado con un hombre. Sinceramente, me importa una mierda tu estado civil. Es cierto, mentir sobre tu matrimonio te ha ayudado a conservar el trabajo porque el mundo sigue siendo muy cruel con las mujeres y te habrían comido viva si hubieras admitido que te emborrachaste con un cliente y te casaste por error. Nadie habría aceptado ningún tipo de matiz o explicación después de eso. —Descruza las piernas y se inclina hacia delante—. Pero te conozco, Mac. Te conozco mejor de lo que crees. Y si no quisieras a Derek, tu novio de la universidad, nunca habrías seguido adelante con el plan. Si en el fondo no pensaras que Derek puede que sea el indicado, habrías confesado de inmediato. Sin embargo, una parte de ti sabe que vale la pena apostar por este hombre.

Abro la boca para rebatir su argumento, pero ella continúa:

—Aparte de todo eso, no incumpliste ninguna política de empresa. La única razón por la que te iban a despedir era por el escándalo que se habría desatado si os hubieseis divorciado justo después de casaros. Porque habría sido chapucero y habría provocado que la agencia pareciera chapucera. Pero salvaste la situación vendiéndolo como una historia de amor, tal y como yo esperaba.

Tiene razón. Pero mi conciencia sigue quejándose.

—No me siento a gusto si mantengo este trabajo bajo falsas premisas.

—Pero no son falsas premisas, ¿verdad que no? —pregunta con una sonrisa cómplice, y yo sé exactamente a qué se refiere antes incluso de que lo aclare—. ¿Seguís planeando divorciaros?

Hago una pausa.

—No. —«Al menos creo que no». Maldita sea, ¿por qué no hemos concretado esos detalles?

—¿Y por casualidad no os habréis confesado que sentís algo el uno por el otro durante la luna de miel? —pregunta enarcando una ceja.

«Sin duda, esta mujer es un ser todopoderoso capaz de leer la mente».

Lucho para contener una sonrisa, porque al menos eso sí que lo hicimos, aunque no le dijera hasta qué punto sentía cosas por él.

—Sí, hubo confesiones.

Pone los ojos en blanco y hace un gesto con la mano para quitarle importancia a mis miedos.

—Entonces pasa página, Mac. Todos tomamos decisiones en la vida y algunas son más cuestionables que otras. Eres una buena persona y dudo que te hubieses casado, o incluso salido a tomar una copa, con alguien por quien no sientes nada. Hiciste lo necesario para salvar una situación complicada y creo que fue una buena estrategia.

Mi sentido de la moralidad se está volviendo loco.

—Yo también he tenido que tomar decisiones cuestionables para poder prosperar —continúa—. Si te soy sincera, creo que todas las mujeres que luchan por la igualdad han tenido o tendrán que hacerlo en algún momento. Y necesitamos el apoyo de las demás. Tú tienes el mío, no por quién es tu marido, sino porque, incluso antes de todo eso, fuiste la mejor becaria y adjunta que hemos tenido en años. Nadie ha trabajado más que tú y creo de verdad que vas a ser una de las mejores agentes del sector. Por eso te mereces estar en este despacho, y por eso no quiero volver a oírte decir lo contrario. ¿Entendido?

Aprieto los labios temblorosos y asiento.

—Gracias, Nicole.

Esboza una sonrisa amable. Al final será verdad que le caigo bien.

El sonido de un estornudo ahogado al otro lado de la puerta de mi despacho nos pilla a ambas por sorpresa. Y entonces cunde el pánico. No hemos llegado a cerrarla del todo cuando hemos entrado. Y, aunque Nicole se haya mostrado comprensiva con la situación, ¿quién sabe si los demás harían lo mismo?

Nicole debe de pensar lo mismo que yo, porque se levanta y va hasta la puerta para asomar la cabeza y mirar a ambos lados del pasillo.

—Aquí no hay nadie. Ese ruido debe de haber venido del despacho de al lado.

Relajo los hombros y suelto el aire que me estaba aguantando.

—Antes de que te vayas. ¿Puedo pedirte consejo sobre Derek?

Nicole cierra la puerta y vuelve a sentarse frente a mí. Le cuento todo lo que ha sucedido esta mañana en el aeropuerto y pasamos los siguientes veinte minutos pensando estrategias para cuando vaya a hablar con los Sharks en busca de la verdad. Es esto. Esto es lo que me gusta hacer. Y saber que estoy luchando por el trabajo del hombre al que amo lo hace aún mejor.

Al cabo de un rato, Nicole se levanta de la silla y se dirige a la puerta. Sin embargo, antes de salir, se da la vuelta.

—Me alegro de tenerte en la oficina, Mac. Haces que trabajar aquí sea... más soportable.

Sonrío con orgullo.

—Te ha costado mucho decirlo, ¿verdad?

—Gracias por notarlo.

—Me da igual lo que digas, eres una buena amiga, Nicole.

Entrecierra los ojos.

—Amiga del trabajo. Solo somos amigas del trabajo, ¿queda claro?

—Daría la vida por ti y lo sabes —contesto con solemnidad mientras me levanto del escritorio y paso por su lado sin tener que restregar la espalda por la pared—. Para la semana que viene ya seremos mejores amigas.

—Yo ya tengo un mejor amigo.

—¿Y no soy yo? —susurro.

—No. —Pone los ojos en blanco—. Es mi marido.

Ahogo un grito con auténtica conmoción.

—¡¿Estás casada?! ¿Por qué no me lo habías contado?

Nicole sonríe, orgullosa de haber guardado un secreto así durante tanto tiempo.

—No me gusta mezclar el trabajo con la vida personal.

—¿Qué más me has estado ocultando? ¿Que los fines de semana te dedicas a ser la institutriz de la familia Von Trapp?

Ya se está alejando.

—Adiós, Mac.

—Nora, mejor —la corrijo por primera vez—. Me gustaría que me llamaras por mi nombre de pila a partir de ahora, porque, si te soy honesta, nunca me ha gustado Mac. Siento que no me pega.

Nicole se detiene para mirarme. Sonríe (de la forma especial en que solo Nicole sabe sonreír, que es elevando mínimamente las comisuras de los labios) y asiente.

—En ese caso, Nora.

—Gracias, amigui.

Desaparece por el pasillo en dirección a su despacho y yo me giro para contemplar el mío, intentando convencerme de que las dudas que tengo sobre trabajar aquí son solo cosa de los nervios. Me pongo las manos en las caderas y fuerzo una sonrisa.

—Sí. Todo va a ir bien.

Me suena el móvil y tengo la esperanza de que sea Derek, pero entonces veo la foto de mi padre en la pantalla y se me revuelve el estómago. Es la llamada que tanto temía. Esa en la que mi padre espera que me alegre mucho por él, aunque no me haya dado señales de vida desde hace meses. Sin duda también espera que le ofrezca mis servicios como organizadora de eventos, igual que he hecho otras veces. Querrá que me alegre por él, aunque eso signifique que me va a cambiar por otra familia hasta que se canse y vuelva a mí.

Normalmente me sentiría obligada a coger el teléfono. Tendría miedo de dejar pasar una oportunidad, quizá la última, de acercarme a mi padre. Pero esta vez no. Cuanto más rato suena, más fácil me resulta no hacer nada. Por fin veo con total claridad que me merezco más que esto. Y, a partir de ahora, no voy a sucumbir ante sus tiempos. Lo llamaré cuando esté preparada. Entonces le diré que no iré a su boda y que, después de ese día, tenemos que sentarnos a hablar en serio.

Rechazo la llamada, echo un vistazo a mi despacho y sonrío.

# 38

# Derek

Estoy volviendo de casa de Nathan, donde hemos vuelto a juntarnos todos tras salir del hospital, cuando Nora me llama.

La tensión que siento en los hombros desaparece solo con ver su nombre en la pantalla. Llevo todo el día dándole vueltas a qué hacer respecto a ella y creo que tengo un buen plan.

—Debes de haber sentido que estaba pensando en ti —le digo a modo de saludo.

—Ahora que lo dices, hace un rato me pitaban los oídos...

Agarro el volante con fuerza.

—Esa no es la parte del cuerpo que fantaseaba con tocarte.

Al otro lado de la línea se hace el silencio.

Sonriendo, pregunto:

—¿Estás ahí, Galletita de Jengibre?

Se aclara la garganta.

—Ajá. Sí, estoy aquí. Solo es que... han tenido que hacerme un poquito de reanimación cardiopulmonar. Ya he revivido, todo bien.

«Dios, cómo la quiero. Ya la echo de menos».

Enciendo el intermitente y cambio de carril.

—¿Cómo te ha ido el día?

Deja escapar un suspiro de satisfacción y me imagino la sonrisa de sus labios suaves.

—Ha ido... bien. Tengo un despacho nuevo. No llegaste a ver el anterior, pero, si levantas el pulgar, tendrás una representación exacta del tamaño que tenía.

Sonrío.

—¿Y el nuevo es más grande?

—Sin duda. Tiene unas ventanas enormes y espectaculares y no huele ni siquiera un poco a productos de limpieza. —Se queda callada un momento—. Tendrás que venir a verlo.

—Me encantaría.

—Pero tendrás que portarte bien —dice para dejarme claro que me ha leído el pensamiento a través del teléfono.

—¿Cuándo no me he portado bien?

—Derek, estás ronroneando.

Me echo a reír.

—Bueno, ¿por qué te ha ido el día solo bien y no genial? ¿Ha hecho Marty alguna gilipollez? Pídemelo, y mañana por la mañana me convertiré en la peor sorpresa que se haya encontrado en su despacho.

Se ríe, pero de forma poco convincente.

—No he interactuado mucho con él. Me he pasado casi todo el día encerrada en mi despacho.

Una sensación de alarma me eriza la piel.

—Pareces triste, Nora.

—No pretendo... Supongo que solo... Oye, ¿podemos volver a este asunto más tarde? Quiero informarte de lo que he descubierto hoy. Respecto a tu puesto en el equipo. No sé si estás en un sitio donde podamos hablar de trabajo un minuto...

Su tono de voz me desconcierta. Me gustaría estar con ella ahora mismo para verle la cara. Para fijarme en si se le forman arrugas en las comisuras de los ojos al sonreír o si tiene la boca apretada.

—Voy camino de casa. Así que, sí, cuéntame las buenas noticias —digo con un inconfundible tono sarcástico.

—He hablado con los directivos del equipo y me han confirmado que lo que los periodistas nos han dicho hoy en el aeropuerto no eran más que patrañas, un rumor que ellos no habían filtrado. —«Pues es un alivio»—. Quieren que sepas que no existen planes inmediatos de despedirte y que los Sharks siempre han valorado tu desempeño en el equipo y van a darte la oportunidad que te mereces.

—¿Pero…? —pregunto, puesto que sé muy bien que hay un pero.

—Pero… —comienza Nora con suavidad— el resto ya te lo sabes. Tu puesto no está garantizado de ningún modo y dependerá en gran medida de tu rendimiento en los primeros partidos. Quieren ver cómo te ha afectado la lesión… y, si es para peor, puede que nos enfrentemos al banquillo, al despido, a una renegociación salarial… o incluso a un traspaso.

—No quiero jugar para ningún equipo que no sean los Sharks.

—¿Aunque eso signifique no volver a jugar nunca? —pregunta, directa al grano.

Reflexiono sobre la pregunta antes de responder y, durante un rato, solo se oyen los suaves ruiditos del intermitente.

—No quiero que me traspasen. Los Sharks… Los chicos… son como mi familia. Quiero terminar mi carrera en este equipo.

—Lo entiendo. Y lo respeto —dice, y me doy cuenta de que no hay nada en el mundo que desee más que estar ahí con ella, que poder tener esta conversación con Nora entre mis brazos. Preferiblemente desnuda—. De acuerdo, entonces tengo otra cosa que decirte, y quiero que me escuches sin interrupciones hasta el final y que respondas cuando haya terminado del todo. ¿Me lo prometes?

—No suena muy bien…

—¿Me lo prometes?

Suspiro y el aire se cuela por todas las grietecitas que he sentido hoy en nuestra relación.

—Vale, te lo prometo.

Se produce un silencio incómodo antes de que me diga:

—Voy a ofrecerte la posibilidad de terminar con nuestra relación ahora mismo.

—¿Por qué coño iba a...?

—¡Eh! —me corta—. ¿Recuerdas lo de que no ibas a interrumpirme?

—Perdón —gruño; ya odio la promesa, y eso que la acabo de hacer.

—Como iba diciendo, quiero ofrecerte una salida. He estado pensándolo todo el día y me he dado cuenta de que nuestra relación es injusta para ti. Accediste a ella para hacerme un favor, para ayudarme en mi carrera. Te estoy muy agradecida y lo último que quiero es que te sientas atrapado. —Tengo que apretar los dientes para no cortarla—. Hemos cumplido con la obligación de nuestra luna de miel y, como todo el mundo espera que ahora te centres en los entrenamientos y en la pretemporada, dejaremos de estar en el ojo del huracán durante la mayor parte del tiempo. Si necesitas fingir que todo lo que ha pasado en Cancún no ha sido más que un delirio febril, estoy dispuesta a aceptarlo por ti. Hace años fui yo quien puso su carrera profesional en primer lugar, así que, si es lo que quieres, no te reprocharé que ahora seas tú el que haga lo mismo.

Cuando se queda callada, espero un segundo antes de hablar.

—¿Has terminado?

—Sí, creo que sí.

—Vale. Mi respuesta es: ni de coña.

—Pero, Derek...

—No, escucha. Te has equivocado de plano en una de las cosas que has dicho. —Las verjas de la entrada de mi urbanización se abren cuando acerco la tarjeta imantada al receptor—. No me fui de luna de miel contigo para hacerte un favor. Decidí seguir casado contigo porque soy un egoísta y agradecía cualquier excusa que me valiera para estar cerca de ti el mayor tiempo posible. Así que no, no quiero acabar con nuestra relación. ¿Y tú?

Entro en el camino de entrada de mi casa y me doy cuenta de que el coche de Nora está aparcado en la plaza de invitados. Pero a ella no la veo por ninguna parte.

—Espera. ¿Estás aquí? —pregunto.

—He usado el código de la puerta para entrar. Te veo arriba —dice antes de colgar.

Saber que está aquí me hace salir corriendo hacia la casa y subir los escalones de dos en dos. Entro volando en mi dormitorio, pero me detengo de golpe en el umbral cuando la veo sentada en el borde de la cama. Aunque sigue llevando la misma ropa que esta mañana, una camiseta enorme con una carita sonriente amarilla y unas mallas, ahora se ha recogido el pelo en un moño monísimo que hace que se me derrita el corazón.

—Hola —dice con una sonrisa suave, y entonces me doy cuenta de que tiene algo en las manos.

Una caja de cartón grande. Y de pronto esto se parece demasiado al día en que me dejó.

# 39

## Nora

Derek se guarda el teléfono en el bolsillo y, cuando ve la caja sobre mi regazo, sus pasos se ralentizan. Parece dudar sobre si acercarse o no, y sé exactamente por qué.

—No —digo con firmeza, tratando de disuadir esos pensamientos lo antes posible—. No quiero acabar con esto. Quiero todo lo contrario. Quiero empezar algo, pero primero tengo que asegurarme de qué es lo que necesitas.

Frunce el ceño mientras observa la caja una vez más.

—Estoy confundido.

Me levanto y dejo la caja sobre la cama.

—Hoy, en el trabajo, me he dado cuenta de algo.

Derek aprieta los labios, apoya un hombro en el marco de la puerta y se cruza de brazos. No está dispuesto a meter un pie en esta habitación mientras no sepa a qué viene lo de la caja.

—Me he pasado todo el día haciendo lo que me gusta. Enviando correos electrónicos estratégicamente redactados, revisando contratos, jugando al ajedrez con los ejecutivos de tu equipo. Me he sentado a mi mesa y no he salido ni a tomar el aire hasta que todos los demás han abandonado el edificio y me he quedado sola. Y entonces me he dado cuenta… —Hago una pausa y Derek frunce otra vez el ceño—. Ya no me llena como antes. En cambio, al desbloquear el móvil y ver las fotos que me has mandado de lo que tus amigos nos prepararon en el hospital, se me ha roto el corazón.

Veo cómo sus cimientos se derrumban ante mis palabras. Se aparta del marco de la puerta y camina hacia mí.

—Lo siento, Nora. No era mi intención...

Levanto la mano y se queda inmóvil.

—Quiero decir que se me ha roto el corazón por no haber ido contigo. Se me ha roto porque me he dado cuenta de que, al parecer, he entrado en una nueva etapa de mi vida en la que mi trabajo ya no es lo único que necesito, y me estoy empeñando en seguir actuando como si lo fuera. Quiero y necesito estar contigo, Derek. Quiero y necesito compartir la vida contigo. Con amigos. Tener más equilibrio en mi día a día.

Hago una pausa y Derek me da un momento para ordenar mis pensamientos antes de continuar.

—Cuando éramos más jóvenes, no estaba lista para lo nuestro. Pero ahora... Me haces tanto bien, Derek. Me apoyas, te sacrificas por mí y me recuerdas lo que es divertirse en esta vida. Y yo también quiero ser esa persona para ti.

—Ya lo eres... —dice acercándose, llenando mi cuerpo de esa dulce y cálida esperanza a la que me he vuelto adicta—. Siempre lo has sido.

—En ese caso, quiero que nos hagamos bien el uno al otro, juntos. No quiero que nuestro pasado dicte nuestro futuro. No quiero tener miedo de cometer los mismos errores. No quiero que ese miedo nos impida ser sinceros. —Veo que su mano se contrae y me doy cuenta de que he tocado una fibra sensible. No soy la única que se ha sentido insegura hoy.

—¿Cómo lo hacemos? —me pregunta con una cruda tristeza que me destroza el alma.

Hoy me ha estado ocultando algo. Percibo su preocupación. Tomo aire.

—Bueno, pues en días como hoy, por ejemplo, no quiero que tengas miedo de pedirme que deje de lado mi trabajo si me necesitas.

—Solo si prometes ser sincera conmigo cuando tengas algo importante que no pueda demorarse. No quiero tener una vocecita en la cabeza diciéndome que lo estás sacrificando todo por mí.

—Me parece bien.

Sus hombros se relajan. Ladea la cabeza y desvía la mirada hacia la caja.

—Vale, ahora necesito saber por qué demonios has traído una caja de ruptura, porque noto que me sube la tensión a cada segundo que comparto habitación con ella. —Esta cajita marrón es el monstruo que protagoniza sus peores pesadillas.

Le cojo de la mano y lo arrimo a la cama. Me abraza por detrás mientras miramos la caja. Quiero soltar un gemido de lo bien que me siento ahora mismo. Poder volver a estar así de cerca sin tensiones ni sonrisas falsas es maravilloso.

Se inclina sobre mi hombro para ver el interior de la caja, pero la cierro de golpe para que no estropee la sorpresa. Vale, sí, puede que esté siendo un poco teatrera, pero me da igual. A Derek le gustan mis extravagancias.

—Esto no es una caja de ruptura. Esta soy yo dándome cuenta de que fuiste plenamente honesto y vulnerable conmigo durante la luna de miel y yo no supe estar a la altura. Esta soy yo igualando el terreno de juego.

Me da un beso en la mejilla.

—Vale, venga, a ver qué juguetes sexuales guardas ahí.

Mi risa irrumpe en el aire antes de notar que se me forma un nudo en la garganta. Siento la lengua seca como papel de lija ante la idea de desvelar todos mis secretos. Me aprieta ligeramente entre sus brazos para animarme a seguir. Las venas de sus antebrazos se hacen aún más pronunciadas. Respiro hondo y abro la caja.

Hay un cambio en el ambiente cuando saco el primer objeto. El cuerpo de Derek se endereza un poco al reconocerlo.

Es un jersey viejo, desgastado y descolorido, con unos números apenas visibles. Lo pongo sobre la cama.

—¿Es ese… el jersey que te ponías para mis partidos en la universidad? —Su voz está cargada de emoción.

—El mismo —contesto.

El pegamento con purpurina que utilicé para delinear el número sigue intacto.

Antes de que pueda arrepentirme, saco el siguiente objeto: una camiseta con su número de la primera temporada que jugó con los Colorado Trailblazers, antes de que lo traspasaran a los Sharks. Cuando la ve, noto que el pecho se le hincha con un profundo suspiro. La tiro sobre el jersey, formando un montoncito, y rebusco más en la caja.

Derek permanece en silencio y quieto como una estatua detrás de mí mientras saco la camiseta de la primera temporada que jugó con los Sharks, también con su número. Luego siguen las de las dos temporadas siguientes. Todos los años me decía a mí misma que era la última, que tenía que dejar ir esos sentimientos y quemar todas las camisetas en una hoguera. Pero había algo que me lo impedía. Una parte de mí sabía que en el fondo no debía. Que encontraríamos el modo de volver a coincidir.

Cuando llego al fondo de la caja, me doy la vuelta entre los brazos de Derek para poder mirarlo a los ojos. Me doy cuenta de que le brillan, puede que se le hayan llenado un poco de agua.

—Me vi todos los partidos que jugaste con los Colorado. También he ido a todos los que has jugado en casa, con los Sharks. Y no porque fuera fan de los Sharks, sino porque estaba enamorada de ti. Lo he estado todos los días de mi vida desde que nos conocimos. —Me humedezco los labios mientras él me observa. —Al oír la palabra «enamorada» ha fruncido el ceño. Ninguno de los dos había hablado de amor desde que volvimos a encontrarnos—. Y ahora... Prepárate para mi discurso. Me lo he currado un montón. Lo he redactado y todo.

Sonríe.

—¿Cada apartado en un color diferente?

—Sentimientos propios en morado, momentos compartidos en rojo, todo lo que tiene que ver contigo en azul celeste.

Su pulgar traza un círculo en mi espalda.

—Estoy listo.

Ajusto mi postura intentando recordar la frase inicial.

—Durante toda mi vida me he sentido como una piedra en el camino de la gente. No sé si es que soy demasiado para ellos o si es que no soy suficiente. Lo único que sé es que solo son mis amigos hasta que encuentran una versión mejor y menos odiosa de mí. Una que no dice frases raras ni ordena de forma compulsiva su armario. —O la despensa. Me encanta ordenar despensas—. Incluso mi padre sigue jugando a la paternidad conmigo hasta que da con una nueva hijastra, y entonces me deja de lado. —Respiro hondo para hacer frente al torrente de emociones—. Y mi último exnovio, Ben, no soportaba lo incapaz que era de quedarme sentadita y quietita. Siempre me recriminaba que era el centro de atención allá donde íbamos. Y después de desmayarme al ver su sangre, me dijo que esto era demasiado para él y que no quería seguir conmigo. —Derek tiene cara de querer sacar la metralleta, pero yo continúo—. En la universidad tenía tanto miedo de darlo todo por ti y que, al final, solo fuera una piedra más en tu camino, que una parte de mí rompió contigo para ganar la partida. Pero ya no tengo miedo. Y quiero que sepas que estoy completamente enamorada de ti. —Me agarra más fuerte de la cintura. Nunca había tenido un público tan atento—. No quiero acabar con esto. Quiero que empecemos algo, tú y yo. Algo real. Si estás dispuesto.

Los ojos de Derek se oscurecen. Ahora son de un azul aciano en medio del azul del océano. Sus manos encuentran mi cara y la acunan.

—No eres y nunca serás una piedra en mi camino, Nora. —Sus labios se juntan con los míos y, a pesar de no ser más que un simple roce, me entran ganas de gemir de placer. Se aparta demasiado pronto, pero sus palabras lo compensan—. En todo caso, eres una piedra preciosa. Rara, única e impresionante. Y cualquiera que no sepa verlo es porque no merece tenerte en su vida.

La alegría me inunda y siento un calorcito en el pecho. Derek me tumba de espaldas en la cama y mis tobillos quedan colgando del borde. Apoya una parte de su peso en mí mientras se inclina sobre mi cuerpo y me pasa un dedo por el cuello y las clavículas.

—Por si no era obvio, yo también estoy enamorado de ti. Y te quiero. Te quiero más de lo que tú quieres al helado con cereales, más de lo que al sol le gusta achicharrarte esta piel tan bonita que tienes. —Le salen arruguitas alrededor de los ojos—. Te mereces el mundo entero y estaría encantado de dártelo, pero algo me dice que prefieres ser tú misma quien luche por conseguirlo.

Quiero envolverle el cuerpo entero con el mío y apretar como una pitón.

—Vas bien encaminado, aunque, si me canso o me deshidrato en el proceso de correr The Great World Race, ¿podré pedirte asistencia?

—Por supuesto. Traeré bebidas ricas en electrolitos.

Es tan mono…

—¿Y si quiero que me lleves a caballito hasta la meta porque tengo demasiados calambres en las piernas?

—Sin ningún problema. —Sus labios encuentran mi mandíbula.

—¿Y si quiero que me cojas de la mano mientras la cruzo?

Runrunea contra mi piel como si lo meditara y la sensación hace temblar todas mis terminaciones nerviosas.

—Sería un honor.

—Eres tan fácil de querer, Derekito mío.

—Ahora en serio, ese apodo suena fatal. —Su mano juega con mis dedos—. Quiero proponerte una cosa.

—Dispara —digo liberando mis dedos de su cautiverio y deslizándolos por debajo de su camisa. Su piel es un hierro candente sacado directamente del fuego.

—¿Qué te parece si me dejas cortejarte un tiempo? —Me muerde el lóbulo de la oreja antes de que sus labios se deslicen por mi mandíbula, dirigiéndose de nuevo a mi boca—. Tú vives en tu casa y yo en la mía. Te paso a recoger cuando tengamos una cita. Y nos podemos quedar a dormir en casa del otro. Tenemos la opción de tomarnos las cosas con calma por pura diversión, porque podemos. Porque tenemos toda la vida por delante y la vamos a pasar juntos. Porque odio no haber tenido tiempo para reconquistarte antes de que nos tatuáramos estos anillos en los dedos, y quiero darte este tiempo ahora.

Me alejo un poco para mirarlo a los ojos.

—Creo que es una idea increíble. Sobre todo ahora que se acercan los entrenamientos de pretemporada.

Me acaricia la cara, sonríe y me da otro beso en los labios. Este es más apasionado. La intensidad aumenta con cada beso.

—Y tengo la sensación de que vas a estar muy ocupada estas próximas semanas volando de aquí para allá para fichar a los mejores atletas del mundo. Ser novios que tienen citas en vez de marido y mujer que viven juntos es la solución más práctica ahora mismo. Y sé que te encanta la practicidad. —Me muerde un poco el labio inferior.

—«Practicidad» es la palabra más sexy del diccionario —le digo antes de rodearle el cuello con los brazos.

Pone su boca junto a mi oreja y susurra:

—Y quizá hasta podríamos coordinar nuestros calendarios.

Gimo de forma teatral.

—Me encanta cuando dices guarradas.

—Eso no es nada, Galletita de Jengibre.

No tardo en agarrarle el pelo y sus manos se aferran a mi camiseta, arrastrándola cada vez más arriba. Su lengua acaricia la mía y una explosión de calor me recorre el estómago, las extremidades, la cabeza. Vuelvo a meter las manos por debajo de su camiseta y las deslizo por el abdomen y los pectorales, sintiendo bajo mis dedos el relieve de los tatuajes. Me aprieta contra él y su beso me derrite por dentro. Cada movimiento que hace su lengua, cada caricia que me dan sus manos, cada presión que ejercen sus labios parecen decir: «Te quiero, te quiero, te quiero».

—Te he echado de menos todos estos años, Nora. Mi amiga. Mi amor.

Quiero nadar en una piscina llena de esas palabras. Quiero convertirlas en mantas y dormir la siesta tapadita con ellas todos los días.

—Yo también te he echado de menos, Derek. Bien está lo que bien quiere.

—El dicho no es así.

—Pues debería.

Me arqueo. Más, más, más.

—Una última cosa. Sé que acortaste el dobladillo de una de las perneras de todos mis pantalones.

Aprieto los labios, tratando de controlar mi expresión.

—No responderé a más preguntas sin la presencia de mi abogado.

—Eres terrible. —Me besa la sien y luego se levanta para colocarse frente a la cama con una sonrisa.

Una mirada ardiente y cargada de promesas se enciende en los ojos de Derek antes de agarrarme por las caderas, tirar de ellas hasta el borde del colchón, guiñarme el ojo como solo él sabe y ponerse de rodillas.


A la mañana siguiente, Derek me acompaña a mi casa, donde desayunamos con mis preciosos cubiertos nuevos mientras yo me siento en su regazo.

# 40

## Derek

Por fin es día de partido.

Mi día de partido.

Estamos todos en el vestuario preparándonos para entrar en el túnel y, después, salir corriendo al campo. Ahí fuera, el público está desbocado. El primer partido de la temporada siempre es una locura, sobre todo si, como este, es en casa. Durante la pretemporada ganamos dos partidos y perdimos uno, aunque yo tuve que verlos todos desde la banda. A los veteranos no suelen sacarnos de titulares en esos partidos, y menos cuando acabamos de salir de una lesión.

Hoy, mientras todo el mundo se pone la indumentaria, hay una especie de clima letal en el vestuario. Es una temporada nueva, una tabla rasa. Las expectativas se sienten como una nube de humo en el aire. Pero, para mí, todo es aún más intenso. Por fin tengo la oportunidad de demostrar mi valía por primera vez. Y estoy preparado.

Los dos últimos meses han sido… increíbles. No solo porque en el terreno laboral la actividad haya vuelto a intensificarse y a llenar mis días, sino también porque mis mañanas y mis noches han estado dedicadas a Nora. Nora. Ni siquiera puedo pensar en su nombre sin sonreír. Sin que el calor me oprima la columna vertebral.

Los dos hemos estado tremendamente ocupados, ella aún más que yo. Y ha sido un enorme privilegio verla brillar sin reparos. El artículo de la revista se publicó el mes pasado y, desde entonces, los deportistas no han parado de llamar a su puerta para pedirle que los represente. No porque nuestra historia de amor se haya hecho viral y la haya dado a conocer, sino por los consejos que ofreció a las mujeres jóvenes durante la entrevista. Desde entonces, su lista de clientes se ha llenado con un ochenta por ciento de deportistas femeninas. Por ese motivo ha pasado mucho tiempo fuera de la ciudad, ha viajado por todo el país ojeando a unos deportistas y reuniéndose con otros. La semana pasada no la vi ni una sola vez porque estaba en Illinois ojeando a una jugadora universitaria de fútbol europeo, la última que quiere añadir a su nómina antes de cerrarla a nuevos clientes.

Sí, la echo muchísimo de menos cuando no está, pero sacrificaré el poder verla todos los días a cambio de ser testigo de la sonrisa radiante que tiene en la cara cada vez que vuelve a casa. Está viviendo su sueño y eso se le nota en la risa, en la sonrisa, incluso en la forma en la que hace el amor conmigo. Nora es verdaderamente feliz. Y, por eso, yo también lo soy.

Aún no nos hemos ido a vivir juntos. Como queremos disponer del tiempo necesario para adaptarnos, hemos decidido comportarnos más como una pareja monógama y seria que como un matrimonio. Lo hemos hecho todo al revés, así que ha sido divertido compartir citas de novios con Nora a lo largo de los dos últimos meses, tanto que a veces incluso nos olvidábamos por completo de los anillos que llevamos tatuados en el dedo. Pero, aunque en teoría no vivimos bajo el mismo techo, pasamos juntos la mayoría de las noches que ambos estamos en la ciudad. En mi casa o en la suya, pero rara vez separados. Su madre viene mucho a cenar o a participar en las noches de juegos con los chicos y sus respectivas esposas. La verdad,

Pam es una de mis personas favoritas del mundo. Nos mete un montón de caña por todo, tal como lo haría una amiga. Es genial.

A lo mejor por eso hoy estoy esperanzado y no preocupado. Siento que mi vida está más llena que nunca y, durante este tiempo, he pensado mucho en mi futuro alejado de los Sharks...; ilusionándome por él, en lugar de temiéndolo. Eso tengo que agradecérselo a Nora, porque verla luchar por esta nueva etapa de su carrera me ha inspirado a querer una nueva etapa también para mí.

Sea cual sea el resultado de hoy, aunque juegue el peor partido de mi vida y me echen en cuanto acabe, sé que estaré bien. Ahí fuera hay más cosas para mí, aparte del fútbol.

Aun así... pienso jugar un partido de la leche.

—¿Estás preparado? —me pregunta Nathan, que se acerca a mí y me planta una mano en la hombrera.

Él ya se ha puesto el uniforme, lleva el casco en la mano y sonríe como si tuviera la capacidad de ver el futuro.

Hago un gesto de asentimiento y saco el casco de mi taquilla.

—Más que preparado.

—¿Y si juegas como el culo?

—Preparado de todas maneras.

Asiente con una sonrisa y, ya está a punto de marcharse, cuando Jamal lo interrumpe sin dejar de mirarse al espejo de su taquilla.

—Una pregunta, chicos..., ¿cómo de mierda es levantarse por las mañanas sabiendo que nunca seréis tan guapos como yo?

Le dedica una sonrisa de satisfacción a su reflejo y el pendiente de diamante que lleva en la oreja destella bajo la luz.

Price, que está sentado en el banco delante de su taquilla y tiene una cara de agotamiento que no le había visto en la vida, levanta la mirada hacia él.

—¿Me haces un favor? Cuando hoy te plaquen, imagínate mi cara sonriente durante todo el proceso.

Jamal finge un mohín.

—¿Alguien está un poco gruñoncete porque tiene un bebé en casa y no puede dormir? No te preocupes, hoy compensaré tu flojera en el campo.

Price se levanta y se acerca a él con aire amenazante.

—Adelante, *nugget* de pollo. Sigue tomándome el pelo.

Jamal le palmea el pecho, en absoluto intimidado por su altura.

—Bien. Ahora ya estás despierto.

Nathan niega con la cabeza.

—Jamal, un día de estos terminarás llevándote una buena paliza.

Nuestro corredor se limita a sonreír aún con más ganas y a pasarse una mano por el costado de la cabeza.

—Y seguiré estando guapo.

—Bueno —dice Lawrence, que se introduce en el círculo y atrae todas las miradas hacia sí—, ya es casi la hora. Solo quiero decir... —nos mira a todos uno por uno y al final clava los ojos en mí— que estoy orgulloso de jugar con todos vosotros. Y orgulloso de llamaros amigos.

Frunzo el ceño y me cruzo de brazos.

—¿De qué coño vas, Lawrence? ¿Debo suponer que ese es mi discurso de despedida?

Se pone colorado y todos los demás se echan a reír.

—No. Para nada. Solo quería que supieras que pase lo que pase...

—¿Qué va a pasar? —lo interrumpo con la barbilla levantada y dejando que mi arrogancia me espolee.

Lawrence se da cuenta y asiente con una sonrisa. Todos lo hacen. Hacía tiempo que no sentía este tipo de confianza corriéndome por las venas, y está claro que mis amigos también se habían percatado de su ausencia.

Nathan sonríe, burlón.

—Uf, mierda. Derek ha puesto su mirada sexy.

A Jamal le da un escalofrío.

—¿Eso es lo que Nora tiene que ver justo antes de que te...?

—Uy, sí. Por favor, termina esa frase, porque me encantaría responderte a eso.

—¡Demasiadas amenazas por hoy, caballeros! —Jamal levanta las manos con una sonrisa indulgente—. ¿Nadie valora mis intentos de animaros antes de un partido?

—Yo sí te valoro —dice Lawrence con una gratitud tan tierna que es imposible malinterpretarla como sarcasmo.

Nadie sería capaz de adivinar que dentro de unos minutos, en cuanto entremos en el estadio, este hombre se convertirá en una bestia salvaje.

—Vale, vale —dice Nathan, que se coloca en el centro del círculo—. Hora del discurso de verdad.

Hacemos un corrillo formal con todo el equipo cuando salimos al campo, pero este es una tradición solo nuestra. Un minuto para conectar entre los cinco y prepararnos. Nathan da el primer discurso de la temporada todos los años, y luego vamos rotando semana a semana. Por si acaso esta acaba siendo la última de las arengas de Nathan que escucho, la saboreo.

—Las cosas han cambiado mucho para todos nosotros este año. Hemos tenido hijos. —Mira a Price—. Nos hemos casado. —Me mira a mí—. Nos hemos hecho un segundo agujero en la oreja. —Mira a Jamal—. Nos han publicado poemas. —Mira a Lawrence y, curiosamente, se detiene ahí, sin añadir ningún momento espectacular para él—. Ha sido un buen año y agradezco haberlo recorrido con todos y cada uno de vosotros. Y hoy... agradezco recorrer ese túnel también con vosotros. Va a ser una buena temporada. Sobre todo, porque voy a jugarla al lado de mis amigos…

Se hace el silencio porque ninguno confiamos en no emocionarnos. Resulta sospechoso que, de repente, todo el mundo haya bajado la mirada hacia la moqueta y se oigan carraspeos y resuellos agresivos.

Al final Nathan termina el discurso mirándome de hito en hito.

—Hoy les vamos a dar para el pelo, chicos.


Salimos corriendo del túnel y los vítores del público me inundan de golpe. El sol calienta y el cielo está tan azul como el día en el que besé a Nora en la playa. Ese recuerdo me hace entornar los ojos y mirar hacia las gradas para buscarla. Podría haber utilizado mi palco privado, pero hoy no quería sentarse en él. Quería ocupar su asiento habitual en las gradas, un asiento que llevaba pagando desde hacía años sin que yo lo supiera.

Me pareció perfecto que se sentara allí hasta que me di cuenta de que la silla estaba en la última fila del estadio. Fui egoísta y la veté. No me costó mucho convencerla, solo tuve que decirle la verdad: que quería poder verle la cara desde el campo durante el partido.

Así que ahora recorro ansiosamente con la mirada los asientos que hay justo detrás de nuestras bandas intentando localizarla. Intentando encontrar a la mujer que es mi vínculo con la felicidad.

El público ruge a mi alrededor y varios de mis compañeros de equipo me dan un empujón en el hombro cuando pasan volando a mi lado para adentrarse en el campo. Nuestro entrenador me da una palmada en la espalda y me desea buena suerte antes de correr hacia su posición en la banda. Pero yo estoy distraído buscándola a ella. A Nora Mackenzie Pender.

Y, entonces, ahí está: mi mujer.

El pelo caoba le brilla a la luz del sol y la sonrisa le crece ocho tallas. Como he tenido que pasar la noche en el hotel con el equipo, he echado de menos despertarme a su lado esta mañana. Estoy hambriento de verla. Ávido de su tacto.

Nora me lanza un beso y luego se señala el jersey que le he mandado esta mañana a su apartamento para darle una sorpresa. Es blanco y negro, el nuevo diseño de la temporada que aún no tenía. Se da la vuelta para que vea que le ha pintado el número con purpurina en la espalda y levanta las manos por encima del hombro formando un corazón.

En cuanto la veo, el resto del estadio desaparece y solo queda ella. Cuando se vuelve de nuevo hacia mí, la sonrisa que tiene dibujada en la preciosa boca me llama en silencio, así que me acerco corriendo y dejo el casco a mis pies en el césped. Me agarro a la barandilla y me alzo para ponerme a su altura. Las personas que ocupan los asientos contiguos son familiares de los demás jugadores y no intentan tocarme. En cambio, Nora se inclina hacia delante y me enreda las manos en el pelo de la nuca.

—Vaya, hola, guapo —me dice con el falso acento sureño que ya usó una vez conmigo en aquel bar de Las Vegas, la noche en la que, sin querer, cambiamos nuestra vida para siempre.

—Bésame —medio exijo, medio suplico.

Accede y me planta un beso dócil pero aun así embriagador en la boca. Soy vagamente consciente de los vítores y los silbidos que se alzan a nuestro alrededor.

—Ayer por la noche te eché de menos —dice cuando rompe el beso con un centelleo en los ojos de color avellana—. Pero aproveché bien el tiempo e hice este cartel tan épico…

Bajo la mirada hacia la gruesa cartulina que me señala: PENDER, ENSÉÑAME LO QUE HE VENIDO A OJEAR.

Niego con la cabeza.

—¿Se supone que ese dibujo es mi culo cuando llevo la indumentaria?

—El parecido es asombroso.

Le brillan los ojos de felicidad…, aunque puede que sea un reflejo de toda la purpurina que lleva el cartel.

—Te quiero.

Me echo hacia delante para besarla por última vez, pero, justo antes de llegar a rozarle los labios, una mano me agarra por la espalda y me arranca de la pared.

—Sois los dos un coñazo con tanto beso. Es hora de jugar al fútbol.

—Jamal, hoy tienes ganas de morir —le digo a su espalda mientras se aleja.

Se dirige corriendo hacia el campo con una sonrisa de comemierda en la cara y el dedo corazón levantado detrás de él, especialmente para mí.

Miro a Nora una vez más y la señalo antes de ir a reunirme con los demás en el campo para estirar. «Este va por ti».

# 41

## Nora

El público enloquece en cuanto se acaba el tiempo y Derek acaba de atrapar su duodécima pelota del partido en la línea de anotación, lo que supone su tercer *touchdown*. El *touchdown* de la victoria.

Mi madre y yo gritamos y nos lanzamos la una sobre la otra, abrazándonos y saltando como niñas. Derek tira el balón al suelo y trota hasta la línea de cincuenta yardas para detenerse frente a mí. Sonríe, se arrodilla y hace una reverencia como si yo fuera su reina. Como si lo hubiera hecho por mí. El resto de los chicos no tarda en seguir su ejemplo y, cuando quiero darme cuenta, casi todo el equipo se inclina ante mí como si yo tuviera algo que ver con el increíble partido que acaba de jugar Derek.

Me parto de risa, les hago gestos para que se levanten y me siento tan aliviada y orgullosa que podría explotar. Lo ha conseguido. Y yo sabía que lo iba a conseguir. Todo el equipo ha jugado de maravilla, pero Derek ha estado imparable todo el partido. Nadie ha sido capaz de marcarlo. Y los pases de Nathan han sido todos impecables.

Hablando de Nathan, cuando todos los chicos vuelven a ponerse en pie, lo veo poner cara de bobo a una de las gradas que hay encima de mí. Efectivamente, ahí está Bree sacándole la lengua. Me encantan. Y me encanta que ahora pueda considerarlos mis amigos.

—¡A ver quién se atreve a despedir a tu hombre después de este partido! —dice mi madre cogiéndome la mano y apretándomela porque sabe lo preocupada que he estado por Derek.

No quería que se me notara, porque sabía que, aunque hoy jugara fatal y lo echaran, estaría bien y encontraría una nueva pasión. Tiene demasiado que ofrecer como para quedarse sin opciones. No obstante, sé lo mucho que adora a los Sharks y que los considera su familia. Quería que tuviera la posibilidad de quedarse en el equipo con sus amigos. Y después del partido que ha hecho, no hay duda de que los Sharks no querrán que se vaya a ningún lado. Ha sido como si la lesión del tobillo nunca hubiera existido y estoy deseando escuchar a esos imbéciles de la radio deportiva tragarse sus palabras.

Derek se levanta, se quita el casco y corre a toda velocidad hacia mí. Me inclino sobre la barandilla, le rodeo el cuello sudoroso con los brazos y le doy un beso entre sonrisas.

—Estoy tan orgullosa de ti —le digo con lágrimas de felicidad en los ojos.

—Gracias por estar aquí conmigo —me responde con la respiración acelerada—. Por haber estado siempre conmigo.

Varias personas detrás de nosotros gritan su nombre para llamar su atención. Su nuevo dios del fútbol americano ha bajado del cielo para bendecirlos. Me da un beso en la mejilla y luego mira hacia la multitud, se quita un guante y se lo lanza a un niño de unos diez años que está en la grada.

Luego me coge la mano y me besa el anillo tatuado.

—¿Nos vemos en la sala de prensa?

Ahora tiene que dar una rueda de prensa, claro, y no me la perdería por nada del mundo. Sobre todo hoy, que va a poder regodearse de lo bien que ha jugado.

—Allí estaré.

Baja de un salto entre los gritos del público y mi madre me

sonríe. En las últimas semanas me ha repetido cuarenta veces lo mucho que le gusta Derek. Significa mucho para mí contar con su aprobación.

Recogemos nuestras cosas y nos movemos entre la gente para ir a la segunda planta, al palco de Bree y Nathan. Hay que esperar un poco hasta la rueda de prensa de Derek; los jugadores tienen que ducharse y lo más probable es que primero entrevisten a Nathan. Mi plan es ir a darle un abrazo a Bree y luego comerme toda la comida gratis del palco mientras espero.

Pero cuando llegamos a su fila, Bree está con el ceño fruncido y la vista fija en el móvil. Levanta la mirada hacia mí y, de alguna manera, mi instinto sabe que algo va mal. Algo que tiene que ver conmigo, a juzgar por la forma en que sus ojos se llenan de una mezcla entre miedo y lástima.

—¿Qué pasa?

Hay algunas personas más en el palco: Dylan, el amigo de Bree, y Lily, su hermana. Todos me miran como si acabaran de anunciar que soy el nuevo tributo en los Juegos del Hambre.

Bree abre los brazos.

—Ven que te abrace primero y después te cuento.

Se me revuelve el estómago, pero obedezco, me meto entre sus brazos y dejo que me apriete hasta dejarme sin aliento antes de soltarme y pasarme el móvil.

Lo agarro sin mirar.

—¿Crees que es posible que, si no veo lo que sea que quieres enseñarme, simplemente… desaparezca?

—Lo veo poco probable —responde frunciendo el ceño, lo que me pone aún más nerviosa—. Y deberías leerlo cuanto antes.

Mi madre se coloca a mi lado para leer por encima de mi hombro el artículo publicado hace unos minutos, tras la victoria de los Sharks. Pero la noticia no trata sobre los Sharks, sino sobre mí. Y sobre Derek, aunque en especial sobre mí.

El título del artículo es «Una agente interesada se casa con una leyenda del fútbol para impulsar su carrera».

«Vaya, qué original». Pero entonces me entra el miedo porque, a medida que leo, me doy cuenta de que mucho de lo que dice este artículo es verdad. Quiero decir, está escrito para hacerme parecer una bruja manipuladora, pero se nota que está basado en la realidad. Dice que, aunque Derek y yo hemos mostrado una fachada romántica, todo es mentira. Que nuestro matrimonio espontáneo no fue más que un error causado por el alcohol.

La fuente tiene la osadía de sugerir que emborraché a Derek a propósito y que lo utilicé para impulsar mi carrera (esa parte es evidente que es mentira). Luego explica que nuestra luna de miel no fue más que un truco publicitario en el que Derek se vio obligado a participar para cubrirnos las espaldas y no arruinar su reputación. Lo cual tampoco es para nada cierto. La reputación de Derek ha resistido cosas mucho peores. (Incluida la vez que se emborrachó en un club y se desnudó en el centro de la pista de baile; lo echaron del local y lo metieron en un coche, y la única repercusión que tuvo fue un montón de gifs borrosos. Aun así, nadie se lo tuvo en cuenta y no perdió ni un solo contrato de patrocinio).

No, era mi reputación lo que Derek estaba intentando proteger. Y de forma voluntaria.

—¿Cómo se atreven a publicar esto? —digo temblando mientras bajo hasta el final del artículo y veo que la fuente se cita como anónima.

No tengo ninguna duda que esto es obra de cierto compañero de trabajo celoso. Y entonces recuerdo el día en que me desahogué con Nicole en la oficina hace varias semanas y nos pareció oír a alguien en el pasillo. Parece ser que sí había alguien escuchando.

Voy a vomitar.

—¿Estás bien, cariño? —me pregunta mi madre rodeándome los hombros con el brazo.

—Sí... No... Más o menos, creo.

—¿Tienes idea de quién ha podido escribir esto? —me pregunta Bree con cara de preocupación.

—Alguien lo bastante celoso por el repentino auge de mi carrera como para querer acabar con ella —contesto sabiendo exactamente de quién se trata.

La misma persona que lleva semanas cuchicheando a mis espaldas. La misma a quien le molesta que en la oficina me hayan ido aceptando poco a poco como una más. Y la misma que ha tratado de robarme a los atletas con los que he estado negociando, alegando que él conoce de primera mano mi ética de trabajo y que deja mucho que desear. «Tu ética de trabajo sí que deja mucho que desear, Marty, a juzgar por lo sucia que dejas siempre la sala de descanso».

Le devuelvo el móvil a Bree cuando el mío empieza a vibrar. Lo saco del bolsillo trasero y veo el nombre de Nicole en la pantalla. Debe de haber visto el artículo.

—Acabo de leerlo —le digo en lugar de saludarla.

Ella tampoco se molesta en decir «hola», va directa al grano. Un grano que me provoca sudores fríos.

—La rueda de prensa de Derek. Tienes que llegar hasta él y prepararlo antes de que se ponga delante de las cámaras.

Murmuro una palabrota y salgo corriendo del palco.


Corro lo más rápido que puedo por el estadio y choco sin querer con algunas personas. Un tipo con una cerveza en la mano no mira por dónde va y claramente no se espera que una mujer vaya directa hacia él a la velocidad de la luz, porque se pone justo en medio y esa cerveza acaba por todo mi precioso jersey, y si no fuera porque llevo demasiada prisa por llegar hasta Derek, 1) me pararía y le invitaría a otra cerveza porque la cortesía es la mejor moneda de cambio en esta vida y 2) me sentiría entusiasmada por tener la oportunidad de probar un nuevo truquito quitamanchas que he aprendido hace poco. Pero no hay tiempo, así que sigo abriéndome paso entre la multitud.

Consigo enviar un mensaje de texto a Derek mientras corro, pero al mirar lo que he escrito me doy cuenta de que pone Ll-mame. URgnt.

Al ver que no me llama de inmediato, lo llamo yo una vez tras otra mientras zigzagueo entre la gente y enseño mi tarjeta de prensa a los guardias de seguridad. Paso por varios túneles hasta llegar al nivel del campo. A la quinta llamada perdida, tengo la certeza de que se lo ha dejado en la taquilla.

Hay un guardia de seguridad apostado fuera de la sala de prensa y, cuando llego corriendo y sin aliento, el hombre parece debatirse entre si ponerme las esposas solo por precaución. Intento pasar a su lado, pero me detiene con el ceño fruncido.

—No puede entrar, señora. La rueda de prensa ya está en marcha.

—Lo sé, por eso necesito entrar.

—Nadie entra si ya ha empezado.

Invoco a la Nicole que llevo dentro y le acerco la placa a cinco centímetros de su cara.

—Mi cliente está participando en esta rueda de prensa ahora mismo, soy su agente y pienso entrar. Si no se aparta, iré a hablar con el director y me aseguraré de que mañana mismo lo pongan de patitas en la calle.

No parece del todo convencido, pero al final decide no arriesgarse y da un paso al lado. Tengo prisa y no puedo perder ni un segundo, pero… me remuerde la conciencia. Así que hago una pausa y le sonrío.

—He de decir que está haciendo usted un buen trabajo. La próxima vez que organice una fiesta y necesite un portero, pienso contratarlo.

Atravieso la puerta de la sala de prensa y mi pánico alcanza nuevas cotas. Es una sala abarrotada de periodistas con cámaras y grabadoras apuntando al aire. El suave y constante chasquido de los fotógrafos inunda el aire. Todos los objetivos apuntan a Derek Pender. Ya está de pie detrás del atril con un micrófono delante de la cara. Detrás de él hay un telón de fondo con el logotipo de Los Angeles Sharks.

Todavía tiene las puntas del pelo un poco húmedas y se asoman por debajo de la gorra que lleva. La expresión severa de su rostro hace que se me contraigan los muslos. Está guapísimo. También me gusta la nueva sudadera negra del equipo. Puede que tenga que robarla esta noche.

Cierto. No estoy aquí para saltar sobre Derek, robarle la sudadera y trepar por su cuerpo como si fuera un árbol. Necesito llamar su atención antes de que alguien le pregunte por el artículo.

—Disculpe —susurro empujando a un hombre que se cierne en el pasillo.

Vaya, esto está petado. Huele tanto a colonia y perfume que me cuesta respirar. Intento que Derek me vea mientras avanzo lentamente hacia la parte delantera de la sala, pero aún no he tenido suerte.

Mis hombros se tensan cuando un hombre de la primera fila levanta la mano y Derek lo señala.

—Felicidades por el partido de hoy, Derek, has estado increíble. ¿Cómo has sentido el tobillo mientras estabas ahí fuera?

Una fácil.

Suspiro con un poco de alivio mientras sigo moviéndome por el perímetro de la sala para llegar al frente sin llamar demasiado la atención.

—Gracias. Me he sentido mejor que nunca. El tobillo no me ha molestado en ningún momento.

Otro periodista interviene.

—Hemos visto a otros atletas sufrir lesiones similares y no volver ni la mitad de fuertes de lo que has demostrado estar tú hoy. ¿A qué atribuyes el éxito de tu recuperación?

—Sí, se lo debo todo a mis entrenadores. Han trabajado tan duro como yo para que mi tobillo pueda volver a estar en forma.

La agente que hay en mí se hincha de orgullo ante su respuesta. Y la parte de mí que está enamorada de este hombre se siente aún más orgullosa sabiendo que la gratitud que muestra por sus entrenadores y la gente con la que trabaja no es solo para aparentar. Lo dice en serio. Derek llama a otro reportero y algo en el modo en que el hombre endereza los hombros antes de levantarse del asiento (lo cual es innecesario aquí) me hace catapultarme hacia el escenario. Pero no llego a tiempo.

La voz grave del hombre retumba en la habitación.

—Derek, ¿eres consciente de que justo después del partido se ha publicado un artículo en el que se afirma que tu relación con Nora Mackenzie es un fraude?

Me quedo congelada en el sitio mientras los latidos retumban en mis oídos. Los clics y los flashes de las cámaras se vuelven tan frenéticos como una tormenta eléctrica. Me voy a desmayar. Todo por lo que he trabajado, todo lo que he conseguido… No habrá servido de nada por culpa de ese artículo. Y dudo que la reputación de Derek se resienta por ello, pero, de ser así, no sé si podría vivir con ello.

Sin embargo, la cara de Derek se mantiene imperturbable. No muestra ningún atisbo de emoción o sorpresa ante la pregunta y se notan los años de experiencia en formación mediática, porque no deja que sus cejas se muevan lo más mínimo. Sus ojos, en cambio, sí se mueven. Me buscan por toda la sala.

Y, como si percibiera mi presencia, tarda solo un par de segundos en posarlos sobre mí.

En cuanto nuestras miradas se cruzan, siento su ternura como una caricia tangible. Se está tomando un breve descanso de este circo para decirme que no me preocupe. Es un lenguaje que solo nosotros entendemos, nadie más se da cuenta de la conversación que está teniendo lugar entre nosotros.

Al ver que Derek tarda en contestar, el reportero continúa con una sonrisa de suficiencia, como si supiera que acaba de conseguir la primicia de la semana.

—La fuente informa de que el matrimonio fue fruto de una noche de borrachera, y de que Nora Mackenzie solo te ha utilizado a ti y a tu estatus para impulsar su carrera. ¿Tienes algún comentario al respecto?

Quiero gritar ante toda la sala de prensa que yo jamás le utilizaría y que lo quiero más de lo que he querido a nada ni a nadie en esta vida. Pero, igual que esa pesadilla que tengo de forma recurrente, me quedo congelada y en silencio. Quizá sea lo mejor, ya que mi repentina aparición solo empeoraría las cosas. Tal y como ha formulado la pregunta, la única que sale mal parada soy yo, no Derek. Y puedo vivir con eso.

Odio admitirlo, pero ahora mismo no tengo ni idea de cómo arreglar este lío. Si no dice nada, pareceremos culpables. Si lo hace, existe la posibilidad de que nos salga el tiro por la culata y la cosa se complique aún más. Que es exactamente lo que les gustaría que pasara a los medios de comunicación. Tiene que andarse con mucho cuidado y yo solo puedo rezar para que sepa mover bien sus fichas.

Los ojos de Derek vuelven a posarse en mí y, aunque yo soy un torbellino de terror, él parece tranquilo y confiado. Y entonces me dedica una sutil sonrisa. Se me eriza la piel antes de que vuelva a mirar al reportero y se incline hacia los micrófonos.

—Escuchadme bien porque solo voy a decirlo una vez.

Me llevo las manos al estómago mientras este se retuerce. La sala enmudece por completo, salvo por el sonido de las cámaras. Las grabadoras se elevan en el aire para captar todas y cada una de las palabras que salen de su hermosa boca.

—En primer lugar, ahora se llama Nora Mackenzie Pender, aunque no se confundan, puede que compartamos apellido, pero su éxito no se lo debe a nadie más que a sí misma. Mi papel en su vida no tiene nada que ver con lo mucho que ha trabajado durante años y años para llegar donde está ahora. Y juro por Dios que cualquiera que se atreva a cuestionar la integridad o la ética de mi mujer tendrá que vérselas conmigo. Y eso no es lo peor; lo peor es que también va a tener que vérselas con ella. No se dejen engañar por su apariencia, esa mujer puede ser de lo más despiadada.

No puedo respirar. No puedo parpadear. No puedo apartar la mirada de la furia ardiente de los ojos de Derek. Vuelven a mí una vez más y entonces lo veo: el guiño.

«Ay, Derek. ¿Qué vas a hacer?».

Se inclina poco a poco hacia delante; tiene una buena mano de cartas y lo sabe.

—Y ahora… —dice en tono serio— podemos seguir hablando de esa absurda noticia escrita por alguien patético y desesperado o podemos discutir el hecho de que, oficialmente, me retiro de la NFL.

Me agarro al respaldo de la silla más cercana. Las voces se alzan. La energía de la sala se desata y ahora todo el mundo está intentando pasar por encima de los demás para conseguir que Derek se fije en sus manos levantadas y en sus preguntas gritadas. Las cámaras parpadean como fuegos artificiales. Y Derek se queda ahí de pie viendo el mundo arder con una sonrisa en la cara, como el diablo travieso que es.

# 42

## Derek

Mierda.

Nora se ha largado en plena rueda de prensa, justo después de que anunciara mi retirada. Nos habíamos mirado a los ojos y tenía la esperanza de que hubiera entendido lo que intentaba decirle: «Tranquila. Esto es lo que quiero». Pero, a juzgar por el modo en que salió huyendo, diría que no ha captado el mensaje.

No pude seguirla en ese momento porque tenía que terminar de responder a preguntas para las que, en realidad, no tenía respuestas. Y, ahora que por fin he concluido con lo que me ha parecido un sinfín de entrevistas y de intentar evitar a cualquiera de los directivos del equipo y a nuestro entrenador —que estoy seguro de que va a ponerme de vuelta y media por anunciar la noticia antes de decírselo a nadie—, entro en el vestuario a buscar el móvil. Pero me encuentro a los chicos esperándome. Brazos cruzados. Ceños fruncidos. No tenían ni idea de que pensaba hacer esto porque yo no tenía ni idea de que iba a hacerlo.

Antes de que digan nada, levanto las manos con las palmas hacia arriba.

—No me arrepiento.

—¿Lo tenías planeado? —pregunta Nathan con la voz más gélida que le he oído en mi vida.

—Sí y no. Me di cuenta de que era lo que quería después del partido. Y luego me pareció que era el momento perfecto para anunciarlo y desviar la atención de ese artículo de mierda.

Los hombros se les relajan un poco.

Jamás olvidaré la cara que puso Nora cuando ese capullo me preguntó si me gustaría hacer algún comentario respecto a que mi mujer me está utilizando para avanzar en su carrera profesional. Lo dijo como una afirmación, no como una pregunta. Como si todo lo que la gente lee en internet debiera tomarse como la pura verdad. Me entraron ganas de descuartizarlo miembro a miembro cuando insinuó que tenía siquiera la más remota idea de todo el esfuerzo que Nora ha hecho para llegar donde está. Desde luego, su éxito no ha tenido nada que ver con acostarse conmigo.

Si acaso, me interpuse en su camino y ella encontró la manera de bordearme.

—¿De verdad estás conforme con la decisión que has tomado? —pregunta Price.

Sonrío.

—Nunca en mi vida he estado más conforme con nada.

—Pues entonces no hay más que hablar.

Nathan es el primero en abrazarme, y el resto de los chicos lo siguen.

Jamal me susurra al oído:

—Sigo pensando que eres un bebé gigante y feo, pero… esto ha sido inspirador.

Le pongo la mano abierta en toda la cara y lo empujo hacia atrás.

—Gracias, piltrafilla.

Me aparta la mano de una cachetada y me hace una peineta.

—Te daremos ventaja para que llegues a casa antes que nosotros —dice Nathan, y me doy cuenta de que es una manera sutil de recordarme que nuestra amistad no tiene nada que ver con mi posición dentro o fuera del equipo.

Intento llamar a Nora en cuanto me subo al todoterreno, pero me salta el buzón de voz. Siento un peso enorme en el estómago y me preocupa que mi decisión de hoy la haya disgustado. Que haya sido un gesto demasiado ostentoso y la haya asustado. Pero en ese momento me llega un mensaje:

> Estoy en casa esperándote.

«En casa».
Le contesto:

> ¿En cuál?

Su respuesta me alivia un poco la tensión del pecho.

> En la tuya.

Se ha referido a mi casa casi como si fuera la suya. Eso tiene que ser una buena señal, ¿no? Me he esforzado mucho en ser cauteloso durante este último par de meses. En no presionarla en exceso ni pedirle demasiado, porque no quiero que se ponga nerviosa. Pero también me he ido dando cuenta de pequeños detalles. Se ha comprado un segundo cepillo de dientes que se queda en mi casa. Ya tiene más ropa en mi casa que en la suya. Se ha traído la tostadora rosa de su piso y ahora la tengo en la encimera de mi cocina.

La sensación de ver cómo sus cosas van mezclándose poco a poco con las mías es maravillosa.

Y quizá por eso me siento totalmente en paz tras haber anunciado hoy el final de mi carrera. Porque, cuando levanté la vista hacia la multitud y Nora y yo nos miramos a los ojos, todo encajó a la perfección. Nunca había sido capaz de imaginarme la segunda parte de mi vida, la de después del fútbol. Pero, de repente, se desplegó ante mí y me sentí preparado para empezarla. Preparado para el cambio. Preparado para lo que está por venir.

Aparco el coche delante de mi casa y me encuentro a Nora sentada en el suelo junto a la puerta delantera. Esperando. Ya desde lejos, veo que tiene las mejillas manchadas de lágrimas y me preocupo. Joder, claro que me preocupo. ¿Es por mi culpa?

O es porque…

Abro la puerta del todoterreno y ella se levanta como un resorte y echa a correr hacia mí a toda velocidad.

# 43

## Nora

Derek deja la bolsa de lona en la entrada y da dos pasos para reunirse conmigo. Me arrojo a sus brazos y él me atrapa sin dudarlo.

Me he pasado la última hora llorando. Se ha rendido. No puede ser que lo haya hecho por mí.

Me abraza con tanta fuerza que apenas puedo respirar y entierro la cara en su cuello. Sus dedos se hunden en mi pelo y me susurra al oído:

—¿Por qué lloras, Nora? ¿Qué te pasa?

Esto me devuelve a la realidad y me zafo de sus brazos, cayendo de nuevo sobre mis pies.

Y entonces lo empujo.

—¿Se puede saber en qué estabas pensando? ¡Te has retirado! ¡Derek! —Vuelven a brotar las lágrimas—. ¡No puedes retirarte por mí! ¡Dime que no lo has hecho por mí! Es demasiado. Hoy has jugado un partido increíble. Has batido tu propio récord, ¿lo sabías? No…, no puedes renunciar a todo por un ridículo artículo de la prensa amarilla. ¡No tenía tanta importancia, a la gente se le habría olvidado en unos días!

Derek sonríe y me coge la cara, secándome las lágrimas con los pulgares.

—¿Has terminado?

—No, no he terminado. Deberías habérmelo dicho antes. ¡Tendrías que haberlo consultado conmigo!

—Me hubieras dicho que no lo hiciera.

—¡Exacto! Esto ha sido un error. Podría haber encontrado otra manera.

Derek se inclina y me da un beso para silenciarme.

—No ha sido un error. ¿Sabes por qué lo sé?

Observo su hermoso rostro. Sus pómulos marcados, la cicatriz sobre la ceja. Me duele el corazón de quererle tanto.

—¿Por qué?

—Porque he sentido que el nudo que tengo en el pecho desde hace años se ha aflojado. Es verdad, no lo he planeado con calma, pero me alegro de que todo haya salido así. He tenido una carrera muy exitosa y ahora estoy listo para un cambio, Nora. Quiero ese cambio. Una nueva aventura. Solo necesitaba un empujón. Sé que tú lo habrías arreglado de otra manera, que probablemente se habría olvidado todo en unas semanas. Pero no quería que tuvieras que aguantar el chaparrón durante tanto tiempo cuando tenía otra solución al alcance de la mano.

Quiero llorar. De hecho, estoy llorando.

—No puedes hacerlo por mí, Derek. Es demasiado. Me guardarás rencor el resto de tu vida.

—Nunca podría guardarte rencor, Nora. Y si te ayuda a dormir mejor por las noches, piensa que soy un gilipollas arrogante y que prefiero poner fin a mi carrera después de jugar el mejor partido de mi vida que cuando esté en las últimas. —Me aprieta las mejillas—. Soy feliz, Galletita de Jengibre. Soy muy feliz. Esto es lo que quiero. Estoy listo para hacer un cambio. Listo para ver qué más puedo ofrecer en este mundo.

—¿Estás seguro? Porque, si no es así, si te arrepientes, puedes contármelo e iré ahora mismo a las oficinas de los Sharks a decirles que has cometido un error.

Me da un beso en la frente.

—No ha sido ningún error, Nora. Esto es lo que quiero. Aunque rompieses conmigo aquí y ahora, seguiría queriendo retirarme. Estoy tan cansado de vivir esforzándome al máximo cada día de mi vida. Me ha encantado dedicarme a esto, pero necesito ver qué más hay ahí fuera. Ya va siendo hora.

Suspiro con ganas de seguir protestando. Siento que debo hacer todo lo posible para que cambie de opinión. Pero he de admitir que su mirada es convincente. Tiene pinta de querer hacerlo de verdad.

—Vale, pero que sepas que aún puedes cambiar de opinión esta noche. O mañana. O incluso la semana que viene.

—Tomo nota. Pero ahora mismo lo único que quiero es tumbarme en el sofá con mi chica y ver algo en la tele.

Me coge de la mano, dispuesto a arrastrarme con él al interior de la casa.

Pero no puedo moverme. No puedo hacer otra cosa que lo que llevo queriendo hacer desde la noche de la luna de miel en que me dijo que su color favorito era el avellana.

Derek se detiene al notar que tiro de su mano y se da la vuelta. Me encuentra hincando la rodilla en el suelo. El cemento está duro y caliente, pero no me importa. Me encanta notar esta sensación ahora mismo.

Frunce el ceño, pero le cambia la cara en cuanto se da cuenta de lo que estoy haciendo.

—Derek Pender, sé que ya estamos casados, pero…

Levanta la mano y me tapa la boca.

—Espera. ¿Estás haciendo esto porque te sientes culpable por mi retirada? —Niego con la cabeza—. ¿Ya tenías pensado hacer esto ayer o se te acaba de ocurrir la idea?

Asiento, frunzo el ceño y niego con la cabeza. Me retira la mano de la boca para que pueda hablar.

—Sí a lo de querer hacerlo ayer, no a que se me acabe de ocurrir. ¿Me dejas terminar?

—No —contesta, y se inclina para cogerme en brazos y llevarme dentro.

«No entiendo nada».

Me lleva hasta el salón, me deja en el sofá y me dice que me quede ahí. Después se gira, me agarra de los hombros con las manos y me da un beso tierno.

—Por favor.

Luego se va corriendo a su habitación y yo me quedo en el sofá dándole vueltas a los pulgares, pensando que esta debe de ser la pedida de mano más rara de la historia. Pero no tarda en volver. Y cuando aparece en lo alto de las escaleras, su mirada hace que mi corazón pase de cero a cien.

—Tenía que coger algo de mi mesita de noche —dice haciendo hincapié en esas últimas palabras mientras se coloca frente a mí.

Sé que mis ojos parecen estrellas de tanto brillar ahora mismo. Qué más da si ha interrumpido mi pedida, por fin voy a saber qué es lo que...

Uy.

Derek hinca la rodilla en el suelo y saca una cajita de terciopelo negro de detrás de la espalda.

—No te importa si continúo donde tú lo has dejado, ¿verdad? —Sonríe, y cada gota de sangre de mis venas se concentra en mi corazón, a punto de estallar—. Sé que ya estamos casados, Nora, pero significaría mucho para mí que aceptaras seguir casada conmigo. Para siempre. Para toda la eternidad. Quédate a mi lado, Nora. Déjame amarte plena y desesperadamente hasta el fin de mis días.

Abre la tapa de la caja negra y un anillo de diamantes brilla ante mí.

Me tiemblan los labios mientras alterno la mirada entre ese anillo de compromiso y los penetrantes ojos azules de Derek.

—¿Esto es lo que encontraron los chicos en tu mesita de noche? ¿Esto es lo que te daba vergüenza?

—Nunca dije que me diera vergüenza. Dije que, cuando te lo diera, todo cambiaría. Porque este anillo te pertenece. Siempre te ha pertenecido. Te lo compré cuando estábamos en la universidad.

—¿Qué? —exhalo—. ¿Me...? ¿Me ibas a proponer matrimonio?

Asiente.

—El día que me dejaste, de hecho. —Sonríe al ver mi cara de horror—. Había todo un montaje con muchísimas flores al otro lado de la puerta de mi casa esperándote. En parte por eso no te pedí que entraras para poder hablar las cosas. Llevaba este anillo —lo levanta— en el bolsillo trasero de los pantalones.

—No. —La palabra sale como un suspiro—. Derek, eso es desgarrador.

Se imagina lo culpable que me siento, así que se inclina hacia delante agarrando la caja del anillo con una mano y mi cara con la otra para poder besarme y devolverme a la realidad.

—Sin vergüenza. Sin culpa, Nora. Todo ha ocurrido exactamente como tenía que ocurrir, ahora lo tengo claro. Si te hubiera propuesto matrimonio entonces, todo habría sido un desastre. No estábamos hechos para estar juntos en ese momento, pero ahora tengo pensado esforzarme cada día en ser la persona que necesitas.

Suelto un suspiro que se había quedado atascado en mi garganta.

—¿Has guardado el anillo todo este tiempo?

Asiente.

—Nunca fui capaz de deshacerme de él. Y ahora sé que es porque siempre supe que encontraríamos la forma de volver a estar juntos. —Me agarra de las caderas y tira de mí hasta el borde del sofá. Estamos cara a cara, a la misma altura, con mis muslos contra sus caderas—. Soy tuyo, Nora. Siempre lo he sido. Siempre lo seré.

Me cuesta encontrar las palabras para transmitir lo que siente mi atolondrado corazón ahora mismo. Ojalá pudiera dejarlo entrar un instante para que lo viera él mismo. Está lleno de confeti y colorines. Hay virutas y purpurina por todos lados. Es un desastre.

En lugar de eso, sonrío con lágrimas en los ojos y me inclino hacia delante para morderle el labio inferior.

—Mío —susurro antes de separarme para poder ponerme el anillo en el dedo. Encaja a la perfección.

Derek estropea el momento haciendo una mueca.

—Maldita sea, es un diamante minúsculo. Me había olvidado de que por aquel entonces no tenía un centavo. Podemos comprarte uno nuevo mañana —dice mientras me coge la mano, pero yo la aparto de un tirón.

—¡Ni hablar! Quiero este.

Lo intenta otra vez.

—Puedes llevar este en la otra mano. Deja que te compre otro.

—De eso nada. Este es perfecto. Ni se te ocurra quitármelo o gritaré.

Me escabullo poniéndome de pie en el sofá para esquivarlo. Él también se alza y quedamos a la misma altura, aunque lo mío sea gracias a que estoy subida a un mueble. Se ríe.

—Puedo hacerte gritar si eso es lo que quieres, aunque preferiría que lo que gritaras fuera mi nombre.

Me quedo boquiabierta.

—Ay, por favor, señor, qué cosas dice.

Se inclina para besarme el cuello y, mientras lo hace, miro disimuladamente el anillo alzando la mano por encima de su hombro.

Un minuto después, cuando Derek me tiene contra el sofá y está a punto de quitarme la camiseta, la puerta principal se abre de golpe. Suelta un gruñido y deja caer la cabeza en mi cuello mientras suena a todo volumen la canción *Kiss me* en el móvil de alguien.

—Creíais que ibais a pasar la noche solitos y a hacer *il amore*, ¿verdad? —Jamal suelta una sonora carcajada y nos señala tumbados en el sofá—. ¡Error!

Su mujer, Tamara, se limita a saludar con la mano al tiempo que lleva un montón de aperitivos a la cocina junto a la mujer de Lawrence, Cora, claramente acostumbrada ya a la forma de hacer las cosas en este grupo de amigos.

—¡Fuera! —grita Derek, aunque nadie le hace caso.

Nathan se acerca al sofá y sonríe.

—Es una mierda que te interrumpan, ¿a que sí? La venganza es un plato que se sirve frío. ¿Dónde quieres que ponga esta tarta? Bree nos ha hecho parar a comprarla de camino aquí. Ha dicho que probablemente le pedirías matrimonio y... —Me mira la mano por encima del hombro de Derek—. ¡Quesito Bree! —le grita a su mujer—, tenías razón. Le ha dado el anillo.

Oímos el chillido de Bree antes de verla aparecer por la puerta. Y entonces entra corriendo y, como si fuéramos un montón de perros, salta sobre el sofá en el que estamos.

Nos abraza y nos achucha con todas sus fuerzas. Me encanta.

—¡Ayyy! ¡Lo sabía! ¡Qué día tan fantástico!

Price y su mujer entran por la puerta principal, se quitan los zapatos y dejan el portabebés en el suelo con Jayla dentro.

—Quizá si nos quedamos muy muy quietos, no nos verán y se irán —me murmura Derek al oído. Su voz aún es ronca por el deseo que no hemos podido saciar.

Bree se asoma por encima de su hombro con una amplia sonrisa y susurra:

—Ni hablar. —Luego se levanta del sofá con un brillo travieso en los ojos y le hace señas a su marido para que se acerque—. Por cierto —dice mientras Nathan viene y le rodea la cintura con un brazo posesivo—, ya que hoy parece ser el día perfecto para hacer grandes revelaciones y soltar bombas, he pensado que podía aprovechar para compartir con todos vosotros que... ¡estoy embarazada!

Derek y yo nos incorporamos de golpe, dispuestos a vitorearlos con el resto del grupo, pero entonces nos fijamos en la cara de Nathan. Manifiesta sorpresa. Y nos damos cuenta de que Bree aún no se lo había contado.

—¡Sorpresa! —le dice ella mirándole con tanto amor y ternura que parece como si toda la habitación acabara de iluminarse por el sol—. Vamos a tener un bebé, Nathan.

—Bree... —Su marido se queda parpadeando y parece como si acabara de ser coronado rey.

Aprieta la mandíbula, arruga la nariz e intenta, sin éxito, controlar la emoción. Le coge la cara entre las manos y la besa mientras ambos lloran. Todos lloramos. Incluso Derek parpadea para no dejar escapar las lágrimas.

—¡Será posible! —exclama Jamal secándose los ojos. Luego coge a su mujer de la mano y tira de ella hacia la puerta principal—. Tenemos que irnos, cariño.

Salen y me quedo mirando la puerta sin entender nada.

—¿Adónde van?

—Supongo que a hacer un bebé —dice Derek con una mueca—. Jamal detesta quedarse atrás con estas cosas.

—¿Estas cosas? —Mis ojos se abren de par en par y me alejo de él a la defensiva—. No te hagas ilusiones, Pender.

—Uf, tengo muchas ideas —replica estirándome del brazo y alzándome sobre su hombro—. Pero todas incluyen protección, no te preocupes. —Me lleva hasta las escaleras.

—¡Derek! ¡Nuestros amigos están aquí! ¡No estás siendo un buen anfitrión!

Su risa retumba en mi cuerpo mientras sigue transportándome escaleras arriba.

—Nuestros amigos tienen exactamente sesenta segundos para salir de esta casa si no quieren oír lo que está a punto de pasar aquí arriba.

Unos sesenta segundos después oímos la puerta principal cerrarse de golpe y Derek y yo nos quedamos solos en casa.

# EPÍLOGO

## Nora

El agua salpica el borde de la bañera y las burbujas se esparcen por el suelo mientras me recuesto contra el pecho de Derek.

—Mmm —gime—. ¿Por qué nunca habíamos hecho esto? Qué placer.

Sonrío con la cuchara en la boca.

—Con tanto gemido, cualquiera diría que aquí dentro en vez de comer helado estamos haciendo ñiqui-ñiqui.

Han pasado dos meses desde que Derek jugó su último partido y no parece que se haya arrepentido ni una sola vez. Creedme si os digo que he estado muy atenta a cualquier indicio que indicara lo contrario. En lugar de eso, he visto a Derek cobrar vida. Sonríe más, se ríe con más ganas. Sigue siendo adicto al ejercicio, cosa que apoyo totalmente, ya que esos músculos son demasiado sexis para dejarlos perder. Pero ahora hace cosas como comer helado con cereales conmigo en la bañera un martes por la noche.

Sus fríos labios rozan el lateral de mi cuello, haciendo que mi espalda se arquee.

—¿Quién dice que aquí solo estamos comiendo helado?

—¿Tienes otros planes?

—Tengo muchos planes, novata.

—Ya no puedes llamarme así, ahora soy dueña de un negocio.

Derek deja el bol vacío en el suelo y me empuja ligeramente los hombros, indicándome que me siente. Lo hago, apoyando el bol de helado derretido y cereales contra mi pecho mientras los pulgares de Derek me amasan la parte baja de la espalda y se deslizan por toda la columna hasta el cuello.

—Tienes razón. ¿Quieres que te llame jefa?

—Me gusta —contesto a la vez que me estremezco en el agua caliente por la deliciosa sensación que producen sus manos al presionar mis doloridos músculos.

Muchas cosas han cambiado en los últimos meses. Una de ellas es que ya no trabajo en Sports Representation Inc. Es cierto que todos los cotilleos en torno a Derek y a mí se olvidaron pronto en cuanto anunció su retirada, y esa noticia eclipsó casi por completo cualquier otro titular deportivo aquella semana. Quién sabe, tal vez se habrían olvidado rápido incluso sin esa ayuda. Jamás lo sabremos. Pero en la oficina no fue para nada así. Marty se convirtió en un villano salido de las películas Disney de los noventa. Nunca fui capaz de probar que él era la fuente detrás del artículo, pero no podía ser nadie más. Ese hombre era incapaz de dejar de meterse con mi relación.

Un martes por la tarde me harté. Marty hablaba con unos compañeros en la sala de descanso sobre un cliente con el que estaba negociando y, cuando entré, soltó:

—En realidad, estoy pensando en mandar a Nora a acostarse con él para ver si así nos contrata.

Joseph estaba presente. Lo escuchó todo y optó por no decirle nada. A mí me habrían despedido en el acto por una declaración como esa. Marty, en cambio, se llevó unas risitas cómplices por parte de los demás hombres de la habitación.

Así que dimití en ese mismo instante. No podía seguir trabajando para una empresa que no me valoraba ni a mí ni a las mujeres de este sector. Y, como me encanta el drama, esperé en silencio hasta que todas las miradas se centraron en mí, después me acerqué al bol de Skittles que había rellenado esa misma mañana, me lo metí bajo el brazo y me encaminé hacia la puerta.

—Considera esto mi dimisión oficial —le dije a Joseph. Luego miré a Marty a los ojos—. Y como mi contrato carece de cláusula de no competencia, que sepas que será un placer robarte a todos y cada uno de tus clientes, Marty Vallar.

Y entonces bajé la mirada hacia su nariz e hice una mueca de asco. Se limpió el moco inexistente y yo lo tomé como una señal para marcharme.

En un giro épico de los acontecimientos, esa misma noche, mientras Derek y yo estábamos sentados en el salón discutiendo mis próximos pasos, el guardia de seguridad de la comunidad llamó diciendo que una tal Nicole Hart estaba pidiendo que la dejaran entrar. Supuse que venía a decirme que estaba cometiendo un gran error y que debía volver. Me equivoqué. Irrumpió en la casa con el maletín de cuero de su portátil y la placa con su nombre que solía tener en el escritorio del despacho. Lo puso en la mesita de café frente a nosotros y lo único que dijo fue:

—Tenemos que buscarnos una oficina.

Sí, Nicole dejó la empresa y así fue como las dos fundamos nuestra propia agencia, una dirigida por mujeres y dispuesta a ofrecer un ambiente seguro a las deportistas. Por supuesto, los atletas masculinos también son bienvenidos. Cuando le explicamos nuestra misión a Nathan, estuvo encantado de seguir a Nicole y ayudar a promover la causa. Al igual que todos mis clientes. Fue una gran suerte que Nicole fuera lo suficientemente valiente en sus comienzos como para exigir que se eliminaran todas las cláusulas de no competencia de su contrato antes de firmar con Sports Representation Inc., y a mí me aconsejó hacer lo mismo en su día.

Y como ya casi nunca paso por mi piso, se ha convertido en un espacio de oficina improvisado hasta que encontremos una ubicación oficial que nos guste más. Ni que decir tiene que han sido unos meses muy ajetreados.

Derek se inclina ahora hacia delante y yo echo un vistazo por encima del hombro para mirar a este hombre, mi marido, mientras el pelo oscuro y mojado le cae sobre una de las cejas.

Sus labios rozan la concha de mi oreja.

—Has estado trabajando mucho. ¿Qué puedo hacer para que te relajes?

Me encanta su voz seductora. Es suave como la miel.

También me encanta su mano cuando emerge de las burbujas para apoyarse en la parte superior de mi rodilla. La deja inmóvil para provocarme.

Sonrío mirándola.

—Es usted el que tiene que madrugar mañana, entrenador.

Ese es el otro gran cambio. Derek aceptó un puesto en nuestra universidad *alma mater* (la USC) como entrenador de la línea ofensiva. Un trabajo que lo entusiasma y que no dudo que se le dará de maravilla. Es perfecto para él. También ha tomado la valiente decisión de hablar abiertamente de su experiencia con la dislexia y del hecho de que no se la diagnosticaran hasta ser adulto, con la esperanza de concienciar a más padres y profesores, así como a los atletas que entrena en el campo.

Últimamente hemos pasado muchas noches juntos, con libros de jugadas esparcidos por su lado de la cama y contratos ocupando el otro. Trabajamos en tándem hasta que uno de los dos lo deja todo y salta sobre el otro. Es un buen sistema, 10/10. Muy recomendable.

Sin embargo, los momentos como este... Los momentos tranquilos en los que el trabajo está aparcado y me quedo a solas con mi marido, mi mejor amigo y, sí, mi cliente (porque también represento a entrenadores, por cierto) son mis favoritos. Resulta que celebrar nuestros éxitos en la bañera con caricias y un bol de helado es la mejor manera de pasar la noche.

Hablando de caricias, la mano de Derek va subiendo lentamente por mi muslo mientras sus dientes me muerden el cuello.

—Oye, ¿recuerdas el reglamento que hicimos?

—Sí —contesto, y sin querer me sale como un ronroneo. No puedo evitarlo cuando el musculoso cuerpo de Derek me envuelve, su aliento me roza la piel caliente y su mano se dirige a acariciar otro de mis lugares favoritos.

—He pensado que deberíamos añadir una nueva regla...

—Te das cuenta de que hemos roto todas las de esa lista, ¿verdad? —Recuesto la cabeza contra su hombro mientras sus labios presionan mi garganta, subiendo y bajando como si estuviera obsesionado conmigo.

—Ajá. Y ahora que sé lo mucho que te gusta romper esas reglas, me gustaría añadir otra.

—¿Y cuál es?

Esos dedos. Esa boca. Esa sonrisa.

—Nada de sexo en la bañera.

Me río con una sensación de alegría en el corazón.

—Y yo que pensaba que dirías algo romántico como «Nada de amar a Derek durante el resto de tu vida».

Me da besitos lentos en las burbujas que tengo por los hombros, el cuello y el pecho, igual que lleva haciendo toda la noche, como si la idea de aislarse del mundo y sumergirse en esta bañera conmigo para siempre le sonara a gloria.

—Claro, podemos añadir esa también.

# Reglamento

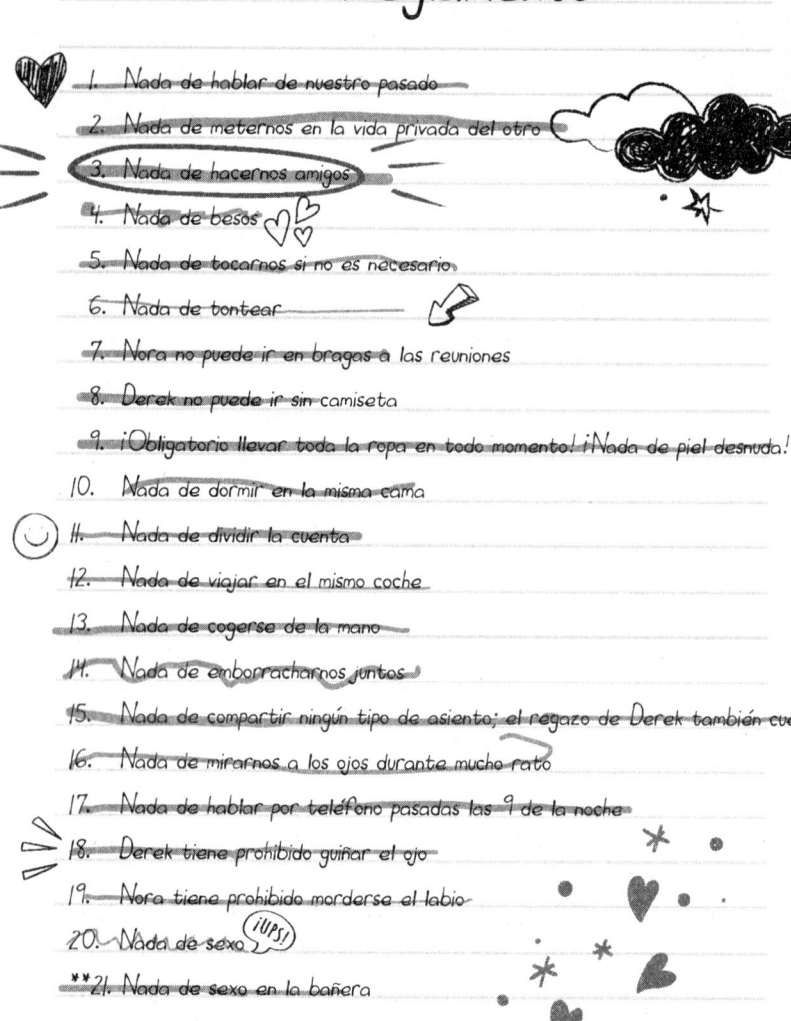

1. Nada de hablar de nuestro pasado
2. Nada de meternos en la vida privada del otro
3. Nada de hacernos amigos
4. Nada de besos
5. Nada de tocarnos si no es necesario
6. Nada de tontear
7. Nora no puede ir en bragas a las reuniones
8. Derek no puede ir sin camiseta
9. ¡Obligatorio llevar toda la ropa en todo momento! ¡Nada de piel desnuda!
10. Nada de dormir en la misma cama
11. Nada de dividir la cuenta
12. Nada de viajar en el mismo coche
13. Nada de cogerse de la mano
14. Nada de emborracharnos juntos
15. Nada de compartir ningún tipo de asiento; el regazo de Derek también cuenta
16. Nada de mirarnos a los ojos durante mucho rato
17. Nada de hablar por teléfono pasadas las 9 de la noche
18. Derek tiene prohibido guiñar el ojo
19. Nora tiene prohibido morderse el labio
20. Nada de sexo ¡Ups!
**21. Nada de sexo en la bañera

# AGRADECIMIENTOS

Dejad que comience diciendo que soy la escritora más afortunada del mundo, porque no cabe duda de que tengo el equipo creativo más mágico y bondadoso del planeta. Estas personas se portan tan bien conmigo que, después de cada uno de los libros que publicamos juntos, el corazón se me derrite un poquito más por ellos.

A Shauna Summers, mi editora y estrella rutilante: me lo paso genial trabajando en mis historias contigo y no entiendo cómo lo hacía antes de que llegaras. Siento un agradecimiento infinito por ti y por la belleza que aportas a mis libros. A veces pienso que somos almas gemelas en este mundo editorial, porque nadie entiende como tú adónde quiero llegar con un relato ni cómo ayudarme a lograrlo. Te adoro.

¡Y un agradecimiento grande, enorme, al resto del increíble equipo de Dell! Kim Hovey, Taylor Noel (te adoro por siempre jamás), Corina Diez, Mae Martinez, Brianna Kusilek y todas las demás personas que han trabajado entre bastidores para hacer posible esta novela.

Sería imposible que estuviera siquiera escribiendo estas líneas sin el inagotable apoyo de mi maravillosa agente, Kim Lionetti, que ha sido un pilar fundamental en mi carrera como escritora tradicional. Gracias, Kim, por las muchas horas de trabajo que me has dedicado, pero también por recordarme que no debo sobrecargarme y que tengo que dar prioridad a mi salud mental cuando intento abarcar más de lo que me conviene. ¡Os estoy muy agradecida a ti y a todos los trabajadores de Bookends Literary!

Además, agradezco mucho que este libro pueda leerse en Europa gracias al esfuerzo de mi maravillosa casa editorial británica, Headline Eternal. Gracias de todo corazón.

Y, ahora, quiero enviarle mucho amor y gratitud a The Book Shop, una de las librerías independientes de mi ciudad, que ha luchado mucho por mí y ha trabajado durante horas y horas en las campañas de pedidos anticipados de mis últimos lanzamientos, incluida la de este. Joelle, eres la mejor y tu amabilidad me tiene impresionada. Gracias, Joelle.

A mis amigos y a mi familia: me parece demasiado insignificante daros las gracias cuando sois vosotros quienes me mantenéis cuerda a diario, pero… gracias. En concreto, a mi marido y mejor amigo para siempre, Chris, que tanto ha dado para ayudarme a hacer realidad mis sueños. Es un placer caminar por la vida contigo, en lo bueno, en lo malo y en los impredecibles momentos intermedios.

Y, por último, a vosotros, mis lectores: vosotros sois quienes hacéis que estas historias sean mágicas para mí. Cuando las escribo, parecen reales, pero, después de veros leerlas, cobran vida. Experimentar mis historias a través de vuestros ojos es una de mis mayores alegrías. Gracias por vuestras reseñas, vuestros correos electrónicos, vuestros mensajes directos y vuestras publicaciones en las redes. Espero que este libro os haya traído mucha felicidad.